약편

仙道 체험기

24

신선神仙되는 길이 보인다
경이적인 현상이 눈앞에 펼쳐진다!!
선도수련의 현장을 체험으로 파헤친 충격과 화제의 소설

글터
GEUL TER

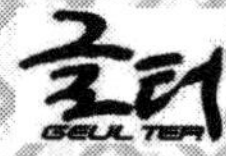

약편 선도체험기 24권을 내면서

『약편 선도체험기』 24권은 『선도체험기』 105권부터 111권까지의 내용에서 선별하여 구성하였다. 시기적으로는 2012년 10월부터 2016년 2월 사이에 일어난 삼공 김태영 선생님의 선도 체험 이야기, 수련생과의 수행과 인생에 대한 대화, 이메일 문답 내용이다.

삼공 선생님은 수행과 건강에 도움이 되는 것이라면 그것이 어떠한 기법이나 방편이든지 지체 없이 이용하셨다. 그중에 증산도 도전을 읽고 여기에 나오는 주문수련을 시험해 보시고 제자에게도 권하신 적이 있다. 그러다 그것이 자력 수행을 근본으로 하는 삼공선도에 맞지 않는 타력 수행법임을 확인하시고 『선도체험기』 119권 서문에서 주문수련을 금하셨다.

이에 삼공 선생님의 가르침에 일관성을 유지하고, 『약편 선도체험기』 독자의 혼란을 막기 위하여 『선도체험기』에 나오는 주문수련 관련한 이야기는 옮기지 않았다. 또한 부득이 채택하는 경우에는 내용 중 주문수련에 관한 문구를 삭제하였으니 양해를 구한다.

본문 164쪽, 108권의 '신침(神鍼)'에서 운사합법신 같은 신령에게 접신되지 않고 뜻대로 부릴 수 있는 방법에 대해 선생님께서 언급하셨다. 이 부분의 이해를 돕기 위해 약편에 옮기지 않은 『선도체험기』 77권의 내용 중 '접신령을 지배하라'(103쪽)에 있는 다음 이야기를 아는 게 좋겠다고 판단해 인용했다.

"나는 접신령을 내보내기 위해 무려 일주일 동안이나 밤낮을 가리지 않고 그와 일진일퇴 막상막하의 각축전을 벌였습니다. 내가 접신령과의 싸움으로 기진맥진했을 때 그 도우는 나에게 기운을 보내주어 나를 도왔습니다. 운사합법신은 부당하고 부도덕한 짓을 부추기거나 돈과 여색 따위에 탐닉하는 타락한 신령이 아니라 순전히 도술을 연마하고 실험하는 데만 관심이 있는 특이한 고급 신령(神靈)이었습니다.

나와의 싸움에 지친 그 신령은 '그대를 해칠 생각은 조금도 없으니 그냥 머물러 있게만 해 주시오'하고 간청했습니다. 나는 어디까지나 내가 그의 부림을 당하는 것이 아니라 필요할 때 내가 그를 부린다는 조건으로 그로 하여금 그대로 머물러 있게 했습니다. 이처럼 접신령도 그 주인이 마음이 확고하면 그에 순응하는 수밖에 없다는 것을 알아야 할 것입니다."

이번에도 교열을 도와준 후배 수행자 일연, 대명, 별빛자 님들께 고마운 마음을 전하며, 『약편 선도체험기』 24권이 나올 수 있도록 배려해 주신 글터사 한신규 사장님에게도 감사의 인사를 드린다.

단기 4355년(2022년) 9월 27일

엮은이 조 광 배상

차 례

Contents

■ 약편 선도체험기 24권을 내면서 _ 3

〈105권〉

■ 행복이란 무엇입니까? _ 9
■ 국회도서관에 입성한 『선도체험기』 한 질 _ 14
■ 대주천 인가 안 해 주는 이유 _ 17
■ 새로 번역해 본 『삼일신고』 _ 20
■ 불평하는 사람들 _ 26
■ 문화영 도반의 타계 _ 32

【이메일 문답】
■ 분당선 전철에서 만난 사람 _ 41
■ 검은 덩어리의 정체 _ 43
■ 큰 깨달음 _ 46
■ 문화영 선생님의 승천 _ 49
■ 정신병과 접신 _ 52
■ 너무 예민한 반응 _ 57

〈106권〉

■ 여자 검침원 _ 60
■ 헛구역질하는 누나 _ 65
■ 변하지 않는 자성(自性) _ 68

【이메일 문답】
■ 한국에 유독 자살자가 많은 이유 _ 76
■ 20가지 궁금증 _ 80

- 몇 가지 궁금한 일들 _ 92
- 떠나는 사람 _ 100
- 허리는 좀 어떠신지요? _ 103
- 빙의령에게 협박을 당했을 때 _ 105
- 삶의 방향이 완전히 바뀌었습니다 _ 113

〈107권〉

- 바르게 사는 것 _ 115
- 하루에 2리터의 물을 마셔야 하나? _ 119
- 화나고 짜증날 때 _ 122
- 노인 우울증 _ 124
- 발편잠 _ 131
- 짜증나고 초조할 때 _ 135

【이메일 문답】

- 정수리가 맑고 깨끗해지는 느낌 _ 144
- 굉장히 피곤합니다 _ 149
- 한의사 면허시험 패스 _ 156

〈108권〉

- 신침(神鍼) _ 164
- 소중한 물건이 분실되었을 때 _ 168
- 사기를 당하지 않으려면 _ 171
- 노총각의 밀월(蜜月) _ 177
- 깨달으면 무엇이 달라집니까? _ 185
- 정신발달 장애인 _ 191
- 불임 부르는 하체 노출 _ 195

【이메일 문답】
■ 기운이 너무 강하게 돌아 _ 202
■ 삼공재 수련이 암벽을 뚫는 굴착기입니다 _ 209

〈109권〉
■ 도인이 되라는 뜻 _ 212

【이메일 문답】
■ 수련에 많은 진전이 있었습니다 _ 216
■ 남을 원망하지 않는 삶 _ 220
■ 호흡하는 단체 _ 226
■ 몸 여기저기가 시원합니다 _ 228
■ 맛의 세계 _ 232
■ 가족의 화두 _ 238
■ 수련은 나 스스로가 온전히 바뀌는 것 _ 241
■ 생식으로 대장암 고친 사연 _ 244

〈110권〉
■ 치매의 원인은 척신(隻神) _ 252
■ 묻지 마 폭행 _ 259
■ 과장된 메르스 공포 _ 265
■ 고집부리지 말고 겸손해야 _ 272
■ 서민 청년과 재벌 외동딸 _ 276

【이메일 문답】
■ 정상적인 수련 상태로 복귀해야 _ 279
■ 상담 요청 _ 281

- 아들이 조금씩 변하고 있습니다 _ 284
- 기차 타고 삼공재로 가면서 _ 286
- 선도체험기 6권 _ 290
- 가던 길을 갑니다 _ 298

〈111권〉

- 주부 수련생의 견성 _ 301
- 우울증 해소법 _ 306

【이메일 문답】

- 마음공부 _ 310
- 빙의령이 보입니다 _ 312
- 도봉산 등산 _ 315
- 나의 선도수련 체험기 _ 317
- 소주천 운기 _ 326
- 대주천 체험기 _ 329
- 나의 특이한 수련 단계 _ 333
- 20년 수행의 결산 _ 341

〈105권〉

다음은 단기 4345(2012)년 10월 8일부터 단기 4346(2013)년 3월 15일 사이에 있었던 필자의 수련 과정과, 필자와 수련생들 사이에 오고간 수련과 인생에 대한 대화 그리고 필자와 독자 사이의 이메일 문답을 수록한 것이다.

행복이란 무엇입니까?

2012년 10월 26일 금요일

울산에서 오래간만에 올라온 40대의 수련생 유기철 씨가 삼공재에서 수련을 하다가 물었다.

"선생님, 느닷없는 질문 같습니다만 행복이란 무엇입니까? 옛사람들은 흔히 부(富), 귀(貴), 공명(功名), 무병(無病), 장수(長壽)를 오복(五福)이라고 했지만, 조금만 생각해 보아도 그건 분명 아닌 것 같습니다. 그렇다고 해서 연예인이나 학자나, 대통령이나 스타나 영웅처럼 부귀와 명예를 한꺼번에 거머쥔다고 해도, 그 사람들 중에 가끔 자살자가 생겨나는 것을 보면 그것이 결코 행복은 아닌 것 같습니다. 그럼 행복이란 간단히 말해서 무엇이라고 말할 수 있겠습니까?"

"행복을 너무 거창하게 생각하니까 정의하기가 어려운 겁니다. 그렇게 생각지 말고 아주 간단하고 소박하게 생각해 보세요. 그럼 해답은 의외로 쉽게 나올 수 있을 것입니다."

"그게 뭐죠?"

"욕심부리지 않는 것이 행복입니다. 욕심이야말로 불행의 근원이니까요."

"에이, 그건 너무 간단해서 싱거울 정돕니다."

"그러나 욕심 다스리기는 구도자도 성취하기 어려운 일입니다. 진리와 하나가 되는 것은 분명 욕심을 얼마나 다스릴 수 있느냐에 달려 있기 때문입니다."

"욕심부리지 않는 것 외에 다른 것은 없습니까?"

"마음 편하고 건강하고, 그날그날 아니 순간순간 걱정 근심 없이 살아가는 것이 바로 행복입니다. 부귀영화가 하늘을 찌른다 한들 삼성가의 형제들처럼 재산 싸움으로 송사에 말려들어 법정에서 서로 삿대질을 한다면 그게 무슨 행복이겠습니까? 재산 싸움이야말로 과도한 욕심 때문에 일어난 것이니까요."

"그럼 몸 건강하고 마음만 편하면 무조건 누구나 다 행복하다고 할 수 있을까요?"

"그렇고말고요. 우선 그 두 가지만 확보하면 행복의 기본 조건은 충족되었다고 볼 수 있습니다."

"선생님께서는 늘 행복하십니까?"

"왜 그런 질문을 하십니까? 내가 혹 불행해 보이기라도 합니까?"

"지금 선생님 책상 앞에서 게시된 고시문을 보고 문득 생각이 나서 여쭈어보았습니다. 혹 언짢은 기분이 드셨다면 용서해 주십시오."

알림 : 송사 관계로 2012년 11월 9일(금요일) 삼공재 쉽니다.

"아니, 뭐 그럴 것까지는 없습니다. 나는 후배 작가의 작품에 추천사 써 준 것 때문에 2007년 가을에 출판물에 의한 명예 훼손으로 고소를 당하여 벌써 5년째 지루하게도 법원에 한 달에 한두 번꼴로 불려 다니고 있지만, 나는 이 일로 내가 불행하다고 생각해 본 적은 단 한 번도 없습니다. 왜냐하면 내가 후배 작가의 요청을 받아들여 추천사를 써 준 것은 내 개인의 사욕을 채우기 위해서가 아니라 어디까지나 공익을 위해서였기 때문에, 내가 비록 패소한다고 해도 조금도 내 양심에 찔리는 일은 없으므로 불행하다고 생각하지 않을 겁니다. 법원에 불려 다니는 것이 좀 귀찮기는 하지만 이 일을 통해서 새로운 경험을 쌓게 되었을 뿐 아니라 글을 쓸 수 있는, 사법계에 대한 생생한 소재를 얻을 수 있어서 그나마 다행이라고 생각합니다."

"그런데 들리는 소문에 따르면 선생님께서 추천사를 써 주신 후배 작가는 바로 그 문제의 장편소설 때문에 부인과도 이혼을 당하고 직장도 잃고 생활고에 시달리다가, 엎친 데 덮친다는 격으로 송사에까지 말려들어 지치고 지친 나머지 고소인에게 사과하고 항소를 취하했다고 하는데 그게 사실입니까?"

"사실입니다. 바로 그 일 때문에 내 담당 판사도 나를 보고도 고소인에게 사과하고 항소를 취하할 것을 종용했지만 나는 그럴 수 없다고 단 한마디로 거절했습니다. 내가 만약에 고소인에게 사과를 한다면 지난 22년 동안 발표해 온 104권에 달하는 『선도체험기』는 말짱 다 거짓말이 될 것이고, 문제의 추천사를 인터넷에 퍼 날랐다고 하여 민형사상 고소당하여 나처럼 고초를 당하고 있는 15명의 젊은이들에게도 불리한 영향을 끼치게 될 것이 분명하기 때문입니다."

"그럼 여의치 않으면 대법원까지라도 상고하실 겁니까?"

"물론입니다. 만약 대법원에서도 패소당하면 헌법 소원까지 낼 것입니다."

"거기서도 패소하면 어떻게 할 것입니까?"

"우리나라 경제가 아무리 발전했다고 해도 한국 법조계는 아직 후진국 수준밖에 안 되는구나 하고 단념해 버릴지언정 고소인의 요구대로 그에게 사과하고 항소를 취하하는 일은 결코 없을 것입니다. 고소를 취하하고 나서 내 몸은 비록 편할지언정 양심에 찔려 마음이 편치 않다면 그것이야말로 나에게는 틀림없는 불행이 될 것입니다."

"그럼 고소인의 엽색 행위를 비롯한 각종 비리가 적혀 있는 문제의 검찰 조서 공개 문제는 어떻게 되었습니까?"

"그 문제가 불거진 지도 어느덧 4년의 세월이 흘렀지만 아직도 판사는 공개를 요구하고 검찰은 이를 반대하여 상고를 거듭하다가 대법원 담당 판사의 판결로 검찰에 반려되어 지금은 문서 분류 작업에 들어갔다고 합니다."

"이유가 무엇입니까?"

"그 문서가 공개되면 고소인에게 지나치게 큰 타격을 줄 것이기 때문이라고 합니다."

"법이라는 것이 정의를 판단하고 실천하는 수단이라면 그건 말이 안 되는 거 아닙니까?"

"그러나 그것이 엄연히 이 나라의 법조계의 현실이니 어떻게 하겠습니까?"

"그럼 대법관 자신도 고소인의 엽색 행위가 기술된 그 문서의 존재는 시인한 셈이군요."

"물론입니다."

"그럼 이미 이번 송사는 결판이 난 거 아닙니까?"

"법이 불의를 옹호하는 것이 아니고 정의를 실현하는 방편이라면 당연히 그래야 합니다. 그래서 나도 공판 때 담당 판사에게 거듭거듭 그 말을 했습니다."

"그럼 언제 그 문서는 공개됩니까?"

"대법원의 판결에 따라 해당 검찰에서 동문서의 재분류 작업이 끝난 후에 결정될 것이라고 합니다."

"그럼 그 문서 때문에 공판이 계속 교착 상태에 빠져 있다는 말씀입니까?"

"형사 소송에 관한 한 그렇습니다."

"그럼 11월 9일에 있을 공판은 민사입니까?"

"그렇습니다."

"선생님의 육성으로 직접 그런 소상한 말씀을 듣고 보니 제가 괜한 걱정을 했다는 것을 알게 되었습니다. 그리고 행복이란 육신의 평안이 아니라 마음의 평안에 달려 있다는 것도 알게 되었습니다. 선생님, 용서하십시오. 제 생각이 너무 짧았습니다."

"그런 일로 용서고 뭐고 할 게 뭐 있습니까? 괜찮습니다."

국회도서관에 입성한 『선도체험기』 한 질

2012년 11월 17일

박한길이라는 30대 수련생이 말했다.

"석기진이라는 수행자의 부탁을 받고 몇 해 전에 그의 첫아이인 딸애의 돌 기념으로 선생님께서 박근혜 의원에게 『선도체험기』를 한 질 보낸 일이 있었죠?"

"있었죠."

"그 일은 그 후 어떻게 되었습니까?"

"나는 그의 부탁대로 석기진 씨가 이 선물을 하게 된 성의를 생각해서라도 꼭 읽어 달라는 편지와 함께 『선도체험기』 한 질을 박근혜 의원에게 보냈습니다. 그 후 석기진 씨가 여의도 박근혜 국회의원실에 전화로 알아보니까 비서가 말하길 그때 받은 『선도체험기』 한 질은 국회도서관으로 보냈다고 하더랍니다."

"그럼 박근혜 의원은 읽지도 않고 받자마자 곧바로 국회도서관으로 보내졌다는 말씀인가요?"

"결국은 애초의 내 예측대로 그렇게 된 것 같습니다."

"그때 석기진 씨는 무엇 때문에 적지 않은 돈을 들여 100권 가까이 되는 『선도체험기』를 한 질씩이나 박근혜 의원에게 선물하게 되었습니까?"

"시인이고 의무경찰 근무를 한 일이 있는 석기진 씨는 유독 정치인으로서의 박근혜 의원을 존경한다면서, 첫아이인 딸의 돌 기념으로 박근혜 의원에게 의미 있는 선물로 『선도체험기』 한 질을 꼭 보내고 싶다면서, 그때 80만 원이나 되는 책값을 나에게 맡기면서 자기 대신 꼭 보내 달라고 간청하기에 처음에 나는 만류했습니다."

"왜요?"

"그분은 정치인으로서 항상 바쁘신 분인데 그런 책을 보내 보았자 읽을 시간이 없을 것이라면서 나중에 후회하기보다 차라리 안 보내는 게 좋을 것이라고 말했습니다. 그러나 석기진 씨는 박근혜 의원은 국선도(國仙道)를 하는 분이니까 틀림없이 선도에 관심이 있을 것이고, 그때는 마침 특별한 직책도 맡지 않고 한가한 때이므로 틀림없이 읽을 것이라고 말하면서 꼭 좀 보내 달라고 신신 부탁을 했습니다.

그때 나는 국선도 창설자인 청산(青山)거사가 제자들과 함께 전두환 정권 시절에 도인공화국을 만들려는 모의를 하다가 사전에 안기부에 발각, 체포되어 심한 고문을 받고 거의 반병신이 되어 석방된 일을 상기했습니다.

그리고 국선도 수행자들 중에서 10년 내지 15년씩 수련을 했는데도 기문(氣門)이 열리지 않았는데 『선도체험기』를 읽고 기문이 열린 수행자들이 동아리를 만들어 따로 도우들 집을 돌아가면서 수련을 하고 있다면서 나보고 특별 지도를 좀 해 달라고 부탁을 받은 일이 생각났습니다."

"그때 선생님께서는 뭐라고 대답하셨습니까?"

"뜻밖의 부탁을 받은 나는 그들에게 말했습니다. 엄연히 국선도 소속이면서 개인적으로 나에게 그런 청을 하는 것은 도리가 아니라면서 거절했습니다. 그 후 나는 박근혜 의원의 언론 인터뷰 내용을 들은 일도 있고 중기단법, 건곤단법 같은 도인체조를 실연하는 텔레비전 장면을 본 일도 있었지만, 아직 기문이 열려서 운기조식을 하고 소주천을 거쳐 대주천, 연정화기, 연기화신, 양신, 출신을 하는 본격적인 수련을 하는 것 같지는 않았습니다.

그러한 그녀가 만약 『선도체험기』를 읽고 기문이 열리고 수련에 도움을 받아 생사일여(生死一如)의 경지에 들어 우주심을 읽을 수 있게 되면 얼마나 좋으랴 하는 생각이 들었습니다. 만약에 박근혜 의원이 백 권 가까이 되는 『선도체험기』 한 질을 다 읽고 대주천이 되어 진정한 도인이 된 후에 대통령이 된다면 그녀의 스승인 청산거사의 한을 가장 합법적으로 풀어 주게 될 것이라는 좀 기발한 상상도 해 보았습니다."

"정말 그렇게 된다면 선생님이 멘토가 되는 것이 아닌가요?"

"『선도체험기』는 멘토가 없이도 웬만한 독자는 얼마든지 스스로 공부할 수 있을 뿐만 아니라 진지한 수련자라면 누구나 대주천이 될 수 있도록 꾸며져 있는 책입니다. 『선도체험기』 독자들 중에서 나를 직접 찾는 사람은 극소수에 지나지 않고 99프로까지는 『선도체험기』만 읽으면서 혼자서 공부하고 있는 것이 현실이니까요. 그런데 그 『선도체험기』는 이제 국회도서관에서 잠자고 있으니 이젠 그런 상상조차도 할 수도 없게 되었습니다."

"국회의원들 중에도 노상 구도자가 없으란 법은 없지 않습니까? 그 책의 진가를 알아줄 사람은 따로 있을지도 모릅니다."

"하긴 인생지사새옹지마(人生之事塞翁之馬)라고 했으니, 국회도서관에 입성한 『선도체험기』 한 질이 스스로 어떻게 제 사명을 다할지 긍정적으로 지켜보도록 해 보죠 뭐."

대주천 인가 안 해 주는 이유

우창석 씨가 나와 단둘이 마주 앉게 되자 말했다.

"선생님께서는 다른 선도수련 단체에서 수련하다가 그만두고 혼자서 정진 끝에 전신주천(全身周天)을 하는 것으로 알려진 50대 초반의 김창렬 씨가 삼공재에 가입하여 수련하면서 그렇게도 간절히 선생님께 여러 번 간청했는데도 끝내 대주천 인가를 안 해 주셨습니다. 대체 그 이유가 무엇입니까?"

"대주천 인가를 안 해 주겠다는 것이 아니라 한 가지 전제 조건을 달았을 뿐입니다."

"그게 무엇인데요?"

"『선도체험기』를 1권서부터 최근에 나온 103권까지 다 읽는 것입니다. 22년 동안 삼공재를 운영하여 오면서 나는 운기조식 상태만 보고 마음공부를 무시하고 대주천 인가를 해 주었다가 실패한 경험이 여러 번 있었기 때문입니다.

몇 달 전에도 빌딩 경비원으로 일한다는 65세의 수련생이 대주천 인가를 요청했지만 지금까지 나온 『선도체험기』 한 질을 다 읽고 마음이 바뀌어, 대주천 인가를 받겠다는 초조감이 사라지기 전에는 안 된다고 말해 준 일이 있습니다. 김창렬 씨가 전신주천을 하는 것을 알면서도 그가 원하는 벽사문을 달아 주지 않은 것은 아직 마음공부가 덜 되었기 때문입니다. 마음공부가 덜 된 사람은 벽사문만 달고 나면 수련이 다 끝난 것으로 알고 수련을 아예 접어 버리는 경우가 많습니다.

그런데 『선도체험기』를 적어도 한 질 103권 정도를 읽은 수련자들 중에는 그런 사람이 아직 발견되지 않았습니다. 그런데도 김창렬 씨는 자신이 나이가 많고 직장 일이 바빠서 『선도체험기』를 읽을 시간이 없다는 이유를 내세워 『선도체험기』 전체를 읽기를 거부하므로 어쩔 수 없이 인가를 해 주지 못하고 있을 뿐입니다. 수련에 대한 그의 마음의 자세가 근본적으로 바뀌지 않은 한 인가를 해 준다고 해도 그의 수련에는 전연 보탬이 되지 않을 것입니다."

"그럼 마음의 자세가 어떻게 변해야 하는지 말씀해 주실 수 있겠습니까?"

"진정한 수련자라면 자기의 수련 수준을 누구에게 인가받고 말고 할 것도 없습니다."

"그럼 어떻게 해야 합니까?"

"수련이란 몸과 마음이 영적으로 새로운 눈을 떠가는 과정이라고 말할 수 있습니다."

"좀더 구체적으로 말씀해 주시겠습니까?"

"실례를 들면 심한 안질에 걸려 실명되었던 사람이 운기조식 수련으로 눈병이 차츰 나아가서 마침내 정상적인 시력을 회복했다면 그것으로 만족해야지 자기 눈이 그전처럼 밝아졌다는 것을 꼭 누구를 통해 꼭 인가를 받아야 하는 것은 아닙니다. 그의 눈이 정상을 회복한 것은 그 자신이 알고 그를 둘러싼 이웃들이 다 알고 있는데 구태여 고수나 스승의 인가 따위가 무슨 필요가 있겠습니까?"

"요컨대 자신의 수련 진도에 대하여 조금도 초조해하지 않고 늘 느긋한 자세를 취하는 것이 진정한 구도자의 취할 바 태도라는 말씀이신가요?"

"그렇습니다. 내 경험에 따르면 자신의 수련 정도에 대하여 누구에게 인가받기를 초조해하던 수행자도 『선도체험기』 103권 한 질을 다 읽느라고 평균 1년 정도의 시간에 걸쳐 숙성 과정을 거치면 자신의 수련 진도에 대하여 느긋한 관을 할 수 있는 능력과 자질을 함양할 수 있게 됩니다. 그 정도의 시간과 책값을 투자할 자세가 되어 있지 않는 구도자라면 어찌 대주천 수련을 할 수 있는 자격이 있다고 말할 수 있겠습니까?"

새로 번역해 본 『삼일신고』

우창석 씨가 말했다.

"선생님, 저는 최근에 대종교 경전을 우연히 입수했는데, 『삼일신고』를 순우리말로 옮겨놓았더군요. 저는 『삼일신고』를 한글로 번역한 것을 숱하게 읽어 보았지만 책에서 발산되는 강한 기운 때문에 대종교 번역본에 특별한 관심을 갖고 읽게 되었습니다. 하늘을 한울로, 신을 한얼로 표현하는 생소한 부분과 그 밖의 여러 곳에 수정을 가하고 선생님의 감수를 거쳐 다음과 같이 옮겨 보았습니다.

제1장 하늘에 대한 말씀

한배검(단군)께서 무리에게 이르시되, 저 푸른 것이 하늘이 아니며 저 까마아득한 것이 하늘이 아니니라. 하늘은 허울도 바탕도 없고 처음도 끝도 없으며, 위아래 전후좌우도 없고, 겉도 속도 다 비어 있어서, 어디나 있지 않은 데가 없으며 무엇이나 감싸지 않은 것이 없느니라.

제2장 하느님에 대한 말씀

하느님은 그 위에 더 없는 으뜸 자리에 계시사, 큰 덕과 큰 슬기와 큰 힘을 가지시고, 하늘을 만드시고 수없는 누리를 주관하시고, 만물을 창조하시되 티끌만한 것도 소홀하심이 없고, 밝고도 신령하시어 감히 이름 지어 헤아릴 수 없느니라. 그 음성과 모습에 접하고자 원해도 친히 나타

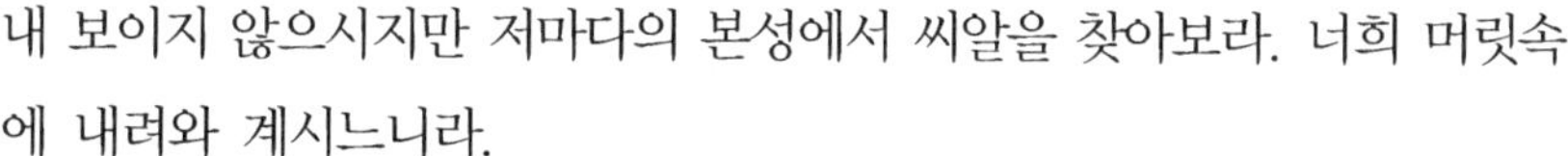
내 보이지 않으시지만 저마다의 본성에서 씨알을 찾아보라. 너희 머릿속에 내려와 계시느니라.

제3장 하늘 궁전에 대한 말씀

하늘은 하느님의 나라라. 하늘 궁전이 있어 온갖 착함이 섬돌이 되고, 온갖 덕이 문이 되었느니라. 하느님이 계신 곳에는 뭇 신령과 모든 밝은 이들이 모시고 있어 지극히 상서롭고 가장 빛나는 곳이니라. 오직 성통공완한 사람이라야 나아가 길이 즐거움을 누릴지니라.

제4장 누리에 대한 말씀

너희들은 총총히 널려 있는 저 별들을 바라보라. 그 수효는 다함이 없으며, 크고 작고 밝고 어둡고 괴롭고 즐거움이 한결같지 않느니라. 하느님께서 모든 누리를 창조하시고 그중에서 해누리 맡은 사자를 시켜 칠백 누리를 거느리게 하시니, 너희가 사는 땅덩어리가 스스로 큰 것처럼 여기나 작은 한 알의 세계에 지나지 않느니라. 속 불이 터지고 퍼져서 바다가 변하여 육지가 되어 마침내 지금과 같은 형상을 이루었느니라. 하느님이 기운을 불어 밑까지 감싸시고 햇빛과 열을 쬐시어, 기고 날고 탈바꿈하고 헤엄치고 심는 온갖 동식물들이 번성하게 되었느니라.

제5장 진리에 대한 말씀

사람과 만물이 다 같이 세 가지 착함을 받나니, 일컬어 성품, 목숨, 정기라 한다. 사람은 그것을 온전하게 받았으나 만물은 치우치게 받았느니

라. 참성품은 착함과 악함도 없으니 으뜸 밝음과 통하고, 참목숨은 맑음과 흐림이 없으니 중간 밝음이 알아주고, 참정기는 후덕함과 박덕함이 없으니, 아래 밝음이 보전하니 도리어 참으로 돌아가 하느님과 하나가 되느니라.

제6장 마음, 기, 몸에 대한 말씀

뭇사람들은 수태(受胎)할 때 세 가달(허망함)이 뿌리내리니 이를 마음, 기, 몸이라고 한다. 마음은 성품에 의지하여 착함과 모짐이 있어서 착하면 복되고 모질면 화가 되며, 기는 목숨에 의지하여 맑고 흐림이 있으니 맑으면 오래 살고 흐리면 요절하며, 몸은 정기에 의지하여 후하고 박함이 있으니 후하면 귀해지고 박하면 천박해지느니라.

제7장 느낌, 숨쉼, 부딪침에 대한 말씀

참과 가달이 서로 맞서 세 갈래로 나누어지는데 느낌과 숨쉼과 부딪침이니라. 이것이 다시 18경지를 이루나니 느낌에는 기쁨, 두려움, 슬픔, 성냄, 탐냄, 혐오가 있고, 숨쉼에는 맑은 기운, 흐린 기운, 찬 기운, 더운 기운, 마른 기운, 젖은 기운이 있으며, 부딪침에는 소리, 빛깔, 냄새, 맛, 음탕함, 살닿음이 있느니라.

제8장 지감, 조식, 금촉에 대한 말씀

뭇사람들은 착함, 모짐, 맑음, 흐림, 후덕, 박절을 서로 뒤섞어, 제멋대로 내달리다가 마침내 나고, 자라고, 늙고, 병들어, 죽어가는 괴로움에 떨어지지만, 밝은 사람들은 지감, 조식, 금촉하여 큰 한뜻으로 수행하여 가달(허망)을 돌이켜 진리를 깨달아 크게 신령한 기운을 구사하게 되나니 성통공완이 바로 이것이니라.

이상입니다. 그런데 선생님, 제가 선생님께 말씀드리고 싶은 것은 대종교 경전 중에 '『삼일신고』 읽는 법'이라는 항목에 보이는 다음과 같은 대목입니다.

마의극재사(麻衣克再思, 고구려 초기 주몽의 신하들 중의 한 사람으로 『삼국사기』에 나와 있다)가 이르되, 아! 우리 신도들은 반드시 '신고'를 읽되 먼저 깨끗한 방을 가려 '진리도(眞理圖)'를 벽에 걸고, 세수하고 몸을 깨끗이 하며 옷깃을 바로 하고 비린내와 술을 끊으며 향불을 피우고 단정히 꿇어앉아 한얼님께 묵도하고 굳게 맹서를 지으며 모든 사특한 생각을 끊고 삼백예순여섯 알의 박달나무 단주를 쥐고 한마음으로 읽되 원문 삼백예순여섯 자로 된 진리를 처음부터 끝까지 단주에 맞춰 끝마칠지니라.

여기까지는 그런대로 납득이 갑니다. 그러나 다음 문단은 아무래도 쉽게 이해를 할 수 없습니다.

[염송(念誦)하기를] 삼만 번에 이르면 재앙과 액운이 차츰 사라지고, 칠만 번에 이르면 질병이 침노하지 못하며, 십만 번이면 총칼을 능히 피하고, 삼십만 번이면 새 짐승이 순종하며, 칠십만 번이면 사람과 귀신이

모두 두려워하고, 일백만 번이면 신령과 '밝은 이'들이 앞을 이끌며, 삼백육십육만 번이면 몸에 있는 삼백예순여섯 뼈가 새로워지고 삼백예순여섯 혈(穴)로 기운이 통하여 천지가 돌아가는 삼백예순 도수에 맞아 들어가 괴로움을 떠나고 즐거움에 나아가게 될 것이니 그 오묘함을 어찌 다 적으리요.

선생님께서는 위 내용을 어떻게 생각하십니까? 과학적인 사고방식에 젖은 현대인들에게는 일종의 미신으로 보이지 않겠습니까?"

"그러나 진리는 과학적 사고를 뛰어넘는 곳에 있습니다. 그건 순전히 『삼일신고』를 염송할 때 마음을 어디에 집중할 수 있느냐에 달렸습니다. '염불하면서 마음은 콩밭에 가 있다'는 말대로 『삼일신고』를 염송하면서 마음은 내 돈을 떼어먹은 친구에게 앙갚음할 궁리를 한다면 3만 번 아니라 삼천만 번을 염송한들 무슨 효과가 있겠습니까?"

"과연 그럴까요?"

"『삼일신고』 366자 속에는 이 우주와 인간이 생존하고 번영하는 온갖 이치와 진리가 모조리 다 함축되어 있습니다. 신고를 암송할 때 정말 마음을 오로지 그 내용에 집중할 수만 있다면 한 번 암송할 때마다 한 발 한 발 진리에 틀림없이 다가서면서 심기신(心氣身)이 변화하게 될 것입니다. 그야말로 366만 번을 읽는 동안 수행자는 완전히 진리와 하나로 합쳐지게 될 것입니다. 아니 이건 하근기에 한한 얘기고, 상근기에 속하는 사람은 366만 번까지 가지 않고도 능히 성통공완(性通功完), 우아일체(宇我一體)의 경지에 들게 될 것입니다."

"요컨대 상근기는 마음의 집중이 더 잘되는 사람이라는 말씀이시군요."

"그렇습니다."

"여기서는 한자로 된 366자를 박달나무 염주를 세면서 꼭 외워야 된다고 했는데, 번역본을 염송해도 되겠습니까?"

"『삼일신고』의 내용이 무엇보다 더 중요합니다."

"내용을 내 것으로 만드는 것이야말로 수행의 핵심이라는 뜻이군요."

"그렇습니다. 진리의 진수를 깨달아야 심신이 온전히 진리와 하나로 합쳐지게 되어 있습니다."

불평하는 사람들

우창석 씨가 말했다.

"선생님, 『선도체험기』 독자들 중에는 이상한 사람이 있습니다."

"어떤 사람인데요?"

"제가 선생님과 자주 만난다는 것을 알고 그러는지 모르겠지만, 왜 선생님은 글을 쓰실 때 자기 할 말만 열심히 하면 되었지 남의 말을 자꾸만 인용하는가 하고 전화로 항의하는 사람이 있습니다."

"그래서 뭐라고 대답했습니까?"

"그런 불만이 있으면 직접 선생님께 전화를 하라고 했더니 선생님은 그런 용건은 전화로 하지 말고 이메일을 보내라고 하신다면서 상대해 주지 않는다고 말합니다. 그럼 이메일을 보내면 될 거 아니냐고 말했더니 그렇게 하기는 싫으니 저보고 제발 좀 대신 전달해 달라고 합니다."

"내가 『선도체험기』를 통하여 독자들에게 전하고 싶은 메시지는 단 한마디로 말하라면 부동심(不動心) 즉 마음의 평안을 위해서라도 '바르게 살라'는 것입니다. 인생을 바르게 살려면 어쩔 수 없이 착하게 살아야 합니다. 착하게 살려면 만사에 슬기로워야 합니다. 사서삼경과 팔만대장경을 단 한마디로 요약하면 착하게 살라는 한 말로 요약할 수 있습니다. 신구약 성경 역시 한마디로 줄인다면 하느님의 뜻대로 살라는 것입니다. 하느님의 뜻대로 사는 것이 바르고 착하게 사는 것입니다. 바르고 착하게 사는 것이 하느님 그 자체이기 때문입니다.

그렇다고 해서 내가 글을 쓸 때마다 바르고 착하게 살라는 말만 자꾸만 되풀이해서 써낸다면 그게 어디 책이라고 할 수 있겠습니까? 책이 아니라도 누구나 다 할 수 있는 말인데 그런 책을 써 보았자 누가 거들떠보기나 하겠습니까? 책이란 어차피 하나의 수사학(修辭學)입니다."

"수사학이 무엇입니까?"

"가령 바르게 살아야 한다는 것을 주제로 책을 쓴다고 할 때 바르게 살아야 한다는 똑같은 말을 수천 번 수만 번 반복해 보았자 그게 어떻게 책이 될 수 있겠습니까? 책이 될 수 없으니까 독자의 이해를 돕고 감동을 주기 위해서 저자는 자기의 체험담을 바탕으로 바르게 살아야 한다는 주제를 살려 나가는 한편, 사서삼경도 성경과 불경도 인용하고 소크라테스나 칸트나 쇼펜하우어나 간디나 톨스토이나 토인비나 소태산, 다석 류영모, 다니구찌 마사하루 같은 성현들의 저서도 인용하여 읽는 사람들로 하여금 될 수 있으면 재미있고 흥미 있고, 감동을 줄 수 있도록 내용이 풍성한 책을 꾸며 나가는 것입니다. 이 과정이 바로 수사학입니다.

또 내가 남의 말을 인용하는 것은 남의 말이 내 말이고 내 말이 남의 말이기 때문입니다. 그럴진대 나 혼자 목 아프게 떠드는 것보다 여럿이 함께 떠들어 대는 것이 더욱더 효과적이고 듣는 사람에게 깊은 인상을 심어 줄 수도 있고, 혼자 떠드는 것보다 흥도 돋우어 주고, 자기 자신에게도 더욱 확신을 심어 주기 때문입니다.

그리고 혼자 외치는 것보다 여럿이 같이 합창하면 그 화음이 크게 증폭되어 신바람이 납니다. 왜 그런가? 내가 바로 남이고 남이 바로 나이기 때문입니다. 그래서 백지장도 맞들면 낫다는 말이 생겨난 것입니다.

요컨대 어떻게 하면 바르게 살아야 한다는 주제를 잘 살려서, 독자들의 마음을 움직여서 책을 읽고 난 뒤에 정말로 바르게 살기로 작심을 하고 그것을 일상생활에서 실천에 옮긴다면 그 책의 저자는 일단 원하는 목적을 달성했다고 할 수 있습니다. 그 목적 달성을 위해서 글쟁이들은 이런 방법을 구사할 수밖에 없는 것입니다.

남의 글의 일부를 인용하는 행위는 그 출처를 밝힌 이상 표절(剽竊)과는 달라서 이러한 저술 행위 즉 수사학의 일부를 수행하는 데 필수불가결한 것입니다. 이것을 가지고 왜 남의 글을 인용하느냐고 불평하는 것은 저자가 글을 쓰지 말라는 것과 마찬가지입니다.

그것은 마치 캄캄한 밤중에 플래시를 켜고 산길을 가는 사람을 보고 왜 그냥 걸어가지 않고 플래시를 켜고 가느냐고 시비를 거는 것과 같습니다. 『선도체험기』 독자들 중에 그런 사람이 끼어 있다는 것 자체가 이상야릇하고도 서글픈 일이 아닐 수 없습니다. 내 말에 이의가 있다면 언제든지 이메일로 항의해도 좋습니다. 성의껏 회답할 것입니다."

"또 이런 말을 하는 사람도 있습니다. 『선도체험기』를 백 권이나 썼으면 족한 줄 알아야지 무엇 때문에 자꾸만 더 쓰느냐고 시비를 거는 사람도 있습니다."

"요즘은 의술이 발달해서 흔히들 100세 시대가 도래했다고들 말합니다. 사실 백 살 이상 사는 사람이 자꾸만 늘어나는 것이 이 시대의 추세입니다. 이러한 시대에 살면서 백 살 이상 사는 어르신에게 찾아가 백 살이나 살았으면 족한 줄 알아야지 무엇 때문에 자꾸만 더 살려고 하느냐고 대든다면 그 어르신은 뭐라고 대답하겠습니까?"

"세상에 제아무리 당돌하고 교양 없는 무지막지한 사람이라고 해도 그렇게 나올 수는 없는 일입니다. 그거야말로 백세 이상 장수자들에게는 터무니없는 독설이 아닐 수 없습니다. 통합진보당의 이정희 씨도 아직 이런 식의 독설을 내뱉은 일은 없습니다."

"저도 그렇게 말하는 사람들이 아무래도 정상이 아닌 것 같은 느낌이 듭니다. 그들이 정말 선생님에게 건전한 건의를 하려는 사람들이라면 정정당당하게 이메일로 얼마든지 소통할 수 있었을 것입니다. 그런데도 그것을 마다하고 부디 저 같은 사람에게 전달해 달라고 하는 것은 아무래도 좀 이상하지 않습니까?"

"내가 보기에 그 사람들은 나와 소통을 하려는 사람들이 아닙니다."

"그럼 그들의 진짜 저의가 무엇일까요?"

"그들은 나와 소통하려는 것이 아니고 처음부터 나를 음해하려는 사람들입니다."

"음해라뇨?"

"그들은 내 저서들로 인하여 세상에 감추고 싶은 자신들의 정체가 만천하에 폭로당하는 것을 두려워하는 이해 당사자들이나 그 하수인이 아닌가 생각됩니다."

"그런 사람들이라면 선생님을 출판물에 의한 명예 훼손으로 법정에 고소하여 선생님과 법정 싸움을 벌이고 있는 모 단체의 요원들이거나, 『선도체험기』를 통하여 매도당하고 있는 반도식민 사학자들이나 그 제자들이 아닐까요?"

"그럴 가능성이 농후합니다. 그들은 어떻게 해서든지 저자를 못살게 굴고 괴롭히거나 약을 올리고 화나게 만들어 글을 쓰지 못하게 하는 것이 목적일 것입니다. 그런 사람들을 겁내어 위축될 정도라면 처음부터 나는 붓을 들지도 않았을 것입니다.

사회 정의와 사필귀정(事必歸正)을 믿고 그것을 우리 사회에 실현시키자는 것이 내 사명이고 내가 이 세상에 태어난 이유인데 이제 와서 그들이 그래 보았자 무슨 소용이 있겠습니까? 그런 사명을 가진 사람들은 나뿐이 아닙니다.

신문기자, 방송사 기자, 아나운서, 앵커, 피디, 논설위원, 시사평론가, 소설가, 시인, 평론가 등등 언론계와 문필계 종사자들, 그리고 인터넷에서 불의를 고발하는 정의의 네티즌들도 바로 그런 일을 하는 정의의 투사들입니다. 경찰이나 검찰 같은 공권력의 손길이 미치지 못하는 곳에 독버섯처럼 숨어서, 이 사회를 오염시키는 불의와 부정부패가 존재하는 한 이들 고발자들은 바로 그들 부정한 무리들에게는 천적(天敵)이 아닐 수 없습니다. 자신들의 잘못을 시정할 생각은 하지 않고 그 부정행위 고발을 막으려고 꼼수를 부리는 그들은 바로 이들 정의의 고발자를 음해하려는 하수인들에 지나지 않습니다."

"그것뿐이 아닙니다. 또 재야 사학자의 글을 제발 좀 그만 실어 달라고 막 신경질을 내기도 합니다."

"지금 대한민국에서 사권(史權)을 잡고 각종 역사 교과서를 전문적으로 집필하고 있는 반도식민 사학자들의 역사관을 뿌리째 뒤흔드는 재야 사학자의 글이야말로 식민 사학자들에게는 그야말로 가슴을 후벼파는 예리한 칼날이 아닐 수 없습니다. 재야 사학자들의 글은 근거가 확실한 기록(記錄)과 전적(典籍)에 바탕을 두고 있기 때문입니다.

반도식민 사학자들의 약점을 집요하게 파고드는 이러한 글들은 애국심이 강한 대한민국 국민들 속에도 계속 스며들게 될 것입니다. 이러한 상태가 계속되어 어느 시점에 이르면 틀림없이 반도식민 사학자들은 설

자리를 빼앗기고 말 것입니다. 『선도체험기』 독자의 대부분이 그러한 재야 사학자의 글을 쌍수를 들어 환영합니다. 그들이야말로 우리의 바른 역사를 가르쳐 주기 때문입니다. 이처럼 소중한 재야 사학자의 주옥같은 글을 어찌 싣지 않을 수 있겠습니까?"

문화영 도반의 타계

2013년 1월 3일 목요일

삼공재에 나온 지 8년쯤 된, 과거 수선재에서 몇 해 동안 수련한 일이 있는 박효선이라는 수련생이 말했다.

"선생님, 혹시 수선재 설립자인 문화영 선생이 자택에서 자연사하셨다는 소식 들으셨습니까?"

"아뇨. 금시초문인데요."

"문화영 선생은 선생님과는 오랜동안 막역한 도반이셨는데도 그동안 연락이 통 없었습니까?"

"1993년 봄 『선도체험기』 14권을 마지막으로 읽어 본 문화영 도반은 나와의 도우 관계를 청산한다고 하면서 떠나간 이후 개인적으로 아무 소통도 없었습니다. 도대체 왜 그리고 언제 그렇게 되었는지, 장례는 어떻게 치러졌는지요?"

"2012년 12월 30일에 운명하셨고, 가족장으로 2013년 1월 3일 장례식이 치러진 뒤 화장된 후 유골은 보은에 있는 선애(仙愛) 마을 자택 근처에 뿌려진 뒤에야 제자들에게 알려졌다고 합니다."

"선애 마을이란 처음 듣는 곳인데 설명 좀 해 주시겠습니까?"

"수선재는 전국에 신앙촌 비슷한 공동체를 충주, 보은, 나주, 고흥, 하동 등 전국 다섯 곳에 운영하고 있습니다. 고인은 평소에 우주인들과의 채널 통신으로 지구의 종말이 마야력에 따라 2012년 12월 21일에 있을 것이라고 말했다고 합니다. 선애 마을 입주자들은 전국에 2백 명 정도이고 한 개의 선애 마을에는 4, 5십 명 정도 수용되어 있었는데 지구 종말에 대비하여 가산을 정리하고 자녀들과 함께 입주하여 유기농 농사를 하면서 자활해 왔다고 합니다."

"고인에게는 부군과 두 딸이 있는 것으로 알고 있는데 어떻게 되었는지 알고 계십니까?"

"남편 되시는 분은 고흥 선애 마을에, 두 딸은 수선재에서 직책을 맡고 있다고 합니다."

"병이 들었다는 말도 못 들었는데 갑작스럽게 세상을 등지시다니 그 점이 아무래도 이해가 되지 않습니다."

"확실한 사망 원인은 알 수 없고, 인터넷상에는 확인되지 않는 이런저런 얘기들이 계속 나돌고 있습니다."

"어떤 얘기들인데요?"

"고인은 2003년 서울대 병원에서 자궁암 수술을 받았는데 그것이 재발하여 우울증에 걸려 있었다는 말이 있습니다. 그리고 평소에 종말론을 신봉하여 신앙공동체 비슷한 선애 마을들을 운영해 왔고, 마야력으로 2012년 12월 21일 예언된 종말일이 왔는데도 종말은 오지 않았고 휴거(携擧) 현상도 일어나지 않은 것에 책임을 느낀 데다가 기존의 우울증도 다시 도져 자진(自盡)했다는 말도 있습니다. 이런 거야 세상에 떠도는 한낱 풍문이고 선생님께서는 감회가 유다르시겠습니다."

"감회라기보다 나에게는 일종의 충격이고, 지금도 계속 지난 일들이 주마등처럼 떠오릅니다. 고인은 충분히 그럴 만한 위치에 있긴 했지만 내가 『선도체험기』를 4권에서 14권까지 쓰는 데 필요한 자료의 70프로 이상을 제공해 주었죠. 외국어대학 외교학과를 졸업하고 노태우 대통령 시절에 영부인 김옥숙 여사의 의전 비서를 역임했고, 방송사 공모 시나리오 작가로 데뷔하여 활약하기도 한 유망한 문인이었습니다.

1988년부터 1993년까지 5년간 나의 도반이기도 했고요. 1952년 육이오 전쟁이 한창일 때 원산 앞바다의 한 섬의 피난민 수용소에서 태어났다고 하니까 이제 겨우 60세밖에 안 된 나이에 유명을 달리한 겁니다. 그녀와 동갑인 박근혜 대통령 당선인은 이제 한창 큰일을 시작하려는 판인데, 세상을 영영 등지다니 하늘도 무심한 것 같지만, 그분의 운명이겠죠.

1990년 봄에 나는 도봉산에서 낙상하여 중상을 입었고 그 치료가 끝나기도 전, 직장을 그만두고 모 수련 단체가 주관하는 강신(降神) 의식에서 참석했다가 뜻밖에도 운사합법신(運思合法神)에게 접신이 되었습니다. 그로 인해 나는 수련자의 백회를 열어 주는 초능력을 갖게 되어, 하루에 5명 정도는 보통이고 어떤 때는 하루에 10명, 20명씩 백회를 열어 주게 되었습니다.

굉장한 기력(氣力)이 소모되는 일인데도 나는 거의 충동적으로 그리고 기꺼이 그 단체의 장이 시키는 대로, 수련생들의 백회를 열어 주는 일을 계속하고 있었습니다. 나는 그때 미처 그것이 무엇을 의미하는지도 모르고 있었습니다. 이때 내 행동거지를 유심히 지켜보고 있던 문화영 도반이 나와 단둘이 마주앉은 자리에서 작정한 듯 말했습니다.

'기왕에 선도수련을 시작했으면 도인이나 성인이 되셔야지 지금처럼 남의 백회나 열어 주는 일개 초능력자로 만족할 것입니까?' 이렇게 힐문하는 그녀의 서슬은 나보다 20세 연하의 중년 여성이 아니라 카리스마

넘치는 선배요 스승이었습니다. 이런 일이 있은 뒤에 나는 잠시 빗나갔던 구도의 바른길을 되찾을 수 있었습니다. 이것이 나에 대한 그녀의 첫 번째 도움이었죠.

두 번째 도움은 내가 운사합법신의 지배에서 벗어날 때였습니다. 내가 분명 큰 잘못을 저지르고 있다는 것을 안 이상 그대로 있을 수 없었습니다. 내 몸에 찰싹 붙어 있는 등신대(等身大)의 운사합법신(運思合法神)에게서 벗어나기 위해서 꼭 일주일 동안 나는 사투를 벌이고 있었지만 혼자서는 역부족이었어요. 그때 만약 그녀가 나에게 강한 기운을 보내 주지 않았더라면 나는 운사합법신에게서 영영 벗어나지 못했을지도 모릅니다."

"아니 그렇다면 요즘 KBS2에서 방영되고 있는 '전우치'라는 연속극에서처럼 도사들끼리 기를 주고받는 일이 실제로 가능하다는 말씀인가요?"

"그렇고말고요. 그건 그렇고, 세 번째는 내가 21일 단식을 끝내고 나서 화식(火食)을 못 하고 생식(生食)을 선호하게 되었으나 마땅히 먹을 거리가 없어서 고심하고 있을 때 그녀는 나를 김춘식 원장에게 데려다 주어 오행생식을 하게 해 주었습니다. 그때는 그녀도 나처럼 오행생식을 하고 요법사 과정 제8기를 같이 졸업했지만, 수선재를 운영하면서 오행생식을 중단했는데 이것이 그녀의 건강과 수명에 영향을 끼친 것이 아닌가 생각됩니다.

네 번째는 내가 『선도체험기』 때문에 모 단체의 장으로부터 출판물에 의한 명예훼손 혐의로 검찰에 고소를 당했을 때였죠. 그때 모 금속학 박사와 함께 그녀가 나에게 유리한 증언을 함으로써 그녀가 나에게 제공한 정보들이 전부 사실임을 입증해 주었습니다.

물론 내가 일방적으로 그녀로부터 도움만 계속 받은 것은 아니고 내가 그녀를 도운 일도 있어서 도반으로서 상부상조 관계였다고 말할 수 있지만 내가 도움을 받은 일이 더 많은 것이 사실입니다. 이러한 그녀가 『선도체험기』 14권을 읽고 나서 나와의 도반 관계는 이것으로 청산하자고 했습니다.

지금 곰곰이 생각해 보면 그때 수선재 창설을 구상하던 그녀가 나와 같이 일하자고 끈질기게 요청하는 것을 내가 끝내 거절한 것이 헤어지게 된 결정적인 원인이었던 것 같습니다. 그때가 1993년 봄이었죠. 그 후 그녀는 나와는 일체의 연락을 끊고 지냈습니다. 결론적으로 말해서 그때부터는 그녀와 나는 갈 길이 달랐던 것입니다. 가는 노선이 달라서 그녀와 나 사이에는 다소 마찰이 있기도 했지만 항상 적당한 선에서 수습이 되어 왔습니다.

한때는 삼공재 수련생들이 집단적으로 수선재로 옮겨가서 수선재의 요직을 독차지하기도 했습니다. 그때 옮겨간 수련생들의 일부가 그녀의 제자가 되어 그녀 앞에서 '김태영 씨' 운운하면서 나를 헐뜯는 말을 했을 때 그녀는 정색을 하고 그들에게 '수련의 대선배에게 씨 자를 함부로 붙이다니 그런 무례가 어디 있느냐'고 일갈했다고 합니다. 비록 갈 길은 달랐지만 1988년부터 1993년까지 5년 동안은 좋은 수련의 동반자였다는 사실만은 영원히 내 기억 속에서 사라지지 않을 것입니다."

"선생님, 혹시 지금 저에게서 문화영 선생의 부고를 전해 들으시고 고인의 영혼이 선생님을 찾지는 않았습니까?"

"그렇지 않아도 지금 들어와 계십니다."

"어떤 느낌이십니까?"

"고인이 수선재를 운영하면서 나와는 일체의 연락을 끊고 지낼 때도 가끔 나도 모르게 도반이었을 때의 습관대로 기 교류가 될 때가 있었는데, 그때마다 그 기운의 강도(强度)와 질(質)이 그전만 못했습니다. 아무래도 건강과 수련의 질에 이상이 있다는 것을 알 수 있었고 그 증세는 그 후 점점 악화되어 가고 있었습니다.

특히 암 수술을 받은 2003년 이후 더 심했습니다. 나는 그때마다 그녀에게 그 사실을 알려 주고 예전처럼 그녀와 함께 대책을 강구하고 싶었습니다. 도반이었을 때의 상태로 돌아가 뜻만 합친다면 어떠한 중병이든지 고칠 수 있다는 확신이 생겼기 때문이었습니다. 그러나 그때마다 그녀는 의식적으로 나와의 소통을 끝끝내 거부했습니다. 이제 비록 삶의 양상이 바뀌기는 했지만 지금이라도 고인과 내가 도반 시절에 품었던 진정한 구도의 길을 되살려 부디 저세상에서나마 대성하기를 간절히 바랄 뿐입니다."

대주천과 단전호흡

박효선 씨가 말했다.

"고인과 도반이었을 때 선생님은 그분의 백회를 열어 준 일이 있지 않았습니까?"

"그런 일이 있었죠."

"그럼, 분명 대주천 수련을 하고 있었을 텐데, 그렇게 암에 걸릴 수도 있을까요?"

"희귀한 예이기는 하지만 대주천 수행자들 중에도 암에 걸려 사망한 사례가 간혹 있습니다."

"그 원인이 어디에 있을까요?"

"비록 대주천 수행을 하던 사람이라고 해도 일상생활을 하는 중에 수행을 중단한다든가 소홀히 하여 수승화강(水昇火降)이 제대로 이루어지지 않을 경우 암과 같은 중병에 걸릴 수도 있습니다."

"수승화강이 되는지 안 되는지는 어떻게 알 수 있습니까?"

"반가부좌를 하면 하단전이 늘 따뜻하게 달아오르고 머리는 언제나 시원하면 수승화강이 되고 있는 겁니다. 수승화강이 이상 없이 가동되고 있으면 적어도 내과(內科) 병에 걸리는 일은 없고, 최악의 경우 난치병에 걸렸다고 해도 금방 자연치유가 되게 되어 있습니다."

"어떻게 하면 수승화강이 이상 없이 가동이 되게 할 수 있을까요?"

"행주좌와어묵동정(行住坐臥語默動靜) 염념불망의수단전(念念不忘意守丹田)해야 합니다. 다시 말해서 이 세상에 살아가면서 어떤 난관에 처한다 해도 잠시라도 의식이 단전에서 떠나지 말아야 합니다.

지난 대선에서 승리한 박근혜 당선인이 단전호흡으로 건강을 챙긴다는 보도를 듣고 나는 그분이 선도와 어떤 관련이 있는가 알아보기 위해서 『박근혜 일기』와 '박근혜 자서전'을 사다가 꼼꼼히 읽어 보았습니다. 『박근혜 일기』 268쪽에 보면 다음과 같은 기록이 보입니다.

'2004년 2월 24일 단전호흡. 오래전부터 익혀 왔다. 바쁜 일과 속에서 매일같이 할 순 없지만 지난 10년, 이것을 힘들어도 꾸준히 해 온 것과 하지 않고 왔을 때의 내 건강에는 어떤 차이가 생겼을까? 세상에는 공짜가 없다는 말은 건강도 거저가 아니라는 것을 말해 준다.'

이 한 문단 외에는 선도수련에 대한 구체적인 언급은 두 책 어디서도 발견할 수 없었습니다. 단지 건강을 유지하기 위하여 그녀는 단전호흡을 해 온 것을 알 수 있습니다. 단전호흡을 해도 그분의 성격에 맞게 아주 확실하고 성실하게 해 온 것은 틀림이 없는 것 같았습니다. 비록 소주천, 대주천 수련을 체계적으로 전수받지는 않았다 해도 건강 차원에서라도 열심히 규칙적으로 단전호흡만이라도 박근혜 당선인처럼 정성껏 한다면 질병에 걸리는 일은 결코 없었을 것입니다. 한 달 이상 불철주야 전국 유세에 올인했는데도 건강에는 조금도 이상이 없는 것을 보면 알 수 있습니다."

"요컨대 단전호흡은 쉬지 않고 얼마나 일상생활화 하느냐에 성패가 달려 있다는 말씀 같습니다. 단전호흡은 『선도체험기』에서 가르친 대로 결가부좌나 반가부좌를 하고 단전에 의식을 두고 숨을 코로 깊고 길고 가늘고 고르게 천천히 하단전까지 들이쉬고 내쉬는 일을 꾸준히 파도처럼 반복하면 됩니까?"

"그렇습니다. 그리고 어떤 일이 있어도 마음이 단전에서 떠나지 말아야 합니다. 그렇게 하면서 일정한 시간이 흐르면 단전은 항상 따뜻하고 머리는 시원해질 때가 반드시 온다는 것을 잊어서는 안 됩니다. 그리고 단전호흡이 익숙해지면 반드시 결가부좌니 반가부좌를 하지 않고 어떠한 자세를 취하고도 마음만 있으면 얼마든지 할 수 있게 됩니다. 바로 선도의 문턱을 넘는 때입니다."

"방금 전에 선생님께서는 『박근혜 일기』와 '박근혜 자서전'을 읽어 보셨다고 하셨는데 그 두 책에 대한 독후감을 좀 말씀해 주셨으면 합니다."

"박근혜 당선자가 청와대에서 사는 동안 어머니와 아버지가 5년 간격을 두고 총탄에 쓰러지는 참변을 겪고 청와대를 떠나서 10년 동안 반연

금 상태 속에서 고전하면서도, 조금도 구김살 없이 오직 사색과 치열한 자기성찰을 통해, 구도자에 비교될 정도로 항상 밝고 긍정적이고도 진취적인 생각을 가질 수 있었던 것은 한 나라의 지도자로서 큰일 하기에 전혀 손색이 없겠다는 느낌을 받았습니다. 이제 우리나라에는 박근혜 시대의 서막이 열렸습니다. 하늘이 다음에는 어떤 각본을 준비하고 있는지 조용히 지켜보도록 합시다."

【이메일 문답】

분당선 전철에서 만난 사람

선생님. 안녕하세요? 오늘 오전 10시 18분경 지하철 분당선에서 『선도체험기』 9권을 읽다가 선생님과 사모님을 만난 사람입니다. 굉장한 영광이었습니다. 몸에 소름이 돋을 정도였습니다. 제가 숫기가 없어서 더는 말은 못했지만 설레었습니다. 1997년쯤 되었을 때 도서관에서 우연히 『선도체험기』를 접하게 되었고 그 후 약 30권 정도 읽다가 중단했습니다. 그러다가 약 2개월 전쯤부터 다시 읽기 시작했습니다. 물론 항상 읽고 싶다는 생각은 했습니다.

우선 목표가 몇 년이 걸려도 현재 나와 있는 시리즈 모두를 읽는 것이었고, 그다음이 선생님을 찾아뵙는 것이었습니다. 그런데 선생님을 먼저 뵙게 되었네요. 예전에 읽을 때와 지금의 읽을 때의 느낌은 굉장한 차이가 있는 것 같습니다.

한 달 전에는 ○○○ 도장에도 등록을 했습니다. 아직은 저의 부족함에 잘 나가고 있지는 못하지만 오늘 선생님을 만난 것을 계기로 하여서 금연도 하고, 단전에 기도 느끼게 되면 선생님을 한번 찾아뵙겠습니다. 그때에는 많은 조언을 저에게 해 주시면 정말 감사하겠습니다. 그때 지하철 분당선에서 『선도체험기』 9권을 읽고 있던 사람이라고 하면 기억해 주시길 바랍니다. 오늘 만났던 일이 『선도체험기』의 어느 한 줄에 인연이 되길 바라며...

2012년 12월 11일
이선형 올림

이선형 씨에게

어제(2012년 12월 11일) 오전 10시 좀 넘어, 집사람과 같이 분당선을 타고 볼일 보러 가다가 우연히 맞은쪽에 서서 『선도체험기』 9권을 몰입한 상태에서 읽고 있는 젊은이를 발견했습니다. 집사람에게 눈짓을 했더니 인사를 시키겠다면서 일어서기에 독서에 방해가 된다고 주저앉혔더니 그게 대수냐면서 『선도체험기』 독자가 저자를 만나면 얼마나 반가워하겠느냐면서 기어코 이선형 씨 쪽으로 걸어갔습니다.

옷깃만 스쳐도 3세의 인연이라고 했는데 이선형 씨는 나와는 특이한 인연이 있는 것 같습니다. 그렇지 않아도 이름도 미처 물어보지 못하고 무엇을 하는 분인지도 모른 채 엉겁결에 악수만 하고 헤어져서 아쉬워했는데 이렇게 이메일까지 보내 주시니 반갑기 그지없습니다.

이왕에 『선도체험기』를 읽으시는 거 가능하면 지금까지 나온 103권까지 다 읽으셨으면 다음에 만나더라도 얘깃거리가 많아질 것입니다. 어제 나를 만났을 때 몸에 소름이 돋았다는 것을 보니 기를 느끼기 시작한 것 같습니다. 부디 수련에 정진하여 훌륭한 수행자가 되시기 바랍니다. 그 일에 내가 도움이 된다면 다행한 일이 될 것입니다.

검은 덩어리의 정체

선생님 안녕하셨습니까? 전에 몇 차례 이메일로 질문을 한 적이 있는 양금호라고 합니다. 염치없는 줄 알면서 수련 중 나타난 현상에 관한 질문을 여쭈고자 합니다. 선생님에게 질문을 하는 이유는 다른 분에게 질문을 해도 핵심에 대한 답변을 하지 못하고, 수련 과정에 대한 의문을 풀고 기 수련 공부를 제대로 하기 위한 것이니 부디 답변을 청합니다. 물론 선생님의 책을 100권까지 읽었습니다.

어제 수련도 여느 때와 같이 잘되었습니다. 전에도 수련이 잘되고 마칠 때쯤 검은 덩어리가 검은 데 확실하게 검게 보이고 눈을 감아도 보입니다. 또한 눈을 뜨고도 검은 덩어리가 확실하게 보입니다. 이 검은 덩어리가 움직여요. 항상 그런 것은 아닙니다.

어제 반가부좌하고 눈을 감고 있다가 반개했을 때 예전에도 보았던 주먹만한 검은 덩어리가 보이고 또다시 눈앞에서 움직였습니다. 눈을 뜨고 보면 이 검은 주먹만한 덩어리가 검은색이 점차 약해지는데, 이 덩어리는 바깥선이 있고 그 안에는 더 검은 것이었습니다.

그래서 이번에는 반쯤 눈을 감고 이 약해져 가는 검은 덩어리를 보니 검은 덩어리가 다시 더 선명하게 보이고 마침내 이 검은 덩어리가 황금색으로 변하였습니다. 주변에서 움직이며 사라져 가는 이 황금색 덩어리를 반개 상태로 집중하여 보니 작아진 검은 덩어리가 여기저기로 움직였습니다. 움직이면서 작아지고 또다시 검은 덩어리로 변하고 집중하여 보니 또 황금색 덩어리로 보였습니다. 이번까지 서너 차례 이 검은 덩어리가 나타났고 황금색 덩어리는 적어도 두 차례 이상은 보인 것 같습니다.

선생님, 제 수련 상태가 정상인가요? 자세한 설명을 부탁드려도 되겠습니까? 지금은 전신에 물 같은 기가 흐르는 것을 보아 소주천을 넘어 대주천이 진행되는 것 같습니다. 다음은 기 수련 과정에서 나타난 특징입니다.

1) 점심 식사 도중에 백회 주변이 번개 맞은 것같이 멍한 상태가 있었음(뇌출혈인 줄 알고 매우 놀랐음.)
2) 100일 정도에 안면에 기가 흘러 막힌 기혈을 22차례 강하게 흐르고 며칠 지나서 임맥 소주천 완료.
3) 경혈에 기가 물총을 쏘는 듯한 기 작용 계속(신체에서 피부근육이 움찔움찔 움직이는 모습을 동영상으로 찍은 것이 있음.)

부디 원하시는 기 수련을 이루시고 후배들 또한 잊지 마십시오.

2012년 12월 15일

양금호 드림

【필자의 회답】

『선도체험기』를 1권부터 100권까지 읽으시고 그 내용을 제대로 파악하셨다면, 지금 겪고 있는 현상은 지극히 정상이라는 것을 아셨을 것입니다. 문제는 수련 중에 나타나는 현상들에 일일이 관심을 보이고 의구심을 품는 것이 비정상입니다. 부디 수련 중에 일어나는 일체의 현상들을 객관적으로 냉정하게 관찰하는 안목을 갖추시기 바랍니다. 자신의 관찰로 알 수 없을 때는 자신의 자성에게 물어보든가 화두로 삼으면 조만간에 해답을 얻게 될 것입니다.

이렇게 하면 한 단계 한 단계씩 관찰력을 높여나가게 될 것입니다. 그래야 진짜 자기 공부가 됩니다. 자기에게 맡겨진 숙제를 스스로 풀려고 하지 않고 누구에게 하나하나 묻는 것은 남의 힘으로 자기 숙제를 풀려는 것과 같은 안이한 자세입니다.

1) 답 : 백회 주변의 경혈이 열리는 현상입니다.

2) 답 : 임맥만 열려 가지고는 소주천이 완성되지 않습니다. 임맥과 독맥이 동시에 열리고 단전의 기운이 임맥과 독맥을 한 바퀴 돌아야 소주천입니다.

3) 답 : 해당 경혈이 열리는 현상입니다.

『선도체험기』를 100권까지 읽었으면 아예 내친김에 103권까지 다 읽으시기 바랍니다.

큰 깨달음

선생님 그동안 잘 지내셨는지요? 전 지난 주말에 부산에 완전히 내려왔습니다. 번역 프리랜서 하려고요. 다니던 직장은 지난 11월 초에 그만두었답니다. 내려오기 전까지 바짝 수련해서 기감이 생긴 후에 내려오려고 했는데 수련이 맘 같지가 않네요.

정작 내려올 때는 서울 생활 정리하느라 사람 만나서 술 마시다 보니 인사드리러 갈 수가 없었습니다. 적어도 수련하러 갈 때는 전날 술을 삼가야 한다는 원칙이 있었거든요. 그러다 보니 제대로 인사도 못 드리고 내려왔습니다. 하지만 지난 한 달여 수련하는 동안 큰 깨달음을 얻었습니다.

지난 5년간 수련하면서 '난 왜 안 될까?' 수없이 고민했었습니다. 스승님께 여쭙고도 싶었지만 기도 못 느끼는 주제에 차마 여쭤볼 수가 없었습니다. 다 제 탓이라 여겼지요. 하지만 마음속 한구석에는 혹시나 하는 어리석은 마음도 있었습니다.

최근에 신성욱 님으로부터 큰 가르침을 받았습니다. 여느 날처럼 아무 기운도 못 느끼고 지하철역으로 향하다가, 우연히 그분과 얘기를 나누게 되었는데, 참 많은 깨우침을 얻었습니다. 아침저녁으로 각각 1시간 반씩 수련하고, 30분씩 도인체조, 하루 생식 두 끼를 매일 반복하신다더군요. 그렇게 수련을 1년 이상 하니 이제야 기운을 좀 느낀다 하시더군요.

스승님께서 수없이 말씀하신 내용이지만 전 그때까지 제대로 깨닫지 못했습니다. 그때 깨달았습니다. 저의 부진은 모두 저의 게으름 탓이었다는 것을요. 어느 정도 그러지 않을까라는 의구심은 있었지만 그렇게 확신하진 못했습니다.

그날 전 확실히 알았습니다. 제대로 노력을 해야 결과가 온다는 것을. 12월도 중반이 지날수록 점점 초조해졌는데 그날 이후 마음이 편해졌습니다. 당장 서울에서 어떤 결과가 없더라도 내려가서 열심히 하면 좋은 결과가 생길 것이라는 믿음이 생겼으니까요.

비록 부산에 내려와서 서울에 있을 때만큼 자주 뵙지는 못하겠지만 1달에 한 번 정도는 올라가려고 합니다. 프리랜서 생활을 하니 시간은 어느 정도 자유롭답니다. 오늘 처음으로 부산 사무실로 출근했습니다. 사무실이란 바로 집 근처에 있는 구립도서관 전용 노트북석이죠. 아주 좋습니다. 책도 신문도 잡지도 없는 게 없습니다. 첫날이라 정신없이 이것저것 하느라 보냈지만, 내일부터 하나씩 정리가 되지 싶습니다.

다음번엔 살도 다시 빼고 수련에 고삐를 단단히 잡은 채로 찾아뵙겠습니다. 너무 서두가 길어졌네요. 생식 표준 4개와 생강가루 1박스 부쳐주시면 감사하겠습니다. 계좌번호랑 금액 알려 주시면 바로 입금하겠습니다. 날이 갈수록 추위가 기승을 부리네요. 빙판길 조심하시고 건강에 유의하시기 바랍니다. 그럼 조만간 다시 찾아뵙겠습니다.

2012년 12월 26일

부산에서 제자 류성록 올림

【필자의 회답】

『참전계경』에도 나오는 지성이면 감천이란 말은 조금도 틀림이 없습니다. 신성욱 님은 71세의 고령인데도 오로지 지극정성 하나로 꾸준히 수련에 임하시기 때문에 젊은이 이상으로 진척되고 있습니다. 수련이란 나이의 고하에 영향을 받거나 마음이 초조해한다고 해서 잘되는 것은 아니라는 것을 깨달았다니 그거야말로 큰 진전이 아닐 수 없습니다.

그 깨달음을 바탕으로 용맹정진한다면 반드시 좋은 성과가 있을 것입니다. 부산에서 삼공재에 한 달에 한 번 또는 두 번씩 정기적으로 찾아오는 수련자들이 여럿 있습니다. 류성록 씨도 그분들처럼 수련이 순조롭게 잘되기 바랍니다.

문화영 선생님의 승천

김태영 선생님 안녕하십니까! 평택 우석호입니다. 올겨울은 유난히 강추위가 자주 찾아와 선생님과 사모님의 건강이 염려되옵니다. 혹시 외출하실 때는 빙판길에 조심하셔서 낙상하시는 일이 없기 바랍니다.

한의원에 근무하다 보니 낙상 환자가 유난히 많이 보게 되는 겨울입니다. 오늘도 시간 내기가 여의치 않아 찾아뵙지 못하고 있습니다. 거기에 감기가 찾아와 심하게 기침을 하고 있어 더욱 찾아뵙지 못했습니다. 다음 주 토요일에는 시간을 내어 찾아뵙도록 하겠습니다. 제대로 수련생의 자질을 갖추지 못하고 있어 감기 따위나 걸리는 처지에 할 말이 없습니다.

오늘은 전에 몸담았던 수선재의 근황을 전할까 합니다. 어찌되었던 한국에서 수련에 뜻을 둔 많은 수련자들이 관심을 갖는 곳 중의 한곳이기에 더욱 그렇습니다.

수선재 스승이신 문화영 선생님께서 작년 12월 30일경에 승천하셨답니다. 김태영 선생님께서도 한때 인연이 있으셨던 분이시니 소식을 전합니다. 수선재 내부에서는 아직 공식 발표가 있기 전이지만 아는 분들은 아는 내용이기도 하구요. 삼공 선생님께서도 혹시 소식을 들으셨을 수도 있겠지만요.

자세한 내용은 모르지만 자연사했다고 하더군요. 왜 영적 큰 스승들은 일찍들 가시는 걸까요? 60세 정도 되셨을 텐데, 자연사라니 믿기지가 않습니다. 제가 알기로는 10년 전에 자궁경부암으로 서울대에서 수술받으시고, 몇 년 전에 다시 그 암이 재발한 것으로 아는데 왜 자꾸 자연사로 미화하고 가꾸려 할까요?

물론 암도 몸이 표현하는 방식의 일부이지만 제대로 된 호흡과 기운이라면 병이 아닌 정말 자연사해야 되는 거 아닌가요? 남은 사람들은 그런 사실을 모르겠지만 제자들이나 운영하는 사람들 입장에서는 남아 있는 제자들에게 구심점을 주기 위해 스승의 향천도 성스럽게 포장할 필요가 있겠지요. 그런 게 진정 우화등선일까요?

병마와 싸우고 수술의 후유증으로 고통받다 돌아가시는 것이 이유들이죠. 혹자들은 죽은 이유보다는 무엇을 전했고, 무엇을 남겼느냐가 중요하다고도 하더군요. 배우는 입장에서는 그 말도 맞는 말이기도 합니다. "달을 가리키는 손가락을 보지 말고 달을 직접 봐야 한다"는 말처럼요.

진정 깨달음보다는 천서 수신이나 우주인과의 대화에 치중하는 수련방식이 과연 올바른 방향일까요? 수선재의 방향은 남아 있는 자들의 몫이겠지만 제대로 된 수련단체로 거듭나기를 바랄 뿐입니다. 인명은 재천이지만 하늘을 안다는 분들도 보통의 인간이 겪는 병마와 죽음의 그늘을 벗어나지는 못하는 것 같습니다. 물론 당신의 의지로 병원보다는 가족들 품에서 자연사를 택하시기는 했지만요.

수련생 입장에서 영적 스승들의 타계에 허전한 마음이 들 뿐입니다. 좀더 건강을 위해 노력하고 실천하여 수련의 끈을 놓치지 않도록 호흡수련에 매진하겠습니다. 다음 주에 뵐 때까지 만사가 평안하시기를 바랍니다.

2013년 1월 5일
천안 우석호 올림

【필자의 회답】

문화영 선생의 타계 소식은 지난 1월 3일 삼공재에 나오는 한 수련생으로부터 들었습니다. 자연사로 처리하든 병사로 처리하든 그것은 유족들 마음에 달려 있는 일입니다. 이제 그런 것을 논해 보았자 무엇 하겠습니까?

나는 고인이 1993년 봄에 『선도체험기』 14권을 읽고 나와는 도반 관계를 청산하고 떠난 뒤에는 일체의 연락이 끊어졌습니다. 나와는 가는 길이 달랐던 것입니다. 그녀가 말하는 대로 우주의 무슨 성좌에 사는 존재의 기운을 받아야 한다느니 천서를 받아야 한다느니 하는 것은 내가 지향하는 구도의 길과는 전연 맞지 않습니다. 진리는 마음을 깨달아 부동심과 평상심을 거머쥐는 데 있는 것이지 외부에서 오는 것이 아니기 때문입니다.

정신병과 접신

설연휴 즐겁게 보내셨나요? 조성용입니다. 저는 잘 지내고 있는데 안식구가 설날부터 기침감기로 앓아눕더니 그다음 날 제가 좀 달라 보인다고 하더군요. 설 전날 놀러온 친구 내외도 그런 말을 했다 하며 걱정이라고 이럴 때면 병원 신세를 졌다고.

요 며칠 빙의된 것은 사실이지만 지금은 백회 부근에 모여 거의 천도단계에 접어들어 내일이면 완전히 천도될 것 같고, 빙의가 되었다곤 해도 부담을 느낄 만큼 힘들다거나 아프다거나 하지도 않았습니다. 그런데 그 정도 빙의로 얼굴이나 목소리가 달라질 수도 있나요?

그리고 아내며 딸, 심지어 친구까지 알아볼 수 있는 걸 정작 당사자인 저는 왜 달라진 자신의 얼굴을 알아보지 못할까요? 그러고 보니 그동안 정신병원에 입원했던 게 모두 빙의 때문이거나 접신 때문이었단 결론이 나오네요. 큰 수확인데요.

전에는 이런 때 빙의에 대해 설명하고 이해시키려 노력했는데 요번에는 일절 얘기하지 않고 집사람의 요구대로 그동안 주욱 먹고 있던 정신과 약물의 양을 추가하여 복용하였습니다. 이야기를 해 봐야 알아듣는 것 같지도 않고 오히려 더 이상하게 여기는 것 같더라구요. 어떤 빙의령도 제 얼굴과 목소리에 영향을 미칠 수 없도록 수련에 박차를 가하는 수밖에요.

2013년 2월 3일 답변의 말씀을 기다리며,
대전에서 조성용 올림

【필자의 회답】

모든 정신 이상은 빙의나 접신에서 옵니다. 그러나 정신병자인가 아닌가는 순전히 빙의령과 접신령을 당사자가 스스로 통제할 수 있는가의 여부에 달려 있습니다. 지금 조성용 씨처럼 관을 하여 들어온 빙의령과 접신령을 확실히 장악하고 있으면 정상인이지만, 빙의령이나 접신령에게 휘둘리기 시작하면 병자가 되는 것입니다. 그러니까 지금 조성용 씨처럼 빙의령이나 접신령을 손아귀에 움켜쥐고 있으면 걱정할 것이 조금도 없습니다. 이런 일이 있을수록 더욱 분발하여 수련에 매진하기 바랍니다.

빙의 관찰 1

안녕하세요? 선생님. 대전에 조성용입니다. 요즘 빙의에 대해서 많은 것을 느끼고 있습니다. 전에는 한 달 보름 이상 단전에 열감이 없다 있다 하여 빙의에 대해 자세하게 관찰할 수 없었지만, 최근에는 5일, 이틀, 하루면 천도되는 걸 느낄 수 있고 혹여 빙의가 되어도 약하게나마 기감이 있어 "아 이렇게 빙의령이 작용하는구나" 싶더라구요.

읽어 보시고 잘잘못을 지적해 주시면 감사한 마음으로 받겠습니다. 우선 빙의령이 제 의식에도 상당한 영향을 행사한다고 느꼈습니다. 일례로 저는 새벽에서 오후 2시까지 화물차 운송 일을 하는데, 평소에 느긋하던 성격이 별안간 조급해질 때가 있는데 이럴 때 교통사고가 날 뻔한 적도 여러 번 있고 실제로 사고가 난 적도 있었습니다. 이런 때는 여지없이 빙의가 돼 있더군요.

성욕이 일어날 때 물론 정이 충만하여 그럴 수도 있겠습니다만, 요번 주에 알게 된 일인데 저의 경우는 빙의에 의한 경우가 더 많은 게 아닌가 싶습니다. 선도수련을 하시는 분들 중 몽정이나 성욕으로 고심하는 분들은 빙의를 의심해 보는 게 도움이 될 거라 생각됩니다.

전부터 '저에게 빙의된 영들은 도대체 누굴까?' 하는 의문이 많았지만 능력이 부족하니 알 수 없겠다 싶어 알아보려는 시도조차 하지 않았습니다. 그런데 어제는 알아보고 싶더라구요. 하지만 예전에 스승님께서 지도령을 부르실 때 그런 기운을 아껴 수련에 써야 한다는 구절이 생각나 그만두었습니다. 또 알면 뭐하나 싶기도 하구요.

정말 빙의령을 알아보는 데 기가 많이 소모되나요? 금주에 느낀 빙의에 대해 두서없이 적어 보았습니다. 늘 길잡이가 되어 주심에 감사드리며 이만 인사 올립니다.

2013년 2월 23일
대전에서 조성용 올림

【필자의 회답】

모두가 조성용 씨가 내가 말한 대로 열심히 관찰을 했기 때문에 얻을 수 있었던 소중한 자산이요 밑천이요 지혜들입니다. 관을 통하여 자꾸만 지혜가 열리면 지금 빙의되는 영들이 전생에 조성용 씨와 어떤 인연이 있었나 하는 것도 차츰차츰 알게 될 것입니다. 그러한 능력은 하루아침에 얻어지는 것이 아니고 관을 하는 동안 단계적으로 습득될 것입니다. 계속 용맹정진, 분발하시기 바랍니다.

빙의령 관찰 2

안녕하세요? 조성용입니다. 빙의령에 대하여 그동안 느낀 점을 말씀드립니다. 『선도체험기』에 빙의로 인하여 육체적 고통에 시달리는 이야기를 읽을 때면 정말 그럴까 하는 의문이 많이 들었습니다. 왜냐하면 저의 경우는 빙의가 되어도 통증은 느낄 수 없었거든요.

그런데 요즘 들어 육체에 영향을 미치는 영혼들을 발견했습니다. 다리가 풀려 걷거나 뛰는 게 어렵고 어정쩡해진다거나 팔에 힘이 없어 자동차 핸들 돌리기가 힘이 든다거나 하는 유의 빙의령들입니다. 이상하다 싶어 계속 관하였더니 서너 시간 만에 천도되는 느낌이 들더라구요. 팔다리는 물론 정상으로 돌아왔구요.

이런 빙의령들은 정신적인 문제에 영향을 끼치는 경우보다는 훨씬 수월하게 천도되는 것 같아요. 참 미각에도 작용하는 것 같네요! 이따금씩 생식이 이상하게 쓸 때가 있는데 이런 때도 빙의가 되어 있더라구요. 늘 그런 것은 아니겠지만 건강상 특별히 이상이 없는데 뭔가 평소와 다르다면 빙의에 의한 게 아닌가 의심해 봅니다.

오늘 저녁부터 추워진답니다. 건강 조심하세요. 토요일에 뵙겠습니다.

2013년 3월 13일

조성용 올림

【필자의 회답】

그동안 꼼꼼하게 관찰에 집중해 온 결과 수련이 많이 향상되었습니다. 관이 좀더 진전되면 빙의령의 모습이 어렴풋이나마 화면으로 떠오르게 될 것입니다. 그다음 단계는 금생에 그렇게 될 수밖에 없는 전생의 인과관계가 화면으로 들어오게 될 것입니다. 작은 성과에 만족하지 말고 꾸준히 용맹정진하기 바랍니다.

너무 예민한 반응

스승님, 3시쯤 뵈올 테지만 지금 기차 안에서 멜을 쓰고 있습니다. 우선 저의 수련은 몇 주 전 삼공재를 찾은 이후로 기운이 많이 안정되었습니다. 스승님 말씀대로 『천부경』, 『삼일신고』, 대각경을 수시로 외우며 수련하니 기운이 훨씬 많이 들어왔습니다.

그리고 구렁이님이 나가셨는지 아님 소강상태인지 안 보이시구요. 지금 동생하고 같이 가고 있는데 실은 좀 염려스러운 게 있습니다. 동생은 『선도체험기』도 꾸준히 읽고 (90여 권) 생식도 잘 먹고 운동도 규칙적으로 하고 있습니다.

기를 느끼기 시작하고 축기가 되면서 동생 말을 들어 보면 소주천이 된 거 같기도 합니다. 그런데 문제는 수련 초기에 저나 다른 분들도 기감이 예민해지면서 주변의 탁기, 손기, 빙의로 많이 힘들어 하시는데, 동생이 너무나 예민하게 반응을 하니 좀 걱정이 됩니다.

스승님도 아시겠지만 제가 2년 전에 현묘지도 수련에 들었을 때 동생이 신경정신과 쪽에서 치료를 받은 적이 있습니다. 증상은 대인기피, 망상, 환청 등이었는데 솔직히 거의 좋아졌지만 그 병이 완치가 되는 것이 힘들다 보니 항상 염려를 하고 있습니다. 발병했을 때도 제가 『선도체험기』를 주며 마음을 다잡아 보라고 주었는데, 책 속에 나오는 기이한 기적 현상들을 직접 체험한 양 오히려 역효과가 난 듯했습니다.

다행히 지금은 좋아져서 수련도 하고 자기 자신의 건강도 챙기는 모습이 대견하기는 한데 아직까지 대인기피 같은 현상이 남아 있다 보니, 기감이 예민해진 거에 합쳐져 심리적인 것까지도 같이 드러나는 것 같습니다. 가령 자주 냄새가 난다거나 누가 쳐다만 보고 있어도 머리가 아프고 문자나 스팸 메일을 받아도 기운이 느껴진다고 합니다.

인터넷에 댓글들만 읽어도 기운이 느껴진다 합니다. 물론 체질에 따라 기감이 엄청 예민할 수는 있지만 그런 것들이 일상생활에 지장을 느낄 정도로 심각하게 받아들여지니 좀 문제라고 생각됩니다. 동생이 수련을 하고 건강을 되찾는 것은 반가운 일인데 솔직히 저도 감히 구도의 길에 들어왔다고 말씀드리기 부끄러울 정도로 수련이 녹록지 않고 빙의로 힘든 나날을 보내고 있는데 동생이 이 험난한 과정을 이겨낼 수 있을까 하고 걱정이 되는 것도 사실입니다. 곧 뵙겠지만 다소 복잡한 심정으로 글을 마칩니다.

2013년 3월 15일
박동주 올림

【필자의 회답】

내가 보기에 동생은 초보자치고는 기감이 예민하기는 하지만 걱정을 해야 할 정도는 아닙니다. 이제 수련이 차차 진행될수록 상태가 개선될 것입니다. 수련 초보자들에게 흔히 있는 현상이니까요.

그리고 지난 23년 동안의 나의 삼공재 체험에 의하면 신경정신질환은 거의 다 빙의령과 접신령 때문에 일어나는 현상입니다. 수행자가 정신 똑바로 차리고 자기 자신을 객관적으로 관찰할 수 있는 능력만 있으면 얼마든지 극복할 수 있는 영병(靈病)입니다.

요컨대 자기 자신에게 들어와 있는 빙의령이나 접신령을 관(觀)을 통하여 제압할 수만 있으면 누구나 영병에서는 벗어날 수 있습니다. 『선도체험기』를 잘 읽어 보면 영병을 이겨낸 실례들을 접할 수 있을 것입니다.

빙의당한 사람 대 빙의령(또는 접신령)과의 격투에서 후자가 이기면 정신병자가 되는 것이고 전자가 이기면 정상인이 되는 겁니다. 내가 보기에 동생 되는 분은 이것을 잘 알고 빙의령을 제압하고 있는 것이 틀림없습니다. 그러나 해이하거나 게을러지면 언제 또 빙의령에 당할지 모르니 항상 마음을 놓지 말고 정신만 똑바로 차리고 있으면 다시 정신신경과 의사의 신세를 지는 일은 없을 것입니다. 집주인이 자기 집을 관리하듯 자기 몸과 마음을 관리하면 됩니다.

자기 자신을 스스로 관리할 수 있는 사람은 언제든지 눈동자가 초롱초롱하고 눈에서 정기를 발산합니다. 그래서 눈만 보아도 그 사람의 정신상태를 금방 알 수 있습니다. 나는 동생인 박○○ 씨의 눈을 보고 이런 말을 합니다. 그러니 박동주 씨도 이 점 각별히 유의하시기 바랍니다.

〈106권〉

다음은 단기 4346(2013)년 3월 25일부터 단기 4346(2013)년 8월 14일 사이에 있었던 필자의 수련 과정과, 필자와 수련생들 사이에 오고간 수련과 인생에 대한 대화 그리고 필자와 독자 사이의 이메일 문답을 수록한 것이다.

여자 검침원

한 달에 한 번꼴로 삼공재에 찾아오는 전라남도 고성군의 한 농촌에서 농사를 짓고 있는 박재훈이라는 50대 수련생이 들어와 앉자마자 미처 숨을 고르기도 전에 입을 열었다.

"선생님, 저는 지난 한 달 동안 내내 정신없이 부산하게 지냈습니다."

"무슨 일이 있었습니까?"

"이웃에 사는 제 친여동생이 전기 검침원으로 일하다가 강간 살인을 당했습니다."

"네엣? 아니 어쩌다가. 좀 차근차근 자초지종을 얘기해 보세요."

"그날도 근무하러 나갔는데 날이 어두워도 집에 돌아오지 않는 겁니다."

"여동생의 나이는 어떻게 됩니까?"

"52셉니다. 대기업에 취직한 장성한 두 딸과 대학원 다니는 아들을 둔 주부이고, 농협에서 일하는 남편도 있습니다. 경찰과 함께 조그마한 동네가 발칵 뒤집혀서 범인을 찾아보았지만 열흘이 지나도록 오리무중이었습니다.

그런데 사고가 난 지 열흘 만에 동네 근처 한적한 산비탈을 지나던 마을 사람이 길가에서 약간 떨어진 숲속에 나뭇잎이 소복하게 쌓여 있는 것을 발견했습니다. 이상하게 생각되어 다가가서 나뭇가지로 헤쳐 보니 문제의 여자 검침원으로, 동네가 발칵 뒤집혀 찾아 헤매고 있는, 인근에서는 누구다 다 아는 제 여동생이었습니다."

"요즘처럼 무더운 날씨에 사망한 지 열흘이 되었으면 이미 부패가 시작되었을 텐데."

"그런데 소식을 듣고 부리나케 제가 누구보다 먼저 달려가 보니 얼굴도 몸도 복장도 꼭 살아 있는 것처럼 그렇게 말짱할 수가 없었습니다."

"갑자기 당한 횡액에 황당하고 치욕과 원한이 사무쳐서 그랬을 겁니다."

"원한이 사무치면 그럴 수도 있습니까?"

"일부함원오월비상(一婦含怨五月飛霜) 즉 한 여자가 한을 품으면 오뉴월에도 서리가 날린다는 말도 있지 않습니까."

"그럴 수도 있겠군요."

"그럼 범인은 어떻게 되었습니까?"

"결국 찾아냈습니다."

"어떻게요?"

이렇게 박재훈 씨와 나 사이에 긴박한 대화가 오고가는 사이에 내 영안에는 검침원 복장을 한 여자가 남자와 드잡이를 하다가 결사적으로 격투를 벌이는 화면이 떠올랐다. 박재훈 씨에게 빙의되었던 그의 여동생의 영가가 나에게 옮겨온 것을 알 수 있었다.

"부검 결과 강간 살인임을 알아낸 경찰에서는 유력한 용의자로서 혐의가 가는 인근에 사는 세 남자를 지목하고, DNA 검사를 한 결과 범인으로 그중 33세의 독신 남자를 잡아냈습니다."

"그럼 범인은 한동네에 사는 서로 아는 얼굴입니까?"

"그럼요."

"여동생이 검침하러 들어갔을 때는 마침 그 집에 남자 혼자 있었던 모양이죠?"

"원래 혼자 사는 총각이었습니다. 자기 어머니와 함께 살았는데 최근에 어머니가 새집을 얻어 이사를 했답니다. 그건 그렇고요. 선생님, 잘 알고 지내는 아들 같은 동네 총각한테 그런 욕을 당했으니 얼마나 치가 떨렸겠습니까? 그래서 죽은 지 열흘이 지나도록 이 더운 날씨에 시신이 생시처럼 말짱했던 것 같습니다.

그렇지만 이왕 일은 벌어진 거고 사후에나마 이 세상에서의 원한을 버리고 좋은 곳에 태어나야 할 텐데, 그 나이까지 바르고 착하게만 살아온 동생이 도대체 무슨 업연으로 그런 끔찍한 일을 당했을까요?"

"전생에는 틀림없이 그 범인과는 금생과는 정반대의 관계에 있었을 겁니다."

"아니 그렇다면 전생에는 동생이 남자였고 범인은 여자로서 강간 살인을 자행했었다는 말씀인가요?"

"그렇습니다. 그러한 원수끼리의 악순환의 윤회의 고리가 여러 번 반복되었을 겁니다."

"그럼 이런 때 제 동생은 어떻게 처신을 했어야 합니까?"

"이 원수 갚기의 윤회의 고리를 먼저 알게 된 쪽이 그 원수의 고리를 끊어야겠다고 결심하고, 상대를 저주하고 미워하는 감정에서 먼저 벗어나야 합니다. 그럼 그 순간부터 여러 생을 통하여 지속되어 온 원수 갚기의 고리는 풀어지게 되어 있습니다.

박재훈 씨는 구도자고 오빠니까 여동생의 영가가 빙의되어 있습니다. 빙의된 영혼은 빙의당한 사람의 심정과 의식을 닮게 되어 있고, 무슨 인연인지 몰라도 나까지도 지금 이 일에 끼어들었으므로, 범인에 대한 복수심을 포기하는 쪽을 택하였을 것입니다."

"선생님 제발 제 동생이 선생님 말씀대로 그 원수 갚기의 고리에서 벗어나 마음의 평안을 얻었으면 좋겠습니다."

"당연히 그래야죠. 이승에 사는 사람이든 중음신(中陰神)이든 마음을 어떻게 먹느냐에 따라 그의 운명은 그 순간에 바뀌게 되어 있습니다. 백만 원의 돈을 지하철 안에서 소매치기당한 사람이 있다고 칩시다. 어떤 사람은 돈을 소매치기 당한 것을 알자마자 발을 동동 구르면서 그 소매치기의 손모가지가 톡 부러져라 하고 저주하는가 하면, 어떤 사람은 내가 전생에 빚진 돈을 빚쟁이가 찾아갔다고 생각하고 아예 깨끗이 모든 것을 잊어버립니다. 그렇게 하면 인과응보의 고리에서도 해방이 됩니다. 어느 쪽의 마음이 편안하고 하늘의 도움을 받을 것 같습니까?"

"전생에 빚진 돈을 빚쟁이가 찾아갔다고 생각하는 사람입니다."

"동생의 영가도 그런 심정으로 원수 갚기의 고리를 끊어 버리고 범인을 용서해 주면 다시는 그러한 윤회의 고리에 말려들지 않게 될 것입니다."

"선생님께서는 그러한 이치를 어떻게 아시게 되었습니까?"

"내가 윤회니 인과응보니 하는 용어를 쓰니까 불경에서 그러한 원리를 배운 것으로 알지 모르지만 그렇지 않습니다."

"그럼 어떻게 그런 이치를 아시게 되셨습니까?"

"순전히 관찰을 통해서 알게 되었습니다."

헛구역질하는 누나

40대 초반에 아직 미혼인 황연호라는 수련생이 삼공재에서 수련 중 선정에 들었다가 눈을 뜨고 말했다.

"선생님, 의문이 하나 있는데 좀 여쭈어봐도 되겠습니까?"

"어서 말씀해 보세요."

"제 누님이 벌써 6개월째 시도 때도 없이 자꾸만 헛구역질을 합니다. 병원에 가서 아무리 각종 첨단 장비로 검사를 해 보아도 아무 이상이 없다는 소견만 나옵니다. 물론 한의원에도 가 보았지만 원인을 밝혀내지 못했습니다. 그러자 누님은 혹시 귀신의 장난이 아닌가 하고 무속인한테라도 가 봐야겠다고 말합니다. 도대체 중년 가정부인이 뜬금없이 헛구역질을 자꾸만 하는 이유가 무엇일까요?"

"혹시 임신 초기의 입덧이 아닌지 알아보았습니까?"

"아이를 셋씩이나 낳아본 경험이 있는 누님은 입덧은 절대 아니라고 합니다."

"그럼 입덧하다가 사망한 여자의 중음신에게 빙의가 되었을 겁니다."

"그럼 선생님, 어떻게 해야 합니까?"

"황연호 씨는 혹시 누님한테 『선도체험기』를 읽어 보라고 권한 일은 없습니까?"

"있습니다. 『선도체험기』를 50권까지 구입하여 읽어 보라고 권해 보았지만, 전혀 읽으려고 하지 않습니다. 왜 그런 질문을 하십니까?"

"누님이 빙의가 되어 지금 그런 고생을 하는 것은 선도수련을 하라는 선계의 신호입니다. 만약에 누님이 황연호 씨가 구해 준 『선도체험기』 50권을 다 읽었더라면 스스로 알아서 그 헛구역질 문제를 진즉 해결했을 것입니다."

"혹시 절에 가서 천도재를 올리면 효과가 있을까요?"

"천도재를 주관하는 스님이 정말 영능력이 출중하여 빙의령이나 접신령을 천도할 능력이 있다면 효력이 있을 것입니다. 그러나 내가 알기에는 그런 고승이 있다는 말을 아직 들어 본 일이 없습니다. 대부분의 경우 천도재 올리느라고 돈만 몇백 또는 몇천만 원씩 날릴 뿐입니다."

"무속인은 어떻습니까?"

"무속인은 심하게 접신이 되어 접신령의 지시대로 움직이므로 영능력이 제한되어 있습니다. 결국은 원하는 효력은 얻기 어려울 것입니다."

"그럼 선생님한테 와서 좀 도움을 받을 수는 없을까요?"

"누님에게 『선도체험기』를 50권까지 구입해 드렸다고 하지 않았습니까?"

"그럼요."

"그 책을 읽었다면 해결책은 그 안에 고스란히 다 들어 있습니다. 누님께서 그것을 읽으셨다면 어떻게 해서든지 나를 찾아왔을 것입니다. 그럼 벌써 해결되었을 것입니다. 그 책을 읽고 나서 구도자가 되기로 결심을 했다면 말입니다. 『선도체험기』를 읽는다고 해서 누구나 다 그런 결심을 하는 것은 아니니까 이런 말을 하는 겁니다."

"그럼 어떻게 해야 합니까?"

"그것을 읽고 감동을 받은 나머지 나도 수련을 해야겠다고 결심을 해야 합니다. 그것도 다 인연이 있어야 됩니다. 이 일은 돈이 몇백 몇천만 원씩 드는 일도 아닙니다. 오직 수련을 하겠다는 정성과 의지와 노력만 있으면 누구나 다 할 수 있는 일입니다."

"아무래도 누님은 수련을 할 의사는 없는 것 같은데 앞으로 어떻게 하면 좋겠습니까?"

"때가 되어 자연치유가 될 때까지 기다리는 수밖에 더 있겠습니까?"

"그 외에는 다른 방법은 없을까요?"

"내가 아는 한 수련 외에는 권해 볼 만한 방법이 따로 없습니다."

"교회의 용한 목사나 퇴마사(退魔師)를 찾아가는 것은 어떻습니까?"

"자기의 정성과 노력 없이 남의 힘에 무조건 의지하려는 방법을 나는 권하고 싶지 않습니다. 그런 방법은 적지 않은 돈만 날리고도 실패한 사례가 더 많은 것이 현실이니까요."

변하지 않는 자성(自性)

2013년 8월 3일 토요일

우창석 씨가 말했다.

"현상계 이외에서는 변하지 않는 것도 있습니까?"

"현상계를 벗어난 존재는 시간과 공간과 물질의 제한을 받지 않으니까 변하려고 해도 변할 수가 없습니다."

"그 변하지 않는 존재가 무엇입니까?"

"그것이 바로 자성(自性)입니다."

"그럼 그 자성은 어디에 있습니까?"

"자성은 어떠한 존재든 예외 없이 다 가지고 있습니다."

"그러나 저는 바로 그 자성을 아직도 선생님처럼 감지할 수 없습니다."

"아직은 느낄 수 없어도 정성을 다하여 구도의 길로 계속 나아가다가 보면 자성을 느낄 때가 반드시 오게 되어 있습니다. 그것이 바로 모든 존재의 실상입니다."

"그 실상이 무엇입니까?"

"그것이 바로 우주의식인데 구도자는 그 우주의식이 바로 자기 자신임을 깨달아야 합니다."

"우아일체(宇我一體)를 말씀하시는군요."

"그렇습니다."

"우아일체가 된 사람은 어떻게 달라집니까?"

"우선 욕심과 이기심에서 벗어나게 됩니다. 우주가 내 것인데 더이상 무엇을 탐하겠습니까?"

"그다음에는요?"

"남과 다툴 일이 없어집니다."

"남에게 이유 없이 매를 맞아 죽게 되어도 억울하지 않다는 말씀인가요?"

"인과응보를 믿는 한 그렇습니다."

"그럼 불행해도 괜찮다는 말씀인가요?"

"불행은 내가 환경에 적응할 수 없을 때 느끼는 감정입니다. 환경과 내가 둘이 아니고 하나인 사람에게는 불행이 있을 수가 없습니다. 불행이 없으면 행복도 있을 수가 없습니다."

"그럼 행복과 불행 대신에 무엇이 있습니까?"

"그저 여여(如如)할 뿐입니다."

"왜 그렇습니까?"

"내 마음을 언제든지 주위 환경과 일치시킬 수 있기 때문입니다."

"주위 환경이란 무엇을 말합니까?"

"바로 우주 그 자체입니다. 우주와 내가 언제나 하나인데 어떻게 불행 따위가 끼어들 여지가 있겠습니까? 어떠한 존재든 우주 환경에 자신을 순응시킬 수 있는 한 불행을 느끼는 일은 있을 수 없습니다."

자성과 만물의 관계

"저는 선생님의 말씀을 아무리 들어도 자성과 만물의 관계를 이해할 수 없습니다. 좀 쉽게 이해할 수 있게 설명해 주실 수 있겠습니까?"

"자성을 자동차의 차축이라면 만물은 그 차축을 중심으로 돌아가는 바퀴라고 말할 수 있습니다. 여기서 만물은 항상 변하는 현상계를 말합니다. 자성은 『천부경』에서 말하는 하나입니다. 하나가 묘하게 펴져나가 만물이 되어, 오기도 하고 가기도 합니다. 그렇지만 그 중심에는 여전히 변하지 않는 하나가 있습니다.

쓰임은 바뀌어도 그 본바탕은 전연 변하지 않습니다. 변하는 것은 사물이요 현상계이고 변하지 않는 것은 하나요 자성입니다. 그렇지만 그 하나는 만물이기도 하고 자성이기도 합니다. 다시 말해서 하나는 전체고 전체는 하나입니다."

"그럼 정의와 불의는 어떻게 됩니까?"

"서양의 이분법적 흑백논리에 따르면 정의는 어디까지나 정의고 불의는 어디까지나 불의지 정의와 불의는 서로 넘나들 수 없게 되어 있습니다. 그러나 동양의 『천부경』 사상에 따르면 정의와 불의는 절대적으로 서로 섞일 수 없는 별개의 것이 아니라 원래는 하나입니다. 하나가 변하여 정의도 되고 불의도 됩니다. 악인은 처음부터 끝까지 악인이 아니라 얼마든지 마음먹기에 따라 악인도 되고 선인도 될 수 있는 겁니다."

"그럼 흑인과 백인은 어떻습니까?"

"구도자들의 관찰에 따르면 『천부경』 사상은 진리입니다. 이 『천부경』 사상에 따르면 흑인과 백인은 원래 하나에서 시작되어 지금처럼 둘로 변했습니다. 금생에 태어난 흑인이 다음 생에는 기필코 백인이 되겠다고 작정하면 백인이 될 수도 있습니다. 마음먹기에 달려 있습니다. 마음이 바뀌면 모든 것이 다 바뀌게 되어 있습니다. 고정불변한 것은 아무것도 없습니다."

"그럼 마음먹기에 따라 인간은 무엇이든지 다 될 수 있다는 말씀인가요?"

"그렇고말고요."

"그럼 수련생이 열심히 공부만 하면 누구나 대주천을 하고 깨달음을 얻을 수 있습니까?"

"물론입니다. 그런 희망도 없이 누가 그 아까운 시간과 노력을 기울여 수행을 하겠습니까? 안 그래요?"

"하긴 그렇긴 합니다만."

"우선 우창석 씨는 대주천을 통과하여 깨달음을 얻겠다는 대원(大願)을 품어야 합니다. 대원이란 돈 많이 벌어 잘 먹고 잘살겠다는 이기심 따위나 채우려는 것이 아니고 이웃을 위하여 유익한 일을 해 보겠다는 큰 뜻을 말합니다.

이런 큰 뜻을 품은 사람이 나타나면 하늘이 먼저 알고 그에게 큰 기운을 보내 주게 되어 있습니다. 우선 큰 기운을 받는 사람은 눈에 광채를 띄게 되어 있습니다. 그런 사람에게는 사람을 끄는 힘이 작용하게 되어 누가 찾아가도 금방 알아볼 수 있습니다. 그에겐 반드시 우주의 힘이 실리게 되고 수련은 크게 진전될 것입니다. 그러자면 무엇보다도 큰 뜻을 품어야 하는데 그것이 바로 우주와 나 자신의 에너지가 상통하도록 주파수를 맞추는 작업입니다."

우주의식과 나

"큰 뜻만 품으면 됩니까?"

"그렇지 않습니다. 그 큰 뜻을 황금 덩어리라고 생각한다면 어떻게 품고만 있을 수 있겠습니까?"

"그럼 어떻게 해야 합니까?"

"황금 덩어리를 돈으로 바꾸어 이웃을 위해 활용을 해야죠."

"그것을 활용하는 방법을 구체적으로 좀 가르쳐 주시겠습니까?"

"어떻게 하든지 자성(自性)을 자기 것으로 만들어야 합니다. 그러자면 관찰력을 계속 가동하여 자기 자신의 주변에서 일어나는 모든 의문을 하나에서 열까지 자기 스스로 해답을 얻는 능력을 길러 나가야 합니다. 관찰력과 자기성찰을 최대한으로 가동하면 남들이 보기에는 반미치광이로 보일 수도 있습니다.

색은 공이고 공은 색이다

색즉시공(色卽是空) 공즉시색(空卽是色).

아침에 도를 깨달았으면 저녁에 죽어도 여한이 없다.

조문도석사가의(朝聞道夕死可矣).

일체 현상계는 꿈, 환영, 물거품, 그림자와 같고 이슬과 같고 번개와도 같으니, 마땅히 이렇게 관찰해야 된다.

일체유위법(一切有爲法), 여몽환포영(如夢幻泡影), 여로역여전(如露亦如電), 응작여시관(應作如是觀).

의롭지 못한 부귀란 나에게는 뜬구름과 같다.

불의이부차귀(不義而富且貴), 어아여부운(於我如浮雲).

관과 자기성찰 끝에 적어도 위와 같은 경지에 도달했으면 여기에 머물러 있지 말고 한 차원 더 도약하여 다음과 같은 경지에 도달해야 합니다.

가장 작은 것이 사실은 가장 큰 것이고 가장 큰 것이 실상은 가장 작은 것이다. 나는 이 우주만물의 일부이고 동시에 그 전부다. 우주삼라만상(宇宙森羅萬象)은 우주의식(宇宙意識)의 발로이고, 그 우주의식이 바로 하느님이고 하나님이다. 따라서 나는 그 하느님의 분신이고 동시에 하느님 자신이다.

만약에 어떤 사람이 자기만이 하느님의 분신이고 하느님 자신이라고 말한다면 그 사람은 영락없는 사이비 교주지만 나 자신뿐만 아니라 이 세상 누구나 다 그렇다고 말한다면 그 사람은 진리를 말한 것이므로 진짜 스승입니다."

"어떻게 하면 선생님께서 도달하신 바로 그런 경지에 저도 도달할 수 있겠습니까?"

"진지하게 관을 하고 자기성찰을 하되, 남이 보기에 미쳤다고 말할 정도로 집중하고 몰입하면 내 장담하건대 누구나 다 그렇게 될 수 있습니다. 모든 것은 나 자신 속에 고스란히 다 구비되어 있습니다. 양신(養神)하고 출신(出神)하여 외계(外界)의 성좌에 찾아갈 시간이 있으면 자기 자신의 마음을 관찰하기 바랍니다. 자기 자신이야말로 가장 완벽하게 관찰할 수 있는 우주 그 자체이기 때문입니다.

요즘 신문에 '전능하신 하나님 교회'에서 내는 다음과 같은 표제의 전면 광고를 자주 접하게 됩니다.

'무릇 그리스도가 곧 진리, 길, 생명이심을 알지 못하는 사람은 영원히 천국에 들어갈 수 없다.'

여기서 그리스도는 진리, 우주의식 즉 하느님이나 하나님입니다. 크리스찬은 믿음의 힘으로 그리스도가 진리, 길, 생명임을 알지만 구도자는 오직 관과 자기성찰의 힘으로 그것을 깨닫게 되는 겁니다."

믿음과 관의 차이

"믿음과 관은 어떻게 다릅니까?"

"관은 구도자가 직접 자기 자신이 관찰하는 힘으로 진리를 파악해 나가는 것이고, 믿음은 중간에 믿음의 대상을 설정하고 그에 대한 믿음을 바탕으로 사물을 인식해 나갑니다. 관은 수행자가 직접 자기 눈으로 하나하나 주변의 사물들을 인식하고 추구해 나가는 것이고, 믿음은 중간에 거간을 내세우고 그 거간에 대한 믿음을 바탕으로 사물을 인식하기도 하고 추구하기도 하는 것을 말합니다.

그러니까 관을 하는 사람은 자기 눈으로 직접 사물을 탐구하지만, 신앙인은 중매인인 목사나 신부나 스님을 내세웁니다. 바로 그 때문에 중매인을 잘못 만나면 사기를 당하는 일이 비일비재합니다. 마치 부동산 구입하려는 사람이 중개업자에게 속아 재산을 날리는 일이 자주 일어나는 것과 같습니다.

그래서 종교계에는 사이비 종교 교주들이 수없이 많습니다. 이러한 사정을 잘 아는 구도자는 절대로 중개인을 믿지 않고 스스로 자기 눈으로 직접 살펴 가면서 진리를 추구해 나갑니다. 자기가 직접 부동산 소유자와 직거래를 하는 사람은 힘은 좀 들어도 사기를 당할 우려는 없는 것과 같이 자력 구도자는 남에게 속는 일은 거의 없습니다."

"외롭지만 혼자서 가라는 말씀이시군요."

“그렇습니다. 그래서 석가모니는 『법구경』에서 다음과 같이 읊었습니다.

소리에 놀라지 않는 사자처럼
그물에 걸리지 않는 바람처럼
구정물에 더럽혀지지 않는 연꽃처럼
무소의 뿔처럼 혼자서 가라.

구도자는 짐승으로 말하면 호랑이나 사자와 같이 무리를 짓지 않습니다. 그렇지만 무리를 짓는 잡다한 짐승들을 지배하고 호령하는 카리스마와 위엄이 있습니다.”

“그럼 깨달음을 성취한 도인은 어떤 방법으로 도를 전파합니까?”

“인연으로 합니다. 인연이 있으면 천리를 떨어져 있어도 찾아오고, 인연이 없으면 서로 마주보고 있으면서도 알아보지 못합니다. 유연천리래상회(有緣千里來相會), 무연대면불상봉(無緣對面不相逢).”

【이메일 문답】

한국에 유독 자살자가 많은 이유

스승님 안녕하셨습니까? 의암 인사 올립니다. 스승님 답 메일 잘 받았습니다. 여태껏 스승님께서 내려 주신 선호가 있었는데, 쓰기가 좀 부끄러웠습니다. 그런데 이제부터 쓸려구요. 의암이라는 선호에 걸맞게 마음가짐도 다잡으려 합니다.

엊그제 삼공재를 나올 때는 정말 홀가분하고 마음의 짐이 한결 덜어진 듯하였습니다. 정말 감사드립니다. 스승님께서 제 마음을 들여다보시는 듯 제가 하고 싶었던 얘기들을 동생에게 해 주셔서 속이 다 후련하였습니다.

호사다마라고 동생도 마음을 다잡는 듯 보였으나 기차 타고 오면서 또다시 심한 빙의에 한 이틀 잠을 못 자며 힘들어하던 찰나, 스승님께서 보내 주신 메일을 보여 주니 다시 심기일전하는 듯합니다.

문득 드는 생각이 동생 같은 경우는 그나마 수련이라는 인연이 닿아서 다행이지만, 수많은 보통 사람들이 정신적 질환으로 고통받고 그를 지켜보는 가족들까지도 노심초사 힘든 나날들을 보내는 것이 현 실정입니다.

자살률 1위라는 불명예에 걸맞게 이제는 남녀노소 할 것 없이 국민병이라고 할 정도가 되었습니다. 그런데 궁금한 것이 이런 정신적 질환은 우리나라만 국한된 것이 아니라 전 세계적인 현상인데, 유독 우리나라 사람들만 극단적인 선택을 잘하는 이유는 무엇이며, 스승님 말씀대로 접신되어 정신줄을 놓는 사람들은 왜 그런 것입니까?

수련을 해 보면 알 수 있지만 빙의는 이제 (제게는) 너무나 자연스러운 현상입니다. 비단 수련자뿐만 아니라 일반인들도 대다수 빙의가 되어 있는 수가 태반입니다. 단지 이것이 과학적으로 물리적으로 증명이 안 되었다 뿐이지 우리가 살고 있는 이 지구별이 인간뿐만 아니라 중음신(빙의령)들과 섞여서 돌아가는 것 같기도 합니다.

그렇다면 이것이 비단 수련자의 숙제만 되어야 하는 것인지요? 일반인들의 경우 마음이 바르고 착한 사람들은 덜 영향을 받고, 바르지 못하고 악한 사람들은 자신들의 파장과 맞는 빙의령을 끌어들여, 우리가 알고 있는 보편적 진리인 선복악화의 하늘의 벌을 받는 것이 자연스러운 이치입니까?

스승님께 질문을 하면서 아는 답을 여쭙는 것 같아 살짝 민망해집니다. 그리고 저저번에 삼공재에 갔을 때 스승님께서 하신 말씀을 다시 새기고 있습니다. 구도자는 일종의 공인과 같다고 하신 말씀... 솔직히 제겐 조금 충격이었거든요.

제가 알고 있는 공인이란 높은 자리에 계시는 정치인, 경제인, 기업인, 연예인 등등 엄밀히 말해 유명 연예인은 공인이라는 단어보다는 그냥 유명인이라는 단어가 더 맞는 듯합니다. 일반 무명중생과 공인들이 똑같은 죄를 저질러도 유독 공인들에게 무서운 뭇매를 때리는 이유를 다시금 새기며 늘 바른 마음으로 정진하리라 다짐해 봅니다. 다시 뵈올 날을 기다리며 의암 이만 인사 올립니다. 부디 평안하십시오.

2013년 3월 19일
의암 올림

【필자의 회답】

한국에 유달리 자살자가 많은 이유를 알기 전에 자살자는 보통 사람들과 어떻게 다른가를 알아야 합니다. 내가 보기에 자살자는 자살한 사람이 죽은 후에 남은 중음신(中陰神)에 접신된 사람입니다. 그래서 접신된 사람은 유달리 보통 사람들보다도 쉽사리 자살 유혹에 빠지게 됩니다.

그러나 이때 접신된 사람이 구도자나 수행자이고 관(觀)을 할 줄 아는 사람이라면 자신이 접신되었다는 것을 알고 자살 유혹을 과감하게 뿌리칠 수 있지만, 그런 훈련이 전연 되어 있지 않은 사람은 간단하게 자살 유혹에 넘어가게 됩니다.

한국에 특별히 자살자가 많은 것은 다른 나라 사람들보다도 접신령의 유혹에 넘어가는 사람들이 많기 때문입니다. 구도자는 이 이치를 잘 알기 때문에 자살하는 경우는 없습니다. 그러나 자기만 자살을 하지 않으면 진정한 의미의 공인이라고 말할 수 없을 뿐 아니라 진정한 구도자라고 할 수도 없습니다.

구도자는 자기와 남을 하나로 생각하므로 이웃 사람들 중에 뜻이 통하는 사람이 있으면 자살을 피할 수 있는 원리를 꼭 알려 주어야 합니다. 자리이타(自利利他) 즉 자기 자신뿐만 아니라 자기가 깨달은 것을 이웃을 위해서도 활용합니다.

국가 공무원은 봉급을 타먹으면서 국민을 위해 봉사하지만, 구도자는 누구에게서 아무 보상도 받지 않지만 스스로 알아서 남을 돕습니다. 그런 사람이 진짜 공인이 아니겠습니까?

20가지 궁금증

존경하는 김태영 선생님께. 안녕하십니까? 저는 『선도체험기』를 지금까지 40권, 『소설 단군』 5권, 92권부터 97권까지 읽은 독자입니다. 『선도체험기』란 책을 읽으면 뭐가 끌려가는 느낌이 있고 머리가 맑고 특히 현묘지도 체험기 부분을 읽으면 상당히 많이 끌립니다.

책을 읽고 궁금해서 문의드립니다.

1. 몸공부를 위해서 반드시 암벽 등반을 겸하는 등산을 해야 효과가 좋은지 그냥 등산만 꾸준히 해도 괜찮은지요?

2. 살생은 업이 되는데 직업으로 (칼국수, 수제비, 찐빵, 죽은 고기나 생선, 라면) 가게, 난 재배, 꽃 재배, 논농사, 밭농사, 과일농사, 가축 사육, 애완견 기르기는 괜찮을런지요? 애완견 식품이 사람 식사비용보다 비싼데 괜찮은지요?

3. 견성 해탈 안 된 사람은 조상 제사를 지내지 않으면 해를 입는다는데, 조상 제사는 몇 대까지 지내야 좋은지요? 시제는 몇 대부터 몇 대까지 지내야 하는지요? 산신제도 꼭 지내야 하는지요?

4. 장남인 종손이 제사를 안 지내겠다고 하는데 차남이나 시집간 누나

가 돌아가면서 지내도 되는 건가요?

5. 제사 지낼 때 향을 피우고 촛불 켜고 제관 제복을 입어야 되고, 화려한 옷은 안 되고 제물을 올릴 때 제기를 사용하고, 진설할 때 홍동백서(紅東白西) 어동육서(魚東肉西)에 준해서 올려야 하고 마늘, 고춧가루 없는 나물 올리고, 제수는 반드시 홀수로 올려야 하고, 감자탕, 김치찌개, 해물탕, 된장국, 제육볶음같이 보통 사람이 먹는 음식은 올리면 안 되는지요? 한 번 쓴 양초는 다시 쓰면 안 되는지요?

6. 문중 선산을 개발로 인하여 옮기게 됐을 때 화장을 해서 뿌리고 묘를 다른 데다 안 써도 괜찮은지요? 개발 이익금을 형제자매나 문중 사람끼리 나누고 문중 돈도 나누어 갖는 것은 어떨른지요?

7. 어린 나이에 어머님이 병환으로 계실 때 어린 동생이 검은 갓 쓰고 눈과 귀가 큰 사람을 봤는데 어린애한테 나쁜 건가요?

8. 하얀 두루마기를 입은 혼령이 보인 것은 조상님인가요? 아버님은 돌아가시기 전에 엄청 많이 봤다고 얘기 하시는데 머리에서 상여 소리도 나고, 하얀 소복을 입고 무섭게 생긴 여자는 나쁜 영인가요?

9. 상체는 호랑이인 것이 나타나고 몇 달 있다가 까만 옷 입은 여자이고 덩치 크고 눈은 멧돼지 눈처럼 빨갛고 눈썹은 길고 저승사자인가요?

10. 제사 지낼 때 지방 대신에 사진만 올려놓고 지내든가 아니면 유교식으로(지방, 축), 한자로만 반드시 쓰고 엎드려 절을 여자 4배 남자는 2배를 하고, 아니면 백팔배 하는 식으로 삼배를 해야 하는 건가요? 성주상, 지양상도 차려야 하나요?

11. 추석이나 설날에 지방을 써야 하고 조상님 숫자대로 밥이나 떡국을 올리는지요? 제사나 장례 때 삼대경전, 『금강경』, 『반야심경』, 주기도문을 독송해도 되는지요?

12. 부친이 돌아가신 지 한 달 두 달이 안 돼서 갑자기 누나 한 분은 버스에서 숨이 막혀 죽을 뻔했고, 한 누나는 학교에서 넘어져 이가 흔들리고 두들겨 맞은 것처럼 얼굴이 시퍼렇게 멍들고 상처 입곤 했는데 아버님 영가 때문이라고 누님들은 그러는데 그러는지요?

13. 돌아가신 어머님이 누나한테 꿈에 배가 고프다고 몇 년 전부터 그랬는데 제사를 대충 형식적으로 지내서 그런지 아니면 종교적 이유로 제사를 안 지내기 때문에 그런지요?

14. 부모님이 돌아가시면 49재나 천도재를 꼭 해야 하는지요? 안 하면 해를 입는지요? 사람이 죽으면 49일 만에 저승을 가는지요?

15. 부부끼리, 부모 자식 사이, 형제자매끼리 이메일, 일기, 편지, 문자메시지, 전화번호부 열람이 가능한지요?

16. 경제적, 시간적, 거리상, 직업상, 이유로 같이 모여 제사를 못 지내는 경우에 한날한시에 똑같이 각자 집에서 조상 제사를 지내거나 아니면 다른 날짜에 조상 제사를 지내는 것은 어떨른지요? 조상님께 양해를 구해야 하나요? 시제를 지낼 때 요즘은 간단하게 과일만 진설하고 헌작하는데 괜찮은지요? 술을 따를 때 초헌, 아헌, 종헌을 해야 하는지요?

17. 어제 돌아가신 아버님이 주무시고 가셨는데, 저한테 제사상 받으러 왔다고 생생한 목소리로 말했습니다. 대낮에 돌아가시기 직전 모습으로 두 사람이 왔는데, 한 사람은 누군지 모르겠고 오늘은 신경질적으로 불만이 섞인 말투로 잠 속에서 들었습니다. 지금까지 아버님 꿈을 다섯 번 정도 꾸고 기분이 이상하고 찜찜하고 가슴도 답답합니다.

18. 올해 저는 명절에 형님 댁에 가서 자는데 검정색 옷 입은 사람이 다리만 보이면서 밟아 버린다고 그러고, 누나는 꿈에 남자 둘이 선명한 얼굴로 아버지가 사셨던 집으로 새벽에 오는 꿈을 꾸고 악을 쓰다가 일어났고, 형님한테 『선도체험기』(호랑이 검객의 영 부분하고, 신과 기에 대해서, 마리산 천제 지내는 부분, 현묘지도 체험기 한 명분), 단군 2권(천훈, 신훈, 천궁훈, 세계훈 편)을 드렸는데 호랑이 검객의 영이라는 글자를 읽지 않고 영이 싫다고 해서 '제사는 꼭 지내야 하는가?' 부분을 읽고 다른 부분은 읽지 않고, 한 시간인가 지나서 밖에 나가 약을 먹고 오더니 토하고 다음날 설에 형은 제사상에 인사도 못 했는데, 형님이 부모님이나 조상님께 양해를 구하지 않고 종교를 믿고 제사도 안 지내다가 기가 센 『선도체험기』를 가지고 가서 읽게 해서 엄청 기가 세서 다른 귀

신이 자리 안 빼앗기려고 그런 것이 아닌지요?

19. 제가 과거에 형님 댁에 갔을 때는 아무 이상이 없었습니다. 동생도 형님 댁에 가면 기운의 파장 같은 것이 안 좋다고 합니다. 형님은 제사는 지낸다고 하는데 지내지 않아서 그런 것 아닌지요?

20. 인터넷에서 검색 해 보니 강상원 박사라는 분이 그러는데 옥스퍼드 사전에 석가모니는 단군의 후손이고, 팔도 사투리가 산스크리트어의 뿌리라고 하고, 한자가 우리글이라고 『동국정운(東國正韻)』에 나왔다고 동영상 강의가 나오는데 그게 사실인가요? 구도자도 아닌 사람이 귀중한 시간을 빼앗아서 죄송합니다. 선생님 만수무강하십시오. 안녕히 계십시오.

2013년 3월 26일
체험기 독자 임용연 올림

【필자의 회답】

질문 1 답. 암벽 등반을 꼭 해야만 하는 것은 아닙니다. 수행자 개개인의 취향과 조건에 따라 하면 됩니다.

질문 2 답. 취미나 악의를 품고 하는 살생이 아니고 생업을 위하여 어쩔 수 없이 해야 하는 살생은 괜찮습니다. 항차 난 재배, 꽃 재배, 논, 밭, 과일 농사, 애완견 기르기가 안 될 이유가 있겠습니까? 애완견 사료값은 시장 원리에 따르면 됩니다.

질문 3 답. 제사는 할아버지 대까지만 지내도 됩니다. 시제는 문중의 의사에 따라, 산신제는 등산 그룹원들의 의사에 따라 지내면 됩니다.

질문 4 답. 물론 그렇게 해도 됩니다.

질문 5 답. 제사는 될 수 있는 대로 우리나라 또는 가문의 전통을 따르는 것이 좋습니다. 따라서 홍동백서, 어동육서를 따르는 것이 좋습니다. 그러나 제사는 형식보다는 정성이 제일입니다. 제사 받는 고인이 특별히 좋아하는 음식이 있으면 진설해도 됩니다. 양초는 형편에 따라 쓰는 것이 좋고요.

질문 6 답. 문중 사람들이 합의한 대로 하면 됩니다.

질문 7 답. 사람은 일상생활을 바르고 착하고 슬기롭게 하도록 힘써야지 꿈 같은 데 지나치게 민감할 필요는 없습니다. 그래서 대인관계가 언제나 바르고 착실한 사람은 흉몽 같은 거 꾸지 않습니다.

질문 8 답. 조상님, 부모님에게 항상 효도를 다하는 사람에겐 그런 흉몽을 꾸지 않습니다. 그런 꿈을 꿀수록 효도를 다해야 합니다. 양심에 따라 바르고 착하고 성실하게 살아가는 사람은 흉몽 같은 거 꾸지 않습니다. 꿈자리가 뒤숭숭한 것은 욕구불만 때문입니다. 내가 맡은 일에 항상 최선을 다하고 나서 하늘의 뜻을 구하는 진인사대천명(盡人事待天命)의 자세로 인생을 살아가는 사람은 흉몽이나 악몽 같은 거 꿀 시간이 없습니다.

질문 9 답. 꿈자리가 뒤숭숭한 것은 욕구불만이 많기 때문입니다. 욕심을 줄이고 남을 돕는 일을 많이 하시기 바랍니다.

질문 10 답. 제사는 간편하면서도 정성이 담뿍 실려 있어야 합니다. 너무 형식에 얽매이는 일은 없도록 해야 합니다. 남녀 차별 말고 헌작하고 제사 끝낼 때 남녀 다 같이 2배하고 읍하는 것이 좋습니다.

질문 11 답. 추석이나 설날에 지방은 써도 좋지만 생략해도 되고, 조상님 숫자대로 밥이나 떡국을 올려도 됩니다. 『천부경』 기타 독경은 천제 때에 합니다.

질문 12 답. 정확한 것을 알려면 고수나 큰 스승을 찾아가 물어보고 천도를 해야 하는데 그렇게 하자면 비용이 적지 않게 듭니다. 그러니까 평소에 부모님이 섭섭지 않게 효도를 다하는 것이 정답입니다. 부모님이 별세한 후에도 섭섭지 않게 정성껏 제사를 모셔야 합니다.

질문 13 답. 질문 12와 비슷한 경우입니다. 돌아가신 부모님께 불효한 일이 있으면 깊이 참회해야 합니다. 그러니까 살아 계실 때 더욱 효도해야 합니다.

질문 14 답. 자기 양심에 물어보아서 양심이 시키는 대로 따라 하십시오. 고인의 영혼이 49일 만에 이승을 떠나는 것은 맞습니다.

질문 15 답. 통신의 비밀은 누구나 법의 보호를 받게 되어 있습니다. 법대로 하십시오.

질문 16 답. 정성만 있으면 형식과 조건에 구애될 필요는 없다고 봅니다.

질문 17 답. 가슴에 손을 얹고 차분하게 생각해 보십시오. 돌아가신 아버님에게 불효한 일이 있으면 지금 당장 참회하시고 다시는 아버님을 섭섭하게 하지 마십시오. 사람은 누구나 잘못을 저지르게 되어 있습니다. 잘못을 저지르는 것보다 잘못을 저지르고도 고칠 줄 모르는 것이 나쁩니다.

질문 18 답. 평소에 생활을 바르게 하고 내공이 된 사람이라면 있을 수 없는 일입니다. 지금까지 나온 『선도체험기』 106권을 다 읽으면 책에서 가르친 대로 수련을 한 다음에도 이런 일이 있으면 그때 메일을 보내시기 바랍니다.

질문 19 답. 좀더 확실히 알아보고 다시 메일을 보내시기 바랍니다.

그런 어정쩡한 것은 스스로 알아서 처리하는 습관을 갖기 바랍니다. 일상생활에서도 관을 하는 습관을 기르기 바랍니다. 진지하게 관을 하다가 보면 해답은 저절로 나오게 되어 있습니다.

질문 20 답. 사실일 가능성이 충분히 있습니다.

7가지 궁금증

선생님 답변 주셔서 감사합니다. 재질문드리겠습니다.

1. 구도자가 소, 돼지, 닭 등 짐승을 직접 살생해서 파는 것을 직업으로 하는 것은 악업은 안 되지만 수련하는 데는 살생으로 인한 짐승의 영의 빙의로 수련이 잘 안되는지요?

2. 아버님이 돌아가시기 한 9개월 전부터 꿈에 상체는 호랑이가 보이고 하체는 사람 같고 하는 것을 보고, 그 뒤로 3개월 있다가 시골집에 흰 두루마기 입은 사람이 엄청 많이 보이고 증조할아버지, 할머니가 보이고 죽은 친구분들이 보이고 상여소리가 들리고 하는 일이 여러 번 있었습니다. 그러시다가 돌아가시기 이틀 전에 할머니 할아버지를 비몽사몽간에 부르던데요. 임종하려면 다 그러는지요?

3. 서로서로가 부부끼리나 부모자식끼리, 형제자매 사이 일기, 편지,

이메일, 문자메시지, 전화번호부를 같이 살면서 법적인 열람 말고 신문이나 책 보듯이 또는 학교 선생님이 일기 검사 하듯이 보는 것이, 윤리적으로 문제되는지요?

4. 『천부경』에 인중천지일에서 천지의 의미는 진리인 하나님, 부처님을 뜻하는지요?

5. 『소설 한단고기』를 읽어 봤습니다. 시중 서점에 증산도 상생 출판에서 나오는 두꺼운 한문본 『환단고기』 책을 봐도 괜찮은지요?

6. 직장 동료 사이에 취미 삼아 음료수 내기 고스톱을 쳐서 이긴 사람이 고스톱 친 사람과 주위 구경꾼과 음료수 나누어 먹는 거는 돈의 액수와 상관없이 악업인지요? 요즘엔 흔히 장례식장이나 놀러 가면 고스톱 많이 하는데 안 어울리면 따돌림당하기도 하는데 괜찮을까요?

7. 선영이 묻힌 산소가 개발로 인하여 옮기게 되었을 때, 개발 이익금을 문중 사람끼리 나누어 갖고 시신은 화장해서 뿌리고 문중 돈도 나누어 갖는 것은 경우는 괜찮은지요? 조상들이 모아둔 돈이고 선산인데 좀 께름직합니다.

책 하나 소개해 드리겠습니다. (『신이 준 선물 오줌』)이란 책에 김용태 약사 저서 오줌을 머리에 바르면 머리가 난다고 동영상에서 봤습니다. 오줌을 먹었는데 먹을 만합니다. 감사합니다. 고맙습니다.

2012년 3월 28일

임용연 올림

【필자의 회답】

1. 답. 도축(屠畜)을 직업으로 삼을 수 있다 해도 구도자라면 가능하면 다른 직업을 갖는 것이 좋습니다. 도축도 일종의 살생이기 때문입니다. 도축당한 가축들의 영들이 도축자에게 빙의되는 것을 보면 알 수 있습니다. 도축이 수련에 도움이 될 수는 없습니다.

2. 답. 임종 전에 누구나 똑같은 꿈을 꾸는 것은 아닙니다. 수련 정도에 따라 백인백색(百人百色)입니다. 수련이 잘되는 사람일수록 꿈은 꾸지 않게 되어 있습니다. 구도자가 꿈 얘기를 자꾸만 하는 것은 창피한 일이라는 것을 알아야 합니다.

3. 답. 학교 선생님이 교육을 위하여 제자의 일기를 보거나 부모가 어린 자녀의 교육을 위해 일기책을 보는 것이 윤리적으로 문제가 될 수는 없습니다. 그러나 성인이 된 부부, 형제자매끼리는 본인의 허락 없이 일기나 이메일을 보는 것은 사생활 침해가 될 수 있습니다. 이 정도의 문제는 스스로 판단하시기 바랍니다.

4. 답. 여기서 말하는 천지는 우주자연을 말합니다.

5. 답. 민감한 문제이므로 스스로 판단하십시오.

6. 답. 스스로 판별하시기 바랍니다.

7. 답. 문중 사람들끼리 회의를 해서 결정하시기 바랍니다.

지난번 20가지 질문과 함께 이번 질문도 결론적으로 말해서 구도자의 질문답지 않습니다. 마음공부, 기공부, 몸공부를 하다가 혼자서는 도저히 해결이 안 되는 경우가 있을 때 질문을 하셔야 할 것입니다. 수행자들의 수련을 돕는 것이 필자의 전공이기 때문입니다. 가능하면 지금까지 나온 『선도체험기』를 105권까지 다 읽으시기 바랍니다. 웬만한 의문은 그 책 속에 해답이 다 나와 있습니다.

몇 가지 궁금한 일들

삼공 선생님, 인천 만수동 홍승찬 인사드립니다.

2013년 5월 2일에 삼공재에 방문 후에 많은 영감을 얻었습니다. 다만, 빙의, 전생의 업에 의하여 단전이 따뜻하지는 않아서 기다리는 중입니다. 반면에 하단전에는 기가 많이 채워져서 항상 강하고 풍부한 뱃심을 느끼고 있습니다.

생식도 꾸준하지 않고, 삼공재 방문도 2주에 한 번은 오라 하시지만 잘 찾아뵙지 못하고 결국, 회사 다닌다는 핑계로 용맹정진의 자세가 나오지는 않았기에 결국 고만고만한 수준입니다. 더욱 매진하도록 하겠습니다.

한편 104권까지 『선도체험기』를 읽어서 흔들리지 않는 깨달음의 경지에 들어서고, 기 수련이 생활화되어서 늘 몸과 기를 관하고 제어할 수 있는 역량이 생기고 대인관계, 마음에 대한 관이 잡혀서 크게 동요하지 않고 마음의 중심, 힘의 중심이 생기고, 어떤 선택이 장기적으로(시간이 지날수록) 나(인간)에게 유익한지를 알게 되는 지혜가 들어서고, 32살~33살에는 접이불루(현재 나이 38, 연정화기는 아니고 관계 시 사정을 안 하는 제어 능력)가 되었습니다.

빙의 때문에 아팠던 허리는 후유증 없이 '언제 아팠냐는 듯이' 완쾌되고, 빙의로 인한 컨디션 난조를 관하면서 태연해지고, 거래형 인간, 역지사지 방하착, 애인여기(愛人如己)가 생활화되어 화 안 내고(혹시 화내면 깊이 사과하고), 업 안 쌓고, 대인관계가 좋아지고, 인생이 어떤 것인지 업이 어떻게 작용하는지를 관하며 다른 사람의 삶을 들여다볼 수 있는 힘이 생겼습니다.

그만큼 자신의 인생을 들여다보는 평상심이 자리잡고, 이 모든 것이 스승님을 잘 만나서 크게 벗어나지 않게, 짧은 시간에 끌어올린 성과들입니다. 정말 5월 15일 스승의 날을 앞두고 다시 한 번 깊이 감사드립니다. 제가 이번 글을 쓴 이유는 『선도체험기』 104권을 보면서 수련에 대하여 궁금한 것을 몇 가지 여쭈어보고자 해서입니다.

1. 103권 206페이지에 차주영 님께서 메일을 보낸 내용 관련하여, 현묘지도 수련을 마친 이후에 계속 찾아뵙고 수련을 해도 되는지 여부. (현묘지도 후에는 졸업을 해서 더이상 삼공재에 가지 않고 스스로 하는 것인지 혹은 이메일로만 문의를 해야 하는지, 삼공재에 가도 되는지 여부.)

2. 최근 선생님께서 거의 일어서지 못할 정도로 명현 현상을 겪으셨는데, 그동안 많은 명현 현상이 있으셨지만, 이번은 매우 큰 사건인 것으로 보입니다. 예수는 생전에 피땀을 흘리는 고통이 있었고, 부처는 뼈가 부러지는 증상이 있었다는 것은 자료에 나와 있습니다.

그 이유는 마치 전기가 110V로 흐르다가 10,000V의 전압으로 바뀌어서 흐르듯이, 인간의 육체가 수용할 수 있는 최고치의 에너지가 흐르기 때문이라고, 『의식 혁명』의 저자인 호킨스 박사는 설명했습니다. 그렇다면, 이번 명현 현상 이후에 몸과 마음으로 바뀐 부분이 실질적으로 무엇인지 알려 주셨으면 합니다.

3. 빙의 관련해서, 빙의령들이 꼭 저와 직접적인 관계가 없어도 간접적으로 오는 경우가 있습니다. 땅속의 영(사람도 아니고 동물도 아니고, 다른 세계에 있을 법한 모습을 한 생명)이 천도하고 싶다고 오는 경우, 천신이 지구에 왔다가 하늘로 돌아가질 못해서 오는 경우, 그리고 중음신 나름대로 수소문해서 천도받으려고 오는 경우도 분명히 경험을 했습니다.

최근에는 기가 장성해지니 친가 쪽(부친 쪽)에 뭔가 풀리지 않은 영, 업들이 오기도 합니다. 실제로 친가 쪽에 큰집, 작은집, 고모분들에게 안 좋은 일들이 있었는데, 뭔가 공통된 업이 집안에 있었거든요. 특히 아버지께서 술을 좋아하시는데 몸이 안 좋아 병원에 입원하시면, 그 영들이 더욱 저에게 기승을 부립니다.

제가 볼 때는 제 인생이 이런 식으로 인연이 되기도 하는구나라고 느낀 바가 있습니다. 실제로, 선생님께서도 전생의 제자가 빙의되어 천도하신 사실이 있으시고, 경주와 백두산 방문 시에도 천도를 하신 적이 있으십니다.

따라서 빙의는 당사자와 직접적인 원한으로 들어올 수도 있지만, 집단 카르마(업)에 의해서 간접적으로도 가능하며, 이로 인해 자기 주변과 자기 환경에 맞게 인연이 닿아서 언제든지 올 수 있다고 관찰되는데, 이를 확인해 주셨으면 합니다.

그리고 선생님과 직접적인 인연이 아니라도, 한민족이라는 집단 카르마로 인해 왔던 빙의령들이 있다면 어떤 경우가 있었는지도 알고 싶습니다. 그리고 어느 정도 수련이 진척되면 집안의 업이 소멸되는 일이 있는지 확인해 주셨으면 합니다.

마치, 본인이 수련을 하려 해도 부인이 반대하면 어려운 것처럼, 집안에 업이 많이 소멸되어야 수련이 향상되는 것은 당연해 보이는데, 개인적으로 집안의 업을 개선시키신 영적인 구체적인 사례(집안의 빙의 천도 등)가 있으신지 궁금합니다.

이상입니다. 막상 질문드리니 한심한 질문 같아서 부끄럽지만 부디 너그러이 헤아려 주셨으면 합니다. 저는 15일 스승의 날 전에 인사드리도록 했으면 합니다. 감사합니다.

2013년 5월 10일
제자 홍승찬 올림

【필자의 회답】

질문 1. 답 : 현묘지도 수련을 끝냈다고 해도 수행자 자신의 필요에 따라 삼공재에 정기적으로 계속 찾아올 수도 있고 그렇지 않을 수도 있습니다. 어디까지나 수행자 자신이 선택할 사항입니다.

질문 2. 답 : 나의 명현 현상은 지금도 진행 중입니다. 좀더 진행되어 결론이 나면 그때 알려드리겠습니다. 홍승찬 씨는 남의 수련보다는 자기 자신의 수련에 더 깊은 관심을 기울여 주기 바랍니다. 고시생들은 고시

합격을 위하여 전력투구합니다. 그렇게 온힘을 기울여도 합격하기가 어렵습니다. 그러나 열심히 일관되게 집중하여 공부하는 고시생들은 끝내 합격하고 맙니다.

구도자들도 마찬가지입니다. 일단 수련을 하기로 작정을 했으면 운기조식이 되는 이상 소주천과 대주천을 통과해야 합니다. 대주천을 통과한 수련자들은 다 저절로 알 수 있는 사항들을 홍승찬 씨는 거듭 질문을 하니까 이런 얘기를 하지 않을 수 없습니다. 부디 수련에 집중하시기 바랍니다. 반드시 새로운 지평이 열리게 될 것입니다.

질문 3. 답 : 수행자의 수련이 향상되면 그 진척 정도에 따라 개인적으로는 물론이고 조상님들과 가까운 친척 이웃 사람들의 빙의령, 접신령들이 자동적으로 천도되는 일이 분명히 있습니다. 그것은 오로지 수행자 자신의 수련 정도에서 나오는 신령한 능력입니다. 지극정성으로 관하는 수행자는 주변 사람들의 그러한 천도 과정들이 환히 영안에 떠오르게 되어 있습니다.

기방(氣房)이 형성되었습니다

스승님, 메일은 잘 받았습니다. 인천에 홍승찬입니다. 감사 인사드리고자 메일을 드립니다.

처음으로 단전이 따뜻해지고 기방이 형성되었습니다. 이제, 기방이 무엇인지 잊을래야 잊을 수 없을 정도로 명확하게 알게 되었습니다.

대맥도 무겁거나 답답함 없이 따뜻하고 빛이 납니다. 물론 가볍고 힘이 붙었고요. 또한 생식도 하다 안 하다 했는데, 기방을 확실히 느끼니 정말 말씀대로 생식이 운기를 엄청나게 강하게 하는 것을 확인하고 있습니다.

제 나이가 올해 38세인데, 20대 초반에 느꼈던 힘보다 더욱 활기차고, 몸이 터질 듯한 힘을 느낍니다. 저도 항상 강조하신 대로 축기를 해서 소주천, 대주천, 연정화기 순서대로 곧 도달할 것 같습니다.

잘 이끌어 주셔서, 물에 젖은 나무처럼 축축한 아랫배를 이렇게 따뜻하게 해 주시고, 신천지를 알게 해 주셔서 감사합니다. 또한 우리 역사의 진실을 알게 된 것에 대해서도 감사드립니다. 선생님이 쓰신 『한국사의 진실』을 읽어 보고 나서야 비로소 이해가 갔는데, 사실, 아메리카대륙의 북미, 남미, 오세아니아의 호주, 뉴질랜드를 포함해서, 모두 서세동점 시기에 원주민이 박멸되다시피 되었습니다.

1, 2차 세계대전 때 죽은 인구보다 신대륙에서 죽은 인디언이 더 많다는 것은 기록으로 이미 드러난 사실이고요. 남미의 잉카, 나스카 문명 등이 국가를 이루고 문자도 있었겠지만 모두 처참히 파괴되고, 마침내는 원시부족처럼 미개인으로 간주되었는데, 사실 아시아 대륙도 근 600년 전부터 있던 서세동점의 시기에 점차 모두 왜곡되고, 철저히 파괴된 사실로 볼 때에 모두 납득 가능한 일로 이해가 가게 되었습니다.

인터넷에서 섬서(산시)성을 보니, '광화문' 간판과 태극기가 눈에 띄었습니다. 특히 우리의 남대문이 서안의 4대문과 비슷한 것을 보고 정말 역사가 그렇겠구나 하는 생각을 하였고, 청해(칭하이)성도 보니, 철새의 고장이고 실크로드의 핵심적인 자리를 알게 되었고, 소금이 나는 것을 보았으며, 특히 서한의 진시황릉이라 불리는 병마용도 그 당시 그 지역을 차지하고 있던 고구려의 것이 아닌가 합니다. 왜냐하면, 진시황의 무덤이 왜 거기에 있는가 하고 중국 역사학자들이 그 당시에 놀랐던 사건을 되새기면, 역사의 앞뒤가 맞아 들어가는 것을 알 수 있었습니다.

모두 감사합니다. 삼공재에 스승의 날 전에 찾아뵙고 인사드리겠습니다. 감사합니다.

2013년 5월 13일
제자 홍승찬 올림

【필자의 회답】

기방(氣房)이 형성되었다니 정말 축하할 일입니다. 이제 곧 대맥(帶脈)이 열리게 될 것입니다. 새로 들어오는 천기로 온몸에 에너지가 충만하게 되어 이 세상에 부러운 것도 무서운 것도 없게 될 것입니다. 그와 동시에 정력도 강화되어 까딱 잘못하면 방사를 자주 갖는 수도자들도 있는데 극히 조심해야 할 일입니다.

지금 충만해지는 에너지는 수련을 진행시키라는 것이지 성행위에 쓰라는 것은 결코 아니기 때문입니다. 그렇다고 해서 너무 금욕을 할 필요는 없습니다. 그저 평소대로 정상을 유지하면 됩니다. 이제부터 소주천, 대주천에 전력투구하시기 바랍니다.

섬서(산시)성과 감숙(간쑤)성에는 환국, 배달국, 단군조선, 고구려, 발해, 통일신라, 고려, 조선 시대의 도읍들이 있던 곳이니 자연 한국식 건축물들이 즐비할 수밖에 없습니다. 가능하면 기록을 통하여 우리나라 역사 공부를 하시기 바랍니다. 『한국사의 진실』을 읽어 보면 필수 참고서적들이 소개되어 있는데 그 책들을 꼭 구입하여 읽으시기 바랍니다.

떠나는 사람

선생님께

『선도체험기』를 보다 차주영 씨가 떠난다는 얘기를 알았습니다. 나는 차주영 씨가 삼공선도를 위해 큰 역할을 하기를 내심 기대를 했었는데 떠난다는 말에 약간 실망감이 들었습니다. 부모와 자식의 관계는 떠난다 해서 떠난 게 아니며 멀어진다 해서 멀어질 수 없는 관계이듯이, 큰 이끌림을 받은 스승과 제자였던 관계는 영원히 없어지지 않는 관계인데 굳이 홀로 서고 말고 할 것이 없는 것이 아닐까요?

혹 더 좋은 방법이 있으면 접목하고 수정하여 좋은 방향으로 이끌면 될 것을 굳이 홀로 서고 말 것도 없는 것에 집착하여 한 번 정한 도호조차도 반납한다 하니, 수련은 앞지를 수는 있어도 생각의 차이는 쉽게 바뀌질 않는 모양입니다. 본인의 수련도 중요하지만 하화중생과 중생제도의 길을 같이 가지 않으면 그 수련은 끝이라는 기본적인 생각을 계속 잊지 않았으면 하고 바랄 뿐입니다.

2013년 5월 18일

미국에서 이도원 올림

【필자의 회답】

나는 처음부터 삼공선도 보급을 위해서 무슨 단체 같은 것을 만들 생각을 한 일이 없으니 누가 떠난다고 해도 전연 아쉬울 것은 없습니다. 회자정리(會者定離)하고 했으니 나와는 인연이 다하였거나 더이상 배울 것이 없어서 떠난 것이라고 생각될 뿐입니다. 그렇다면 잘못은 나에게 있지 그에게 있는 것은 아닙니다. 내가 좀더 큰 스승이 되지 못한 것을 자책할 뿐입니다.

다만 도호(道號) 같은 것은 쓰지 않으면 그냥 잊혀지고 말 것인데, 굳이 반납까지 할 필요는 없지 않았을까 합니다. 인생이란 돌고 도는 것이어서 금생이 아니면 후생에 다시 만나야 할 일이 있을 것입니다. 회자정리(會者定離)가 있으면 이자정회(離者定會)도 있으니까요. 그래야 후생에 만나도 서로 어색하거나 민망하지 않을 것입니다.

인연은 단 한 번으로 끝나는 것이 아니라 전생, 금생, 후생을 통하여 계속 돌고 돈다는 것을 나는 잘 알고 있기 때문에 이런 말을 하는 겁니다.

수련이 아니더라도

선생님께

몸은 좀 어떠하십니까? 끝없이 작고 신경 쓰이는 일들이 연결이 되다 보니, 차분한 시간에 맑은 마음으로 선생님께 편지를 올리려다가 자주 편지를 올리질 못하는가 봅니다. 그래도 선생님 생각을 안 하는 날은 하루도 없는 것 같습니다. 저는 수련이 아니더라도 개인적인 정만으로도 선생님을 많이 의지하고 좋아하는 모양입니다.

친아버님을 한 번도 본 적이 없어 그런 마음이 더 든다고 생각할 수도 있겠지만 그런 작은 이유일 리 있겠습니까? 어쨌든 이런 마음은 영원할 것 같습니다. 제가 부모나 선생님으로부터 반드시 뭔가 받아야 하는 대상이라고 생각한다면 그런 순수한 생각은 유리알처럼 깨어져 버리겠죠. 아마도 보통 사람들의 모습이 이런 것이겠죠.

2013년 7월 15일
미국에서 이도원 올림

【필자의 회답】

메일을 읽고 나니 어쩐지 가슴이 찡하는 울림이 옵니다. 아무래도 이도원 씨와 나는 전생에 부자 인연이었던 것 같습니다. 부디 금생에는 그 좋은 인연을 잘 승화시켜서 구도자로서 훌륭한 사제(師弟)의 열매를 맺기 바랄 뿐입니다.

다친 골반은 서서히 회복되어 가고 있습니다. 원래 전치 3개월짜리 부상이라고 합니다. 지금은 지팡이를 짚고 화장실 출입을 할 수 있는데, 지금 상태대로라면 8월 중순에는 지팡이 없이 걷는 데 이상이 없을 것 같습니다.

허리는 좀 어떠신지요?

안녕하세요? 부산에 사는 하연식 인사드립니다. 지난 5월 25일 허리 다치셨다는 전화 받고 깜짝 놀랐습니다. 김영준 씨에게 물어보니 욕실에서 넘어지셨다고 하던데 허리는 좀 어떠신지요?

주말에는 기차표 예매가 힘들어서 미리 여쭙습니다. 6월 15일(토) 삼공재 방문을 하려고 합니다만 괜찮을런지요?

2013년 6월 8일

하연식 올림

【필자의 회답】

지난 5월 19일에 일어난 일이었습니다. 허리가 아니라 골반을 다쳤습니다. 화장실 문턱에 발이 걸려 넘어졌는데 왜 엉뚱하게도 타격도 당하지 않은 골반에 골절상을 입었는지 모르겠습니다. 처음엔 나도 심한 통증으로 당황했었는데, 강남세브란스병원 정형외과에 가서 엑스레이, 시티, 엠알아이 등 검사를 통하여 진료받고, 입원할 필요는 없다고 하여 지금은 집에서 회복 중에 있습니다.

하긴 부상을 당한 순간 세 명의 각기 다른 방식의 갑옷 차림의 장군들의 얼굴이 또렷이 나타났습니다. 내가 과거 전장에서 이들 세 장군의 목숨을 앗았다는 직감이 왔습니다. 결국은 인과응보였습니다. 나에게는 수련상 이런 절차가 꼭 필요했을 것입니다. 6월 15일 오후 3시에 기다리겠습니다.

빙의령에게 협박을 당했을 때

스승님 안녕하십니까? 부산에 의암 박동주입니다. 대구에서 오전 중에 볼일을 빌미로 동대구역에서 서울행 KTX에 올랐습니다. 삼공재가 가까이 있으면 더할 나위 없이 좋겠지만 이런저런 빌미를 만들어서 떠나는 재미도 쏠쏠합니다.

다만 뵈올 때마다 반갑지 않은 손님들까지 대거 대동하고 가니 스승님께 늘 죄송할 따름입니다. 그저께 스승님과 통화로 삼공재 방문을 약속드리기가 무섭게 득달같이 덮쳐오더군요. 이제 면역이 되나 싶어도 아직 많이 부족한 탓에 한참이 지나 정좌 수련에 들자 좀 진정이 되는 듯하였습니다.

1년 넘게 자리하고 있는 뱀인지 구렁인지 이젠 수련에 들면 그 존재의 형상이 구체적이고 또렷하게 보입니다. 그전에는 뭐라 물어도 답이 없었는데 이번에는 메시지같이 저에게 뭐라 말하는 듯합니다. 빙의가 심한 상태여서 그런지 잔뜩 독이 올라 저를 정면으로 쏘아보고 날카로운 이빨을 드러내며 하는 말이 “니 가족들 계속 못살게 굴 테다” 그런 의미 같았습니다.

그 밖에 여러 빙의령들, 노쇠하신 할머니, 김영복 할아버지, 강간범 등등 여러 존재가 감지되면서 이제는 그 형상들이 이전에 보여지는 영상들과 다르게 또렷이 보입니다.

지금 저희 가족은 입주할 아파트의 입주일이 남은 관계로 친정집에 더부살이하며 민폐를 끼치고 있습니다. 친정집에는 친정 부모님과 여동생이 살고 있고 저희 신랑은 직장 관계로 따로 거주하고 있습니다. 앞으로 2달은 족히 더 살아야 이사 갈 수 있습니다.

며칠 전에는 제가 시댁에서 살 때와 비슷한 일이 일어났습니다. 다름이 아니라 시댁에 있을 때 시아버지께서 아무 이유 없이 저한테 화를 내고 역정을 내시며 싸움을 거셨는데, 그때 저는 현묘지도 화두수련 중이었고 아버님에 대한 원망과 화로 수련도 되지 않고 당장 나가 살고 싶은 맘이 굴뚝같았습니다.

이번에는 친정아버지가 평소에는 별말씀 없다가 갑자기 제가 아이들을 제대로 건사 못 한다고 하시며 폭풍같이 화를 내시는 겁니다. 엄청난 손기와 빙의가 같이 밀려들면서 순간 이성이 마비될 정도로 화가 올라왔습니다. 그 짧은 순간, 그것도 트레이닝이 된 탓인지 관을 하게 되었습니다.

친정아빠께서 빙의가 심하셨던 듯 빙의령들이 저에게 옮겨지며 제 내부에 끓어오르는 화를 관하게 되었습니다. 속으로 『천부경』, 『삼일신고』, 대각경을 외우니 한결 빨리 진정되고 평상심으로 돌아왔습니다. 앞에 선례가 많이 있었던 탓에 이젠 관이라는 것이 지금에야 좀 잡히는 듯합니다. 스승님께는 조금 부끄럽지만요.

이제 곧 뵈올 테지만 빙의령이 저에게 가족들을 못살게 굴겠다고 협박하는데 별로 개의치는 않지만, 이럴 땐 제가 어떤 마음가짐이어야 할까요? 실제로 제가 기운이 많이 쇠진되어 있을 때는 종종 아이들이 다치거나 여러 사건 사고가 발생하기도 합니다. 그것을 크게 두려워하지는 않고 그냥 일상사 중에 있을 법한 일 정도로 생각하고는 있지만요. 조금 있으면 뵙고 또 말씀드리겠습니다.

【필자의 회답】

빙의령들이 협박을 할 때는 마주 화를 내지 말고 그럴수록 차분하고 침착하게 상대를 주시해야 합니다. 빙의령이나 사람이나 상대가 자기보다 강할 때는 협박을 하거나 화를 잘 냅니다. 사람만 그런 것이 아닙니다. 북한이 한국에 대하여 거칫하면 협박 공갈, 말 폭탄을 일삼고 화를 잘 내는 것도 자신이 약하기 때문입니다. 그럴 때는 의연하고 담대하게 상대를 응시만 해도 기가 죽게 되어 있습니다.

무심이 무엇입니까?

스승님 안녕하십니까? 아마 동생이 스승님께 메일을 보냈는데 읽어 보셨는지 모르겠습니다. 몇 주 전부터 동생에게 스승님께 메일을 쓰라고 여러 번 얘기했었습니다. 『선도체험기』 103권에 나오는 김수연 씨 경우처럼 삼공재에 자주 갈 순 없어도 스승님과 빈번한 메일 교환을 통해 수련에 많은 도움이 되리라 생각하였기 때문입니다.

동생이 너무 고민하길래 일상적인 수련 내용에서부터 자기 자신의 내면의 문제도 하나씩 드러내며 조금씩 변화되기를 갈망했기 때문입니다. 오늘 오후에 밖에 나갔다가 들어오니 동생이 스승님께 메일을 썼다고 저보고 한번 읽어 보라구 하더군요. 헐~ (죄송) 온통 제 흉으로 가득 차 있네요.(ㅎㅎ).

다시 한 번 느낀 것이지만, 제 동생은 제 얘기를 아예 듣지 않는다는 사실입니다. 그나마 내용적인 것을 뒤로 하고라도 스승님께 메일을 보내고 자기감정을 드러내기 시작한 것을 다행으로 여겨야 하나 생각하고 있습니다.

첫술에 배부를 순 없으니까요. 바로 전에 메일에서 잠깐 말씀드렸지만 저희 식구들이 입주할 아파트가 아직 공사 중이어서 서너 달 동안 친정집에 민폐를 끼치고 있는 중입니다. 조용하던 친정집에 아이가 넷이 그것도 한참 별난 사내아이가 셋씩이나 되다 보니 전쟁터가 따로 없습니다.

친정엄마는 새벽부터 밤늦게까지 식당 일을 하시고, 아버지는 2교대로 경비 일을 하시다 보니 자주 마주칠 일은 없지만, 가뜩이나 예민하신 친정아버지는 그나마 경비 일을 보시고 쉬시려고 하면 아이들이 설쳐대는 통에 제가 통제를 한다 해도 역부족일 때가 많구요.

그럴 때마다 저의 목소리는 확성기가 저리 가 버릴 정도로 굉음을 냅니다. 식구들이 서로 약간은 불편하지만 그래도 친정이고, 동생과 같이 산에도 가고 수련도 같이하다 보면 동생도 건강을 되찾고 여러모로 좋을 것이라 생각했는데...

제 예상은 보기 좋게 빗나갔습니다. 문득 결혼 전에 제가 얼마나 우리 집을 못 견뎌했는지 생각이 나더군요... 결혼하고 10여 년이 흐른 지금 저는 저대로 아이 넷을 낳고 키우고 건사하느라 간간이 들려오는 친정집에 대한 우울한 얘기들은 현실에 바빠 안타까운 감정을 오래 지속할

여력이 안 되었구요.

동생이 신경정신과 치료를 받으면서는 제가 계속 병원에 데리고 다니면서 동분서주했었습니다. 우리 사정으로 아이 넷을 끌고 10년 만에 다시 엄마, 아빠, 여동생이랑 살게 되었는데... 변한 건 아무것도 없었습니다.

아버진 퇴직 후 경비 일을 하지만, 평생을 이런저런 일을 벌이시구, 빚을 내시고 빚에 허덕이시고, 늘 괴로워서 죽겠다고 하십니다. 엄마가 새벽부터 밤늦게까지 음식물 냄새로 온몸이 절도록 힘들게 번 돈으로 장만한 집도 아버지의 과용으로 순식간 날아가 버리고 늘 술만 드시면 곧 죽을 것처럼 연기하십니다.

카드빚만 몇 번을 신랑 몰래 막아 드렸구요. 그래도... 연세가 드셔도 변한 건 없구요. 엄마의 고단한 삶도 변한 게 없습니다. 한때는 그런 아빠랑 이혼하지 못하는 엄마를 원망 많이 했었는데...

그나마 제가 변해서 다행일까요... 저는 정말 제 앞가림하기도 바쁜데 말입니다. 요 근래, 저는 동생을 다소 냉정하게 대했습니다. 동생은 『선도체험기』를 읽으면서부터 부쩍 저를 많이 의지해 왔고 수련 의지도 보이며 생식은 저보다 더 잘 챙겨 먹고 운동도 꽤나 열심입니다. 여기까지는 정말 대견합니다.

동생은 신경정신과 약을 끊으면 환청, 환각에 현실감이 떨어지는 비논리적인 생각을 현실인 양 착각하는 이상 징후를 보이기 시작합니다. 수십 차례 약을 끊었다 먹었다 반복했습니다. 약을 거부하는 이유는 신경정신과 약의 특성상 정신이 멍해지고, 살이 찌고 생리불순 등 여러 부작용 때문입니다.

무엇보다 『선도체험기』를 읽으면서부터는 거의 모든 정신과 질환이 영적인 병이라는 사실을 알고는 약을 더욱 거부하게 되었습니다. 자기의 증상이 빙의의 증상이지 약을 먹어서 해결될 것이 아니라는 얘기죠.

그건 맞는 말입니다. 그래도 저는 동생에게 약을 먹으라고 했습니다. 여러 부작용이 있는 건 사실이지만 정신줄 놓고 헛소리하는 것보단 나으니까요. 신경정신과 약을 먹어도 운동하고 생식 먹고 약을 점차적으로 줄여 나가 보면 나중에 끊을 수도 있구요.

어쨌건 동생은 발병 이후부터 끊임없이 약을 먹었다 안 먹었다 반복하며 증상이 나타날 때마다 온 집안을 뒤집어 놓았습니다. 그때마다 제가 어르고 달래서 또다시 약을 먹게 하면 며칠 먹다가 안 먹었습니다.

마침내 저는 마음대로 하라고 손놓았고, 니 말대로 영병이니 수련을 열심히 해서 『선도체험기』에 나오는 김수연 씨처럼 이겨 내라고 했습니다. 동생도 그러겠다고 했구요. 하지만 제가 보기엔 동생에겐 그닥 수련의 열의나 의지가 있어 보이지 않았습니다.

문제는 저랑 있을 때 가슴 막힘, 어지럼, 화가 나는 증상이 점점 심해져서 급기야는 저로 인해 빙의되고 저의 기운이 안 좋아서 동생에게까지 악영향이 간다고 생각을 하는 것이었습니다. 이 문제는 저번에 삼공재 갔을 때 스승님께 따로 물어본 내용이기도 하지만 스승님께서 직접 답변해 주신 내용을 전달해 주니 그제야 수긍을 하는 듯했습니다. 그전에 제가 아무리 구체적으로 설명해 주어도 수긍 못 했습니다.

같이 살다 보니 동생의 고질적인 악습관이 보이기 시작했고, 전 계속 그 부분을 지적하게 되고, 시정되지 않으면 잔소리로만 듣고, 감정의 골이 깊어지다 보니 저는 제가 동생의 수련적인 부분에 도움이 안 된다는 결론에 도달했습니다.

정말 제 앞가림하기도 바쁘구요... 제가 정말 수련이 깊어져서 누군가에게 귀감이 되고 가까이 있는 가족들이 인정해 주는 수준까지 와 있다면 굳이 고민할 내용도 아니지만, 제 짧은 수련으론 동생을 바르게 이끌기가 참으로 역부족이란 생각이 듭니다.

가족들을 무심으로 대하라는 감응이 오는데 무심이 무엇입니까, 스승님? 정말 무식하게 질문드리네요. 머리로는 알겠는데 가슴으로 적용이 잘 안됩니다. (처음에 메일을 적을 때는 정말 이런저런 것들을 놓아 버리고 싶은 심정으로 시작했는데... 지금은 첫술에 배부를 수 있겠는가 하는 생각이 절로 들면서 제가 너무 성급하게 변화를 바랬다는 생각도 듭니다.)

2013년 7월 10일
제주에서 박동주 올림

【필자의 회답】

무심이 무엇입니까 하고 물었는데, 무심은 거짓 나를 지우고 참나만 남은 상태입니다. 삼공재를 23년 동안 운영해 오는 동안 『선도체험기』를 읽은 친척이나 친구의 손에 이끌려 정신상태가 불안정한 수많은 사람들이 찾아왔습니다.

결론적으로 말해서 남의 손에 끌려오는 사람은 아무리 나한테 찾아와서 도움을 받으려 해도 헛수고입니다. 그러나 비록 처음에는 남의 손에 끌려온다 해도 나중에는 자기 스스로 수련을 하면서 장애를 극복해 보겠다는 의지와 열의와 실행력이 있으면 누구나 확실한 성과를 올릴 수 있습니다.

『선도체험기』에 등장하는 조성용 씨와 김수연 씨가 그 실례입니다. 이들 두 사람은 지금도 나와 실명으로 이메일 교환을 할 정도로 상태가 좋아진 분들입니다. 모두(冒頭)에 무심에 대한 얘기가 나왔지만 이들 두 사람은 자신의 본명이 『선도체험기』에 그대로 노출이 되어도 조금도 개의치 않을 정도로 자신을 객관화하여 관찰할 수 있는 사람들입니다.

동생 되는 분도 좀더 노력하면 이들 두 사람과 같은 경지에 오를 수 있을 것이라고 봅니다. 지속적으로 진동을 일으키고 있는 것은 그 가능성을 보여 주는 아주 고무적인 현상입니다. 동생이 지금 『선도체험기』를 몇 권까지 읽었습니까? 만약에 106권까지 다 읽었다면 자기 실명이 『선도체험기』에 등장하는 것을 꺼려할 수준에서는 벗어나 있어야 할 것입니다.

어떤 일이 있어도 동생과 감정적으로 맞서는 일은 없어야 합니다. 속으로 동생을 좋지 않게 생각하고 겉으로만은 친한 척해 보았자 민감한 동생은 그것을 금방 꿰뚫어보고 있다는 것을 알아야 할 것입니다. 그러자면 동생을 진정으로 무심으로 대할 수 있어야 진정한 사형(師兄)으로 동생의 존경을 받게 될 것입니다.

삶의 방향이 완전히 바뀌었습니다

선생님 그동안 안녕하십니까? 저는 지난달 6월 17일, 18일 미국에서 온 동생이랑 함께 방문했던, 제주도에 사는 김군자라고 합니다. 저는 10여 년 전에 『선도체험기』를 3권까지 읽고서 기 수련을 다녀 볼까 하여 찾다가 그만둔 지 십 년이 지나 다시 기회를 갖게 되었습니다.

그동안은 많은 시련과 고통을 겪고 나서 딸과 함께 미국으로 이민을 갔습니다. 그곳 동생네 집에 있으면서 『선도체험기』를 다시 접하게 되어 읽기 시작했고, 달리기는 가끔 했지만 체조는 거의 매일 하였습니다. 35권까지 책을 읽는 동안 제 삶의 방향이 완전히 바뀌었습니다.

모든 사물, 생물 보는 제 눈이 확 바뀌진 느낌이었습니다. 좀더 일찍이 책을 봤더라면 제 삶도 달라졌을 텐데 하는 후회도 했습니다. 미국에서 35권까지 읽고 한국에 오게 되어 여기서 아들과 살기로 했습니다.

제 딸은 미국 오하이오 주립대 다니고 있구요, 제 언니가 뒷바라지해 주고 있습니다. 한국 생활은 역시나 다들 바쁘게 돌아가고, 나 역시 끌려다니다 보니 몸도 마음도 지쳐서 몸이 아프기까지 했습니다.

이러는 중에 미국에서 제 여동생이 왔습니다. 동생이 선생님 댁을 방문하러 간다기에 저 또한 무조건 따라간다고 해서 함께 가게 되었던 것입니다. 마음 준비도 없이 방문한 거 정말 죄송하게 생각했지마는 저 혼자서는 선생님 뵈올 날이 없을 것 같았습니다.

그때 책도 36권부터 40권까지 사 왔는데 지금 39권을 읽고 있습니다.

지금은 발이 좀 아파서요 다 나으면 달리기, 등산(제가 좋아합니다)할 예정입니다. 제 올케가 책을 읽고 싶다고 해서 『선도체험기』 1권부터 5권까지 구입하고 싶고요, 저도 41권부터 50권까지 구입하고 싶은데요. 어떻게 구입해야 할지 모르겠습니다. 선생님께서 갖고 계신다면 보내 주실 수 있는지요?

만약 보내 주실 수 있으시다면 선생님 계좌번호랑 가격을 알려 주시면 미리 보내 드리겠습니다. 저 글쓰기가 너무 서툴러서 죄송합니다. 선생님 다시 뵈올 날을 생각하면서 열심히 수련하려고 합니다. 그럼 무더운 날씨에 (서울은 장마로 물난리라는데) 건강하시길 바랍니다.

2013년 7월 19일
제주에서 김군자 올림

【필자의 회답】

『선도체험기』를 읽고 삶의 방향이 완전히 긍정적으로 바뀌었다니 참으로 다행입니다. 부디 지금 나온 『선도체험기』 105권까지 읽으시면 더 많은 공부가 될 것입니다.

〈107권〉

바르게 사는 것

제주도에서 올라온 50대의 남자 수련생인 이지하 씨가 삼공재에서 참선을 하다가 말했다.

"선생님 질문 좀 해도 되겠습니까?"

"좋습니다. 어서 말씀하십시오."

"요즘 저희 집안에 우환이 그치지 않고 계속 줄을 잇고 있습니다. 지난달에는 아버님이 대장암 수술을 받으시고 뒤이어 어머님도 간암으로 또 수술을 받고 두 분 다 입원 중이십니다. 그런데 이번 달에는 제 동생이 차 사고를 당해서 입원했고, 그리고 며칠 뒤에는 제 누님이 폭우 때의 붕괴 사고로 골절상을 입고 입원 중입니다.

도대체 왜 이렇게 집안에 한꺼번에 우환이 밀어닥치는지 이해를 할 수 없습니다. 선생님은 연유를 아실 것이라고 생각됩니다. 어떻게 하면 한꺼번에 몰아닥친 이 우환을 물리칠 수 있을까요?"

이 질문을 받고 나는 잠시 정신을 가다듬고 생각했다. 그는 착실한 선도 수행자요 『선도체험기』를 105권까지 다 읽고 대주천 수련을 하고 있다. 그럼에도 불구하고 한꺼번에 몰아닥친 집안의 우환에 미처 제정신을 못 차리고 당황하여 나를 점쟁이나 무속인으로 착각하는 것이 아닌가 하는 생각이 들었다.

무속인이라면 이럴 때 의례 조상신이 크게 성이 났으니 굿을 해야 한다고 했을 것이다. 그러나 구도자답지 못하다고 그에게 면박을 줄 수는 없는 일이었다. 당황망조(唐慌罔措)하면 누구나 그럴 수도 있으니까. 이럴 때는 진실 그대로를 일깨워 줄 수밖에 없다는 생각이 들었다.

"이 세상에서 일어나는 어떠한 일도 인과응보의 이치에서 단 한 치도 벗어나는 일은 없습니다. 이생에서 그 원인을 찾을 수 없으면 전생에서 그 원인을 찾아야 합니다."

내가 이렇게 말하자 이지하 씨가 물었다.

"그럼, 선생님, 저희 집의 경우처럼 한꺼번에 수술환자가 발생하는 원인은 도대체 무엇일까요?"

"지난 23년 동안 삼공재에 찾아오는 수련자들의 전생을 보아 온 내 경험에 따르면 금생에 중병으로 수술을 받거나 부상을 당하는 원인은 전생에 남에게 심한 신체적 고통을 주어 불구자를 만들었거나 사망하게 한 것입니다. 이 우주 안에서 원인 없는 결과는 있을 수 없으니까요.

남의 몸에 심한 상해를 입히거나 목숨을 잃게 하는 직업은 항상 무기를 다루는 권력 기관원이나 군인인 수가 많습니다. 범죄 용의자를 심문할 때 바른 마음에서 조금이라도 벗어나 사욕이 끼게 되면 죄업을 짓게 됩니다."

"결국은 공무 집행 시에 조금이라도 바른 마음을 잃고 사욕이 끼면 그게 모두 죄업이 되는군요."

"그렇습니다."

"그럼 빙의령이나 접신령의 작용은 어떻게 됩니까?"

“그것 역시 인과응보(因果應報)요 자업자득(自業自得)의 범주에서 벗어날 수 없습니다. 무슨 뜻이냐 하면 지금과 같은 우환이 닥칠 때 찾아오는 중음신은 억울하게 희생된 피해자에게서 파생된 것입니다.”

“그럼 그 인과응보의 고리에서 벗어날 수 있는 길은 무엇입니까?”

“구도자의 길을 묵묵히 걸어가는 수밖에 없습니다.”

“그 구도자의 길이 무엇인데요?”

“무슨 일을 당하든지 만사에 바르게 처신하는 겁니다. 석가모니가 팔정도(八正道)를 설파한 것도 바로 이 때문입니다. 우리가 어떤 직업에 종사하든지 특히 사람의 신병(身柄)을 다루는 권력 기관원이나 군인을 직업으로 가진 사람들은 남의 몸을 자기 몸 다루듯 하면 죄업에서 능히 벗어날 수 있을 것입니다.”

“관리와 군인은 남의 몸을 자기 몸 다루듯 하는 것이 바르게 사는 방법이군요.”

“그렇습니다. 권력기관 종사자와 군인을 예로 들었지만 그 밖에도 무술인, 깡패, 조직폭력배들도 특히 조심해야 합니다. 무술인은 비록 남에게서 억울한 매를 맞을지언정 함부로 자신의 무술 기량을 발휘하면 죄업에 빠질 수 있으니 특별히 조심해야 합니다.”

“그런데, 선생님, 저희 가족들은 주위에서 늘 법 없이도 살 수 있는 착해 빠지기만 한 사람들이라는 평을 늘 받고 있거든요.”

“그건 이생에 그렇다는 얘기지 전생에도 그랬다는 말은 아니지 않습니까? 이미 전생에 죄업을 깨닫고 개과천선하여 마음과 행실이 착해졌다고 해도, 이미 그전에 지은 죄는 인과응보의 법칙에 따라 당연히 속죄를 받아야 합니다.

빚을 많이 졌던 사람이 과거를 뉘우치고 검소한 사람이 되어 아무리 새로운 인생을 살기로 작정했다고 해도 그가 과거에 남에게서 꾼 돈은 갚아야 하는 것과 같습니다. 지금 겪고 있는 어려움은 그러한 속죄 과정임을 알아야 합니다.

우리의 생은 이생으로 끝나는 것이 아니고 처음도 끝도 없습니다. 존재의 실상인 자성을 깨달아 시공을 초월한 영원무궁한 세계에 들어가자는 것이 구도자의 목표입니다. 이른바 우아일체(宇我一體), 생사일여(生死一如)의 경지를 말합니다. 모든 죄업을 청산하는 일이야말로 그곳에 이르는 첫 번째 관문입니다."

"결국 우리가 일상생활에서 겪는 간난신고(艱難辛苦)가 모조리 다 인과응보라고 보면 틀림없겠군요."

"그렇습니다. 그것을 생활화한다면 그야말로 큰 깨달음을 얻은 사람이라고 말할 수 있습니다. 그 깨달음을 얻은 후에는 우리가 일상에서 마주치는 온갖 의문은 이미 해결된다고 보아도 됩니다."

"그럼 바르게 산다는 것은 무엇을 말합니까?"

"바르게 산다는 것은 곧 착하고 지혜롭게 사는 것을 말합니다."

"왜 그래야만 합니까?"

"그것이 우주의식의 뜻이고 진리이니까요."

"우주의식이 무엇입니까?"

"우주의식이 바로 하느님 또는 하나님입니다."

"선생님, 고맙습니다. 이제 모든 의문이 풀렸습니다."

하루에 2리터의 물을 마셔야 하나?

우창석 씨가 말했다.

"선생님, 성인은 누구나 하루에 평균 소변과 땀으로 2리터의 수분을 배출하므로 그것을 보충하기 위해서 2리터의 물을 꼭 마셔야 한다고 영양학자들은 말하는데 그 말이 맞습니까?"

"영양학자들은 물론이고 보통 사람들도 그렇게 말하는데 나는 누구나 꼭 그래야만 한다고는 보지 않습니다."

"왜요?"

"사람은 누구나 똑같지 않기 때문입니다. 나는 21일 동안 단식을 해 본 경험이 있는데 그 21일 중에서 열흘 동안은 거의 물을 마시지 않았는데도 여느 때와 같이 소변도 보고 땀도 흘렸습니다. 그래도 건강에는 아무 이상이 없었습니다. 나만 그랬는가 하면 그렇지 않았습니다. 나보다도 더 오래 단식을 한 사람들도 물을 한 모금도 안 마시고도 소변도 보고 땀도 흘렸는데도 아무런 이상이 없었습니다."

"그건 어떻게 된 것입니까? 정말 식음(食飮)을 전폐하고도 배설을 정상적으로 할 수 있습니까? 보통 사람들은 그렇지 않지 않습니까?"

"물론입니다."

"그럼 어떻게 그럴 수 있습니까?"

"물을 하루에 2리터씩 마시지 않으면 안 되고 일주일만 굶어도 사람은 누구나 사망하게 되어 있다는 영양학자들의 고정관념에서만 벗어나면 누구나 그렇게 될 가능성이 있다고 봅니다."

"그것을 입증할 수 있습니까?"

"물론입니다. 내가 직접 체험을 해 보았기 때문에 자신 있게 말할 수 있습니다. 내가 1991년에 21일 단식을 할 때였습니다. 단식 중 후반 10일 이상은 음식은 물론 물도 일체 마시지 않았습니다. 그랬는데도 소변은 여느 때처럼 다섯 시간에 한 번씩 보고 땀도 흘렸는데도 물은 마시고 싶지 않았습니다."

"상식적으로는 도저히 이해를 할 수 없는데요."

"그러나 엄연한 사실입니다. 사람은 음식 외에 무엇을 먹거나 마시고 사는지 아십니까?"

"음식 외에는 공기밖에 더 있습니까?"

"바로 그겁니다. 우리가 일상 마시는 공기 중에는 수분은 물론이고 우리 인체가 필요로 하는 온갖 영양소가 다 들어 있습니다. 그래서 물과 음식은 보통 사람들도 며칠씩 굶어도 살 수 있지만 공기는 잠시라도 마시지 못하면 숨이 막혀 질식사하게 되어 있습니다.

이것은 무엇을 의미하는 것일까요? 우리가 물과 음식에서 섭취하지 못하는 것을 공기 속에서 흡수한다는 것을 말해 줍니다. 그뿐 아니라 사실은 공기는 음식보다 사람에게는 더 절실히 필요하다는 것을 말해 줍니다."

"거기까지는 이해할 것 같습니다. 그러나 어떤 사람은 일주일만 굶어도 사망하는데 어떤 사람은 100일 이상씩 단식을 해도 살 수 있는 것은 어떻게 설명할 수 있습니까?"

"일주일 동안 굶으면 죽는다는 고정관념에 사로잡혀 있는 사람은 일주일만 굶어도 죽게 되어 있습니다. 그러나 인간의 잠재력은 무한하다고 믿고 평소에 호흡 수련을 하는 사람은 100일 또는 그 이상 굶어도 살아남을 수 있습니다. 왜냐하면 음식을 먹지 않아도 공기 중에 용해되어 있는 각종 영양소를 흡수할 수 있기 때문입니다."

"그럼 물을 하루에 2리터씩 마시지 않아도 되겠군요."

"물론입니다. 때가 되어 배가 고프면 음식을 들듯이 물 역시 마시고 싶을 때 적당히 마시면 될 뿐입니다. 먹고 싶지 않은 음식을 누가 권한다고 해서 억지로 들면 체하는 수가 있듯이 물도 마시고 싶지도 않은데 영양학자가 마시라고 했다고 해서 강제로 마시면 건강에 좋을 리가 없습니다."

"결국은 음식도 물도 자연의 욕구대로 들면 되겠군요."

"정확합니다."

화나고 짜증날 때

우창석 씨가 물었다.

"선생님, 일전에 우연히 텔레비전을 보니, 누구나 상대가 나를 괴롭히거나 화나고 짜증이 날 때는 '그럴 수도 있지' 하고 참는다고 한 출연자가 말했습니다. 그렇게 하면 과연 효과가 있을까요?"

"효과가 있고말고요. 그런 때 '그럴 수도 있지' 하고 참아 내지 못하고 상대에게 마주 벌컥 화를 내거나 짜증을 내는 것보다는 백번 더 낫지 않겠습니까? 그 정도로 자기 자신을 통제할 수 있는 사람이라면 대단한 수양가라고 할 수 있습니다.

참을 인(忍) 자 셋이면 살인도 면한다는 말이 있지 않지 않습니까? 또 어떤 외국 스님이 말한 대로 화나고 짜증날 때 천천히 걸으면서 하나에서 백까지 숫자를 세어 보아도 확실히 효험은 있습니다."

"어떤 스님은 증오심과 적개심, 원한, 질투심이 치솟거나 화나고 짜증이 날 때 얼른 합장을 하라고 합니다. 두 손 모아 합장을 하면 가운데손가락과 무명지를 흐르는 심포 삼초 혈이 합쳐지고 운기가 활발해지면서 격해진 감정을 진정시킵니다.

그래서 부부싸움이 한창 불붙어 오를 때도 합장만 할 수 있다면 처음부터 싸움이 될 수가 없습니다. 그런데 막상 남이 보는 앞에서 스님들이나 하는 합장을 하는 것은 아무래도 쑥스럽기 짝이 없습니다. 남의 눈에 뜨이지 않고도 화와 짜증을 가장 효과적으로 다스릴 수 있는 방법은 없을까요?"

"왜 없겠습니까? 있습니다."

"그걸 좀 가르쳐 주시겠습니까?"

"그러죠. 화와 짜증이 나는 순간 용수철처럼 튀어 일어나 달리기를 하거나 재빨리 걷기를 시작하면 곧 마음을 진정시킬 수 있습니다. 여건상 이것이 불가능할 때는 속에서 화가 치밀려고 할 때 그것을 미리 알아차리고 노려보면 화를 제압할 수 있습니다. 그렇게 하면 남의 눈에 띄지 않고도 능히 자기 관리를 확실히 할 수 있습니다.

어디 화뿐이겠습니까? 짜증이 치밀 때도 폭발하기 전에 미리 알아차리면 능히 진정시킬 수 있습니다. 증오심, 적개심, 참을 수 없는 원한, 질투심 같은 것도 같은 요령으로 얼마든지 사전에 제압할 수 있습니다. 이처럼 자신을 철저히 자기 관리하에 둘 수 있는 사람은 어떠한 외부의 적수를 만나도 당황하지 않고 유효적절하게 대처할 수 있게 될 것입니다.

내부에 침투한 간첩 한 사람은 외부에 대치하고 있는 적 1개 사단 이상의 위력을 발휘할 수 있기 때문입니다. 자기 자신을 스스로 관리할 수 있는 사람은 자기 부대 내부에 침투한 간첩을 잡아내어 적의 정보까지도 캐어 냄으로써 외부의 적까지도 제압할 수 있는 지휘관과 같습니다."

노인 우울증

우창석 씨가 말했다.

"선생님, 요즘 우리나라에서는 생활 수준이 향상되면서 선진국에서처럼 우울증 환자와 함께 자살을 택하는 노인들이 늘어나고 있습니다. 문제는 노인 우울증인데 이것을 효과적으로 해소할 수 있는 무슨 묘책은 없을까요?"

"우울증이라는 질병의 원인을 알아낼 수 있으면 대책도 자연히 떠오르지 않겠습니까?"

"얼른 떠오르는 원인은 자녀들에게 버림받은 노인들의 무능과 거기에 따르는 실망과 빈곤과 외로움, 고질적인 지병(持病)이 있습니다. 그다음으로는 누구나 겪는 일이지만 나이가 70대에 접어들면 급격히 다가오는 노화 현상에서 오는 무력감이라고 생각됩니다.

제가 선생님께 말씀드리고자 하는 것은 빈부의 차이 없이 노년에 누구에게나 찾아오는 우울증입니다. 제가 생각하기에는 바로 이 우울증만 다스릴 수 있다면 누구나 홀가분하고 편안한 만년을 맞을 수 있지 않을까 생각됩니다. 요즘 저의 가문에는 70대 이상의 노인들이 부쩍 늘어나면서 노인 우울증 문제가 남의 일이 아니고 바로 발등에 떨어진 불이 되어 버렸습니다."

"우창석 씨가 무엇을 알고 싶어 하는지 간파했습니다. 그 말을 들으니 여러 해 전에 텔레비전에서 본 장면이 떠오릅니다. 박치기로 유명한 한국의 대표적인 김일 레슬링 선수인데 그가 수많은 어려움을 극복한 끝에 파란만장한 선수생활을 마감하고 시골 고향에서 여생을 보내고 있을 때였습니다.

아직도 그를 기억하고 있는 많은 팬들이 있으므로 스포츠 기자들이 취재차 가끔씩 그를 방문할 때마다 그가 빼놓지 않고 늘 되풀이하는 말이 있었습니다. '인생은 바로 생로병사(生老病死)라구! 이 얼마나 기막힌 명언인가!'하고 마치 생로병사란 네 글자 속에는 이 세상의 모든 이치가 다 숨어 있는 것처럼 기자를 만날 때마다 스스로 감탄하곤 했습니다.

공자가 '아침에 도를 깨달으면 저녁에 죽어도 여한이 없겠다'는 뜻의 조문도석사가의(朝聞道夕死可矣)를 외쳤듯이, '생로병사(生老病死)'라는 사자성어 속에서 그만이 알 수 있는 진리를 터득한 듯했습니다. 그때 나는 그가 '생로병사'라는 사자성어에 감탄할 때마다 나도 모르게 '생로병사' 하고 속으로 되뇌곤 했습니다. 내가 이 자리에서 굳이 이 말을 하는 것은 그 은퇴한 레슬링 선수가 이 말에서 자기도 모르는 사이에 무슨 특이한 감동을 받은 게 아닌가 하는 생각이 들었기 때문입니다."

"무슨 감동을 받았을까요?"

"적어도 그는 생로병사 속에서 노인 우울증을 해소할 수 있는 결정적인 핵심을 포착한 것이 아닌가 하는 생각이 듭니다."

"선생님, 그 점을 좀 자세히 말씀해 주시겠습니까?"

"그러죠. 우울증이란 자기가 처한 상황과 조건에 대한 불평과 불만을 스스로 해소하지 못하고 속으로 자꾸만 쌓아 가다 보면, 그것이 응어리가 되어 자기도 모르게 질병이 된 것입니다. 그런데 그 은퇴 선수는 그 긴장과 영욕이 점철된 선수생활에서 숱하게 당한 부상으로 인한 남모르는 골병과 함께 닥쳐오는 노화를 감내하면서, 그 역시 한때 우울증에 시달리지 않았을까 하는 생각이 듭니다.

그러다가 누구의 입에선가 흘러나온 생로병사라는 사자성어에서 특이한 느낌을 받았을 것입니다. 이 세상에서 삶을 얻은 사람은 동서고금을 막론하고 누구든지 태어나고 늙고 병들어 죽지 않는 사람이 없다는 말에 귀가 번쩍 트였을 것입니다. 그렇지 않았다면 그가 이 사자성어를 그렇게 자주 입버릇처럼 되뇌지는 않았을 것이니까요."

"그렇다면, 선생님, 생로병사하고 노인 우울증하고는 무슨 관계가 있습니까?"

"있고말고요. 우울증 환자의 특징이 무엇인지 아십니까?"

"불만과 불평이 유달리 많다고 생각합니다."

"정확합니다. 불평과 불만이 많은 사람은 예외 없이 시야와 생각의 폭이 좁습니다. 남들은 다 행복한데 나만은 유달리 불행하다는 생각을 하니까 쉽사리 우울증에 빠지게 됩니다. 그런데 사람은 누구를 막론하고 늙으면 병들어 죽는다는 것을 알아 버리면 죽는 문제에 관한 한, 불평할 일도 불만을 품을 이유도 없어지고 따라서 우울증에 걸리는 일도 없어지게 될 것입니다.

다시 말해서 자기 혼자만 늙어서 병들어 죽는 것이 아니고 누구든지 이 땅에서 생을 얻은 사람은 누구나 다, 비록 제왕이나 절세의 영웅이나 석가나 공자, 예수 같은 성인도 모조리 다 때가 되면 죽을 수밖에 없다면, 이 세상에서 그것처럼 공평무사한 일은 또 없을 것입니다. 우리는 가난은 참을 수 있어도 사촌이 논 살 때의 배 아픔은 견디지 못합니다.

그러나 누구나 다 죽음을 피할 수 없다면 죽음에 대하여 불평을 하거나 불만을 터뜨릴 대상도 이유도 없어지게 될 것입니다. 따라서 누구든지 늙어서 병들어 죽는 것을 불평불만 없이 받아들이지 않을 수 없게 될 것입니다. 실체가 사라지면 그것을 항상 따르던 그림자도 사라지게 되는 바와 같이, 불평불만이 없어지면 우울증도 자연히 사라지게 되어 있습니다. 그 은퇴한 레슬링 선수는 그런 일이 있은 지 몇 해 후에 조용히 죽음을 맞이하였습니다. 그는 틀림없이 늙어서 죽는 일을 마치 오래간만에 그리운 고향을 찾아가듯 했을 것입니다."

"선생님의 그 말씀을 들으니까 제가 평소에 품고 있던 죽음에 대한 공포도 어느덧 사라져 버린 느낌입니다. 그건 그렇고요. 생사일여(生死一如)라는 말도 있지 않습니까?"

"있죠."

생사일여(生死一如)

"생로병사와 생사일여는 어떻게 다릅니까?"

"생로병사의 이치를 알고도 수행이 한참 더 진행되어야 생사일여의 경지에 들어가게 됩니다. 우선 삶과 죽음이 같다는 것을 알고 싶으면 자성(自性)을 깨달아야 합니다."

"자성이 무엇입니까?"

"우주의식(宇宙意識)입니다."

"우주의식은 무엇입니까?"

"조금 전에도 말하지 않았습니까? 알아듣기 쉽게 말해서 하나님 또는 하느님입니다."

"그럼 하나님은 무엇입니까?"

"하나이면서 전체이고 전체이면서 하나이며, 가장 작으면서도 가장 큰 존재이고 그것이 바로 자기 자신임을 무의식으로 깨달아야 삶과 죽음이 하나임을 알게 됩니다. 눈에 보이지 않는 먼지 한 알갱이 속에 우주 삼라만상이 다 들어 있고, 이 무한대의 우주도 바로 그 먼지 한 알갱이 속에 농축되어 있다는 것을 깨달아야 비로소 생사일여의 진정한 의미를 터득할 수 있습니다.

따라서 우리 눈에 보이는 삼라만상이 한낱 꿈이요 환상이요 물거품이요, 그림자요 이슬이요 번갯불과 같이 아무 실체도 없는 부질없는 것임을 깨달았을 때 생사일여의 진리를 꿰뚫어볼 수 있는 경지에 도달하게 됩니다."

"어떻게 해야 그러한 경지에 오를 수 있습니까?"

"오직 지극정성으로 관하면 누구나 그렇게 될 수 있습니다. 요리하는 사람의 정성이 들어가야 음식이 맛이 있다고 하지 않습니까? 그 정성이야말로 하늘 기운을 운반하는 매체입니다. 『참전계경(參佺戒經)』에 나오는 지성(至誠)이면 감천(感天)이란 말도 여기에서 나왔습니다."

"그렇다면 그 깨달음의 경지는 과학적인 연구에 의한 논리와 이성으로는 접근이 불가능합니까?"

"학문이나 과학을 뛰어넘는 성찰과 직감과 깨달음으로만 접근이 가능한 구도의 경지입니다. 생사일여(生死一如) 즉 삶과 죽음이 같다는 것을 체감(體感)한 사람은 자기 자신 속에서 영원과 무한을 보게 됩니다.

이 경지에 도달한 사람은 더이상 죽음 따위에 시달리는 일은 없어지게 될 것입니다. 인류가 도구를 갖게 된 이래 가장 주된 관심사는 바로 죽음의 문제였습니다. 제아무리 훌륭한 일을 해 놓아도 죽음의 공포를 해결하지 않고는 아무 의미가 없다고 본 인간들은 무엇을 했습니까?

영원히 죽지 않는 전지전능의 신을 만들어냈습니다. 지구촌에서 과거에 생멸했거나 현존하는 모든 종교는 바로 이 죽음을 극복하기 위한 끊임없는 노력의 산물입니다. 그러나 종교는 죽음의 문제 해결의 근처까지는 갔지만 그 핵심에는 끝내 도달하지 못하고 기복신앙(祈福信仰)으로 전락했습니다. 삶과 죽음이 같다는 깨달음은 주시(注視)와 관찰(觀察)만이 도달할 수 있는 구도과정의 압권(壓卷)입니다."

"그러나 선생님, 사람이 일단 숨이 끊어지면 바로 그 순간부터 인체는 부패 작용이 시작되지 않습니까?"

"조금 전에 내가 뭐라고 말했습니까? 우리가 오감으로 느끼는 이 세상 일체의 것은 물거품처럼 무상하다고 말하지 않았습니까?"

"무상(無常)하다는 말은 무슨 뜻입니까?"

"알아듣기 쉽게 말해서 수시로 변하므로 믿을 수 없다는 말입니다. 그러므로 우리의 오감(五感)으로 알 수 있는 모든 것은 한낱 꿈이나 환상처럼 부질없다고 말합니다. 우리가 오감으로 보고 느끼고 냄새 맡고 감촉하는 모든 것은 모두 다 무상하다는 것을 깨달은 사람이라야 비로소 진리의 실체가 보입니다.

사람은 이 세상에 살다가 숨이 끊어지고 그 몸이 썩기 시작해도 그의 영혼은 죽지 않고 다시 새 생명으로 거듭납니다. 생로병사의 윤회는 끊임없이 계속됩니다. 죽음은 곧 삶이요 삶은 곧 죽음이어서 별개의 이질적인 존재가 아닙니다. 생사는 곧 동전의 앞뒷면과 같습니다. 밤이 있으면 낮이 있고, 생시가 있으면 꿈이 있고, 음이 있으면 양이 있습니다.

죽음의 겉모습은 무상하지만, 생명의 근원은 변함없는 하나입니다. 그래서 『천부경(天符經)』은 일묘연만왕만래(一妙衍萬往萬來) 용변부동본(用變不動本) 즉 하나가 묘하게 변하여 만물이 되어 오가고, 쓰임은 변하지만 그 본바탕은 변함이 없다고 했습니다."

"그럼 생사일여를 깨달은 사람은 그렇지 않은 사람에 비해서 무엇이 다릅니까?"

"어떠한 난관에 봉착해도 좌절하거나 우울증에 빠지는 일이 없고 항상 긍정적이고 적극적이고 진취적이고 희망적입니다."

"왜 그렇죠?"

"우아일체(宇我一體)와 신인일치(神人一致)가 일상생활화 되어 있으므로 그가 바로 이 우주의 주인이기 때문입니다. 우주의 주인이 무엇이 부족해서 좌절하고 우울해하고 화내고 절망하거나 일희일비(一喜一悲)할 필요가 있겠습니까?"

발편잠

우창석 씨가 말했다.

"선생님, 하루 일을 마치고 잠자리에 든 후, 그다음 날 아침에 깨어날 때까지 숙면(熟眠)을 취할 수 있으려면 수련이 어느 단계까지 가야 합니까?"

"적어도 발편잠을 잘 수 있을 만큼은 수련이 되어야 합니다."

"발편잠이라니요? 처음 듣는 어휘입니다. 무슨 뜻입니까?"

"발편잠이란 웬만한 사전에도 나오지 않는 순우리말입니다. 근심 걱정 없이 발을 편하게 쭉 뻗고 자는 잠을 말합니다. 도 닦는 사람이라면 적어도 이 정도의 수준에는 도달해야 한소식했다고 말할 수 있습니다."

"그런데 선생님, 저는 정해진 취침 시간을 놓치면 아무리 애를 써 보아도 통 깊은 잠을 이룰 수 없습니다."

"그것은 아직 수련이 덜 되었다는 증거입니다."

"그럼, 선생님, 잠자려는 시간에는 아무 때나 눈만 감으면 잠이 쏟아지게 하려면 어떻게 해야 합니까?"

"우선 근심 걱정이 없어야 합니다."

"그러나 사람이 세상을 살아가면서 근심 걱정이 없을 수 있나요?"

"그럼요."

"물론 구도자라면 누구나 그렇게 되기 위해서 노력을 하겠죠. 그런데도 뜻대로 근심 걱정이 사라지지 않는 것은 무엇 때문입니까?"

"불안 때문입니다."

"그럼 어떻게 해야 그 불안에서 벗어날 수 있을까요?"

"불안에서 완전히 벗어나려면 무엇보다도 매사에 마음을 바르게 먹고 나보다 남을 먼저 배려하는 삶을 일상생활화 해야 합니다. 이러한 생활이 습관화되면 그 사람은 자기도 모르게 점점 우주의식을 닮아가게 될 것입니다. 그렇게 할 수만 있다면 그 사람은 점차 불안에서 벗어나게 될 것입니다."

"우주의식과 닮으라는 말씀이신데 우주의식이 무엇입니까?"

"전에도 말했지만 하늘의 뜻이 바로 우주의식입니다. 우리 조상님들이 자주 써 온 말 중에 인내천(人乃天)이라는 말이 있습니다. 사람이 곧 하늘이라는 뜻입니다. 사람이 곧 하늘이요, 내가 곧 하느님이고 하나님이라는 깨달음에 도달한 사람이 바로 철인(哲人)이고 도인(道人)입니다.

사람이 곧 하늘이라는 깨달음에 도달한 사람이라야 온갖 근심 걱정과 불안에서 완전히 벗어날 수 있습니다. 하느님은 시간과 공간과 물질을 초월한 존재이므로 근심 걱정이나 불안 따위가 범접할 수 없습니다. 따라서 인간의 마음도 우주를 다스리는 우주의식처럼 확고부동해지지 않을 수 없게 됩니다. 왜냐하면 이 우주 안에서 우주의 주인이 되지 않고는 아무도 우주처럼 완벽해질 수는 없기 때문입니다. 따라서 그의 마음과 몸이 우아일체(宇我一體)가 된 구도자는 우주의식과 점점 가까워지게 되어 있습니다.

구도자가 도를 닦다가 보면 자기도 모르는 사이에 무의식적으로 우주의식과 같아질 때가 있습니다. '인심(人心)이 천심(天心)이란' 말은 바로 그런 현상을 우리 조상들이 표현한 것입니다. 천심이 바로 우주의식입니다. 인심은 처음부터 바로 천심이기 때문입니다. 다시 말해서 사람의 마음은 원래부터 하늘의 마음에서 분화되어 나온 하느님의 분신입니다. 이것을 자기도 모르는 사이에 부지중에 깨달은 사람은 하느님처럼 근심 걱정과 불안에서 벗어나 있으므로 발편잠을 잘 수 있습니다."

"어떻게 하면 사람의 마음이 하늘의 마음처럼 될 수 있습니까?"

"그건 아주 간단합니다. 인심이 바로 천심이고 사람이 곧 하늘이므로, 사람도 하늘처럼 바르고 착하고 지혜로워지면 누구나 하느님이 될 수 있습니다. 수행을 하여 하느님이 되는 정도에 따라 누구를 막론하고 발편잠을 잘 수 있습니다.

우아일체(宇我一體)란 사유(思惟)나 지식에 의해서가 아니라, 수행으로 마음과 몸이 차츰 진화되어 어느 시점에 문득 그 사실을 알아차리게 되어 있습니다. 이것을 깨달음이라고 하죠. 우아일체, 신아일체(神我一體)는 그렇게 스스로 깨닫는 경지입니다. 이런 깨달음에 도달한 사람은 생사일여(生死一如)를 늘 생활화하므로 근심 걱정에서도 온갖 불안에서도 벗어나게 됩니다. 왜냐하면 그 사람은 이미 걱정 근심과 생사와 불안을 초월해 있기 때문입니다."

"인류역사상 실제로 그런 사람이 있었습니까?"

"그럼요. 동서고금을 통하여 그런 사람은 기라성같이 많습니다. 그중 한 사람만 소개하겠습니다. '내일 지구의 종말이 온다고 해도 나는 오늘 사과나무를 심겠다'고 말한 17세기의 네덜란드 철학자 스피노자가 바로 그런 사람입니다. 우아일체가 체질화되지 않았다면 그의 입에서 그런 말이 그렇게 쉽게 나올 수가 없었을 것입니다."

"지구의 종말이 온다면 모든 것이 끝나는 것이 아닌가요?"

"시작도 끝도 없는 자성(自性)을 깨닫지 못했으니까 그런 의문을 갖게 되는 겁니다."

"그러니까 저 같은 놈은 열심히 공부하는 수밖에 없겠군요."

"자신감을 가지세요. 혜가(慧可)와 같은 치열한 구도 정신이 살아 있는 한 진리는 바로 코앞에 있는, 만 사람의 것이니까 조금도 실망할 필요는 없습니다."

"그럼 저도 조만간에 스피노자와 같은 의식에 도달할 수 있을까요?"

"그렇고말고요."

짜증나고 초조할 때

우창석 씨가 말했다.

"선생님, 일상생활에서 이렇다 할 이유도 없이 짜증나고 초조할 때는 어떻게 해야 합니까?"

"그런 일이 일어날 때마다 우창석 씨는 지금껏 어떻게 해 왔습니까?"

"그냥 제 능력껏 참아 왔습니다. 참으면서 어느 정도 시간이 흐르면 짜증도 초조함도 조금씩 사그러들었습니다."

"그렇다면 앞으로도 그렇게 하면 될 텐데 왜 나한테 새삼스레 그런 질문을 하십니까?"

"그렇게 하는 것이 어쩐지 구도자로서는 비능률적이라는 생각이 들었기 때문입니다."

"짜증나고 초조할 때 그냥 참기만 하는 것은 장거리 여행자가 두 발로 걸어가기만을 고집하는 것과 같습니다."

"그럼 어떻게 해야 합니까?"

"관(觀)을 해야 합니다. 짜증나고 초조할 때도 관을 하는 것은 장거리 여행자가 걷기만을 고집하는 대신에 자동차를 이용하는 것과 같습니다. 왜냐하면 수행자가 짜증나고 초조할 때 바로 그 사실 자체를 관하는 것은 걷기 대신에 자동차를 타는 것과 같이 아주 능률적이기 때문입니다. 따라서 짜증나고 초조할 때는 그냥 참기만 하는 것은 아주 원시적인 방법입니다. 구도자가 되었으면 적어도 관(觀)을 일상생활화 할 줄 알아야 합니다."

"그럴 때 관을 한다는 것은 구체적으로 어떻게 하는 것을 말하는 겁니까?"

"인생을 살아가는 데 있어서 당장 해결이 되지 않는 문제에 봉착할 때마다 그 문제를 마음으로 유심히 관찰하는 것을 말합니다."

"그럼 절친한 친구가 갑자기 교통사고로 죽어서 몹시 슬플 때도 그 슬픔을 관하면 됩니까?"

"물론입니다."

"그럼 까닭 없이 우울할 때도 그것을 관하기만 하면 됩니까?"

"그렇고말고요."

"그럼 관만 하면 모든 문제가 다 해결된다는 말씀입니까?"

"그렇다니까요. 내 말에 의심이 나면 바로 이 자리에서 우창석 씨 자신이 지금 당장 짜증나고 초조한 자신의 마음을 관해 보세요. 관하되 일체의 사욕을 버리고 마음을 깨끗이 비워야 합니다."

"그렇게 하겠습니다."

이렇게 말하면서 그는 금방 가부좌를 틀고 관을 하기 시작했다. 30분쯤 지난 뒤에 그는 입을 열어 말했다.

"제 자신을 만인이 볼 수 있는 객관적인 도마 위에 올려놓고 요리조리 자세히 살펴보고 있자니까 무엇보다도 먼저 제 마음이 저도 모르게 차분하게 가라앉으면서 편안해졌습니다."

"일차적으로 성공한 겁니다."

"그럼, 이차적인 성과도 있습니까?"

"그렇고말고요. 마음이 일단 편안해진 뒤에도 계속 관을 하면 서서히 지혜가 피어오르게 될 것입니다. 이번에도 우창석 씨 자신이 실험을 해 보세요."

그는 다시 관을 하기 시작했다. 한 30분 후에 그는 눈을 뜨고 말했다.

"짜증과 초조가 아무 실체도 없는 뜬구름이나 한줄기 바람 같은 허망한 것임을 알게 되었습니다. 그리고 그다음에는 짜증과 초조는 이기심의 산물이라는 것도 알게 되었습니다. 내가 항상 마음을 비우고 있었다면 짜증과 초조 같은 것이 붙을 자리도 없었을 텐데 하는 느낌이 들었습니다."

"그처럼 관이야말로 만병통치약이요 어떠한 난관도 돌파할 수 있는 방편이라는 것을 알아야 합니다. 그뿐만 아니라 깨달음의 길을 이끌어 주는 유도등이기도 합니다. 아니 깨달음 그 자체이기도 합니다. 희구애노탐염(喜懼哀怒貪厭)과 탐진치(貪瞋癡)가 다 일시적으로 해를 가리는 안개와 구름에 지나지 않는다는 것도 자연히 알게 해 줍니다. 거기서도 계속 관을 하면 짜증과 초조가 모두 다 어리석음과 사욕과 이기심의 산물이라는 것을 깨닫게 될 것입니다."

"거기서도 멈추지 않고 계속 관을 하면 어떠한 경지가 열리게 될까요?"

"인간의 희로애락 일체가 다 사욕이나 이기심 때문에 일어나는, 무지개 같은 무상한 것임을 스스로 알게 될 것입니다. 또 우리는 어떤 사람과 분쟁이 생겼을 때 나 자신보다도 상대를 먼저 생각하면 뜻밖에도 문제가 빨리 해결된다는 것을 알게 될 것입니다."

"그 이유가 무엇일까요?"

우아일체(宇我一體)

"그 이유를 놓고 계속 관을 해 보면 이 우주에는 애초부터 너와 내가 따로 떨어져 있지 않은 하나였다는 것을 알게 됩니다. 바로 이 때문에 둘 사이에 '내'가 개입되지 않으면 만사가 다 원만하게 해결되게 되어 있다는 것도 자연히 깨닫게 될 것입니다."

"이 우주에는 처음부터 너와 내가 따로 떨어져 있었던 것이 아니라는 것을 알고 나서도 나라는 존재의 실상이 무엇일까를 화두로 삼아 계속 관을 하면 어떻게 될까요?"

"그건 우창석 씨가 직접 해 보면 알게 될 것입니다."

"알겠습니다."

이렇게 말하면서 그는 관을 하기 시작했다. 30분 후에 그는 눈을 뜨고 말했다.

"나라는 존재는 결국 이 우주와 삼라만상을 주관하는 우주의 일부에 지나지 않는다는 것을 알게 되었습니다."

"또 인간을 포함한 삼라만상은 우주의식의 나툼이라는 것을 깨닫게 될 것입니다."

"그럼, 우주의식은 무엇입니까?"

"우리가 속한 일정한 공간과 시간을 창조하고 지배하고 관리하는 주체를 말합니다. 『천부경』이 말하는 하나입니다. 시작 없는 하나에서 시작되어 삼라만상으로 변했다가도 그 중심은 늘 변함없는, 쓰임은 변해도 본바탕이 변하지 않는 그러한 끝없는 하나입니다."

"삼라만상의 본바탕을 말씀하시는군요."

"그렇습니다. 우리 조상님들은 그러한 존재를 하나님 또는 하느님이라고 존칭을 붙였습니다. 내가 말하는 우주의식은 바로 그것을 말합니다. 따라서 그 우주의식이 주관하는 시공 속에 들어와 있는 우리들 각자는 숙명적으로 그 우주의 한 부분이요, 그것을 주관하는 우주의식의 한 부분입니다. 다시 말해서 우리들 각자는 우주의식의 한 분신일 수밖에 없게 되어 있습니다.

그런데 그 우주의식인 하느님은 이 우주에서 무슨 일이든지 할 수 있는 무소불위(無所不爲)하고, 이 우주 어디에도 없는 데가 없는 무소부재(無所不在)한 존재와는 동일한 존재임을 우리는 수행을 통해서 알아낼 수 있습니다. 다시 말해서 인간은 알고 보면 궁극적으로는 하느님과는 떨어질래야 떨어질 수 없는 한 몸이라는 사실입니다."

"그러나 선생님, 실제로는 지구상의 우리 인간만 해도 개성이 다른 60억이라는 개체들로 이루어져 있지 않습니까?"

"사실입니다. 그러나 우리가 속한 우주의 삼라만상 역시 우주의식의 나툼이라는 사실을 알아야 합니다. 그것을 인정하지 못하면 내 말을 이해할 수 없을 것입니다."

"나툼이 무슨 뜻입니까?"

"나타남 즉 현현(顯現)이라는 뜻입니다."

"그러니까 우리 눈에 보이는 모든 것이 다 우주의식인 하느님을 나타낸다는 말씀입니까?"

"그렇습니다. 우리 눈에 보이는 것뿐만 아니라 우리의 오감으로 느낄 수 있는 모든 것과 우리의 오감으로 인지할 수 없는 일체가 다 하느님의 나툼입니다. 다시 말해서 사람은 영혼과 육체로 이루어져 있는데 육체는 우리의 눈에 보이지만 영혼은 영안(靈眼)이 열리지 않은 사람은 볼 수 없습니다.

인간의 영혼과 육체뿐만 아니라 인간 이외의 만생만물이 모두 다 하느님의 나툼입니다. 전체이면서 하나이고 하나이면서 전체입니다. 모든 존재는 시공을 초월해 있으므로 먼지 알갱이 하나 속에도 우주가 들어 있습니다. 개체 속에 전체가 들어 있고 전체 속에 개체가 다 들어 있습니다."

"선생님, 그것이 바로 우아일체(宇我一體)의 경지요, 신아일치(神我一致)의 경지가 아닙니까?"

"맞습니다. 그러나 바로 그 우아일체와 신아일치를 직감으로 체득해야지 논리의 힘이나 사고(思考)의 힘으로 알아보았자 헛일입니다."

"어떻게 해야 우아일체와 신아일치를 직감으로 체득할 수 있겠습니까?"

"이분법적(二分法的) 흑백논리(黑白論理)에서 벗어나야 합니다."

"그러자면 어떻게 해야 합니까?"

"역시 관(觀)의 힘을 이용하는 수밖에 없습니다."

"생사일여(生死一如) 역시 관의 힘으로 알아낼 수 있을까요?"

"물론입니다."

분구필합(分久必合)

"그런데 선생님, 그 관의 힘을 수련뿐만 아니라 세속 문제에도 이용할 수 있을까요?"

"세속 문제라면 그 범위가 너무 넓습니다. 그러나 전문지식을 필요로 하는 것만 아니라면 세상 돌아가는 추세 정도는 짚어낼 수 있습니다."

"북한의 김정은이 친고모부 장성택을 기관총 90발과 화염방사기로 이조 시대의 능지처참에 해당되는 끔찍한 처형을 한 사건을 놓고 요즘 세상이 발칵 뒤집혀 있는데, 이제 북한은 앞으로 어떻게 될 것 같습니까?"

"지금까지 그나마 북한 경제를 최소한으로 지탱해 오던, 김정은의 후

견인이고 북한 제일의 경제통이며 중국통인 장성택이 처조카의 손에 저렇게 갑자기 학살당했으니, 김정은이 핵을 포기하고 시장경제를 도입하지 않는 한 북한은 경제난과 탈북 사태로 조만간에 구소련이나 동독처럼 자멸해 버리지 않을 수 없게 될 것입니다."

"장성택 학살과 경제난으로 악화된 민심을 달래기 위해서 천안함 폭침이나 연평도 포격 같은 도발을 또 감행하지는 않을까요?"

"북한이 그런 짓을 하면 그전과 같은 중국의 전폭적인 지지를 잃어버린 지금은 한미연합군의 응징으로 김씨왕조의 붕괴만 가일층 촉진시키게 될 것입니다."

"그렇다면 이러나저러나 우리 민족이 그처럼 오매불망 그리던 통일은 눈앞에 다가왔다는 얘기가 아닙니까?"

"오래 떨어져 있으면 반드시 합치게 된다는 격언이 있는데, 분구필합(分久必合)이라는 사자성어가 그것입니다. 이제는 슬슬 남북이 합칠 때도 코앞에 다가온 것 같습니다."

"남사고(南師古) 선생의 『격암유록(格菴遺錄)』에 나온 대로 하늘은 '남선(南鮮)'의 손을 들어 준 것이 틀림없는 것 같습니다. 『격암유록』에는 '불사영생(不死永生)의 선도(仙道)가 창성하는 때가 올 것이다'라는 말도 나옵니다."

"그 말이 신빙성이 있습니까?"

"『격암유록』에는 1592년에 일어난 임진왜란부터 2030년까지 438년 동안이 예언되어 있습니다. 2030년이 되면 이 세상은 무릉도원이 된다고 했습니다."

"무릉도원이 뭡니까?"

"극락, 천당, 열반, 천국을 의미합니다. 그때가 되면 사람들은 누구나 마음이 바르고 착하고 지혜로워져서 상부상조하므로 이전처럼 전쟁과 다툼과 분쟁과 알력이 일체 사라져서 평화로운 세계가 온다고 했습니다. 그런데 이 2030년이라는 해가 지구상의 모든 천문학자와 미래학자가 이구동성으로 예언하는 의미심장한 해입니다."

"어떤 해인데요?"

"지금부터 6480년 전부터 지구가 황도대(黃道帶)에 대하여 23.5도 기울어져 운행하던 선천시대가 끝나고 후천시대가 열리는 해가 바로 2030년입니다. 이 해부터 지구는 1년 365일이 360일이 되어 타원형에서 정구형이 되고, 봄과 가을이 없어지고 여름과 겨울만 남게 됩니다. 벌써 봄과 가을은 눈에 띄게 짧아지고 있지 않습니까?

금년이 2013년이니까 앞으로 17년 동안에 23.5도 기울어졌던 지축이 바로 서면서 남북극의 얼음이 녹아내리고 지진, 해일, 쓰나미, 폭풍, 가뭄, 홍수, 토네이도 등으로 대격변을 겪게 된다고 합니다. 미래학자들은 이러한 지구 대격변 시기에 살아남으려면 해안지대, 원전 근처, 고층빌딩이 밀집된 대도시를 피하여 농촌으로 가야 안전하게 살아남을 수 있다고 합니다.

그러나 『격암유록』은 선도수련을 생활화하여 마음이 바르고 착하고 슬기로운 사람만이 살아남는다고 말합니다. 그 이유는 지구가 바로 섬으로써 마음이 바른 사람이 살기 좋은 여건이 형성되기 때문입니다. 『격암유록』은 삼인일석(三人一夕)이란 암호 같은 말로 선도수련을 표현했습니다."

"삼인일석이 무슨 뜻입니까?"

"수행할 수(修) 자를 파자(破字)한 것입니다. 그러니까 이 말이 신빙성이 있는지 없는지는 앞으로 얼마 남지 않은 17년이 지나는 사이에 입증될 것입니다."

"『격암유록』에는 남북통일이 언제 된다고 했습니까?"

"2025년에 된다고 했습니다."

"그럼 아직도 12년이나 남았다는 얘기인가요?"

"그렇습니다. 그러나 68년 동안이나 기다렸는데 12년은 못 기다리겠습니까? 그러나 어디까지나 예언입니다. 북의 도발에 우리가 어떻게 대응하느냐에 따라 앞으로 몇 년 안에라도 통일은 앞당겨질지도 모르는 일입니다."

【이메일 문답】

정수리가 맑고 깨끗해지는 느낌

선생님! 안녕하세요. 며칠 전에 『선도체험기』 보고 전화드린 전희주입니다. 메일 주소 가르쳐 주셨는데 금방 쓰고 싶었지만 참았다가 이제 씁니다. 왜 이제야 인연이 되었는지, 좀더 일찍 알았더라면 좋았을걸. 아무래도 소개가 좀 있어야 될 것 같아요.

전 다리가 좀 아픈 사람입니다. 전 모르지만 세 살 때 소아마비였다고 하더군요. 그래서 지금도 양쪽 목발 짚고 힘들게 걸어요. 엄마랑 함께 살다가 2008년도 3월에 하루아침에 하늘나라로 가셨어요. 전 마음에 준비도 돼 있지 않은데 갑자기 당한 일이라 병원에 입원하고, 4년간을 개인병원, 종합병원, 대학병원을 다니면서 약 먹고 치료받았습니다. 이제 약 뗀 지 1년 정도 됩니다.

너무 힘이 들어서 마음 좀 다스리려고 ○○ ○○○님의 총서를 여러 권 봤구요. 꼭 단전호흡에 관심이 있어서가 아니라, 마음이 조금이라도 나아질까 해서 가까이 ○○○에도 가 봤습니다만 일주일도 채 못 다니고 말았어요. 그게 원장님도 잘 모르는 것 같고(수련이 깊지 않아서), 자꾸만 돈 들여 어디 데리고 가려고만 하고...

어찌어찌하다 선생님 책을 보게 되었어요. 제가 사서 읽는 것이 아니라 도립도서관에서 빌려서요. 책 출판된 지가 오래되어서 35권까지만 있다고 합니다. 이제 10권 읽고 있어요. 처음 선생님 책 펼쳐 들고 얼마나 흥분되고 마음이 기뻤는지 모릅니다. 4권까지 읽으면서 재미있어 죽는 줄 알았어요.

하나하나 세세히 열심히 읽고 싶은데 아직까지도 마음과 시간이 느긋하지 않아 5권부터는 좀 빠르게 넘기고 있어요. 아직까지도 늘 좀 마음이 불안합니다. 제가 처한 상황이 좀 그래요. 단전호흡도 하루에 10분 내지는 30분씩 하는데 단전호흡할 때는 특히 가슴 쪽이 훈훈해지면서 전체적으로 몸이 좀 더워져요.

『선도체험기』를 읽으면 머리가 참 맑아지는 것 같구요. 이마와 정수리 부분이 더욱 맑아지고 깨끗해지는 느낌입니다. 어느 저녁이었습니다. 『선도체험기』를 읽다가 피곤해서 누웠습니다. 잠이 든 것은 아니고 그냥 눈 감고 있는데 몸이 바닥에 대인 채로 5cm 정도가 위로 올라갔다 제자리로 내려오는 거 있죠. 마치 바위에 파도가 찰싹 부딪치고 가는 것처럼 아주 리드미컬하게. 이어서 들리는 소리가 "인도한다, 석가모니"라는 소리였어요.

감히 어느 분이라고 제가 거짓말을 하겠어요. 우연인지 어떤지는 몰라도 그랬습니다. 선생님 한 번 뵈었으면 좋겠습니다. 안녕히 계세요.

2013년 8월 26일

전희주 드림

【필자의 회답】

전희주 씨는 『선도체험기』와 인연이 있는 것 같습니다. 그렇지 않으면 그 책을 읽고 마음과 몸에 그처럼 변화가 일어날 리가 없습니다. 『선도체험기』 5권을 읽고 계시는 모양인데, 그 책은 23년 전에 출판되기 시작했고 지금 106권까지 출판되었습니다. 그 책의 저자를 만나고 싶으면 우선 그의 저서를 읽어야 합니다. 그래야 만나서도 얘깃거리가 생길 수 있을 것입니다. 그 책을 계속 읽어 나가시다가 보면 반드시 저자와 만날 수 있는 길이 열리게 될 것입니다.

빨리 뵙구 싶어요

선생님! 빨리 뵙구 싶어요ㅠㅠ. 선생님께서 오라고 하시면 갈 수 있는데. 주신 답장은 김태영 선생님께서 직접 주신 건가요?

2013년 8월 26일

전희주 올림

김춘식 선생님 아직도 생존해 계신가요?

선생님! 혹요 김춘식 선생님 아직도 생존해 계신가요? 계시다면 아직도 침놓고 맥 짚고 하시나요? 저도 소아마비라, 저처럼 오래된 사람도 김춘식 선생님께서 보신다면 좀 좋아질 가능성이 있을까요? 전 참 답답합니다. 꼭 좀 답변 주세요.

자꾸만 귀찮게 해드려 죄송해요. 그리고 단전호흡 많이 한 것도 아닌데 첫날부터 10분씩 2일, 20분씩 2일, 30분씩 4일 정도 했는데 8일째는 약한 몸살기가 있어서요. 24시간 몸살 앓았어요. 만사가 귀찮고 더이상 책도 보고 싶지가 않고 그러다 어제부터 다시 단전호흡 조금씩 하는데 그렇게 생각해서인지 다리가 자꾸만 전기 통하는 것처럼 찌릿찌릿한 것 같아요. 아무튼 선생님과 김춘식 원장님 빠른 시일 내로 꼭 뵙고 싶어요. 좀 힘들겠지만 저 서울까지 갈 수도 있는데. 안녕히 계세요.

2013년 8월 27일
전희주 드림

【필자의 회답】

두 번 보내신 메일 다 받아 보았습니다. 지난번 회답은 내가 직접 써서 보낸 것입니다. 김춘식 선생은 아쉽게도 이미 13년 전에 많은 사람들의 애도 속에 갑자기 돌아가셨습니다.

지금까지 『선도체험기』만 읽고 단전호흡을 하는 동안에 반신불수였던 사람이 몇 사람 회복된 사례가 있지만 소아마비 환자는 처음입니다.

덮어놓고 나를 만나자고 하시는데 나는 면허 있는 의사가 아니므로 환자를 치료할 자격과 시설을 전연 갖추지 않고 있으므로 만나 보았자 아무 도움도 되지 않습니다. 나는 보통 가정집에 살면서 나를 필요로 하는 수련생이 찾아오면 서재에서 응대할 뿐입니다.

『선도체험기』를 읽은 반신불수 환자였던 사람들도 다 낫기 전에는 나를 찾지 않았고, 다 나은 다음에 제 발로 걸어서 나를 찾아와서 나에게 수련을 받은 일은 있습니다. 그러니까 『선도체험기』를 읽고 단전호흡을 하는 동안에 찌릿찌릿 전기가 통하면서 마비되었던 다리가 완전히 풀려서 정상인이 된 후에 찾아오시기 바랍니다.

『선도체험기』는 나의 분신이므로 누구나 그 책을 읽는 동안에 인연이 있으면 병들었던 몸도 마음도 좋아집니다. 그러니까 독자가 『선도체험기』를 읽는 동안에 책이 내가 할 일을 다 대행합니다. 그러므로 다 낫기 전에 찾아오시면 서로 입장만 난처해질 뿐입니다.

그렇지 않아도 10년쯤 전에 전희주 씨처럼 참지 못하고 목발을 짚고 나를 찾아왔던 처녀 환자가 있었는데 아무 도움도 못 받고 쓸쓸히 돌아간 일이 있습니다. 인연이 있다면 『선도체험기』만 읽어도 마비된 다리는 풀리게 될 것입니다.

부디 조급증을 가라앉히시고 정상인이 될 때까지 『선도체험기』를 읽으면서 단전호흡을 계속하시기 바랍니다. 그리고 심신이 좋아지고 혼자서는 풀 수 없는 의문이 일어날 때마다 꼭 나한테 메일을 보내시기 바랍니다.

굉장히 피곤합니다

김태영 선생님!

안녕하세요. 앞서 두 번 메일 드렸던 전희주입니다. 여러 번 망설이다 씁니다. 『선도체험기』 열심히 읽고, 열심히 단전호흡하고 나름대로 할 수 있는 대로 시도하면서 열심히 수련하려 했었는데 두 번 메일 드렸던 시점부터 지금껏 『선도체험기』 읽기도 뜸했었구요, 단전호흡도 못 했습니다. 나름 힘든 상황이 좀 있었어요. 오늘 다시 『선도체험기』 조금 읽고 단전호흡 한 20여 분 정도 했을까.

오후에 너무 피곤해서 앉아 있기조차 힘들어서 잠시 누워 있었는데 잠이 든 것은 아니었어요. 머리도 몸도 너무 피곤해서 누워서 잠시 피곤함을 잊고 있는데 "너에게 무상심리묘법이 모처럼 하늘에서 내려오신다" 라는 말과 동시에 A4 용지가 들어가는 누런 색깔의 4호 봉투 두 개가(봉투 속에는 무슨 내용물이 적힌 용지들이 두껍게 들어 있었어요. 두 개다) 책꽂이에 가지런히 꽂혀 있는 것이 보였어요.

봉투 속에 들어 있는 용지에 무슨 내용들이 적혀 있는지 알 수는 없지만요. 그리고 다른 한 문장이 더 있었던 것 같은데 예의 문장만 기억하고 다른 문장은 정신을 차리자마자 잊어버린 것 같아요. 좀 안타깝지만.

『선도체험기』 보면 가끔 푸른 빛깔과 보라 빛깔이 섞인 것 같은(보라빛에 가까워요) 빛이 언뜻언뜻 자주 비치는 것 같구요. 요즘은 생활하면서도 빛이 가끔 보여요. 빛이 확실하지는 않지만 그렇습니다. 빛이 보일 때는 보라나 푸른 빛깔만이 아닌 마치 별처럼 빛깔이 반짝반짝 빛이 나요.

처음 제가 메일 드렸던 내용 기억하시나요? 밤에 누워 있는데 몸이 바닥에 닿은 채 5cm 정도 위로 올라갔다 내려오면서(마치 파도가 바위에 찰싹 부딪치다 가듯이 아주 순간적인 찰라입니다. 아주 리드미컬하고 탄력 있게요.)

들렸던 말 "인도한다. 석가모니" 이 내용을 다시 상기하는 것은 그때도 굉장히 피곤했었거든요. 가만 생각해 보니 꼭 이런 이상한 현상이 있을 때마다 굉장히 피곤하다는 거예요. 머리도 피곤하고 몸도 피곤하고. 웬만하면 시간이 아까워 누워 있을 때도 책을 보려고 하는데 너무 피곤해서 누워서 책도 못 볼 정도로 많이 머리가 피곤하고 더이상 앉아 있을 수도 없을 만큼 몸도 많이 피곤하다는 거예요.

오늘도 그런 일이 있고 정신 차리고 시간을 보니 오후 2시 28분이었어요. 그리고 지금까지 피곤해서 누워 있다가 아무리 생각해도 혼자서는 잘 몰라서 메일 드려 봅니다. 혹 이런 일이 좋지 않은 것은 아닌가요? 그냥 혼자서 생각하는 것보다 선생님께 얘기 드려 보는 것도 괜찮을 것 같아서요. 또 뵙겠습니다. 감사합니다!

2013년 9월 9일
전희주 드림

P.S. 몸도 피곤하고 예의가 아닌 줄은 알지만 두서없이 적어 봅니다. 용서하셔요.

감사합니다!!

【필자의 회답】

수련 중에 심신이 피곤하고 색깔이 보이고 이상한 말이나 소리가 들리고 하는 것은 선도수련 초보자에게 흔히 일어나는 현상입니다. 이럴 때는 그런 현상에 일일이 지나치게 신경을 쓰지 마시고 계속 『선도체험기』를 읽고 단전호흡을 하는 등 일상적인 수련을 꾸준히 밀고 나가야 합니다. 그러는 사이에 운기(運氣)가 강해지고 몸도 마음도 점차 좋아지면서 수련이 향상하게 됩니다. 『선도체험기』는 구도자가 수련이 진전되어 나가는 과정을 있는 그대로 묘사한 책이므로 많이 참고가 될 것입니다.

빙의와 기몸살

앞서 두어 번 메일 드렸구요. 『선도체험기』 22권 다 읽어 가는 중입니다. 제가 책 읽기 전에도 워낙 얕은 몸살을 많이 했어요. 『선도체험기』 읽으면 기운도 많이 받고 몸속 기운의 움직임도 많이 느껴요. 책을 읽어 보면 빙의 현상에 관해서 상세히 다루어져 있는데 혹 제가 몸살 증세를 많이 하는 것에 관해 빙의가 된 것은 아닐까 여러 번 생각해 봤지만, 책에서 언급하신 것 같은 현상을 저는 전혀 느끼지 못했거든요.

근데 긁어 부스럼일까요? 아니면 이런 것을 당김의 법칙이라고 하나요? 지금 22권 다 읽어 가는 중인데, 어젯밤에 꿈에 전 이런 것 처음 느꼈어요. 새벽 4시까지 잠을 못 자고 이런저런 생각에 잠기다가(계속 빙의에 대해서 생각했어요) 잠이 들었어요. 갑자기 머리에서부터 상체 전체가 오싹~하는 아주 강한 검은 기운이 제 몸속을 감고 들어왔는데 꿈속에서도 이것이 빙의 현상이란 것이구나 생각됐어요.

그 기운은 제 뒤에서 제 두 손을 꼭 거머잡고 제가 꼼작도 할 수 없게 했어요. 전 너무 놀라서 꿈속에서 불경도 외워 봤지만 그 힘에 눌리어 말도 잘할 수 없었고 목소리도 잘 안 나왔어요. 그치만 대항해서 이겨 보려고 "너 이거 안 놔? 김태영 선생님께 얘기한다.(그 검은 정체의 힘이 무서워하라고) 누구누구께도 얘기한다"고 소리도 쳐 봤지만 그 힘을 이겨 낼 수가 없었어요.

밤에 항상 책을 보다가 잠들기에 스탠드가 있는데 꿈속이지만 스탠드 불을 켜 보려고 팔을 뻗어 보았지만 역시나 그 힘이 제 두 손을 꼭 잡고 있으면서 스탠드에 먼저 손을 대고는 불이 안 오게 해 버렸어요. 그리고는 제 양쪽 가슴과 두 손을 조금 더듬고는 서서히 그 힘이 옅어지면서 제가 꿈속에서 깨어났어요.

꿈 내용보다는 그 검은 정체가 제게로 쑥 덮치는 그 순간이 너무 싫고 기분이 나빠요. 오늘 하루 종일 그 생각에서 헤어날 수가 없었어요. 여러 번 망설이고 생각하다 선생님께 전화를 드렸었는데, 책만 읽고 전화 드렸던 그 시간이 상담하시는 시간인 줄 알고 있는데 너무 역정 내시고 화를 내시기에 몹시 당황스럽고 얘기도 정리해서 하기가 어려웠구요. 『선도체험기』 많이 읽고 그런 내용을 알고 그런 것을 많이 생각해서 오히려 그런 일이 더 발생하는 것은 아닌가 하는 생각도 들구요.

절 잘 아시는 어느 지인분께서 아무래도 빙의가 된 것도 같으니 확실히 알고 싶으면 그런 것 잘 알고 잘하는 법사가 있으니 한 번 만나 보고 빙의도 차단하는 것이 어떻겠냐고 제 의견을 물으셨는데 솔직히 내키지는 않습니다. 이런 상황에서 벗어나고 싶은데 솔직히 선생님께서 도움을 좀 주셨으면 하지만 또 역정을 내실 것 같아요. 지금 글이 잘 정리가 안 됩니다. 죄송 & 감사합니다!!

종일 선도 책 볼 때도 있지만 매일 밤 잠자기 전에는 꼭 침대에 누워서 『선도체험기』 보구 자는데요. 누워서 책 읽는데 특히 그때는 단전이 찌개 끓듯이 보글보글거리며 양쪽 무릎에서도 같은 느낌이 들구요. 이마에서 그리고 앞머리 위쪽에서도 시원함과 동시에 양쪽 어깨에서도 팔에서도 역시나 시원함이 느껴져요. 그렇다가도 낮에는 특히 오늘은 더욱더 머리가 무겁기도 하고 약하게 욱신욱신하면서 특히 양쪽 눈과 코 옴폭 들어가는 사이가 욱신욱신거려요. 낮에도 밤에도 그럴 때 많아요. 거기가 인당 사이라고 해야 하는지 딱 인당인지는 모르겠어요. 인당과 코 움푹 들어가는 정확한 위치인 것 같아요.

며칠 전부터는 왼쪽 등만(등 전체가 아니구요) 들썩들썩거리기도 하구요. 아무튼 먼저 드린 메일 내용에 꿈에 음습하게 제 머리에서부터 몸속으로 들어와 제가 꼼짝 못 하게 한 그 정체가 빙의 현상이라면 전 난감합니다. 전 혼자이고 몸도 많이 불편한데요. (양쪽 목발 짚지 않으면 한 발짝도 걸을 수 없어요.)

전 옛날부터 『선도체험기』 읽지 않았을 때부터도 자주 눈에 별 같은 불빛이 보였구요, 꼭 별 같아요. 반짝반짝거리는 것이 그리고 한 달쯤 된 것 같은데 꿈에 제가 집 앞을 좀 보구 있는데 난데없는 택시가 한 대 달려가더니 그 택시가 앞을 들이박으면서 뒹구는 것이 보였고 이어서 얼굴 바로 앞에서 어느 젊은 여자 목소리가 말했어요.

저보고 "희주야, 엄마 좀 도와줘, 엄마 분홍"에서 말이 끊겼고 전 잠에서 깨어났어요. 근데 엄마 목소리가 아니었고, 제 생각에는 다른 어떤 영가가 혹시 제 도움을 받으려고 이러는 것이 아닌가 하는 생각도 했었는데, 전 모르겠어요. 분홍이란 단어가 무엇을 뜻하는지도 모르겠습니다. 아무튼 많이 복잡합니다. 생각나는 대로 두서없이 적었어요. 욱신욱신거리는 느낌이 빙의 현상인지 아니면 다른 것인지 꿈속에 기분 나쁘게 음습하게 제 몸을 덮쳐온 그것은 분명 빙의인지 누구에게 물어보니 가위눌림이라고도 하구요. 전 왜 이런지 모르겠어요.

『선도체험기』를 읽기 때문에 말씀처럼 영격이 높아지려고 이런 현상이 일어나는가요? 그렇지 않으면 제가 말씀드린 내용 모두 안 좋은 것인지요? 명확하고 도움되는 답변 부탁드립니다. 참 많이 답답합니다. 바쁘신데 많이 죄송해요. 감사합니다!

2013년 10월 22일
희주 올림

【필자의 회답】

지금 희주 씨가 겪고 있는 것은 선도수련 초보자라면 누구나 겪는 빙의와 명현반응의 일종인 기몸살입니다. 적어도 『선도체험기』를 50권 정도 읽으면 지금보다는 심신이 많이 안정될 것입니다. 그렇게 되기까지 열심히 단전호흡하시면서 『선도체험기』를 꾸준히 읽어 나가시기 바랍니다.

참을 수 없을 때 참을 줄 아는 것이 선도 수행자가 걸어야 할 숙명입니다. 『선도체험기』를 계속 읽어 나감으로써 그러한 인내력을 키워 나가다 보면 반드시 좋은 일이 찾아올 것입니다. 그러므로 지금 겪고 있는 괴로움은 모두가 희주 씨의 마음과 몸의 상태가 개선되려는 징후임을 잊지 마시기 바랍니다.

희주 씨의 전화 문의에 친절하게 응대하지 못한 점 미안하게 생각합니다. 그럴 수밖에 없는 사정은 책을 읽어서 잘 아실 줄 믿습니다. 그러나 이메일에만은 친절하게 응답하려고 노력하고 있으니 자주 이용하시기 바랍니다. 이메일은 될 수 있는 대로 간단명료하게 의문 사항을 명료하게 기재하셔야 할 것입니다.

한의사 면허시험 패스

김태영 선생님께, 그동안 별고 없이 안녕하신지요? 전 2010년 6월까지 삼공재에서 거의 매일 수련하고 미국 한의대로 유학 온 김종완입니다. 수련은 제 처와 같이 대주천까지 하였구요. 근 4년 만에 연락드리는 점 용서하십시오.

처음 뉴욕으로 가서 1년여 있다가 여건상 로스엔젤리스로 이사하여 올해 한의대학원 과정을 마치고, 캘리포니아 한의사 면허시험에 최근 패스했습니다. 연방 면허시험도 부분적으로 패스해 놓은 상태입니다.

현재는 엘에이 동쪽의 작은 도시에 살고 있습니다. 2010년 출국 당시, 여러 가지 복잡한 집안 사정이 있어 제 처와 자식까지 데리고 나올 수밖에 없던 상황이었고, 그러다 보니 미국에서 생활하는 동안 생활비, 학비 등을 자체 충당하는 데 전력을 다할 수밖에 없었습니다.

다행히도 한의학은 공부가 조금 되어 있었기에 공부를 거의 하지 않고도 하루하루 바쁘게 생활하면서 돈을 벌어 가며 모든 과정을 마무리할 수 있었습니다. 근 3년 반의 시간 동안 참으로 많은 시련이 있었고, 매일매일 돈에 대한 걱정과 어떻게 헤쳐 나가야 하나 하는 그런 불안감 속에 수련도 많이 하고 또한 더욱더 성장해 나가는 저와 제 처를 볼 수 있었습니다.

한국에서 가져온『선도체험기』100권은 미국 입국할 때부터 큰 힘이 되고 있습니다. 책꽂이에 꽂아 두고 항상 선도에 대한 생각을 놓지 않으려 하고 있습니다. 불안하거나 힘들거나 즐거울 때 언제나 저와 함께하고 있습니다. 100권이나 되는 많은 책을 모두 읽고 또 읽고 있습니다. 2010년에 가르침을 받았을 때 왜 그리 역정을 내셨는지도 알게 되었습니다.

다음 달엔 비록 간소하지만 한의원을 개원하려고 준비하고 있고 다음 주에는 영주권 신청을 위해 스폰서해 줄 한의사분과 유태인 변호사를 만나러 갑니다. 예정대로라면 1년 정도면 영주권을 받을 수 있습니다. 일정에 차질이 없도록 돌다리도 계속 두드리고 건너는 심정으로 가야 할 것 같습니다.

삼공재에서 수련하던 그 시절이 몹시 그립습니다. 하지만 영주권 진행으로 앞으로도 최소한 1년은 있어야지 선생님을 뵐 수 있을 것 같습니다. 편지로 뵙고 싶은 마음을 대신 전하겠습니다. 항상 감사합니다.

2013년 9월 18일
미국에서 김종완 드림

【필자의 회답】

한의사 면허시험에 합격한 것을 축하합니다. 3년 전에 김종완, 유정희 부부를 권오중 씨의 부탁을 받고 얼떨결에 대주천 수련을 시켜 놓고 나서 나는 나 자신의 경솔함에 역정이 났던 것은 사실입니다.

대주천 수련자는 누구를 막론하고 그때까지 나온 『선도체험기』를 다 읽어야 한다는 불문율을 나도 모르게 어긴 것을 알았기 때문입니다. 대화 중에 두 분이 선도에 대해서 너무 모르고 있는 것을 보고 『선도체험기』를 읽지 않은 것을 간파한 것입니다.

그러나 지금 메일에서 김종완 씨가 『선도체험기』를 100권까지 다 읽고 또 읽고 있다는 사연을 읽고는 그것이 다 기우였다는 것을 알게 되어 참으로 다행입니다. 물론 유정희 씨도 같이 읽었으리라 생각합니다.

『선도체험기』는 지금 105권까지 출판되었습니다. 그동안 삼공재는 먼저 있던 곳에서 차로 10분 거리 되는 곳으로 이사했습니다. 다시 만날 때까지 수련 상황에 대하여 이메일로 자주 알려 주기 바랍니다. 유정희 씨도 메일 보내 주시기 바랍니다.

고난을 이길 수 있었던 원동력

선생님! 안녕하세요? 선생님께 대주천 수련받고 바로 미국으로 건너온 유정희입니다. 저를 잊지 않고 기억해 주셔서 정말 감사드립니다. 남편에게 이야기 듣고 얼마나 감동받았는지 모릅니다. 그간 안녕하셨습니까? 한국에서 선생님께 수련받던 기억이 엊그제 같은데, 삼 년이라는 시간이 흘렀습니다. 어떤 이에게는 짧다면 짧은 시간이겠지만.

머나먼 타국에서의 삶은 녹록지 않았고 그간 둘째도 태어나고 그 아이가 벌써 두 살이 넘었습니다. 우리 식구 외 다른 누구의 도움도 받지 않고 그 시간들을 견뎌 내고 이제는 한 발 더 앞으로 전진하고자 하는 시점입니다.

남편(김종완)이 모든 과정을 다 끝마치고 이제 한의원을 오픈하려고 합니다. 그동안의 고생은 말로는 다 못 할 만큼 힘들고 힘든 시기였으나 김태영 선생님과 권오중 선생님, 그리고 제가 제일 소중하게 생각하는 책『선도체험기』로 이 모든 힘든 고난을 넘길 수 있었던 원동력이 되었습니다.

늘 힘들 때나 슬플 때, 경제적으로 쪼들릴 때, 사람과의 관계에서 상처받았을 때 선생님과 책이 없었다면 주저앉고 될 대로 되라 하면서 살았을지도 모릅니다. 늘 제 자신을 돌아보고, 관을 하고, 이기심에서 벗어나고자 노력합니다.

선생님! 한국에서 선생님을 뵈온 것은 저에게는 정말 보석 같은 빛나는 순간이었고 천재일우였습니다. 수련을 하고 바로 미국으로 건너오게 되었으나, 그 소중한 순간들이 없었더라면 저는 한낱 나약한 범인이었을지도 모릅니다. 그런 나약한 저를 유연하면서도 강하게 만들어 주신 점, 정말 가슴깊이 감사드리고 수련 또한 더욱더 열심히 하겠습니다.

선생님 정말 감사드립니다.

2013년 9월 21일

유정희 올림

【필자의 회답】

3년 전 유정희, 김종완 부부가 불과 한 달 동안의 대주천 수련을 마치고, 곧 미국으로 떠난다고 말하는 순간 나는 공연히 헛수고를 했구나 하는 자책을 느꼈습니다. 그러나 최근에 뜻밖에도 김종완 씨에 이어 유정희 씨로부터 절절한 사연의 메일을 받고 나니 내가 결코 헛수고를 한 게 아니고 대단히 보람 있는 일을 했구나 하는 자부심을 갖게 되었습니다.

두 아이를 기르면서 남편 뒷바라지와 가정 살림을 도맡아야 하는 일이 결코 녹록한 일이 아니겠지만 앞으로도 지금까지 해 온 것 이상으로 분발하여 수련에도 계속 박차를 가해 주시기 바랍니다. 수련을 하다가 의문이 생길 때마다 주저하지 말고 나에게 메일을 보내 주시기 바랍니다. 이렇게 오가는 메일이 쌓이면서 수련도 깊어지게 될 것입니다.

힘이 나고 수련이 잘됩니다

김태영 선생님께.

답장이 늦어 죄송합니다. 전에 있던 삼공재는 정이 많이 들었던 곳인데, 좋은 곳으로 이사하셨을 것이라 생각됩니다.

캘리포니아 한의사 면허는 어제부로 주정부에서 검색 가능하도록 정식 등록되었습니다. 이제는 미국 정착을 위한 본격적인 절차를 진행해야 합니다. 앞으로 한 달여 동안 부지런히 뛰어야 할 것 같습니다.

내일은 영주권 담당 변호사 및 스폰서 해 주실 분과 서류 검토를 하여 영주권 진행에 따른 가능 여부를 확인해야 합니다. 그리고 한의원 서브리스 자리도 여러 곳 보고 적합하면 계약을 해야 합니다.

오행생식의 한상윤 사장이 미국에서 사업을 추진 중에 있어서 일전에

서너 번 만난 적이 있습니다. 타국에서 오행생식을 알리기 위해 현지에 맞는 여러 가지 제품을 개발해 가면서 노력하시는 모습이 보기 좋았습니다. 저를 신분적으로 도와주시려고 하셨지만 현재 저의 특기와 자격이 식품회사와는 맞지 않아 도와주시려다 현실에 부딪쳐 중단되었습니다.

선생님께 회신 받고 나니, 더욱 힘이 나고 수련이 더 잘됩니다. 예전 삼공재에 매일 다닐 때와 비슷합니다. 꼭 정화된 느낌입니다. 마음가짐도 그때와 같습니다. 감사합니다. 한 가지 아쉬운 점이라면 매일 선생님을 뵙고 수련을 했으면 좋았겠지만 『선도체험기』와 수련 중에 보이는 선생님 모습으로 위안을 삼겠습니다.

전에 대주천 수련 후, 약 6개월 정도 지났을 때입니다. 대주천 수련 때처럼 선생님을 앞에 두고 기 교류를 하고 있었는데 선생님의 모습이 눈부터 아주 밝은 빛으로 변하시더니 몸 전체가 투명한 빛을 발하는 것이었습니다. 그 후로도 계속 그런 모습이 보였습니다. 그러면서 무의식중에 선생님의 경지가 많이 높아지셨구나 하는 느낌이 들었습니다. 나도 열심히 수련해서 빛과 같은 존재가 되어야겠다고 다짐했습니다.

2011년 봄부터 호흡 수련을 할 때 몸의 움직임이 현묘지도 수련 호흡처럼 그러한 순서로 움직이기 시작했습니다. 그동안 여러 가지 좋은 변화 나쁜 변화가 있었습니다. 기몸살을 심하게 앓아서 한때 미국 국내선 비행기를 탈 때 이착륙 시에 머리가 찢어지는 느낌이 나서 비명을 지를 뻔한 적도 있었고, 집중하거나 아니면 무의식중에 영가가 보이고 가끔은 몸에 들어오기도 하지만 염념불망의수단전하면서 중심을 잡고 제 자신이 바뀌어야 천도가 되는 것을 알기에 틈날 때마다 관을 하고 제가 바뀌려고 노력했습니다.

모든 것은 다 저한테서 시작되었다는 것을 이제는 알기에 예전에는 벌어지는 현상에 관심이 많고 혹했다면 지금은 그것은 항상 있는 일상생활처럼 무덤덤하고 당연한 것으로 받아들입니다. 그냥 때가 되어 만나야 할 인연을 만나듯.

2012년 1월이었습니다. 운전을 하고 가는데 갑자기 삐~ 하는, 귀가 터질 듯한 소리와 머리가 깨지는 것 같은 통증 그리고 기분 나쁜 기운이 들어오고 있었습니다. 순간 운전하면서 단전에 집중하고 관을 하려다 안 되어 대로에서 좌회전 차선에 세웠지만 끝내 통제할 수가 없다가 사고 나겠구나 하고 느꼈을 때쯤 뒤에서 차가 저를 심하게 들이받았습니다.

그곳은 그렇게 사고가 날 수 없는 곳입니다. 상대는 20대 한국 유학생이었고 많이 놀라고 있어서 달랜 후, 범퍼를 근처 공업사에 가서 확인한 후에 괜찮겠다 싶어서 차 한 잔 대접하여 그냥 보내 주었습니다. 제 목과 허리에 상당한 타격이 있어 근 한 달여 자가 치료를 하였습니다만 전생의 빚을 갚은 것 같아 마음이 몹시도 가벼웠습니다.

연락을 못 드린 지 너무 오랜 기간이고 그간 여러 가지 일이 많아서 어디서부터 어떻게 적어야 할지 모르겠습니다. 앞으로 수련을 진행하면서 틈틈이 메일 드리도록 하겠습니다.

제 처와 항상 힘들 때마다 마음을 다지고 흔들리지 않기 위해 얘기하던 것이 있습니다. 우리의 최고이자 최종 목적은 성통공완을 이루는 것이고, 현재의 가는 길은 그 최종 목적을 이루기 위한 준비 과정일 뿐이라고.

『선도체험기』를 권수별로 다시 확인해 보니 100권이 얼마 전 이사할 때 분실된 것 같습니다. 선생님 사인까지 있는 것인데 분실해서 죄송합니다. 『선도체험기』는 100권부터 105권까지 구입하고 싶습니다. 어떻게 해야 하는지요? 자주 연락드리겠습니다.

2013년 9월 26일
미국에서 김종완 드림

【필자의 회답】

성통공완이란 자기도 모르게 하루하루 일상생활처럼 수련을 해 나가다 보면 도달하게 되어 있는 우아일체(宇我一體), 신아일치(神我一致)의 경지입니다. 바르고 착하고 지혜롭게 일상을 살아 나가다 보면 누구나 그렇게 될 것입니다. 정선혜(正善慧)를 늘 염두에 두시기 바랍니다.

가능하면 나와 이메일을 자주 주고받는 것이 수련에 큰 도움이 될 것입니다. 적어도 일주일에 한 번은 메일을 보낸다는 각오로 임해 주시기 바랍니다. 나는 누구에게서든지 메일을 받으면 회답을 거른 일이 없습니다. 지금까지의 실례로 보아 이메일 문답이 중단되는 원인은 언제나 발신자가 나의 회답을 받고 응답하지 않기 때문입니다. 김종완 씨는 부디 그런 일이 없기 바랍니다.

『선도체험기』의 내용 중 70프로 이상은 필자와 독자 사이에 오고가는 대담과 의견으로 채워지고 있습니다. 앞으로 김종완 씨도 이 일에 큰 몫을 하시기 바랍니다. 그것이 지금까지 선배 수행자들에게 진 신세에 보답하는 길이 될 것입니다.

2013년 9월 27일 삼공

〈108권〉

신침(神鍼)

2014년 1월 4일 토요일

삼공재에서 수련이 끝나갈 무렵, 충북 보은군 속리산에 사는 박경수라는 50대 초반의 남자 수련생이 말했다.

"선생님, 상의드릴 일이 있는데 말씀 좀 드려도 괜찮겠습니까?"

"물론입니다. 그렇지 않아도 먼 곳에서 모처럼 오셨는데, 어서 말씀해 보세요."

"다른 게 아니라, 제 이웃에 사는 사람들 중에 신침(神鍼)이라는 특유한 침술을 가진 사람이 있는데, 제법 소문이 나서 적지 않은 사람들이 찾아와 침을 맞고 효과를 보고 있습니다. 신령의 도움으로 그러한 능력을 갖게 되었다고 합니다.

그분이 제가 선도수련하는 것을 보고 그 신침을 전수받을 생각이 없느냐고 물어 왔습니다. 까딱하면 신중(神衆)에게 접신당할 우려도 있고 하여 혼자서 걱정을 하다가 선생님께 의논해 보려고 이렇게 찾아왔습니다."

"박경수 씨는 『선도체험기』를 몇 권까지 읽었습니까?"

"지금까지 나온 106권까지 다 읽었습니다."

"그럼, 내가 운사합법신(運思合法神)에게 접신되어 고생했던 사연을 읽어 보았을 것입니다. 그때만 해도 수련 초기여서 나도 모르게 그런 일을 당했고, 그 일로 혼자 고생하던 중 한 도반의 도움을 받아 접신에서 벗어나, 그 신령을 내 마음대로 부릴 수 있게 된 전말 역시 『선도체험기』에서 읽었을 겁니다. 이 사실을 잘 알고 있는 박경수 씨라면 내가 체험한 실수를 저지르지 않을 것이라고 생각합니다. 어떻습니까? 그때의 나처럼 신침 신령에게 접신당하지 않고 그 신령을 부릴 수 있는 자신이 있으면 그렇게 해도 됩니다."

"좀더 생각해 보고 나서 결정하겠습니다."

박경수 씨와 내가 대화하는 것에 유심히 귀를 기울이고 있던 한 수련생이 말했다.

"저도 『선도체험기』를 읽어서, 운사합법신 얘기는 알고 있었는데, 그럼 그 신령을 선생님은 지금도 뜻대로 부릴 수 있습니까?"

"그렇고말고요."

"그런 초능력을 구사하는 신령에게 접신당하지 않고 평생 부릴 수 있으려면 어떻게 해야 합니까?"

"그 신령의 초능력을 개인의 욕심을 위해서는 절대로 쓰지 말아야 합니다. 사욕과 자만심이 개입한다든가, 그로 인하여 치부(致富)와 엽색(獵色)에 말려들면 반드시 그 신령에게 접신당하게 되어 있습니다. 내가 그 신령을 부릴 수 있는 자신이 있느냐고 물은 것은 이것을 확인하기 위해서입니다.

이 우주에는 사람들에게 도움을 주려는 수많은 유능한 신중(神衆)들이 있습니다. 이들의 능력을 공익을 위해 유익하게 쓰느냐 아니면 순전히 자신의 사욕을 위해 쓰느냐 하는 것은 전적으로 당사자 자신의 성품,

인격 그리고 능력에 달려 있다는 것만을 명심한다면 걱정할 것은 조금도 없습니다."

"영안(靈眼)이 열리지 않은 저 같은 사람은 신령과 사람과의 관계를 잘 이해할 수 없습니다."

"어렵게 생각할 필요 없습니다. 사람과 신령과의 관계를 사람과 야생마의 관계와 비슷하다고 생각하면 됩니다. 말의 성질을 잘 알고 다룰 줄 아는 사람은 어떠한 말이라도 잘 길들여 유익하게 이용할 수 있습니다.

그러나 말에게 존경을 받기는커녕 도리어 깔보이면 그 말을 타고 가다가 말이 심술이 나서 갑자기 발작을 일으키면 말에서 떨어져 부상을 당할 수도 있습니다. 이런 불상사를 피하려면 말을 타기 전에 말을 관리하는 방법부터 잘 익혀 두어야 합니다.

신령에게 접신이나 빙의를 당하는 것은 기수가 낙마당하는 것과 같습니다. 그 요령은 방금 전에 말한 바와 같이 훌륭한 성품과 인격과 능력을 배양하는 겁니다. 다시 말해서 내공(內攻)이 충분히 되어 있는 사람은 말과 신령에게 존경은 받을지언정 얕보임을 당할 이유가 없다는 말입니다."

"역시 어렵군요."

"어려우니까 도전해 볼 가치가 있지 않을까요?"

"그렇긴 합니다만."

"이 세상에는 학문이든 예술이든, 경영이든 정치든, 종교든 구도든 각기 해당 분야의 탐구가 깊어지면 입신의 경지에 드는 사람이 있게 마련입니다. 이러한 사람들은 예외 없이 그의 내공 정도에 따라 이 우주를 떠도는 수많은 신명들의 도움을 받게 되어 있습니다. 산이 높으면 그림자도 크고 긴 것과 같습니다."

"요컨대 내공의 깊이가 문제군요."

"그렇습니다. 내공이 많이 된 지도자일수록 그를 도우려는 추종자도 많게 마련입니다. 이처럼 자발적으로 따르는 존재들이 그 지도자를 해칠 리가 있겠습니까?"

"도대체 그 내공이 어느 정도 되어야 합니까?"

"밤이 무르익으면 송이가 저절로 열리듯 내공이 완성기에 가까워지면 구도자 스스로 빛을 발함으로써 일종의 발광체가 됩니다. 이러한 존재는 빛과 기운을 자기도 모르게 주변에 방사하게 되어 있습니다. 내공은 바로 이 에너지의 발사체가 되는 겁니다. 어느 분야에서든 누구든지 시종일관 초조해하지 않고, 꾸준히 계속 파고들면 반드시 그러한 경지에 도달하게 되어 있습니다."

소중한 물건이 분실되었을 때

직업군인으로 근무하면서도 몇 달에 한 번씩 삼공재를 잊지 않고 찾아오는 한 수련생이 물었다.

"선생님, 저는 직업상 이사를 자주 다니는데요. 한 번 이사를 할 때마다 아내는 귀중품이 한두 개씩 분실된다고 가슴앓이를 하곤 합니다. 여러 번 그런 일을 당한 경험이 있어서 아무리 정신 바짝 차리고 감시한다고 하지만 실제로 이사를 끝내 놓고 보면 여전히 그런 일이 반복되곤 합니다.

그때마다 아내는 자신의 부주의를 자책하기도 하지만 이삿짐센터 사람들의 손을 탄 것이라고 여기고 그들을 의심하곤 합니다. 그럴 때마다 저는 어떻게 해야 아내를 위로해 줄 수 있을지를 몰라 당황하곤 합니다. 이럴 때 제가 할 수 있는 일이 무엇인지 선생님의 지혜를 좀 빌렸으면 합니다."

"우선 어떤 소중품이 없어졌으면 될 수 있는 대로 빨리 그것과 똑같은 것을 구입하는 것이 좋습니다. 혹시 그 잃어버린 물건이 추후에 발견되는 일은 없습니까?"

"그런 일이 자주 있습니다. 그래서 아내는 자책하기도 합니다."

"어쨌든 똑같은 물건을 빨리 구입하는 것이 좋습니다. 똑같은 것이 없으면 그와 최대한 비슷한 것으로 대체해도 됩니다. 그렇게 함으로써 그 정들고 손때 묻은 유실물이 더이상 생각나지 않게 하여, 그 소중품 잃어

버린 것을 남의 탓으로 돌려 엉뚱한 사람을 원망하는 일이 없게 해야 합니다.

그렇게 하여 일단 마음을 안정시킨 뒤에 이 세상 사람들은 궁극적으로는 다 하나에서 출발했다는 것을 일깨워 주어야 합니다. 다시 말해서 그것을 가져간 사람과 나는 원래 하나라는 것을 알게 해 주어야 합니다. 그것까지만 알게 해 주어도 다소 위안이 될 것입니다. 그 잃어버린 물건이 아무리 소중하다고 해도 결국 본래 나와는 한 뿌리에서 갈라져 나간 사람이 사용하게 된다면 그렇게 애석해할 필요가 없게 될 것입니다."

"그것은 그 유실물을 우연히 어떤 사람이 습득했을 경우이고, 처음부터 도벽이 있어서 의도적으로 훔쳤을 때는 현행범이 아니겠습니까? 아내는 그런 절도범은 그냥 둘 수 없다고 벼르곤 합니다."

"그렇다고 해서 확실한 증거도 없이 단지 심증이 간다고 해서 남을 의심할 수는 없는 일이 아닙니까? 그럴 때는 비록 의심이 가더라도, 함부로 남을 의심해선 안 된다는 것을 알아야 합니다. 그렇게 한다고 해도 절도범의 업장이 해소되는 것은 아니고 반드시 그 대가는 치러야 하는 것이 우주의 법칙입니다.

천망회회소이불루(天網恢恢疎而不漏)입니다. 즉 하늘의 그물은 느슨하여 소홀한 것 같지만 빠뜨리는 일이 없습니다. 그러니 하늘에 맡기고 잊어버리는 것이 좋습니다. 그러면 하늘이 다 알아서 처리할 것입니다. 또 내가 그 물건이 필요한 사람에게 기꺼이 기부를 했다고 생각하면 됩니다. 내가 너무 인색해서 제때에 기부를 하지 않으니까 하늘이 알아서 이러한 기회에 기부를 하게 하였다고 생각하면 차라리 마음이 홀가분해질 것입니다."

"마음을 우주만큼 넓게 가지라는 말씀이시군요."

"그렇게만 될 수 있으면 구도자로서 더이상 무엇을 바랄 수 있겠습니까? 이 우주에 사는 사람들은 남을 미워하고 원망하기보다는 서로 돕는 사이라는 것을 늘 염두에 두어야 합니다. 그래야 상부상조하는 대조화의 세계, 하느님과 나, 남과 나, 우주와 내가 하나로 합쳐지는 실상의 세계 속에 살 수 있게 되어 있습니다. 열반의 경지, 극락과 천당, 무릉도원(武陵桃源)은 마음들이 서로 도와서 만들어지는 것이지 시간과 공간의 지배를 받는 물질이 만들어내는 것이 아닙니다."

"일체유심소조(一切惟心所造)라는 말이 기가 막히게 맞아 들어가는 것 같습니다."

"그렇습니다. 부디 부인께서도 그런 심정에 도달하시기 바랍니다."

"그렇게 되도록 노력하겠습니다."

사기를 당하지 않으려면

우창석 씨가 말했다.

"선생님, 이 세상에는 잊어버릴만 하면 매스컴에 대형 사기 사건이 등장하곤 합니다. 동양금융 같은 대형 사기가 있는가 하면 소소한 개인끼리의 사기 사건에 이르기까지 이 세상은 온통 사기꾼의 천국이 아닌가 여겨질 만큼 사기 사건들이 판을 치고 있습니다.

과연 우리 같은 서민이 사기꾼의 피해를 입지 않고 편안하게 살아갈 수 있을지 의문이 들 때가 많습니다. 20년 만에 만난 부동산 중개업을 한다는 다정한 옛 친구가, 자기한테 투자하면 두 달 안에 투자액의 두 배로 늘려 준다는 감언이설에 속아 몰래 부모의 집문서를 넘겨주었다가 몽땅 사기를 당하고 온 식구가 졸지에 길바닥에 나앉는 일이 다반사로 벌어지고 있습니다. 이런 불상사를 피할 수 있는 선생님의 지혜를 좀 빌려 주실 수 없을까요?"

"해답은 단 하나 '이 세상에 공짜는 없다'는 격언만 늘 잊지 않고 있으면 사기를 당할 염려는 없을 것입니다."

"그런데도 불구하고 사기는 여전히 도도한 강물처럼 판을 치는 것은 무엇 때문일까요?"

"그것은 공짜라는 미끼보다도 더 막강한 욕심이 속마음 깊숙이 도사리고 있기 때문입니다."

"어떻게 하면 그 욕심에서 벗어날 수 있겠습니까? 그리고 어떻게 하면 그 욕심을 다스릴 수 있는 힘을 기를 수 있을까요?"

"욕심을 관(觀)함으로써 내공이 깊어져야 합니다."

"욕심을 관하는 내공이 어느 정도 깊어져야 자기 욕심을 다스릴 수 있을까요?"

"적어도 사기꾼이 첫눈에 알아보고 그 사람을 피해 갈 정도는 되어야 합니다."

"사기꾼이 피해 갈 정도라면 그 사람은 이미 내공이 깊어져 도가 튼 사람이 아닐까요?"

"그렇습니다. 그런 사람에게는 제아무리 값비싼 미끼를 던져 보았자, 먹히지 않는 것을 사기꾼은 본능적으로 알아챕니다."

"결론적으로 말해서 사기를 당하지 않는 비결은 사기를 당한 뒤에 사기꾼을 원망하고 증오하지 말고, 사전에 사기꾼이 자기를 알아보고 피해 가도록 만들라는 거군요."

"그렇습니다."

"그건 결국 내공을 쌓으라는 말이 아닙니까?"

"옳게 보셨습니다."

어느 형제 이야기

"그럼 내공을 쌓은 사람 쪽에서는 자기에게 다가오는 사기꾼을 한눈에 알아볼 수 있습니까?"

"그렇구말구요. 영리한 뱀이 땅꾼을 멀리서 알아보고 피해 버리듯 사기꾼이 먼저 알아보고 피해 버립니다."

"그러니까 처음부터 게임이 안 되겠군요."

"그렇고말고요."

"결국 내공 고수(高手)와 사기꾼은 처음부터 게임 자체가 되지 않는다는 말씀이군요."

"그렇습니다. 내 친구 중에 내공이 깊은 고수가 하나 있었습니다. 그는 정보기관에서 30년 근무한 고참 수련자고 육이오 때 월남한 이산가족입니다. 다행히도 그의 아내가 알뜰하게 치부를 하여 강남에 빌딩을 한 채 가지고 있었는데, 헤어진 지 50년쯤 뒤에 그의 동생이 탈북하여 찾아왔습니다. 그는 북한에서 외화벌이 일꾼으로 일하다가 책임량을 채우지 못해서 받을 처벌이 무서워 두만강을 넘었습니다. 그가 하던 일은 북한 당국이 보기에 성분이 좋지 못한 사람들의 재산을 갈취하여 외화로 바꾸는 일이었습니다."

"그런데 50년 만에 탈북한 동생이 어떻게 형의 주소를 알고 찾아왔죠?"

"그는 형의 주소는 몰랐지만 형의 이름과 나이만은 알고 있었으므로 찾아 달라고 경찰에 졸랐습니다. 수백 개나 되는 같은 성명 중에서 다행히도 형을 찾아내는 데 성공했습니다. 그는 먼저 월남한 형이 강남에 빌딩을 가지고 있다는 소문을 듣고, 어떻게 해서든지 형의 빌딩을 갈취하려는 흑심을 품게 되었습니다.

무려 50년 만에 만난 핏줄의 감격은 다만 한순간이었고, 동생이 몇 번 찾아오는 동안 그의 흑심을 손금처럼 환히 알게 된 형은 자연히 이에 대비하지 않을 수 없었습니다. 동생은 그동안 자기가 습득한 온갖 금품 갈취 기법을 총동원했지만 번번이 약발이 듣지 않았습니다.

마지막 수단으로 동생은 형수를 납치하려고 시도했지만 형은 사전에 그럴 가능성을 눈치챘었기 때문에 납치 계획도 실패로 돌아갔습니다. 온갖 수법이 다 물거품이 되자 동생은 끝내 백기를 들었습니다.

'형만한 동생 없다더니 결국은 제가 손을 들었습니다. 제 속셈을 항상 몇 수 앞서 꿰뚫어보시는 비결이 무엇입니까?'

'너를 처음 만나서 대화를 나누는 순간 네 속셈이 손금처럼 환히 떠오르더구나.'

'도대체 그 비결이 무엇입니까?'

'내공(內功)을 쌓으면 누구나 그렇게 된단다.'

'내공이 무엇입니까?'

'마음공부를 말한다.'

'마음공부는 어떻게 하는 겁니까?'

'마음속에서 탐욕을 시나브로 몰아내는 공부를 말한단다.'

'그 내공을 얼마나 하면 형님과 같은 경지에 오를 수 있겠습니까?'

'얼굴만 척 보아도 그의 속마음이 한눈에 환히 들여다보일 때까지 해야 한다.'

'그럼, 형님은 처음 보셨을 때, 제 마음속을 환히 다 들여다보셨군요.'

'물론이지.'

'참으로 부끄럽습니다.'

'그걸 알았다니 다행이구나.'

'형님을 진정으로 존경합니다.'

이렇게 말하면서 동생은 형에게 머리를 조아렸습니다.

'의(義)를 보았으면 찬탄만 할 것이 아니라, 몸소 실천을 해야 하지 않겠느냐?'

'형님은 제가 어떻게 하면 되겠습니까?'

'지진으로 형성된 수만 년 된 동굴 속에도 또 지진이 일어나 지형이 바뀌면 햇볕이 들어와 한순간에 환해지는 것처럼, 너 자신도 어떤 계기로 마음 하나만 바뀌면 얼마든지 딴사람이 될 수 있다. 그런 일은 스스로 작정하는 것이지 누구에게 묻고 말고 할 건덕지도 없는 일이다. 개과천선하겠다는 마음 하나가 모든 것을 바꾸어 놓을 것이다.'

잠시 아무 말 없이 침묵만 지키던 동생이 이윽고 입을 열었습니다.

'제 마음은 이미 광명을 찾았습니다. 다음 찾아올 때는 제 생활도 바뀌어 있을 것입니다. 제가 형님 앞에서 떳떳해질 그때까지 부디 저를 기다려 주십시오.'

'틀림없이 너를 기다릴 것이다.'

내 친구인, 그 형은 때가 되면 동생이 틀림없이 찾아오리라 생각하고 기다리고 있다고 합니다."

"선생님의 이야기를 다 듣고 보니 그 형에 그 동생이군요. 50년 만에 겨우 재욕(財慾) 때문에 찾아온 동생을 개과천선시키는 극적 과정이 감동적입니다. 동생의 재욕이 도심(道心)으로 바뀌는 과정 역시 인상적입니다. 모두가 형의 내공 덕분이군요. 이 이야기를 들으면서 저는 줄곧 우리나라 정치인들도 제발 내공을 좀 쌓았으면 하는 생각을 했습니다."

"우리나라 야당 정치인들은 창피하게도 온 지구촌이 효력이 없어서 이미 20년 전에 용도폐기 처분해 버린 낡은 공산주의 이념에 사이비 종교 광신도처럼 접신당하고 빙의되어 있는 것이 문제입니다. 우리 국민의 20 내지 30프로가 주체 사상, 종북 사상, 김씨왕조 숭배 사상에 빠져 있는데 어떻게 하면 제정신을 차리게 할 수 있을지 보통 문제가 아닙니다.

내공자가 보기에서는 관법(觀法) 수련만 제대로 하면 거기에서 벗어나는 일은 식은 죽 먹기보다 쉬운 일이건만, 공산주의 이념에 대한 과도한 집착 때문에 제자리에서 한 치도 벗어나지 못하고 있는 것이 안타까울 뿐입니다."

노총각의 밀월(蜜月)

2014년 1월 24일 금요일

무역업에 종사하는 37세의 노총각이고 고참 수련생인 김성식 씨가 삼공재에서 수련을 하다가 다른 수련생들이 먼저 자리를 뜨고, 나와 단둘만 남자 기다렸다는 듯이 말했다.

"선생님, 제가 요즘 건강이 전 같지 않은데 왜 그런지 맥 좀 보아 주시겠습니까?"

"결혼한 지 얼마나 되었지요?"

"이제 6개월 되었습니다."

이 말을 들으니 지난여름에 결혼을 했다면서 신부와 같이 수박을 한 통 사 들고 인사차 찾아온 일이 생각났다. 김성식 씨는 키가 180이나 되는 거한(巨漢)인데 신부는 예쁘장하고 여자답고 다소곳했다. 과색(過色)하면 건강을 해칠 텐데 하는 느낌이 얼핏 들었던 일이 생각났다. 그래서 나는 나도 모르게 다음 말이 튀어나왔다.

"김성식 씨 입에서 그런 말이 나올 것이라고 짐작하고 있었습니다."

"네?"

"합방(合房)을 너무 자주 하는 거 아닙니까?"

"아, 네. 조금."

"일주일에 몇 번이나 잠자리를 같이합니까?"

"거의 매일입니다."

"37세에 결혼을 했지만, 이미 청년기가 아니라 중년기라는 것을 알아야 합니다. 오늘부터라도 합방 횟수를 반으로 줄이세요. 그리고 김성식 씨는 이미 기문(氣門)이 열리고 운기조식(運氣調息)을 하고 있으니까 합방 때마다 사정(射精)을 하면 안 됩니다. 『선도체험기』를 1권서부터 주욱 읽어 왔다면 이미 다 알고 있겠지만, 운기조식을 할 줄 아는 수행자라면 거듭 말하지만 성합 때마다 사정을 할 필요가 없습니다."

"그럼, 사정은 언제 합니까?"

"아이를 갖기 원할 경우 배란기(排卵期)에만 사정을 해도 됩니다. 선도 수행자에게 사정은 수련 에너지로 써야 할 귀중한 에너지를 낭비하는 것밖에는 안 되기 때문입니다. 혹시 김성식 씨는 합방 시마다 사정을 해 온 거 아닙니까?"

"제가 좀 미련해서, 저도 모르게 그렇게 됐습니다."

"그러니까 몸에 과부하(過負荷)가 걸린 겁니다. 지금 말하는 것을 들어 보니까 김성식 씨는 내가 『선도체험기』에 보정법(保精法)에 대해서 자세히 설명한 것을 하나도 실천하지 못하고 있습니다. 운기를 하고 소주천을 할 수 있는 수행자는 합방 시에 마음만 먹는다면 사정을 얼마든지 멈출 수 있습니다.

합방 시에 클라이막스에 사정을 하는 대신 정액을 기체로 바꾼다고 의념(意念)하면 그렇게 됩니다. 이때 정액에서 기체로 바뀐 기운을 12정경과 기경팔맥으로 순환시키는 과정을 연정화기(煉精化氣)라고 합니다. 정(精)을 단련하여 수련 에너지인 기(氣)로 바꾸는 것을 말합니다.

이것을 희학적(戲謔的)으로 제왕학 제1조라고도 합니다. 합방 시마다 사정을 하면 군왕이 비빈들과 3천 궁녀를 거느릴 수 없을 뿐만 아니라

제명대로 살 수 없을 것이기 때문입니다. 그렇다고 해서 제왕들 중에서 연정화기를 성취한 이가 과연 있었는가 하면 그렇지는 않습니다. 이 수행 과정은 제왕 따위의 세속인들이 성취할 수 있는 것이 아니기 때문입니다."

"그게 그러니까 말처럼 쉽게 되기는 어렵겠죠?"

"그렇긴 하지만 선도수련의 한 과정이라 생각하고 일로매진(一路邁進)하면 못 할 것도 없습니다. 부인에게 미리 양해를 구하고 협조를 얻을 수 있으면 운우지사(雲雨之事) 중에도 정신을 똑바로 차리고 속도를 조절할 수 있고, 사정(射精)을 하지 않고 기(氣)로 바꾼다고 강하게 의념(意念)하면 얼마든지 사정을 막을 수 있을 뿐만 아니라 정액을 기로 바꾸어 온몸에 순환시킬 수 있습니다.

열 번 찍어 안 넘어가는 나무 없다는 심정으로 계속 시도하면 반드시 성공하는 날이 있을 것입니다. 결혼한 사람의 선도 수행의 성패는 연정화기의 성취 여부에 달려 있다고 해도 지나친 말이 아니라는 것을 알아야 합니다."

"명심하겠습니다."

이런 일이 있은 지 한 달쯤 뒤에 다시 찾아온 김성식 씨가 얼굴에 싱글싱글 웃음꽃을 피우면서 말했다.

"선생님께서 지도해 주신 덕분에 드디어 연정화기에 성공했습니다."

번데기가 나방이 되기

"내 그럴 줄 알았지. 번데기가 나방이 되는 심정일 거요. 이제 비로소 김성식 씨는 선도의 가장 넘기 어려운 첫 번째 관문을 하나 통과했습니다. 축하합니다."

"그게 그렇게 축하받을 일인가요?"

"그렇지 않고요. 가톨릭의 수사(修士), 불교의 비구(比丘)들이 이 관문을 통과하려고 그렇게도 애를 쓰건만 아직 기록에 남아 있는 당나라 때의 혜안(慧眼) 선사, 조선조 때의 화담 서경덕을 빼고는 연정화기(煉精化氣)를 통과했다는 사람의 말을 들어 본 일이 없습니다."

"아니, 수사나 비구는 독신인데도 연정화기를 통과해야 합니까?"

"아무리 독신이라고 해도 남근(男根)이 수시로 발기하는 것은 어쩔 수 없습니다. 그때마다 그것을 가라앉히려고 간음을 하거나 마스터베이션으로 해결하면 체면과 건강을 상하고, 무리하게 참을 경우 정관(精管)에 염증을 일으키어 전립선 수술을 하지 않을 수 없게 됩니다. 한두 번의 수술로 해결이 되는 것도 아니고, 수술을 거듭하다 보면 전립선염 또는 전립선암이라는 난치병을 앓는 등 그 고통은 이루 다 말할 수 없습니다."

"그럼 선도 수행자처럼 기문을 열고 운기조식을 하여, 연정화기 수련을 하면 되지 않을까요?"

"그분들은 자존심이 하도 강해서 선도를 외도(外道)라 하여 거들떠보려고 하지도 않으니 어쩔 수 없는 일입니다. 그런데 가톨릭 수사 한 사람이 한 10년 전에 삼공재에 찾아와서 연정화기 수련을 하려고 몇 개월 동안 수련을 한 일이 있었는데 끝내 성공하지 못하고 그만둔 일이 있습니다."

"수련도 다 인연이 있어야지 아무나 안 되는 것 아닙니까?"

"물론입니다. 인연도 중요하지만 수련하겠다는 당사자 자신의 확고한 의지와, 얼마나 지극정성으로 치열하게 일로매진하느냐 하는 노력에 성패가 달려 있습니다. 그 가톨릭 수사처럼 몇 개월 해 보고 안 되니까 그만둔다는 태도를 가지고는 무슨 일을 해도 성공하기는 어려울 것입니다."

"선생님께서는 아까 저를 보시고 번데기가 나방이 된 심정일 것이라고 말씀하셨는데 사정(射精)을 안 할 수 있게 된 뒤로는 합방을 아무리 해도 피곤을 모르고 몸에 활기를 느끼게 됩니다. 그렇다고 해서 아내와 잠자리를 그전처럼 자주 하고 싶어지는 것도 아닙니다."

"당연히 그래야죠. 연정화기(煉精化氣)란 글자 그대로 정액을 단련하여 수련 에너지인 기체로 바꾸는 것을 말합니다. 성행위를 하면서도 사정(射精)을 안 할 수 있다는 것은 색욕(色慾)이나 갈애(渴愛)에 함몰당하지 않고 성행위 자체를 스스로 통제하고 관리할 수 있는 능력을 갖게 되었다는 것을 의미합니다.

이 세상에 남녀가 있고 뜻 맞는 사람끼리 결혼하여 아이를 낳고 가정을 이루는 것은 우주의 섭리입니다. 그런데 그러한 섭리를 스스로 통제하고 그것을 초월하여 성행위 자체를 다스리고 관리할 수 있게 되었다는 것은 세속적인 성행위의 경지를 자기 자신의 힘으로 벗어나 한 단계 높은 차원에 도달했다는 것을 말합니다.

백만 대군을 이기는 것보다 자기 자신을 이기는 사람이 훨씬 더 훌륭한 승리자입니다. 그 사람은 이 세상을 창조한 최고신도 꺾거나 물리칠 수 없다고 『법구경』은 말하고 있습니다. 자기를 이기는 자라야 남을 다스릴 수 있고 끝내 시공을 벗어나 우아일체가 될 수 있습니다.

이제 김성식 씨는 계속 수행을 게을리하지 않고 지속하는 한 마음, 몸, 기의 세 가지 공부가 저절로 되어 무슨 병에 걸려도 자연치유 능력이 획기적으로 향상될 것입니다. 그리고 보통 사람보다 적어도 30년 내지 50

년 이상 무병장수(無病長壽)할 수 있을 것입니다."

"선생님, 정말 감사합니다. 선생님이 아니시면 제가 어떻게 이런 공부를 할 수 있었겠습니까?"

"그 대신 이 세상에 공짜는 어디에도 없다는 것을 항상 명심해야 될 것입니다. 앞으로 인생을 살아가다 보면 반드시 내가 아니면 할 수 없다고 생각되는 정의로운 일과 부닥칠 때가 반드시 있을 것입니다. 그런 때는 몸 사리지 말고 정성껏 그 일을 꼭 수행해야 할 것입니다."

"명심하겠습니다. 그리고 참, 선생님, 연정화기 다음 단계의 공부는 어떻게 됩니까?"

"연정화기(煉精化氣) 다음에는 양신(養神) 또는 연기화신(煉氣化神)의 단계가 있습니다."

"그 단계는 제가 넘보기 어렵겠죠?"

"반드시 그렇지도 않습니다. 우아일체(宇我一體)를 목표로 꾸준히 한 걸음 한 걸음 나아가다가 보면 자기도 모르게 그 단계를 넘어서 버리는 경우도 있습니다."

"독신으로 수련에 매진하고 있는 수련자들은 어떻게 하면 연정화기를 성취할 수 있을까요?"

"남근이 발기했을 때 운기조식(運氣調息)으로 잠재울 수 있어야 합니다. 이때는 임독(任督)을 거꾸로 돌려야 합니다. 사정(射精)할 때의 생리구조를 잘 살펴보면 이 이유를 알 수 있을 것입니다. 순전히 운기조식의 힘만으로도 발기된 남근이 진정되는 일이 일상화되면 자기 성욕을 스스로 조절하고 관리할 수 있게 됩니다. 독신자로서 연정화기가 성취된 것입니다. 이것이 바로 지금도 가톨릭 수사와 선가(禪家)의 비구(比丘)들이 그렇게도 넘으려고 노력했고, 극단의 경우 자신의 발기된 남근을 면도칼로 자르기까지 하면서도 끝내 넘지 못했던 담벼락입니다."

"지금까지는 남자 수련생들의 연정화기에 대해서만 이야기해 주셨는데 여자 수련생들은 어떻게 됩니까?"

"능동적이냐 수동적이냐의 차이만 있을 뿐 여성에게도 전체 과정은 남성과 똑같다고 보면 됩니다. 구체적인 수련 과정은 여성 수련자가 되어 보아야 자연히 알게 될 것입니다. 다른 차원의 세상에서 인간은 원래 남녀의 구분이 없는 하나의 성이었습니다. 그것이 지구상의 유인원(類人猿)의 생식(生殖)에 알맞는 양성으로 나뉘어져 진화되었을 뿐입니다. 그 증거가 퇴화된 상태로나마 지금도 남자에게 남아 있는 유방의 흔적이 아닌가 합니다. 마치 꼬리의 필요성이 사라지자 점점 퇴화되어 흔적만 남아 있는 미골(尾骨)처럼 말입니다.

수명 140세의 새로운 시대

이왕에 질문을 하려면 금생에 내가 경험한 것을 물어보세요. 그래야 보다 구체적으로 자신 있게 대답할 수 있습니다."

"연정화기를 통과한 수련자는 언제까지 성욕을 느낄 수 있습니까?"

"성욕을 느낀다는 것은 구체적으로 무엇을 말합니까?"

"성욕을 느끼면서 동시에 남근이 발기하는 것을 말합니다."

"내 경험과 연정화기를 성취한 다른 수행자들의 경험을 종합하면 75세 전후가 한계입니다. 몇 해 전에 노인들의 성생활을 그린 영화가 나온 일이 있었는데 그 영화에서는 그보다 더 연세가 많은 노인들도 활발하게 성생활을 즐기는 것으로 되어 있었습니다. 연정화기가 무엇인지 모르는 노인들에게는 얼마든지 있을 수 있는 일입니다. 그러나 모두가 다 부질없는 짓입니다."

"부질없는 일이라니요?"

"고령의 노인들이 겨우 성생활에서 생의 의미를 찾으려는 것은 철 지난 꽃놀이처럼 격에 맞지 않는 부질없는 짓이라는 뜻입니다. 그 연령대의 노인은 그 나이에 알맞은 소일거리를 찾아야 할 것입니다.

성행위를 해 보았자 가뜩이나 얼마 남지 않은 정(精)만 낭비하여 여명만 단축시킬 뿐이기 때문입니다. 그 나이에는 인생을 뜻있게 마감하기 위해서라도 될수록 보정(保精)에 신경을 써야지, 그 반대의 일을 해서야 무병장수(無病長壽)는커녕 유병단명(有病短命)을 촉진할 수 있을 뿐입니다."

"그럼 75세 이상의 노인들은 어떻게 소일하는 것이 가장 바람직할까요?"

"김성식 씨에게는 40년의 먼 미래의 이야기입니다. 지금부터 그러한 먼 미래의 일에 신경 쓰기보다는 당장 현실에서 처한 일을 진지하고 착실하게 해결하여 나가는 것이 더 소중할 것입니다. 미래의 일은 그때 가서 생각해도 늦지 않습니다.

미래학자들의 이야기를 들어 보면 2030년 이후에는 인간의 수명은 140세가 보통이라고 합니다. 23.5도 기울어졌던 지구축이 바로 서면서 6480년 만에 천지개벽을 하면서 지구 환경이 완전히 새로 바뀌어 버리기 때문입니다. 1년 365일이 360일이 되고, 봄 여름 가을 겨울 네 계절이 여름과 겨울로 단순화됩니다. 지구 환경만 쇄신되는 것이 아니라 사람의 마음도 지금과는 전연 다르게 상부상조형의 새로운 인간형으로 발전한다고 합니다."

깨달으면 무엇이 달라집니까?

우창석 씨가 말했다.

"선생님, 깨달으면 무엇이 달라집니까?"

"무엇보다도 마음이 편안해지고 걱정 근심이 사라집니다."

"마음이 편안해지는 것은 무엇 때문입니까?"

"우주와 내가 하나라는 것, 다시 말해서 우아일체(宇我一體)를 몸으로 느끼기 때문입니다. 우아일체를 체득한다는 것은 삶과 죽음이 같다는 것, 따라서 생사일여(生死一如)와 함께 불생불멸(不生不滅)을 직감하는 것을 말합니다. 그 때문에 지구가 당장 폭발한다고 해도 놀라거나 불안해하지 않습니다. 비록 지구는 폭발해 버린다고 해도 그 이외의 무한광대한 우주는 여전히 돌아가고 있을 테니까요."

"또 걱정 근심이 사라진다고 하셨는데 그것은 무엇 때문입니까?"

"깨닫는다는 것은 인과응보의 법칙을 생활화하는 것을 말합니다. 인과응보의 법칙이 지배하는 현상계에서 이 진리를 깨닫는 것은 더이상 걱정 근심에 시달릴 필요가 없어진다는 것을 의미하기 때문입니다."

"인과응보의 이치는 불교의 연기론(緣起論)과 업장론(業障論)을 말하는 것이 아닌가요?"

"맞습니다. 그것은 바로 인과응보를 말하는 것이고 이러한 법칙은 2천5백 년 전에 불교가 이 세상에 생겨나기 훨씬 이전부터 현상계를 지배하고 있었으므로 불교만의 전유물일 수는 없습니다. 불경보다 7천5백 년 전에 나온 『참전계경』만 해도 366개 조항 하나하나가 모두 다 인과응보와 연관되지 않는 것이 없습니다."

"그럼, 인과응보의 이치를 깨달으면 왜 불안과 걱정 근심에서 벗어날 수 있습니까?"

"불안과 걱정 근심의 원인이 바로 대인관계에서 발생하는데 이것을 깨달은 사람은 애초부터 그 원인을 만들지 않을 것이기 때문입니다. 간단히 말해서 모든 불행의 원인이 자기 자신에게서 나온다는 것을 알게 된 사람은 남을 원망하고 저주하고 미워할 이유가 없어지게 됩니다."

"진정으로 깨달음을 얻은 구도자는 불안해하지 않고, 걱정 근심에서도 벗어나 있다는 것을 이해는 할 수 있겠는데, 깨달은 사람은 어떻게 공부를 하면 그러한 경지에 도달할 수 있습니까?"

"관법(觀法) 수련을 통해서입니다."

"그 관법 수련의 요령을 말씀해 주시겠습니까?"

"수련을 하거나 일상생활을 하면서 수시로 일어나는 의문점들을 항상 제3자의 입장에서 객관적으로 냉정하게 관찰하고 규명해 나가다가 보면 자기도 모르는 사이에 한 발 한 발 진리에 다가서게 되어 있습니다."

"거기까지는 알겠습니다. 제가 알기에는 지금까지 선생님께서 말씀하신 것은 모든 종교인과 구도자가 보편적으로 추구하는 목표이고, 선도가 추구하는 차별화된 목표는 무엇입니까?"

"선도가 여타의 다른 구도 행위와 차별화되는 것은 내공인 마음공부 외에 몸공부와 기공부를 한다는 것입니다. 그 결과 선도 수행자는 대주천 경지에 오른 뒤에는 적어도 내과 질환이 원인이 되어 사망하는 일은 없다는 것입니다. 이 세상에 사는 날까지 살다가 눈을 감는 순간까지 최

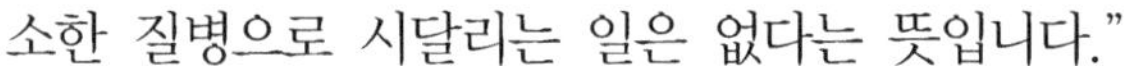

소한 질병으로 시달리는 일은 없다는 뜻입니다."

"그 이유가 무엇입니까?"

"기문이 열려 기운을 느끼고 운기를 하여 수승화강, 소주천, 대주천, 연정화기의 단계로 수련이 진행되는 동안, 살아 있는 인간의 육체라는 소우주가 병들었을 때 자연치유력이 최고도로 가동되기 때문입니다.

교통사고나 자연재난 같은 외부에서 오는 타격으로 큰 부상을 당하여 팔다리 같은 신체의 일부가 떨어져 나가거나 손실되지 않는 한 온갖 질병은 자연치유력이 원상회복을 시켜 줍니다. 이것은 몸공부와 함께 기공부라는 선도 특유의 수련 기법이 담당하는 분야입니다.

이것을 기공부 또는 기 수련, 단전호흡, 선도, 단학이라고 합니다. 『선도체험기』를 1권부터 107권까지 체계적으로 읽은 사람은 누구나 다 잘 알고 있는 것이므로 이 자리에서는 더이상 중언부언하지 않겠습니다."

"선생님은 원래 소설가로 등단하신 후 12년 동안이나 작품 활동을 하시다가, 어떻게 돼서 선도수련을 하시게 되었고, 그 후 지금(2014년)까지 28년 동안에 『선도체험기』를 107권이나 내놓으실 정도로 선도수련에 전념하게 되셨습니까?"

"내가 스승도 없이 혼자서 선도수련을 하기 시작한 것이 54세 때인 1986년인데, 백약이 무효였던 내 지병인 다발성 신경통을 고쳐 보려고 단전호흡을 해 본 것이 뜻밖에도 적중하여, 아예 이에 몰입하게 되었습니다. 독학으로 시작한 선도수련이 대박을 가져온 것입니다.

선도수련이 확실한 효과가 있다는 것을 체험하게 된 나는 내가 사랑하는 문학은 말할 것도 없고, 현대의학도 해결하지 못한 고질병을 오직 내 혼자 힘으로 시작한 수련만으로 고칠 수 있게 되었다는 데 깊은 감동을 받았습니다. 그뿐 아니라 이것이 계기가 되어 인간 존재의 실상을 추구해 들어가는 선도로 수행의 단계를 높이는 계기가 되었습니다.

그때부터 나는 내가 터득한 글재주로 기존 개념의 소설을 쓰는 대신에 구도와 건강을 동시에 챙길 수 있는 『선도체험기』를 씀으로써 내 독자들도 나와 똑같은 혜택을 누릴 수 있게 하자고 결심하게 되었습니다. 그렇게 하여 기존 문학과 의학이 해결하지 못했던 기쁨을 내 독자들로 하여금 만끽하게 해 보자는 내 소망이 『선도체험기』 속에 녹아 있다고 자부합니다.

4년 동안의 준비 기간을 거쳐 1990년 1월 10일 『선도체험기』 1권과 2권이 첫선을 보인지 어느덧 24년이라는 세월이 흘렀습니다. 『선도체험기』를 1권부터 중간에 빼놓지 않고 주욱 읽어 온 독자 여러분들은 그동안 일어난 희로애락들을 다 잘 알고 계실 것이므로 더이상 말하지 않겠습니다."

"혹시 훗날에라도 순수문학 작품 대신에 『선도체험기』를 써 오신 것을 후회하시는 일은 없으시겠습니까?"

"그런 일은 결코 없을 것입니다. 나에게는 『선도체험기』 역시 시대 상황에 알맞은 일종의 창의적 문학작품이니까요."

관(觀)으로 뚫고 나가기

"한 가지만 더 질문드리겠습니다. 깨달은 사람은 불안과 걱정 근심에서 벗어난다고 하셨는데, 아직 깨닫지 못한 사람은 어떻게 하면 불안과 걱정 근심을 극복할 수 있을까요?"

"관(觀)으로 뚫고 나가면 됩니다."

"어떻게 말입니까?"

"불안하여 마음이 흔들리면 바로 그 불안을 관하십시오. 그리고 깊은 산길을 가다가 맹수가 덮쳐올 것이라는 무서움이 엄습하면 바로 그 무서움을 관하시고, 사랑하는 사람을 잃은 슬픔으로 견딜 수 없을 때는 바로 그 견딜 수 없는 슬픔을 관하십시오.

한 여자에 대한 애욕(愛慾)으로 도저히 참을 수 없을 때는 바로 그 참을 수 없는 애욕을 관하십시요. 부모를 죽인 강도에 대한 원한과 증오로 몸이 사시나무 떨리듯 할 때도 바로 그 원한과 증오를 관하면 다소 시간의 차이는 있을 수 있지만, 반드시 그 원한과 증오는 안개처럼 사라지게 될 것입니다."

"관을 한다고 해서 모든 불안과 걱정 근심을 털어 버릴 수 있다는 것이 아무래도 믿어지지 않습니다."

"우창석 씨 자신이 직접 그렇게 해 보았습니까?"

"직접 해 보지는 않았지만, 상식적으로 납득이 안 가서 말씀드리는 겁니다."

"흠뻑 젖은 종이를 빨래줄에 널어놓았다고 합시다. 날씨가 흐렸다면 그 종이가 금방 마르겠습니까?"

"금방은 마르지 않을 것입니다."

"그러나 햇볕이 쨍쨍 내려쬐는 날이라면 어떻게 되겠습니까?"

"금방 마를 것입니다."

"우리가 심신을 가다듬고 진지하게 관을 한다는 것은 맑은 날에 햇볕이 쨍쨍 내려쬐는 것과 같습니다."

"그래도 관을 한다고 해서 불안과 걱정 근심이 사라진다는 것은 상식으로는 이해를 할 수 없습니다."

"불안, 걱정 근심 같은 것은 원래 실체 없는 허상입니다. 그런 것은 알고 보면 꿈, 환영, 물거품, 그림자, 이슬, 번개 즉 몽환포영로전(夢幻泡影露電)과 같아서, 있는 것 같으면서도 사실은 없는 것이기 때문입니다. 그래서 관을 일상생활화 하는 사람은 항상 사물의 허상 속의 진실을 꿰뚫어보게 됩니다. 바로 그 허상이 빨래줄에 걸려 있는 물먹은 종잇장이고, 관하는 힘이 햇볕입니다."

"그럼, 가면을 쓴 사기꾼의 정체도 금방 알아보겠네요."

"물론입니다. 그래서 관을 일상생활화 하는 구도자의 눈을 보면 늘 빛과 광택을 내고 특이한 에너지를 발산하므로 구도자끼리는 금방 알아봅니다."

정신발달 장애인

삼공재에 나온 지 얼마 안 된 이경재라는 삼십 대의 남자 수련생이 물었다.

"선생님, 질문이 하나 있습니다. 요즘 티브이 연속극을 보면 나이는 서른 살 가까이 된 남녀가 다섯 살 내외의 어린이 말투를 구사하는 바보 배역들이 다수 등장하는 것을 볼 수 있습니다. 드라마에서 뿐만 아니라 실제로 그런 장애인들을 이웃에서도 흔히 볼 수 있습니다. 왜 그런 일이 일어나는 것일까요?"

"인과응보요 자업자득입니다."

"인과응보라니요?"

"전생에 바보들을 보고 심하게 놀려 주거나 괴롭혀 준 보복을 당한 것이 틀림없습니다. 요즘도 학교나 보육원 같은 데서 아이들이 장애아들을 흉보고 괴롭히고 못살게 굴고, 심지어 때려 주는 일까지 다반사로 벌어지고 있지 않습니까? 장애아로 태어난 것도 서러운 일인데 동정은 못해 줄망정 놀리고 괴롭히고 때려 주기까지 한다면 당사자는 속으로 얼마나 상대에 대한 미움과 원한이 뼛속까지 사무치겠습니까?

이러한 원한을 그대로 안은 채 이생을 하직한 영혼은 갈 길을 잃고 중음신(中陰身)이 되어 구천(九天)을 정처 없이 떠돌다가 자신을 괴롭히고 때려 주었던 상대가 금생에 다시 태어나는 때를 기다렸다가 전생의 보복으로 접신(接神)이 됩니다. 그렇게 되면 멀쩡하던 아이가 갑자기 바보

멍텅구리로 돌변하게 되는 겁니다."

"그럼, 바보들이 그 보복에서 벗어날 방법은 무엇입니까?"

"현대의학으로는 정신발달 장애자를 완치할 방법은 없습니다."

"그럼 어떻게 해야 합니까?"

"접신령을 천도(薦度)하는 방법밖에는 없습니다."

"어떻게 하면 접신령을 천도할 수 있을까요?"

"접신당한 장애인이 자신의 전생의 잘못을 뼈아프게 절절히 뉘우치고 구도자가 되어 영험한 스승을 만나면 혹 접신령을 천도할 수도 있지만 그런 일은 무척 드문 일이고, 대체로 접신당한 장애자는 평생 이럭저럭 살다가 한생을 마치게 됩니다. 그렇게 살면서 업보가 해소되면 다음 생은 정상인으로 태어날 수도 있고, 그렇지 않고 내생에도 업보가 해소되지 않으면 다음 생에도 장애인으로 태어나게 됩니다."

"장애인을 괴롭히는 일이 그렇게 무서운 보복을 몰고 오다니 정말 정신 번쩍 차려야 하겠다는 생각이 듭니다."

"자기 자신뿐만 아니라 자녀들이나 가까운 이웃과 친지들에게도 널리 알려 주시는 것이 좋을 것입니다."

생사일여(生死一如)

"네 꼭 그렇게 하겠습니다. 그리고 내친김에 한 가지만 더 질문드려도 될까요?"

"그렇게 하세요."

"구도자가 되어 열심히 수련을 한다고 해도 나이 들면 누구나 늙어서 죽게 됩니다. 그렇게 죽게 되면 구도자가 되어 애써 수련해 보았자 무슨 소용이 있겠습니까? 죽어 버리면 그만일 터이니까 말입니다."

"그래서 구도자는 죽기 전에 적어도 생사일여(生死一如)만은 깨달아야 합니다. 사람이 죽는다는 것이 무엇을 말하는지 아십니까?"

"숨이 끊어지고 맥박이 뛰지 않게 되는 거라고 알고 있습니다."

"왜 그렇게 된다고 생각하십니까?"

"글쎄요. 잘 모르겠는데요."

"숨이 멎고 맥박이 뛰지 않게 되는 것은 육체를 관리 운영하던 혼이 나가 버리기 때문입니다. 이처럼 혼이 몸에서 떠나 버리는 순간 숨이 멎고 심장의 맥박도 멎어 버리게 됩니다. 이것은 무엇을 말하는가 하면 사람은 죽어도 영혼은 살아서 다른 차원의 세계에서 환생하는 것을 말합니다. 그래서 사람은 죽어도 죽는 것이 아닙니다. 그것이 생사일여입니다. 구도자는 이것을 잘 알기 때문에 죽음 같은 것을 두려워하지 않습니다. 죽음을 두려워하지 않고 뛰어넘어 금생보다 향상된 다음 생을 갖게 됩니다. 이것을 윤회라고 합니다."

"윤회는 불교의 교리가 아닙니까?"

"윤회는 불교의 교리이기 이전에 우리가 사는 현상계(現象界)의 삶의 법칙이요 실상입니다. 그래서 불경보다 7천 년 이전에 나온 『참전계경(參佺戒經)』의 내용은 거의 전부가 인과응보를 구체적으로 설명해 놓은 것임을 알 수 있습니다. 그러니까 우리가 사는 우주의 삼라만상은 인과응보의 이치에서 한 치도 벗어날 수 없다는 것을 알아야 합니다. 그러나 구도자가 궁극적으로 원하는 것은 윤회가 아닙니다."

"그럼 무엇입니까?"

"바로 그 생로병사의 윤회에서 벗어나 다시는 윤회에 떨어지지 않고

구경각(究竟覺)을 성취하는 것입니다."

불임 부르는 하체 노출

아내를 동반하고 찾아온 30대 초반의 이용훈이라는 남자 수련생이 물었다.

"선생님, 여기가 선도 수련장이라는 것은 저도 잘 알고 있습니다. 그러나 저에게는 저 혼자서는 도저히 해결할 수 없는 인생 고민이 하나 있어서 그러니 부디 선생님께서는 물리치지 마시고 고견을 좀 들려주셨으면 합니다."

"내가 아는 한 대답할 테니 기탄없이 말씀해 보세요."

"그럼 단도직입적으로 말씀드려도 되겠습니까?"

"그럼요. 어서 말씀해 보세요."

"고맙습니다. 그럼, 말씀드리겠습니다. 저는 5대 독자요 종손으로서 가문 어른들의 기대 속에 10년 전, 25세 때에 같은 직장에 다니는 동갑내기 여성인 지금의 아내와 결혼을 했습니다. 그런데 아직도 태기가 없습니다. 물론 아내와 함께 이름난 산부인과에 가서 진찰을 받아 보았지만 임신이 되지 않는 이유를 알 수 없다고 합니다.

여러 군데 산부인과를 다 찾아가 보았지만 뚜렷한 이유를 모르기는 마찬가지 입니다. 『선도체험기』를 읽다가 불임 여성에게 선생님께서 침을 놓아 주시곤 곧 임신을 했다는 이야기를 읽었습니다. 선생님께서 보시기에 저희 부부는 어떻습니까?"

"사전에 말씀드립니다만 나는 의사가 아닙니다. 과거에 한때 수련생들에게 침을 놓아 준 일이 있긴 하지만 법을 몰랐을 때의 일이고, 그것이 위법이라는 것을 알고는 지금은 가족 외에는 일절 침을 놓지 않습니다."

"선생님께서는 침을 놓으시고도 진찰료를 받지 않으셨는데도 위법이 됩니까?"

"진찰료를 받지 않아도 고발을 당하면 위법입니다. 나처럼 침법을 배워서 돈 안 받고 침을 놓아 주고도 입건되어 재판을 받고 1년 형을 살고 나온 사람이 있습니다. 그래서 침은 놓아 드릴 수 없지만 모처럼의 부탁이니 불임에 대한 평소의 내 소견은 말씀드릴 수는 있습니다."

이렇게 말하면서 나는 이용훈 씨와 함께 온 여성을 살펴보았다. 그녀는 전형적인 S라인 체격의 여성미를 갖추고 있었는데 노출된 맨살을 가리려고 하반신에 보자기를 덮고 약간 불편한 자세로 꿇어앉아 있었다. 내가 여자에게 물었다.

"두 분은 부부십니까?"

"네, 그렇습니다."

여자가 대답했다.

"혹시 부인께서는 평소에 가끔 머리에 열이 나고 두통을 느끼시지 않습니까?"

"그런 일이 자주 있습니다."

"왜 그런지 아십니까?"

"모르겠는데요. 그건 저만 느끼는 현상이 아니고 제 또래의 젊은 여성들은 누구나 다 느끼는 현상이라 그냥 심상하게 생각하여 왔습니다."

"그럴 겁니다. 그러나 그러한 여성들 중에 불임 여성이 많은 것은 사실입니다. 그러나 그 이유는 의사들도 모릅니다. 그러나 나는 그 원인을 알고 있습니다."

"그럼 그 원인이 무엇입니까?"

"수승화강(水昇火降)이 안 되고 있기 때문입니다."

"수승화강이 무엇이죠?"

여자가 두 눈이 호동그래져서 물었다.

"수승화강이란 선도에서 쓰는 전문용어인데 글자 그대로 물은 올라가고 불은 내려온다는 뜻입니다. 다시 말해서 신경(腎經)의 시원한 수기(水氣)는 위로 올라가고 머리의 뜨거운 화기(火氣)는 밑으로 내려오는 기의 순환작용을 말하는데, 그것이 제대로 안 되고 있기 때문에 밑으로 내려가야 할 화기가 머리에 그대로 적체되어 있으므로 두통과 함께 머리에 열이 나고 바로 그 때문에 하체는 차가워지고 늘 냉기가 떠나지 않습니다. 혹시 신체의 어느 부위를 하체라고 하는지 아십니까?"

"배꼽 아래를 하체라고 하지 않나요?"

"맞습니다. 바로 그 하체의 중심이 자궁입니다. 하체가 차다는 것은 임신을 하고 태아를 길러 내는 자궁이 차다는 뜻입니다. 수승화강(水昇火降)이 제대로 되면 하체는 따듯하고 머리는 늘 시원해야 정상입니다. 하체가 따듯해야 가임 여성은 임신을 잘할 수 있는 조건을 제대로 구비하게 되어 있습니다.

그런데 현대 여성 특히 중년 이하의 대부분의 여성들은 하반신을 거의 다 노출하는 것이 요즘은 세계적인 패션이 되어 있습니다. 요즘 젊은이의 어머니와 할머니 세대만 해도 하체를 노출하는 것을 큰 수치로 알았었고 단속곳을 비롯한 하체의 내의만도 서너 벌씩 입었습니다. 그 시절에는 불임이란 소리를 들어 본 일이 없었습니다. 그렇다고 해서 현대의 젊은 여성들이 어머니가 할머니 세대의 복장을 할 수는 없으므로 임신을 원하는 가임 여성들은 적어도 하체의 노출은 될 수 있는 대로 피하는 것이 좋습니다."

"어느 정도 노출이라야 임신에 지장이 없을까요?"

"수승화강이 잘되어 항상 하체는 따뜻하고 머리는 시원할 정도라야 합니다."

"그럼 바지는 입어도 괜찮을까요?"

"바지를 입되 스키니는 공기 유통이 안 되어 수승화강을 방해하므로 건강에 좋지 않습니다. 공기 유통에 지장이 없을 정도라면 괜찮습니다."

"그 외에 임신에 도움이 되는 일은 없을까요?"

"하이힐은 될수록 신지 않는 것이 좋습니다."

"그건 왜 그렇죠?"

"하이힐은 전족(纏足)과 같이 불임을 비롯하여 온갖 질병을 유발하는 퇴폐 풍속입니다."

"전족이 무엇입니까?"

"전족은 중국의 당나라 말부터 송(宋), 원(元), 명(明)을 거쳐 청(淸)나라 말까지 장장 1천2백 년 동안이나 중국에서 유행했던, 여성에게는 지극히 굴욕적이고도 고약한 풍속입니다. 남자의 성욕을 자극하기 위해서 여자아이를 5, 6세 때부터 긴 천으로 발을 칭칭 감아서 성장을 억제합니다.

그러한 발은 남성의 성욕을 자극할 수는 있지만 그 여자는 평생 그 작은 발로는 자신의 체중을 감당하기 어려워 뒤뚱거리면서 위태롭게 걸을 수밖에 없게 만들어 버립니다. 일제 강점기까지만 해도 서울 시내에서 전족으로 불편하게 걸어가는 중국 여성들을 흔히 볼 수 있었습니다.

하이힐은 순전히 여성 체격을 S라인 체형으로 만들기 위해서 여성 스스로 선택한 전족과 같은 악습이라고 말할 수 있습니다. 하이힐을 신으면 몸매는 보기 좋아질 수 있을지 몰라도 하늘이 정해준 몸의 균형을 깨어지게 하므로 척추병, 무지외반증 같은 수많은 질병을 유발할 뿐만 아니라 건강과 임신에 막대한 지장을 초래합니다. 전족이 남성의 강요에 의한 것이라면 하이힐은 여성들이 자진해서 선택한 것이 다르다면 다르다고 말할 수 있습니다."

"그 외에 또 도움이 되는 방법은 없을까요?"

"우선 여기까지만 말하겠습니다. 배꼽 아래 하체 부위를 따뜻하게 유지하는 것이 필수적입니다. 그렇게 하여 하체는 늘 따듯하고 머리는 언제나 시원한 상태가 유지되도록 하는 것이 무엇보다도 중요합니다. 여성은 임신을 위해서 하체를 항상 따뜻하게 유지할 필요가 있으므로 자연은 여성의 생식기를 남성처럼 몸 밖으로 노출하지 않고 하복부 속에 감추어 놓았습니다. 그런데도 불구하고 순전히 자신의 육체미를 과시하기 위해서 하체를 과대 노출하여 냉랭하게 만드는 것은 하늘과 자연의 이치를 어기는 일이 아닐 수 없습니다. 불임은 그에 대한 하늘의 인과응보입니다.

그 대신 남성은 어떻습니까? 고환과 남근으로 구성된 남성의 생식기는 선선해야 할 필요가 있으므로 간수하기 불편하지만 체외에 노출되어 있습니다. 자연의 이치로 볼 때는 남성은 하체를 선선하게 유지하여야 하건만 하체를 여성처럼 노출하는 일은 거의 없습니다. 자연의 이치와는 반대로 패션은 남녀가 거꾸로 가고 있습니다. 그래서 내가 주장하는 것은 남성은 하체를 선선하게, 여성은 따듯하게 유지해야 한다는 것입니다."

"그러한 복장을 했는데도 임신이 안 되면 어떻게 하죠?"

"가임 여성이 그러한 복장을 1년 이상 유지했는데도 임신이 안 되면 다른 원인이 있을 것이라고 판단하면 됩니다."

"다른 원인이라면 무엇을 말씀하시는지요?"

"불임이 원인이 생리적인 이상에서 유래된 것이 아니고 인과응보에 그 원인이 있을 수 있습니다. 내가 잘 아는 사람 중에도 부부가 건강에는 아무 이상이 없는데도 결혼한 지 10년 뒤에야 임신을 한 일이 있습니다. 공교롭게도 신랑은 5대 독자였고 신부는 떡두꺼비 같은 사내아이를 출산하고 한 달 후에 산후 후유증으로 사망했습니다. 전생으로부터 이어지는 인과응보라고 할 수 있습니다."

"선생님 전 아무래도 인과응보라는 말이 무슨 뜻인지 이해를 할 수 없습니다."

"알아듣기 쉽게 말하면 각자가 타고난 운명이라고 할까 사주팔자라고 할까 그런 겁니다."

"타고난 운명과 사주팔자를 고치려면 어떻게 해야 합니까?"

"종교를 믿는 사람은 아이를 갖게 해 달라고 기도를 하고, 민속 신앙인들은 고사를 지내고 백일치성을 드립니다. 그러나 내가 보기에는 기도, 고사, 백일치성보다는 마음을 바르고 착하게 먹고 남과 척(隻)을 짓지 않는 것이 더 중요하다고 봅니다. 요컨대 바르고 착하고 지혜롭게 살라는 뜻인데, 이것을 나는 정선혜(正善慧)라고 요약해서 표현합니다. 이것을 선도에서는 마음공부라고도 하고 내공(內功)이라고도 말합니다."

"그러나 마음을 바르고 착하게 먹고 지혜롭게 처신한다고 해서 임신이 된다고 보는 것은 아무래도 논리적으로 맞지 않은 것 같습니다."

“물론 과학적이고 논리적인 사고방식과는 맞지 않는 황당한 소리라고 할 수도 있습니다. 그러나 우리 조상들이 먼 옛날부터 출산을 주관하는 것으로 믿어 온 삼신(三神)할머니가 과연 계시다면 마음이 바르고 착하고 지혜로운 부부에게 아이를 점지해 주시겠습니까? 아니면 마음이 비뚤어지고 제 욕심만 차리는 어리석은 부부에게 아이를 점지해 주시겠습니까?”

여자는 아무 대답도 안 한 채로 한동안 머리만 숙이고 있다가 입을 열었다.

“마음이 바르고 착한 쪽이겠죠.”

“그렇다면 우선 실천할 수 있는 것부터 착수해 보는 것이 어떻겠습니까? 당장 오늘부터라도 몸에 한기가 들지 않도록 내복과 바지를 착용하여 하체를 항상 따뜻하게 그리고 머리는 시원하게 유지해 보시기 바랍니다. 그리고 착한 일 많이 하시고. 적어도 1년 동안 그렇게 해 보고 나서 그 결과를 토대로 다음 일을 의론해 봅시다.”

【이메일 문답】

기운이 너무 강하게 돌아

안녕하셔요? 전희주입니다. 기억하실 줄 압니다. 말씀하신 것처럼 『선도체험기』는 50권까지 읽었구요. 궁금해서 100권과 105권도 사서 봤어요(다 읽어야겠지만 저도 좀 여러 사정이 있어서).

『선도체험기』 읽으면서 호흡하려고 노력했고, 두어 달쯤 불면증을 심하게 겪었기에 캄캄한 밤에 침대에 누워서 호흡을 조금 했어요. 단전에 의식을 두고, 처음에는 잘 안됐지만, 호흡이 단전까지 닿게 하려고 했는데 생각만큼 단전호흡이란 것이 쉽지 않아요.

처음 누워서 호흡을 한참 했는데 누워 있는 상태로 어떤 기운 같은 것이 제 허리를 감싸고 있는 것 같으면서 그 기운이 저 대신 호흡을 하는 것 같았어요. 저는 호흡이 중지된 것 같은 느낌이고, 심장 박동이 멈춘 것 같은 기분이었습니다. 한참 동안 기운이 숨을 쉬면서 제 허리를 감싸고 있다가 어느 순간 그 기운이 제 단전으로 쑥~ 들어오는 것 같았어요.

그때부터 계속 단전이 뱅글뱅글 돌면서 매일매일 체내 기운의 움직임이 달라요. 하루는 단전이 뱅글뱅글 돌면서 회오리바람 같은 기운이 제 단전을 중심으로 빙글빙글 돌구요. 그 이튿날은 팽이 같은 조그만 기운이 제 온몸을 뱅글뱅글 돌아요. 단전, 다리, 발목, 어깨, 머리, 뇌 속까지. 이마, 주로 목에서 많이 팔딱팔딱거리고 코에서도 느끼고, 이가 탁탁 부뒷치기도 하고, 눈을 깜빡깜빡거리고. 그 이튿날은 다시 기운이 계속 위 아래로 올라갔다 내려갔다 하구요.

지금 심한 감기 증세로 삼 일째 아파서 누워 있구요. 호흡두 이삼일 안 했어요. 근데도 계속 단전에서 기운이 강하게 느껴지고 기운이 다리, 몸, 팔, 손에서 강하게 움직여요. 가뜩이나 약 먹고 힘없는데 기운이 너무 강하게 움직이니까 더 힘들어요. 그래서 단전호흡을 삼십 년 가까이 하신 분께 전화로 물어보니 "그렇지 않는데 무언가 잘못됐다"고 하셔요.

이 글을 쓰고 있는 지금도 기운이 다리, 단전, 몸속, 팔, 허리, 머리, 손 강하게 움직여요. 말대로 무언가 잘못되었나요? 좀 많이 걱정됩니다. 읽어 주시고 답변 좀 기다리겠어요. 감사합니다!

2014년 1월 24일

전희주 올림

【필자의 회답】

지금 전희주 씨는 단전호흡이 제대로 되고 있으니 조금도 의심하지 말아야 합니다. 선계(仙界)에서 특별히 보살피고 계십니다.

『선도체험기』를 50권까지 읽었으면 무슨 일이 있어도 51권부터 구입하든가, 아니면 도서관에서 빌려서라도 순서대로 꾸준히 읽어야 합니다. 그래야 공부가 정상적으로 되고 몸도 좋아질 것입니다. 중요한 사항이니 꼭 지켜 주기 바랍니다. 문제가 생기면 다른 사람보다 나에게 먼저 메일을 보내 주시기 바랍니다.

【전희주 씨의 회답】

네, 잘 알겠습니다.
감사합니다!

【필자의 회답】

"잘 알겠습니다. 감사합니다"로만 끝낼 일이 아닙니다. 내가 하라고 한 일을 꼭 실천해야 지금 전희주 씨가 처한 난관에서 벗어날 수 있다는 것을 명심하기 바랍니다.

【전희주 씨의 회답】

선생님!
기운이 자주 위장 있는 데까지 올라와서 강하게 팔딱거려 몹시 힘들어요. 좀 멈추게 할 수 있는 방법은 없나요? 지금 감기 증세도 있지만 거의 초죽음입니다. 할 수 있으면 기를 좀 멈추게 하고 싶어요ㅠㅠ

【필자의 회답】

수술을 해야만 살아날 철없는 아이가 수술대에 누워서 의사를 보고 메스를 치워 달라고 앙탈하는 것과 같습니다. 죽지 않고 살기 위해서는 지금의 과정을 숙명으로 알고 그만한 고통은 참고 받아들일 줄 아는 성숙한 지혜가 필요합니다.

참다가 씁니다

선생님!

계속 참다가 힘들어서 씁니다. 머리, 목, 오른쪽 어깨 부분이 너무 많이 아파요. 지금은 조금 나은 듯한데, 기운이 머리 위로 움직이는 것 같아 어지럽고 머리가 멍~하고 속이 너무 안 좋고, 머리가 너무 아파요.

4~5일 전부터 감기를 심하게 앓고 있는데 감기가 맞는 것 같으나 솔직히 지속적인 기의 움직임과 관련이 있는 것은 아닌가 하는 생각두 많이 들구요. 무엇보다도 기운이 위로 치솟아 빙글빙글 돌 때는 너무 많이 아프고 힘들어요.

그리고 혹시나 해서요. 이런 일 태어나고 한 번도 없는데요. 화장실 볼 일을 일주일 내지 열흘 정도 못 봐요. 혹 이것도 기의 움직임과 관련이 있는 것은 아닌가 해서요. 워낙에 설사가 생활의 한 부분인 사람이라.

선계에서 특별히 보살피고 계신다 하셨는데 그러면 좋은 건가요? 선생님 아시는 분 중 다른 분들은 이런 일 없으신가요? 그렇다면 왜 저만 그런지. 단전이 항상 움직이니까 늘 좀 많이 간질간질하고 근질근질거려요.

기가 위로 올라올 때는 위장 쪽에서도 역시나 근질근질하구요. 기가 손에서 느껴질 때는 손등도 역시나 근질거려요. 뭐 근질거리는 정도야 괜찮은데 기가 위로 올라와서 움직일 때 멍~하고 어지럽고 많이 아파서 참아 내기가 좀 힘들어요.

모르지만 화장실 볼일 못 보는 것두 기와 관련이 있는 것 같다는 생각이 들어요. 기가 항상 배 전체를 돌구 있으니까. 4~5일 전부터는 호흡두 전혀 안 하고 있어요. 전 여러모로 특별한 사람인가 봅니다. 평범한 삶을 살기를 바라는 사람인데ㅠㅠ

선생님 답변에 무언가 해답이 있을 것 같습니다. 감사합니다!

2014년 1월 26일

전희주 올림

【필자의 회답】

중간에 실종되었다가 뒤늦게 도착한 26일 자 메일에 대한 회답입니다. 지금 전희주 씨가 겪고 있는 것과 같은 고통을 겪은 수련생들은 얼마든지 있습니다. 모두가 잘못되었던 부분들이 자연치유되어 정상으로 돌아오는 과정에 일어나는 아픔입니다.

사람의 힘으로는 고칠 수 없는 것을 하늘이 전희주에게 특별히 은총을 베풀어 치료하여 주는 것이니 고통스럽더라도 고맙게 생각하고 꾸준히 참는 수밖에 다른 길이 없습니다. 화장실 못 가는 것은 기존의 고질병이 치료되는 과정에서 생기는 일시적인 변비 현상이니 이것 역시 참다가 보면 반드시 낫게 될 것입니다.

4, 5일 전부터 호흡을 안 하고 있다고 했는데 그러면 안 됩니다. 선도수행자는 무슨 일이 있어도 단전호흡을 중단하면 안 됩니다. 거듭 말하지만 아무리 고통스러워도 단전호흡만은 절대로 쉬지 말아야 합니다. 행주좌와어묵동정(行住坐臥語默動靜) 염념불망의수단전(念念不忘意守丹田)해야 합니다. 즉 길을 걸어가든 머물러 있든, 앉아 있든 누워 있든, 말을 하든 침묵을 지키든, 움직이든 조용히 있든, 마음이 단전에서 한시도 떠나면 안 된다는 것을 명심해야 합니다.

전희주 씨는 좀 특별한 사람입니다. 그러니 평범하게 살고 싶어도 그럴 수 없습니다. 그 원인은 어디에 있을까요? 그 원인은 전희주 씨 자신에게 있습니다. 원인 없는 결과는 이 우주에서 있을 수 없으니까요.

요컨대, 모두가 전희주 씨가 전생에 저지른 업장 때문입니다. 그러니까 모든 것을 내 탓으로 돌리고 하늘의 은총에 감사하면서 지금의 어려움을 꿋꿋하게 이겨 내야 합니다. 그 길 외에 다른 길은 없습니다.

2014년 1월 28일 삼공

【전희주 씨의 회답】

일일이 답변 쓰시는 것두 쉽지 않을 텐데 하나하나 주신 답변 감사합니다.

선생님 말씀 명심하겠습니다. 다가오는 설 명절 잘 보내시구 세세연년 만수무강 빕니다.

삼공재 수련이 암벽을 뚫는 굴착기입니다

안녕하십니까? 선생님 울산에 최성현입니다. 삼공재를 개방하시고 수련을 봐 주셔서 항상 감사합니다. 삼공재에 2주마다 방문하는 것이 12월, 1월, 2월해서 이제 3달째인 것 같습니다. 그동안의 수련으로 변화를 꼽자면,

첫째로 전보다 수련할 때 단전에 따뜻함을 뚜렷하게 느끼고 있습니다. 전에는 그날의 컨디션에 따라서 따뜻할 때도 있고 그렇지 않을 때도 있었는데, 지금은 10번에 8번 정도로 따뜻함을 느끼고 있습니다. 원래는 거의 매번 느꼈었는데 중간에 한 달 지나고 두 번 몽정을 하고 두 달째에 다시 3번 몽정을 하면서 컨디션이 왔다갔다했습니다.

한창 수련이 잘되는 중이었기에 나름 경계를 한다고 했으나 몽정을 해서 솔직히 많이 실망했었고 상당히 허탈감을 느꼈습니다. 전부터 제 수련의 가장 큰 장애물이었으니까요. 하지만 원인 없는 결과가 없고 이런 일 또한 나의 잘못이 그 원인이라 생각하기에 칠전팔기의 정신으로 다시금 노력하고 있습니다.

선생님, 빙의령 때문에 이렇게 몽정이 일어날 수도 있는가요? 제가 스스로를 관하기에는 현실적인 다른 원인은 보이지 않습니다.

두 번째로는 꾸준히 빙의령이 천도됨을 느끼고 있습니다. 저 같은 경우에는 하루에 기공부를 40분 정도 그리고 체험기를 40분 정도 읽고, 헬스장에서 러닝을 50분 정도 하는데 보통은 러닝할 때 축기 완성, 대맥유

통, 소주천, 대주천 등의 과정을 암송하노라면 천도가 됩니다.

그래서 보통 하루에 한 번 정도 이렇게 운동할 때 뚜렷하게 빙의령이 천도됨을 느낍니다. 삼공재에 방문하기 전에 혼자서 수련할 때에 비해서 이렇게 뚜렷한 변화가 있으므로 정기적으로 방문하는 원인인 것 같습니다. 삼공재에서의 수련이 앞을 막고 있는 단단한 암벽을 뚫을 수 있는 굴착기라고 할까요? 다시 한 번 감사드립니다.

참, 선생님, 지금 이산가족 상봉 중이라는데 선생님도 가족분들과 상봉하셨는지요? 선생님께서 원하시는 대로 잘되셨으면 합니다. 그럼 이만 줄이겠습니다.

2014년 2월 21일

최성현 올림

【필자의 회답】

삼공재 수련이 효과를 보고 있다니 다행입니다. 효과가 있을 때 꾸준히 삼공재 수련을 하여 소주천, 대주천 경지에 오르기 바랍니다.

빙의령 때문에 몽정이 일어날 수도 있습니다. 특히 미녀 영가에게 빙의되면 그런 현상이 일어납니다. 꿈에 미녀가 나타나면 물러가라 하고 소리쳐 쫓아 버리거나 피해서 달아나야 합니다.

나도 부모님과 헤어진 지 어느덧 64년이 된 이산가족이지만 탈북한 사람들의 말에 의하면 부모님은 벌써 돌아가셨다고 합니다. 남은 동생들은 통일 후에 만나 볼 작정입니다. 이산가족들이 통일전 동서독에서처럼, 언제나 상호방문할 수 없는 한 제2, 제3의 이별을 원하지 않기 때문입니다.

〈109권〉

도인이 되라는 뜻

2015년 2월 4일 수요일

오후 3시, 사십 대 부부가 11세의 아들을 데리고 나를 찾아왔다. 그들이 나를 찾은 표면적 이유는 오행생식에 대한 상담이라고 하지만 실은 아들 때문이었다.

여자가 말했다.

"선생님, 실은 이 애가 11세 된 저희 아들인데요. 지적장애아(知的障碍兒)입니다."

"그렇군요. 지금 초등학교에 다니고 있습니까?"

"네, 4학년인데요. 그냥 의무적으로 학교에 다니고 있을 뿐 아무것도 모릅니다. 선생님께서 보시기에는 어떻게 좀 좋아질 무슨 방법이 없을까요?"

나는 대답 대신 그 아이를 보고 "네 이름이 뭐니?" 하고 묻자, 아이는 내 물음에 대답은 하지 않고 갑자기 유리문 쪽으로 손가락질을 하면서 쉭쉭 소리를 지르고 있었다. 그리고 나와는 눈길을 마주치지 않으려고 했다. 심하게 접신이 되었을 때의 증상이었다.

"야, 너 내 눈을 좀 볼래?"

내가 이렇게 말하자, 아이는 내 말이 귀에 들어오지 않는 듯 계속 유리문을 손가락질하면서 쉭쉭 소리만 힘차게 내뱉고 있을 뿐이었다. 중증 접신이었다.

"물론 정신과 의사를 다 찾아가 보셨겠지만 현대의학으로는 치료 방법이 없다는 것을 잘 알고 계실 것입니다."

"그럼요. 그래서 이렇게 염치없이 선생님을 불쑥 찾아오는 실례를 범했습니다. 혹시 선생님의 능력으로 이 아이에게 들어와 있는 영가(靈駕)를 천도시킬 수는 없을까요?"

이번에는 남자가 말했다.

"나는 단지 한 사람의 구도자일 뿐 아직 그럴 능력은 가지고 있지 않습니다. 단지 접신이 된 사람들 중에서 『선도체험기』라는 내 저서를 읽고 자기에게 접신된 영가를 천도하는 데 도와달라고 나를 찾아와서 몇 해 동안 열심히 그리고 꾸준히 수련한 끝에 병세가 다소 호전된 사람은 있었지만, 아드님처럼 자신이 접신되었다는 사실 자체를 모르는 어린이의 경우는 저로서는 손쓸 방법이 없습니다."

"그럼 선생님 저희 부부가 아들을 위해서 할 수 있는 일이 무엇일까요?"

"내가 보기엔 두 분은 아들을 위해서 지금부터라도 열심히 수련을 하여 신령스러운 도인(道人)이 되라는 것이 하늘의 뜻인 것 같습니다."

"우리 부부가 도인이 되면 아들의 병을 완치할 수 있을까요?"

"완치까지는 몰라도 아드님에게 큰 도움이 될 것입니다. 그런데 두 분은 나를 어떻게 알고 찾아오셨습니까?"

"제가 우연히 마을도서관에 비치되어 있는 『선도체험기』를 20권까지 읽고 수소문 끝에 이렇게 찾아왔습니다."

"그렇군요."

"그럼 어떻게 하면 우리가 도인이 될 수 있습니까?"

남자가 물었다.

"도인이 되는 길은 지금 부인께서 20권까지 읽고 계시다는 『선도체험기』에도 자세히 나와 있습니다. 혹시 부인께서 읽으신 그 책을 읽어 보신 일이 있습니까?"

"아뇨."

"부인께서 읽으셨다는 그 책을 읽어 보시면 도인이 될 수 있는 방법이 소상하게 나와 있습니다."

"그럼 그 책만 읽으면 선생님께서도 못 하시는 저희 아들에게 접신되어 있는 영가를 천도할 수 있을까요?"

"만약에 두 분이 열심히 수행을 하여 그야말로 영능력(靈能力)이 있는 도인이 된다면 그럴 수 있습니다. 그 이유는 부모와 자식 사이와 같은 혈족 간에는 유전자와 비슷한 특이한 기운을 공유하고 있기 때문입니다. 아이들은 사춘기 전에는 부모를 무조건 따르는 경향이 있으므로 부모의 능력으로 접신령(接神靈)까지도 자연스럽게 천도할 수 있습니다.

요컨대 중요한 것은 부모가 얼마나 유능한 도인이 될 수 있는가에 달려 있습니다. 나는 그처럼 도인이 되려고 열심히 수련을 하는 수행자들을 도와주는 사람일 뿐입니다. 그것이 제 전문 분야입니다."

"만약에 우리 부부가 열심히 수련을 하여 그야말로 유능한 도인이 되었는데도 아들의 접신령을 천도시킬 수 없다면 어떻게 됩니까?"

"그런 비관적인 일은 그때 가서 생각해 보아도 늦지 않습니다. 무슨 일을 시작할 때 꼭 된다는 확고한 의지를 갖고 시작해도 사람이 하는 일이라 백 프로 성공을 장담할 수 없는데 그처럼 처음부터 실패할 것을 가

상하고 착수한다면 더욱 실패할 확률이 높을 수밖에 없습니다. 그러나 비록 아들의 접신령을 천도하는 데 실패한다 해도 구도자로서 한소식한 것만으로도 만족하게 될 것입니다."

"그게 무슨 말씀이십니까?"

"도인쯤 되면 적어도 인과응보가 무엇인가를 깨닫게 될 것이므로 자신들의 처지를 스스로 알고 감수할지언정 구차하게 누구에게 하소연한다든가 하는 일은 없게 될 것입니다. 다시 말해서 기쁨, 두려움, 슬픔, 노여움, 탐욕, 사랑, 증오, 행복, 불행 따위에 일희일비(一喜一悲)하는 일은 없을 정도로 마음이 평화와 안정을 찾을 수 있게 될 것이라는 얘기입니다."

"그렇게 된다 해도 무슨 이익이 있겠습니까?"

"아들 때문에 지금처럼 근심 걱정에 휘말리지는 않게 될 것입니다. 그렇게 된 마음을 일컬어 부동심을 얻었다고 말합니다. 이쯤 되면 아들 때문에 진리를 깨닫게 된 것을 도리어 고마워하게 될 것입니다. 그처럼 매사에 감사하는 생활을 하다가 보면 어느덧 아들의 접신령도 이에 감화되어 영격(靈格)이 높아져 남에게 접신된 자기 잘못을 깨닫고 자기 갈 길을 찾아 떠나게 될 것입니다."

【이메일 문답】

수련에 많은 진전이 있었습니다

스승님께.

그간 별고 없이 잘 지내셨는지요?

이사 후 여러 가지 문제로 사방으로 뛰다 보니 어느덧 시간이 이렇게 지나갔습니다. 너무 늦게 연락을 드려 죄송합니다. 그간 여러 가지 일들이 있었고 수련에도 많은 진전이 있었습니다. 『선도체험기』는 다시 처음부터 계속 읽고 있습니다. 언제나 그렇듯 마음의 중심을 잡는 데 많은 도움을 주고 있습니다.

그리고 권오중 선생님께서도 흔들리지 않게 끊임없는 도움을 주시고 계십니다. 두 분의 은혜에 정말 감사드립니다. 그 은혜를 항상 잊지 않고 매일 수련에 정진하여 흔들림 없이 마지막 목표까지 가겠습니다.

현재 저는 달리기까지는 못하여도 하루에 한 번 103배와 한 차례 이상의 단전호흡은 하고 있습니다. 항상 역지사지(易地思之) 방하착(放下着)하려는 마음가짐으로 매사에 임하고 있습니다.

최근 『선도체험기』를 권유할 만한 분이 있어서 권유하고 도반으로 대하며 수련을 두어 달 같이하였습니다. 하지만 점차 그분의 본성이 수많은 빙의령에 잠식되어 그 어떠한 말도 진리도 듣지 못하고 『선도체험기』의 선생님 사진을 보고 있으면 괴물의 형상으로 변한다고 하였고, 급기야 알아들을 수 없는 영가의 흐느낌 같은 도저히 일반 사람으로는 이해할 수 없는 행동들을 하여 그분이 본성을 찾을 수 있도록 제 선에서 수많은 노력을 하였습니다.

그렇지만 그분의 본성이 받아들이지 않고 또한 그렇게 노력하는 저의 마음이 욕심과 집착이 되어 저의 수련에 많은 문제를 유발하였고 또한 허상을 많이 만들어내는 것을 보고 어쩔 수 없이 중단하였습니다. 지금도 제 자신이 만드는 그 욕심과 집착이 약간은 느껴집니다만 많이 내려놓았습니다.

『선도체험기』 내에서 스승은 제자를 이끌 수는 있지만 해탈은 시킬 수 없다라는 내용이 40권에서 나오는데, 하마터면 제 자신이 그런 교만과 오만의 전철을 밟을 뻔하였지만 제 자신 즉 자성을 다시 볼 수 있는 소중한 계기가 되었습니다.

저의 본성이 많이 흔들릴 뻔했는데도 변함없이 중심을 잡게 해 주신 삼공 선생님, 권오중 선생님, 그리고 선계 스승님들께 다시 한 번 감사드립니다. 어떻게 하는 것이 보답하는 길인지 알고 있습니다.

2달 전부터 선계 스승님들께서 많이 도와주고 계십니다. 아주 편안하고 부드럽고 인자한 미소로 저를 바라보시면서 수련 열심히 하라고 많이 독려해 주십니다. 그럴 때면 정말 마음이 편안하고 따뜻해지며 더욱 수련에 박차를 가하고 싶어집니다.

백회의 움직임은 가끔은 아주 강할 정도로 등판까지 싸늘하게 폭포 맞는 듯한 느낌의 기운이 느껴지고 평소엔 박하처럼 시원한 느낌이 있습니다. 그리고 가끔 인당이 어떠한 물질이 찬 것처럼 단단하고 움직일 때도 있고 콕콕거릴 때도 있습니다. 호흡의 기운은 들숨 때는 백회에서 회음으로, 날숨 때는 회음에서 백회로 이동됩니다.

그분과 수련을 같이할 때는 그분의 빙의령도 보이곤 하였는데 지금은 그냥 원래 있던 것처럼 의식을 하지 않습니다. 단전호흡을 시작하면 몸의 움직임은 『선도체험기』에 나오듯 현묘지도 호흡처럼 그런 단계로 일정한 간격을 두고 변해 갑니다. 가끔 단전이 견고해져 가는 느낌이 느껴지도록 안에서 움직이는 경우도 있습니다.

제가 한의사로서 사람들의 병을 치료하면서 현재까지 90%가 넘는 완치율을 보여 주고 있습니다. 어느 순간 제가 환자를 대하면서 병을 치료하고 싶은 욕심 즉 욕망이 집착을 낳게 된다는 사실을 알게 되었고 제가 앞으로 중심을 잡고 조심해야 할 부분이라고 여러 번 다짐을 했던 부분입니다.

이번에 새로운 도반을 통해 빙의령이 쉽게 들어올 수 있는 분이라는 것을 감지하였음에도 저의 욕심과 욕망 그리고 집착이 변하지 않은 것을 보고 수많은 생각과 느낌을 통해 깨달음을 얻게 되었습니다. 아직은 해결해야 할 부분이 남아 있지만, 저의 본성 안에 내려놓고 열심히 관을 할 생각입니다.

항상 건강하시고 서재에서 수련받을 날을 기다리겠습니다.

2014년 7월 3일

미국에서 김종완 드림

【필자의 회답】

상대가 강할 때는 피하고 상대가 약해졌을 때 공격하는 것이 병법의 변함없는 원칙입니다. 상대의 빙의령과 접신령을 공략할 때도 똑같은 원칙이 적용된다는 것을 잊지 말아야 할 것입니다. 비록 상대가 강해졌을 때라도 내 능력이 상대를 압도할 때까지 기다려야 합니다. 잘하셨습니다. 참고로 『손자병법』을 이용한 모택동의 십육자전법을 적어 봅니다.

십육자전법(十六字戰法)

적진아퇴(敵進我退)
적주아요(敵駐我擾)
적피아타(敵疲我打)
적퇴아진(敵退我進)

앞으로도 이 원칙만은 꼭 지켜야 할 것입니다.

김종완 씨는 나와는 너무 멀리 떨어져 있는데다가 이메일까지도 오랫동안 끊어지다가 보니 그동안 지속되던 사제간의 교류의 리듬까지도 흩어져 버렸습니다. 자주 메일 보내시기 바랍니다.

남을 원망하지 않는 삶

선생님 더운 날씨에 안녕하신지요? 강화에 김영애입니다. 뵈러 가기 전에 어떻게 수련을 하고 있는지 메일로 말씀드립니다.

『선도체험기』는 현재 76권을 읽고 있으며 신장 167센치에 체중은 이제 60킬로로 내려갔고, 세끼 생식을 하고 있고, 식후 2시간 후에 물 먹는 것은 아직 정확히 지키지는 못하지만 주의하고 있습니다.

5월 13일에 선생님을 뵙고 와서 제 주변의 많은 것들을 바꾸었고 또 몸과 마음, 주변 환경도 바꾸고 있습니다. 아이들과 함께 할 미래를 꿈꾸며 욕심을 부리며 살았는데, 가장 기대하고 믿었던 중간 아이를 여의고 하늘이 무너지는 아픔에 중심을 잃었습니다.

구석진 곳에 한 권 남아 있던 책이 눈에 들어왔고 또 어떻게 선생님을 뵈러 갈 용기를 냈는지 꿈만 같습니다. 아직 수행이라고 하기에 많이 부족하지만 조금씩 길을 찾아가고 있는 것 같습니다. 아이들 하나하나가 수행자로 이생에 온 목적을 이루려면 나도 좋고 남도 좋은 서로 도움이 되는 일을 해야 한다고 생각했기에, 발효식품을 만들어 팔면 남에게도 아이들에게도 좋은 일이 되겠다고 생각했습니다.

그리하여 10년 동안 철마다 때마다 제 나름대로 젓갈, 된장, 고추장, 김치, 장아찌 등을 만드는 노하우를 익혔는데 앞으로 어떻게 아이들을 키우고 또 나는 어떻게 살 것인가 다시 돌아보는 시간을 가져야겠다는 생각을 하게 되었습니다. 오로지 한곳만 보며 살다가 선생님 만나 뵙고 와서 세상 속으로 들어갈 준비를 하고 무사히 한 달을 채워 가고 있습니다.

저는 현재 하던 일들을 내려놓고 신생아와 산모를 돌보는 산모 신생아 건강관리사로 일을 하고 있습니다. 앞으로의 삶에 대한 계획이 내 안에서 정리가 될 때까지 당분간은 매일 만나는 산모와 신생아에게 정성을 다할 것입니다.

그런데 요즘 엄마들은 모성애보다는 여성으로서의 자신의 몸매 가꾸기에 더 강한 것 같습니다. 모유를 먹일 수 있는데도 분유를 먹이고 좀 더 안아 주고 품어 주면 편안해하는데 그렇게 하지 않으려 합니다. 내 생각을 산모에게 말하진 않지만 좀 안타깝습니다.

아기를 안고, 먼저 보낸 아이 생각에 눈물이 나지만 그럴수록 더 많이 안아 줍니다. 제가 열심히 살면 다음에 먼저 떠난 우리 덕원이 만날 때는 더 잘해 줄 수 있겠지요. 덕원이 낳고 일하느라 너무 힘들어서 애기 때 잘 돌봤어야 했는데 태어난 지 한 달도 안 된 애기를 어린이집에 맡기고 시장에서 일을 했습니다. 그때만 잘 키웠어도 좋았을 텐데. 다 제 탓입니다.

도저히 세 아이를 데리고 먹고 살길이 막막해 독신주의자인 애들 아버지에게 도와 달라고 했다가 욕만 먹었습니다. 가슴에 한이 되어 그다음부터는 도와 달란 소리 절대로 안 했는데 아이가 목에 혹이 계속 커져서 연락하면 그냥 두면 낫는다고 역정부터 냈습니다. 결국 이런 것마저 놓아야 마음공부가 될 텐데 아직은 서럽고 아프고 그렇습니다.

그리고 둘째 아이가 어느 날 잠자리에서 조심스럽게 말을 합니다. 엄마 5월 달부터는 덕원이가 꿈에 안 나와, 매일 꿈에 나와서 가슴이 너무 아팠는데 이제 안 나와. 그래서 제가 선생님 뵈면서 천도가 되어 좋은 곳으로 가 있다고 말해 주었고 말없이 들어 주었습니다.

다른 아이들도 얼굴과 표정들이 많이 밝아졌습니다. 어디에도 빠지지 않던 형이고 오빠고 동생이어서 우리 가족의 대화에서는 덕원이가 빠질 수가 없어서, 문득 덕원이 얘기가 나오면 나중에 또 만나면 그때는 지금 받은 거 다 갚자고 말합니다. 다음에 우리 중 누구에게 찾아와도 잘해 줄 꺼라고 말합니다.

아침 5시에 일어나 걷기와 참선을 하고 7시에 집을 나와 30분을 걸어서 버스를 탑니다. 걸으며 행주좌와어묵동정 염념불망의수단전(行住坐臥語默動靜 念念不忘意守丹田)을 외우고 버스 기다리며 차 안에서 『선도체험기』를 읽고, 아기를 재우며 틈틈이 또 책을 읽습니다. 학교 다니는 학생들보다 제가 더 열심히 책에 빠져 공부합니다. 출산한 지 얼마 되지 않은 산모와 신생아를 돌보는 일은 바쁘긴 하지만 공부다 생각하면 이보다 더 좋을 수 없다 생각합니다.

강화에서 또 배를 타고 들어가는 섬들이 있는데 기회가 되면 그런 곳에서 출산한 산모와 신생아도 돌보게 해 달라고 미리 말해 두었습니다. 이제 나 혼자 먹을 생식비도 해결했습니다. 그리고 아이들 아버지 20년을 전부라 생각하며 잡고 있던 것을 이제 조금씩 내려놓고 있습니다.

전생에 내가 그분을 많이 아프게 해서 내가 응보를 받고 있다는 생각과 원망을 하여 또 다음 생에 그 업보가 반복되지 않으려면 지금이 중요하다는 생각을 하며 앞서가지 않으려고 합니다. 그분은 여전한데 저는 휩쓸리지 않고 조금씩 나름의 중심을 잡아가고 있습니다.

선생님 앞에 앉기에 아직 많이 부족하고 모자라 선생님 힘드실 걸 생각하면 몸 둘 바를 모르겠으나 다녀와서 몸도 마음도 변해 가는 걸 느끼니 염치 차리지 않고 가고 또 가고 싶습니다. 모자라고 부족한 걸 알면서도 선생님 앞에 그냥 앉아만 있고 싶습니다. 좀 잘 포장을 하고 선생님 뵈어도 부족한데 초라하기 짝이 없는 몰골로 매번 선생님을 뵈러 가서 죄송합니다.

지금 현재 있는 위치에서 바꾸고 또 바꾸며 조금씩 나아가겠습니다. 매번 말없이 받아 주시고 품어 주셔서 너무너무 감사합니다. 이번 주 일요일에 또 가 선생님 앞에 앉겠습니다.

2014년 7월 21일
김영애 드림

【필자의 회답】

육아에는 전연 관심이 없는 애들 아버지를 조금도 원망하지 않고 20년 동안 스스로 돈을 벌어 1남 3녀를 키워 나가면서도, 갓난아기 돌보는 봉사 활동까지 하시는 김영애 씨의 모습이 내 눈에는 중세 프랑스의 구국 영웅 잔다르크보다도 더 거룩해 보입니다.

남들은 그럴 경우 상대를 미워하고 저주하고 원망할 터인데도 모든 것을 자신의 탓으로 돌리는 겸손이야말로 다음 생에는 내공을 몇 등급 향상시킬 수 있을 것입니다.

어떤 경우에도 남을 원망하면 그 원망 자체가 독이 되어 자신을 먼저 해친다는 진리를 깨닫고 일상생활화 하는 김영애 씨에게 반드시 하느님의 축복이 있을 것입니다. 또한 남을 도와주면 도와줄수록 하늘로부터 그에게 더 큰 능력과 지혜가 주어진다는 것도 잊지 마시기 바랍니다.

7월 27일 오후 3시에 기다리겠습니다. 부득이 못 오실 경우가 생기면 미리 연락 주시기 바랍니다.

친정에 가서 성묘하려고

아침저녁 일교차가 커지고 있는데 선생님 사모님 안녕하신지요? 선생님 서재에 빨리 가서 앉고 싶은 마음 가득하지만 참고 메일로 인사 올립니다.

2주 전 사모님께 일요일은 수련생을 받지 않고 있다는 말씀에 너무나 죄송한 마음에 얼굴을 들지 못했습니다. 쉬는 줄도 모르고 꼬박꼬박 찾아뵈었으니 얄밉지는 않으셨는지요? 그런데 그런 생각은 잠시고 정신이 번쩍 났습니다.

정신 바짝 차리고 수련에 임해야겠다는 생각이 들었습니다. 『선도체험기』 안에 계신 선생님은 맑고 밝고 때로 날카롭기까지 하신데다가 직접 찾아뵐 때는 늘 편안하고 따뜻하셔서 선생님 연세를 생각하지 못했습니다. 늘 삼공재에서 기다리고 계실 거라 생각했습니다. 그래서 2주에 한 번 1시간만이라도 앉아 있겠다는 생각을 수정하고 있습니다.

주중에 하던 산모 신생아 건강관리사는 2주에 한 번씩만 하는 걸로 하고, 막차에서 내려 외진 길을 걸어야 해서 서둘러 나왔었는데 지금은 중고차를 하나 샀습니다. 중심을 아이들과 수련에만 집중하겠습니다. 사모님께 그 말씀을 듣고 너무 죄송했는데 지금은 말할 수 없이 감사합니다.

올 추석은 처음으로 친정에 가서 성묘를 하려고 계획하고 있습니다. 음으로 양으로 저를 지켜 주시고 계신 조상님들께 인사드리고 아이들도 인사시키고 돌아오겠습니다.

2014년 9월 1일

강화에서 김영애 올림

【필자의 회답】

주중에는 언제든지 오후 3시에 찾아오시면 됩니다.

일전에 『선도체험기』를 10년 이상 읽었다는 50대의 한 남성 독자가 찾아와서 오행생식을 하겠다면서 이제부터 삼공재에서 내 앞에 앉아서 수련을 하겠다고 하기에, 기문이 열리지 않았으면 2시간씩 앉아 있기가 어려울 것이라고 말했더니 아직 기문은 열리지 않았지만 5일 동안만 삼공재에 오게 해 달라고 하기에 그러라고 했습니다.

5일 후에 그는 자기 집에서 수련하는 것보다도 삼공재에선 기운을 느낄 수 없다고 말하면서 나를 보고 남의 책 여기저기에서 짜깁기한 것을 팔아먹는 사기꾼이라고 했습니다. 내가 왜 이런 말을 하는고 하니 기문이 열리고 열리지 않는 것이 그 남자와 김영애 씨처럼 이렇게 차이가 난다는 것을 말하기 위해서입니다. 김영애 씨는 기문이 열렸으니 얼마나 다행이고 축복인지 모릅니다.

호흡하는 단체

선생님 저는 전주에 사는 김환경입니다. 삼공 수련을 하는 구도자로서 공부하는 도중 ○○재라는 ○○호흡 하는 단체를 접하게 되었습니다. 이곳 원장님께서 삼천 도계에 있는 단전을 가져와서 직접 제 단전에 넣어 주십니다. 그 뒤로 그 때문인지 단전이 활발히 달아오릅니다.

이곳에서는 단전이 하늘의 도계에 있다고 하십니다. 이곳에서는 ○○합일이라 하여 신명으로서의 수행과 인간으로서의 수행을 구분하고 계시더군요. 자세한 것은 글로 말씀드리기가 어렵습니다. 죄송하지만 전화 한 번 드려도 되겠는지요?

나름 몸, 마음, 기운 공부를 믿음으로 가는 저로서는 선생님 조언을 경청하고자 합니다. 감사합니다.

【필자의 회답】

○○호흡이 무엇인지 모르는 나에게 통화를 해 보았자 무슨 소용이 있겠습니까? 우선 ○○호흡에서 기준으로 삼고 있는 책이 있으면 그 책 이름과 구입 방법을 알려 주면 구해서 읽어 볼 용의는 있습니다. 그런 다음에야 대화가 되지 않겠습니까?

그건 그렇고 얘기를 들어 보니 김환경 씨는 지금 강신술(降神術)의 실험 대상이 된 게 아닌가 생각됩니다. 이 세상에 공짜는 없다는 것은 철칙입니다. 이것을 어기면 반드시 대가를 치르게 되어 있다는 것을 『선도체험기』 독자라면 누구나 다 잘 알고 있을 것입니다.

수련은 수행자 자신의 내부의 자성이 싹트고 성장하여 꽃을 피우고 열매를 맺게 해야 합니다. 그 열매가 우주와 합일하고 신아일체(神我一體)가 되어야 합니다. 그래야 생사일여(生死一如)의 경지에 들 수 있습니다. 이러한 과정 이외에 외부에서 무엇을 받아들이는 일체의 방편은 강신술(降神術)에 지나지 않는다는 것을 명심하시기 바랍니다. 강신술에 빠져 버리면 기껏해야 사이비 종교 교주가 될 뿐입니다.

사이비 종교 교주의 특징은 잘못을 저지르고도 반성을 할 줄 모르는 겁니다. 왜냐하면 악령에게 접신되었기 때문입니다. 악령은 반성을 모릅니다. 히틀러, 스탈린, 김일성, 유병언 같은 사람들이 바로 그들입니다.

몸 여기저기가 시원합니다

그동안 편안히 잘 계셨는지요?

제 마음은 삼공 선생님 앞에 가서 수련을 하고 싶습니다. 그러나 수련 정도가 미약하여 가지 못하고 있습니다. 현재 체중은 71.3kg입니다. 아직 6kg 정도는 더 빼야 합니다. 사무실 안 나가고 집에서 수련만 하면 정상적인 체중을 유지할 것 같으나, 경제적 능력이 없으므로 현실에 적응하면서 살을 빼야겠습니다. 저의 수련은 단전이 따뜻하고 명문, 장심이 타오르고 있으나 지속적이지 않습니다.

언젠가 아침에는 오른쪽 장심과 왼쪽 머리 윗부분이 한동안 시원했습니다. 정강이가 시원하기도 하고 따뜻하기도 합니다. 가끔씩 머리가 조금씩 시원하기도 합니다. 새벽 3~5시 사이에 집중적으로 수련을 한 2주일 정도 했으나 수면 부족으로 그만두었습니다.

지금은 충분히 잠을 자고 난 후에 『천부경』, 하나님, 삼황천제님, 『삼일신고』 천훈~천궁훈 한 자 한 자씩 외우면서 절을 하고 있습니다. 그리고 난 후 『천부경』 10번, 『삼일신고』 1번, 대각경 10번, 한, 한기운, 한마음, 한누리를 외웁니다. 그러면 몸이 저절로 도인체조를 하고 있습니다. 운기는 저절로 안 됩니다. 호흡은 편안하게 쉬어지는 대로 하고 있습니다. 아마도 때가 되면 저절로 되겠지요. 수련은 마음과 시간을 내면 저절로 되는 거 같습니다.

삼공 선생님! 저는 나름대로 과거에 비해 열심히 수련을 했습니다. 그러나 하단전, 명문, 장심 등이 지속적으로 따뜻하지는 않습니다. 저는 하루 종일 계속해서 따뜻하고 싶습니다. 삼공 선생님 지속적인 관심 부탁드립니다.

2014년 8월 28일
구례 오주현 올림

【필자의 회답】

몸 여기저기가 시원하다가 말았다 하는 것은 지금 수련이 한창 진행되고 있다는 것을 보여 주고 있습니다. 시간 나는 대로 삼공재를 자주 찾아오면 수련에 도움이 될 것입니다. 삼공재 찾아올 때는 전화로 예약을 하여 주시기 바랍니다.

천리전음(千里轉音)

어제 선생님 앞에서 수련이 끝나갈 즈음 제 마음속에서 이런 생각들이 들었습니다. 다른 사람 마음을 편하게 해 주는 것이 결국은 내 마음을 편하게 하는 것이다. 만물을 편하게 해 주는 것이 결국은 나를 편하게 하는 것이다.

따라서 만물은 나다. 나와 만물은 하나다. 나는 만물이다. 만물은 하나에서 나오는 나툼이다. 나는 하나님이고 하나님은 나다. 내 안에 하나님이 있고 바람도 비도 산천초목도 다 내 안에 있다. (다만 내가 수련이 미약하여 확인하지 못할 뿐이다.) 일시무시일이고 일종무종일이다.

죽고 사는 것에 연연하지 말아라. 죽음은 단지 옷을 하나 갈아입는 것일 뿐이다. 장자처럼 아내의 죽음을 앞에 놓고 비파를 타면서 새 생명의 탄생을 기뻐하라. 선생님이 없어져도 걱정하지 말고 슬퍼하지 말아라. 지감조식금촉을 끝까지 수행하다 보면 알게 된다.

선생님이 수련 중인 저에게 이런 생각을 전해 주셨다는 생각도 들었습니다. 이것이 천리전음인가요? 제 생각이 맞는지 모르겠습니다. 오늘도 선생님이 저에게 무엇인가 메시지를 보낸 거 같습니다. 수련을 새로 시작하세요라고 머리가 세 번 정도 지근거립니다. 이것도 맞는 것인가요?

아마도 다른 사람이 이 내용을 보면 미쳐도 단단히 미쳤다고 하겠지요? 단전이 불타오르려고 시동을 걸고 있습니다. 옆구리가 아파서 절 수련을 억지로 하고 있었는데 삼공재에 가서 수련을 한 뒤로 99%는 나았습니다. 글로나마 감사를 드립니다.

저는 절 수련과 금촉 수련을 106일째 하고 있습니다. 직장 동료들과 어울리다 보니 이 수련은 잘 안되고 있습니다. 앞으로는 잘되게 할 방법을 연구하고 있습니다. 하단전을 강화하기 위해서 경사도가 있는 길에서 달리기와 걷기를 하고 있습니다. 앞으로도 지속적인 관심 부탁드립니다.

2014년 10월 10일

구례에서 오주현 올림

【필자의 회답】

오주현 씨의 자성(自性)인 진아(眞我)가 가아(假我)에게 진리를 일깨워 주는 겁니다. 천리전음이라고 해도 좋습니다. 수련이 상승기(上昇期)에 접어들었으니 때를 놓치지 말고 목욕재계(沐浴齋戒)하는 심정으로 심신을 정화해야 합니다.

술친구들과 어울려 주색잡기나 도박에 빠지든가 하면 다 된 음식에 콧물 빠뜨리는 격이 될 것입니다. 매사에 자중자애(自重自愛)하기 바랍니다.

맛의 세계

미(味) 맛 미, 맛이 좋으면 많이 먹는다. 많이 먹는 것은 맛이 있어서 지금 먹지 않으면 다음에 먹을 기회가 없기 때문에 많이 먹고, 육체가 원하는 포만감을 충족시키기 위해서다. 그리고 특식인 경우는 이번이 아니면 더욱 특별식을 먹을 기회가 없기 때문에 죽기 살기로 많이 먹는다. 내가 빨리 먹지 않으면 다른 사람이 먹기 때문에 더욱더 먹는 데에 열심이다. 여기에 이기심이 자리잡고 있다. 내 배를 많이 채워야 욕망이 충족되기 때문이다.

나 아니면 다른 사람이 먹으면 얼마나 좋은가? 다른 사람이 못 먹으면 돼지가 먹겠지. 돼지도 먹고 살아야 한다. 내가 조금 먹으면 다른 만물(돼지 등)이 먹는다. 다른 만물이 희생되지 않고 제 갈 길을 간다. 결국 상부상조하려면 내가 적게 먹어야 한다. 내가 적게 먹으면 지구 환경도 좋아질 것이다. 모든 것은 나로부터 시작된다.

나도 살고 만물도 살려면 내가 더 먹고 싶은 마음의 장난에, 육체의 장난에, 가아의 장난에 놀아나지 말아야 한다. 거짓 나를 버리고 진짜 나를 찾아야 한다. 진짜 내가 원하는 것, 상부상조하는 이화세계를 위해 먹는 것부터 실천해야 한다. 사실 먹는 것이 거의 전부다. 배가 부르면 소화시키기 위해서 많이 쉬어야 한다. 쉬려면 누워야 한다. 자야 한다. 쉬면 수련을 안 한다. 배가 부르면 호흡이 안 된다. 수련도 안 된다. 축기가 안 된다.

수련은 매초마다, 순간순간이 지속되어 하루가 된다. 하루가 열흘이 되고 한 달, 일 년이 된다. 지금 하지 않으면, 오늘 하지 않으면 내일이란 없다. 항상 생각이 단전에 가 있어서 지속적으로 단전호흡을 해야 한다. 의념을 단전에 두어야 한다. 수련의 성패는 순간순간 생각이 단전에 가 있고 공아(空我 즉 진아)가 되는 것에 달려 있다.

그동안 내 수련의 실패는 과음 과식이 주된 요인이었다. 그리고 성욕에 있었다. 성욕과 과음은 해결이 된 거 같은데 과식이 문제다. 스트레스가 쌓이면 먹는 것(과음, 과식)으로 풀고 싶어진다. 그리고 주위에서 먹으면 못 이기는 척하며 따라서 먹는다. 여기에 중요한 키포인트가 있다. 스트레스의 원인과 못 이기는 척하는 마음을 아는 것이다.

원인을 제거해야 한다. 원인은 인과에 의해 성립이 된다. 타인보다 업무에서 조금 더 인정받고, 더 잘살고, 더 빨리 승진하고, 더 맛있는 것을 많이 먹고, 인간관계를 더 친밀히 하고 싶은 이기심 때문이다. 이기심이 문제다. 인과를 해결하는 방법은 이기심을 버리는 것이다. 이기적인 나를 극복해야 한다. 이기적인 나를 버리고 공적인 나를 찾아야 한다.

진아란 무엇인가? 진아가 되려면 어떻게 해야 하는가? 나만 잘 먹고 잘살지 말고 다 같이 잘살려고 하는 마음을 가지고 실행에 옮기면 된다. 상부상조하는 인간, 홍익인간하면 된다. 홍익인간은 진아다. 진아는 역지사지 정신을 실행한다. 역지사지하면 만물이 편해진다. 만물이 편하면 편안한 세상이다.

편안한 세상은 자유스럽고 유연하다. 여여하다. 도 닦는 사람들은 자유스럽고 유연한 세상을 만들기 어려우니 산속으로 들어갔을까? 산속으로 들어간다고 해결이 될까? 해결이 안 되면 방하착한다. 해결이 되든

안 되든 중심공에 맡기고 살아간다.

진아란 오른손이 하는 일을 왼손이 모르게 한다. 비 온 뒤 황혼 무렵의 따스한 햇빛을 온몸에 받고 있으니 축축한 몸도 말리고 마음까지 훈훈해진다. 아침에 떠오르는 고요하고 맑은 따스한 햇빛이고 싶다. 너무 뜨거우면 시끄럽고, 타서 없어지고, 힘들어지므로 아침 햇빛이고 싶다. 조용히 자연에 순응하면서 살고 싶다. 있는 듯 없는 듯 가아를 한 꺼풀씩 벗겨내고 진아를 향해, 중심공을 찾으러 향해하고 싶다.

가아에서 벗어나 진아를 찾으려면 마음이 바뀌어야 한다. 가장 돈이 안 들고 가장 크게, 가장 완벽하게 진아를 찾는 방법은 하나님 마음이 되는 것이다. 마음은 진아도 되고 가아도 된다. 내 마음이 하나님의 마음이 되어야 한다. 진아가 되어야 한다.

이 세상 만물이 진아를 찾아 인생이라는 항해를 항해 가도록 기원하고 싶어집니다. 너무 이야기가 길어졌습니다. (귀중한 시간을 허비하게 해서 죄송합니다.)

2014년 10월 22일
구례에서 오주현 올림

【필자의 회답】

계속 정진하여 오주현 씨의 마음이 하느님 마음과 하나가 되기 바랍니다. 하느님 마음과 하나가 되었다가도 어느 순간에 자기도 모르는 사이에 가아(假我)가 튀어나오는 일이 반복될 것입니다.

그렇다고 해서 실망하지 말고 계속 정진하면 그러한 빈도가 점점 줄어들게 될 것입니다. 그 빈도가 완전히 없어질 때까지 쉬지 말고 용맹정진하다가 보면 마침내 우아일체의 서광이 비칠 때가 올 것입니다.

불식(不息)

질문입니다.

『참전계경』 제29조, 불식(不息)이란 지극한 정성을 끊임없이 다하는 것이다. 쉬지 않음과 쉼이 없음은 각기 차이가 있느니 도력의 왕성함과 쇠퇴함, 사람의 욕심의 줄어들고 늘어남이 그것이다. 처음에는 터럭끝만 한 틈이 생기지만 나중에는 하늘과 땅의 차이로 벌어지느니라.

1. 앞 문장에서 쉬지 않음은 가아의 정성이고, 쉼이 없음은 진아 즉 중심공의 정성인지 알고 싶습니다.

2. 가아의 정성은 호흡을 함에 있어 30초, 40초 호흡을 인위로 하는 것이고, 중심공의 정성은 깨달음이 수반되어 『반야심경』에 나오는 공의 호흡을 하는 것이 맞는지 질문드립니다. 공의 호흡을 하다가 그 공도 없는 호흡을 자연스럽게 하게 되는 것이라 생각이 되었습니다.

2014년 10월 27일
오주현 올림

【필자의 회답】

1. 쉬지 않음은 도력의 왕성함과 욕심의 줄어듦을 말하고, 쉼이 없음은 도력의 쇠퇴함과 욕심의 늘어남을 말합니다. 따라서 가아의 정성이니 중심공의 정성이니 하는 확대 해석은 할 필요가 없습니다.

2. 가아의 정성과 중심공의 정성 그리고 공의 호흡이 무엇인지 설명해 주시기 바랍니다.

정성(精誠)과 호흡(呼吸)

가아의 정성 : 욕심이 있는 정성, 무엇인가를 원하고 바라는 정성, 자신과 하나님을 둘로 보고 드리는 정성, 나와 한인, 한웅, 단군 할아버지를 둘로 보고 드리는 정성.

중심공의 정성 : 욕심이 없는 정성, 원하고 바라는 것이 없는 정성, 전체와 하나가 되는 정성, 나와 하나님(한인, 한웅, 단군)을 하나로 보고 드리는 정성, 무의 정성, 함 없는 정성, 왼손이 하는 일을 오른손이 모르게 하는 정성.

공의 호흡 : 무의 호흡, 텅 빈 호흡, 호흡을 함에 있어 텅 빈 마음을 실어서 하는 호흡, 숫자를 세지 않고 『천부경』, 대각경, 『삼일신고』, 『반야심경』을 외우면서 하는 호흡.

제 나름대로 생각해 보았습니다. 맞는지 모르겠습니다. 사실은 『반야심경』과 『삼일신고』 제29조 불식, 제34조 진산(塵山)을 외우면서 호흡을 하고 있었습니다. 갑자기 단전과 장심이 따뜻해졌습니다. 양 손바닥이 마주보며 단전과 머리 위에 위치하고 뜨거운 기운이 그 사이에 있었습니다.

그리고 『반야심경』을 외우던 중 모든 존재의 공상이 텅 비어 있다는 진리를 깨닫는 공부의 완성이 최상의 깨달음이라는 것을 알았습니다. 깨달음이 수반된 호흡을 공의 호흡이라고 생각하였습니다. 『선도체험기』에서 수행의 올바른 길을 배웁니다. 항상 감사드립니다.

2014년 10월 28일
구례에서 오주현 올림

【필자의 회답】

수련 중에 일어나는 어떤 현상을 경험하고 무조건 깨달음으로 단정하는 것은 성급합니다. 비록 깨달음으로 생각되는 현상을 체험했다고 해도 계속 관찰하면서 자기 자신의 심신에 어떤 변화가 일어나는지 용의주도하게 점검해 보아야 합니다.

가족의 화두

삼공 선생님, 안녕하십니까? 도율입니다. 선생님, 사모님 그동안 별고 없으셨는지요? 자주 연락드리지 못하고 찾아뵙지도 못해 죄송합니다.

저는 올 2월 인천으로 근무지를 옮긴 후 8개월 정도 근무하고 있습니다. 법원 내 산악회 회장을 맡아 지지난 주에는 단체 산행을 다녀오기도 했습니다. 이렇듯 직장에서는 별문제 없이 잘 지내고 있습니다.

그렇지만 가족 내부적으로는 큰아이가 여전히 저와 우리 가족의 화두가 되어 하루하루 대응하고 있습니다. 이제 중2인데 공부에는 흥미를 잃고 게임에만 몰두하고, 또 친구들과 어울려 자주 말썽을 피우고 있는 상황입니다.

기질적으로 그렇게 태어난 것인지 제가 자식 교육을 잘못 시킨 것인지 부모 말을 잘 듣지 않고 제멋대로 살려고 합니다. 타일러도 보고 혼도 내 보기도 했지만, 말을 잘 듣질 않습니다. 최근에는 새로운 휴대폰을 사 달라며 사 주지 않으면 공부를 다 때리치우겠다고 엄마를 괴롭히고 있습니다.

벌써 선도위원회도 몇 번씩 열려 제가 학교에 가서 담임선생님을 만나 상담을 하기도 했습니다. 공부가 문제가 아니라 반듯한 사람이 되어 가질 못하는 것이 문제입니다. 더이상 오냐오냐하지 않고 원칙을 정해 아이 말에 무조건 굴복하지 않기로 마음을 단단히 먹고 있습니다. 저의 자식 교육이 이전 정부의 햇볕정책처럼 상대방을 더 버릇없게 만들었다는 반성을 했습니다.

이것이 다 저의 전생의 업이겠지만 부모에게 막 대하고 버릇없이 구는 걸 보면 자주 화가 치밉니다. 이럴 때 관을 통해 평정을 찾고 있고, 항상 극한적으로 흐르다가도 마음을 비우며 아들이 저런 식으로 우리에게 전생의 원한을 푸는구나 생각하면 다시 안정을 찾곤 합니다. 제 자신을 다스리는 것보다 자식 교육을 제대로 시키는 것이 정말 어렵다는 것을 뼈저리게 느끼고 있고, 무자식 상팔자라는 것을 실감하기도 했습니다.

혼자 있을 때 운동도 하고 수련도 하며 마음을 안정시킨 후 혼란스런 상황에 대응하는 나날이 계속되고 있습니다. 아마 이것이 현생에 저에게 주어진 가장 큰 숙제 중 하나일 것인데, 쉽게 운명적으로 받아들이지 못하는 아내를 보면 좀 안타깝기도 합니다. 좀더 관찰하며 업이 해소되도록 노력하겠습니다.

아이 교육과 육아로 수련은 좀 정체되어 있지만 그럴수록 초발심으로 돌아가 열심히 해 보자는 마음이 자주 듭니다. 몸공부, 마음공부, 기공부에 최선을 다하는 것이 모든 문제 해결의 첩경이 되겠지요.

최근 『선도체험기』 108권이 나왔다고 하는데 『선도체험기』 108권(109권이 나왔다면 109권도 포함해서 보내 주십시오)과 『구도자요결』을 다음 주소로 보내 주시면 배송비 포함해서 입금해 드리겠습니다.

하루하루 죽을 각오로 저에게 주어진 숙제를 풀며 살아가도록 하겠습니다. 항상 건강하시고 계속 좋은 책 오래도록 나올 수 있기를 간절히 기원합니다. 안녕히 계십시오.

2014년 10월 6일

도율 올림

【필자의 회답】

큰아드님은 지금 한창 사춘기를 겪고 있어서 그러니 시간이 흐르면 곧 안정될 것입니다. 사춘기에 부모한테 실컷 심술을 부려 보지 못하면 도리어 비뚤어지는 수도 있다는 것을 알아야 할 것입니다. 책 두 권 부쳤습니다.

수련은 나 스스로가 온전히 바뀌는 것

스승님 답 메일 감사히 잘 받았습니다.

제가 보낸 메일을 다시금 읽어 보니 조금 오해의 소지가 있었네요. 제가 남편과의 갈등을 얘기하는 장면에서 전생의 저의 원망의 감정으로 저와 남편을 괴롭히고 있다는 뉘앙스로 얘기가 전해진 거 같아 부연 설명 드리고 싶습니다. 부부지간의 문제로 인한 하소연 같은 부분이라 기승전결 생략하고 제가 저 자신에 관한 부분만 잘라 말하다 보니 그렇게 전달된 것 같습니다.

제가 아이 넷을 키우다 보니 솔직히 육체적으로 경제적으로 많이 힘에 부치는 게 사실입니다. 현실 문제에서도 수련을 하며 관을 통해서 지혜로운 해법을 도출하고자 노력하고 있습니다. 특히 상대가 있는 관계 속에서의 갈등은 관을 통해서 서운함이나 원망 같은 감정을 나름 잘 다스려 왔다고 생각합니다.

남편의 사업이 요즘 좀 힘들어서 규칙적인 수입을 갖다주지 못하고 있지만 아이들 사교육 하나 시키지 않으면서 저 혼자 아등바등 가정을 꾸려 나가면서도 행여 남편이 기죽을까 싶어 힘들어도 크게 내색하지 않았습니다.

남편 일이 시간적으로 여유가 있다 보니 집에서 아이들을 잘 돌보아 줄 듯도 싶은데 늘 스마트폰에 중독되어 있는 남편이 못마땅했습니다. 가뜩이나 이제 중학교를 올라가는 큰아들이 사춘기에 접어들어서 말도 듣지 않고 공부도 하지 않으려 해서 고민 중인데 나 몰라라 하는 남편이 곱지 않았네요.

아이들 교육면에서도 좋지 못하고 아이들이 아빠를 늘 고정된 모습으로 인지하고 있는 것도 속상하여 진지하게 얘기도 해 보고 타일러도 보았지만 얘기할 때뿐이었습니다. 물론 밖에서 힘들게 일하고 들어와서 스트레스가 많아서 그렇겠지 하고 이해하고 넘어가고 싶어도 바뀌지 않는 모습에 회의가 몰려왔습니다.

특히나 남편이 술을 먹고 온 날은 빙의도 장난이 아니어서 기운 빠지고 힘없는데 아이들 건사는 늘 제 몫이다 보니 절로 남편에 대한 원망의 감정이 눈덩이처럼 커졌습니다. 특히 남편이 빙의가 심할 때는 저한테 넘어오는 과정에서 서로 원망의 감정이 더 증폭되는 거 같습니다.

잘 키우지도 못할 것을 왜 애를 넷이나 낳았는지 왜 나 혼자 이렇게 늘 아등바등해야 하는지... 등으로 원망이 폭발하여 남편과 크게 싸웠습니다. 감정적으로 극에 달하니 하지 말아야 할 말까지 내뱉고 말았는데 거기서 아차 싶었습니다.

감정을 추스르고 아이들을 재우면서 수련에 들면서 남편과 제 관계를 관하며 생각했습니다. 지금의 부부의 연은 제가 전생에 품었던 원망의 감정들의 빚과 남편의 미안한 감정이 카르마가 되어 현생에 맺어졌다는 것을요... 모든 인과가 저 때문에 빚어진 것이고 우린 그 빚을 청산하기 위해 만났다는 것도 알았습니다.

제가 수련이 월등해서 저에게 오는 빙의령들에게 휘둘리지 않고 의연했다면 원망이 폭발한 대신에 남편을 남의 편이 아닌 제 편으로 끌어올 수 있는 방법을 모색했겠지요... 후회하고 수련에 든 뒤에 무엇이 방법인지 다시 생각해 보니, 방법은 제가 수련을 게을리하지 말고 월등해져서 휘둘리지 않고 상대를 감화시킬 정도가 되어야 된다는 것입니다. 문제는 상대방을 바꾸는 것이 아니라 내가 온전히 바뀌는 것입니다. 그래서 수련이 어렵습니다. ㅠㅠ

저번에 삼공재 갔을 때 수련 시에 뵈었던 인현왕후인 듯한 분에게 대성통곡하며 사죄드렸습니다. 제가 기억 못하는 전생이지만 제가 얼마나 어리석고 나쁜 년(ㅠㅠ)이었는지 안다고 하면서 품었던 한을 거두어 주시고, 뼈 속 깊이 죄송하다고 사죄드린다고 말씀드렸습니다.

그렇게 맘속으로 외치니 몸이 전기에 감전된 듯 떨리기 시작했습니다. 단지 그런 사죄의 말씀으로 한이 풀리실지는 모르겠지만 진심을 다해 성심으로 사죄드렸습니다. 솔직히 지금 마음으로는 다음 생엔 꼭 남편을 인연으로 만나 데리고 살아 달라고 부탁도 하고 싶네요. ㅎㅎ

열심히 정진 후 또 메일 보내드리겠습니다.

2015년 1월 28일
박동주 올림

【필자의 회답】

감내하기 어려운 현실을 이겨 나가면서도 스스로 자기 관리를 철저히 하여 자신의 약점을 보완해 나가는 모습이 압권입니다. 해원, 보은, 상생의 시대에 걸맞은 수련 방법입니다. 다음 이야기 기대합니다.

생식으로 대장암 고친 사연

- 대장암 3기말 투병기 -

가수 신야 (이남수)

안녕하십니까? 저는 충남 천안에 사는 1961년 12월 6일생(현 나이 55세), 가요계에 등단한 지 6년 된 가수 신야(본명 이남수)입니다. 다름이 아니라 제가 대장암 3기 말에서 오행생식을 한 후 우여곡절 끝에 지금은 건강해진 이야기를 있었던 그대로 솔직하게 적어 보겠습니다.

저는 천안에서 조그만 음식점을 경영하는 한편, 사단법인 한국예술인총연합회 아산 지회장 직을 수행하면서 가수로 활동하고 있습니다. 그러던 중에 저희 협회에서 2014년 3월 10일, 3박 5일 일정으로 필리핀으로 해외 연찬회를 가게 되었습니다. 필리핀에 도착해서 연찬회를 마치고 다른 장소로 이동하면서부터 문제가 생겼습니다.

전날 호텔에서 여장을 풀고 저녁식사를 하면서 술을 마시게 되었습니다. 저는 평소에도 술과 흡연을 하면서도 건강에는 자신이 있었습니다. 그날 호텔에서 밤늦게까지 술과 음식을 들었습니다. 그런데 다음날 아침에 갑자기 배가 아프고 구토를 하면서 식은땀이 흐르고 설사를 하는 통에 걸을 수가 없었습니다. 하루 종일 아무것도 먹지 못하고 누워 있으니까 좀 가라앉는 거 같았습니다.

그런데도 구토와 설사를 하면서 아랫배가 끊어질 듯 아팠습니다. 아무

일도 못 하고 귀국한 즉시 집으로 와서 평소 알고 지내던 천안시 쌍용동에 위치한 원내과 병원에 가서 진찰을 받았습니다. 의사가 하는 말이 숙변 같으니 괜찮아질 거라 했습니다. 단 당뇨가 조금 있다고 하였습니다.

다행이라 생각하고 약 처방을 받아 먹고 평소에 자주 가는 천수사라는 절에 가서 스님, 보살님과 함께 저녁식사를 하였는데 그날 밤에 또 배가 끊어질 것 같은 통증에 잠을 못 이루고 곧바로 천안 순천향대학병원에 예약을 하고 여러 가지 검사를 받았습니다.

진단 결과 청천벽력 같은 말을 들었습니다. 대장암 3기 말이라는 것입니다. 눈앞이 캄캄하여 아무것도 안 보이더군요. 도저히 믿기지가 않았습니다. 제 식구와 같이 어찌할 바를 몰라 엉엉 울었습니다. 말로만 듣던 일이 나에게도 닥쳤구나 하고 말입니다. 정신이 하나도 없었습니다.

정신을 차리고 지나온 일을 생각해 보았습니다. 제가 가수 활동을 하면서 전국 방방곡곡을 누비면서 축제 행사를 하고 음식과 술, 담배 등 여러 가지 음식을 과식한 것이 화근이었습니다. 너무 후회스러웠습니다. 정신을 차리고 병원에 갔더니 위험한 상태이니 당장 수술을 하자는 것이었습니다. 제 아내와 친구 지인들은 당장 수술을 하자고 난리가 났습니다. 집으로 찾아와서 수술을 하라는 친구도 있었습니다.

저는 괴로웠습니다. 그때 마침 제 친구인 약산샘물 충남 총판을 하는 이한배를 찾아가서 상의를 했습니다. 친구 이한배가 하는 말이 서울에 자기가 모시는 『선도체험기』의 저자이신 김태영 선생님이 계시니 한번 가자고 했습니다. 그래서 둘이 선생님을 찾아뵙고 인사를 드리게 됐습니다.

선생님께서 저를 한참 보시고 진맥을 하시면서 말씀하시기를 수술을 하지 말고 오행생식을 하면서 『선도체험기』를 읽으라고 하셨습니다. 왠

지 믿음이 갔습니다. 그날 오행생식을 처방해 주셔서 가지고 내려와 당장 『선도체험기』 한 질을 구입하여 열심히 읽었습니다. 물론 생식도 열심히 먹었습니다.

한 열흘 정도 먹고 나니 정말 가스가 엄청 나오기 시작하면서 속이 편하고 졸리면서 명현 현상이 오면서 여러 가지로 힘이 들었습니다. 그러더니 20일 정도 되니까 변을 보는데 너무 좋은 것이었습니다. 제가 이 나이 먹도록 변을 이렇게 시원하게 잘 보고 변의 굵기가 이렇게 컸던 것은 처음이었습니다. 변기 구멍이 막힐 정도였습니다. 너무 좋았습니다.

제가 제 몸을 알겠더라구요. 너무 편하고 몸이 가뿐하고 피곤한 것도 모르고 정말 좋았습니다. 그렇게 생활을 하던 중에 문제가 생겼습니다. 저의 아내와 친구 지인들이 난리가 났습니다. 수술을 하라는 것이었습니다. 그러나 수술을 안 한다고 고집을 부리고 오행생식을 하면서 『선도체험기』를 열심히 읽었습니다. 그런데 친구, 동생, 식구들이 찾아와서 나를 힘들게 할 정도로 수술을 강권하였습니다.

도저히 집에 있지 못할 것 같아서 오행생식과 『선도체험기』 책을 가지고 평소에 제가 아는 스님에게 가서 상의 후에 만덕사라는 절로 도망갔습니다. 거기 가서 아무도 없는 절에서 『선도체험기』를 읽고 오행생식을 혼자 열심히 먹었습니다. 몸이 계속 좋아졌습니다. 너무 좋았습니다. 좋은 공기 마시면서.

그런데 제 식구들과 지인들이 절에까지 찾아와서 난리가 났습니다. 하다못해 연예인협회 회원분들까지 와서 수술하면 될 것을 왜 그러고 있느냐고 여러 날을 그렇게 성화를 하니 절의 스님께도 죄송하고 여러 가지로 괴로웠습니다. 결국에는 절에 계신 스님까지도 수술을 하라고 저를 설득했습니다. 너무 힘이 들었습니다. 며칠을 고집부리다가 수술을 받기로 했습니다. 그날 저는 엄청 울었습니다. 서울에 계신 김태영 선생님 얼굴이 떠올라 죄송해서 어찌할 줄을 몰랐습니다.

결국에는 2014년 5월 21일에 수술대에 올랐습니다. 수술대에 오르는 순간 만감이 교차하더군요. 돌아가신 아버님, 식구들, 친구들 생각나고 이대로 죽을 수도 있다는 생각이 들더군요. 눈물이 흘렀습니다. 그렇게 해서 배를 20cm나 가르고 대장을 4.5cm를 잘라 냈습니다. 엄청 고통스러웠습니다.

10일 동안 입원을 하고 퇴원을 해서 항암 치료를 시작했습니다. 정말 고통스러웠습니다. 3번째 항암 치료를 받으면서 제 몸은 뼈만 남았습니다. 수술하기 전의 몸무게가 72kg이었는데 3번째 항암 치료를 받고 나니 58kg밖에 되지 않았습니다. 정말 힘들어서 죽을 것만 같았습니다. 저를 만난 사람들은 저를 보고 깜짝 놀라더군요. 몸이 너무 말랐다고 하면서.

병원에서 치료를 받던 중에 잘 아는 간호사가 오더니 울면서 항암 치료를 받지 말라고 말했습니다. 그때는 너무 힘이 들어 하니까 제 식구도 말을 못 하더군요. 이러다가는 정말 죽을 것 같았습니다. 그래서 제가 병실에서 간호사를 불러 주사를 빼 달라고 하니 그건 안 된다고 했습니다. 싸우다시피 해서 곧바로 병원을 나와 오행생식을 다시 시작했습니다. 그러던 중에 기적 같은 일이 일어났습니다.

병원에서 치료를 받을 때는 구토를 하고 힘이 없고 누워만 있어도 어지럽고 변도 묽게 보고 괴로웠는데, 생식한 지 1주일 정도 되니까 변을 제대로 보면서 처음 오행생식을 먹을 때와 같이 기력을 회복하며 가벼운 산행도 하면서 얼굴에 혈색이 돌아왔습니다. 너무 좋았습니다. 그래서 이거다 하는 생각이 확 들었습니다. 오행생식을 들면서 『선도체험기』를 정말 열심히 읽었습니다.

그러던 중에 제 친구 이한배의 소개로 서울에 계시는 구명당 한의원 정근행 선생님을 소개받았습니다. 이것이 인연인가 봅니다. 대화를 하다 보니 정근행 선생님도 『선도체험기』를 읽고 오행생식을 하시면서 단전호흡 수행을 하시는 분이었습니다. 정말 기분이 너무 좋아서 날아갈 것 같았습니다. 그렇게 해서 정근행 선생님께 침을 맞고 열심히 오행생식을 먹으면서 『선도체험기』를 읽었습니다.

지금은 오행생식이 떨어질 때가 되면 김태영 선생님을 찾아뵙고 진맥도 받고 열심히 하고 있습니다. 현재 제가 오행생식을 9개월째 하고 있으며 몸무게 65kg을 유지하고 있고 수술 후에 선생님의 맥진 처방은 토금 금 수 선공이었는데, 4개월이 지난 지금은 표준 4개, 선공 하나 이렇게 장수 처방을 받아 열심히 먹고 있습니다.

지금은 몸이 완쾌되어 가수 활동은 물론 제가 평소에 해 오던 일도 열심히 하고 있습니다. 저의 두서없는 대장암 투병기가 『선도체험기』 독자들에게 조그마한 희망이 되었으면 하는 바램으로 적어 보았습니다.

이것은 오로지 김태영 선생님의 한량없는 자비심과 『선도체험기』의 원력임을 절실히 깨닫게 되었으며, 이 체험담이 우리 주변의 각종 암으로 고생하는 환우들에게도 좋은 메시지가 되어 구도의 방편이 되면 참으로 큰 보람이 되겠습니다.

제가 이렇게 세상을 다시 살 수 있게 도와준 친구 이한배와 김태영 선생님, 정근행 선생님 너무너무 고맙습니다. 어떻게 말로 그 고마움을 이루 다 표현할 수가 있겠습니까? 정말 정말 감사합니다. 열심히 살겠습니다.

2015년 2월 9일
천안에서 신야(이남수) 올림

【필자의 독후감】

내가 오행생식 대리점을 운영하는 삼공재(三功齋)에는 가끔 암환자들이 찾아온다. 내 경험에 따르면 그 환자가 생식을 소화하여 흡수할 수 있는 능력만 있으면 어떠한 암이든지 잡을 수 있다고 확신한다.

그러나 대부분의 사람들이 생식을 싫어한다. 어떤 사람은 생식을 하여 오래 살기보다는 윤기가 잘잘 흐르는 쌀밥을 원 없이 실컷 먹으면서 굵고 짧게 살다가 죽는 쪽을 택하겠다고 말한다. 이처럼 사람들은 쌀밥에 중독되어 있어서 비록 암에 걸려도 생식을 먹으려 하지 않는다. 얼마 전에 암으로 사망한 국민의 사랑을 온통 독차지했던 한 여자 탤런트도 누가 생식을 권하자 그렇게 말했다고 한다.

우리는 무엇 때문에 음식을 먹어야 하는가? 신중하게 생각해 볼 필요가 있다. 음식은 살기 위해서 먹는 것이지 맛을 탐해서 먹는 것은 아니다. 맛을 탐해서 음식을 먹는 사람은 십중팔구 과식을 하게 된다. 과식은 만병의 근원이다.

그러나 일단 암에 걸렸다 하면 어떻게 하든지 고쳐 보려고 필사적이다. 그러나 거듭 말하지만 생식을 소화할 능력이 있는 사람은 틀림없이 누구나 예외 없이 그 무서워하는 암을 고칠 수 있는 것은 틀림없다. 가수 신야(이남수) 씨도 생식을 소화할 능력이 있었으므로 오행생식을 하여 대장암이 3기 말까지 진행되었는데도 20일 만에 병세를 능히 꺾을 수 있었다.

오행생식이 너무도 쉽게 암을 고치니까 암환자들은, 화장실 갈 때 다르고 나올 때 다르다고, 일단 병이 쉽게 나으면 그 순간 자기가 그 무서운 암에 걸린 것이 아니라고 착각을 하는 경우가 있다.

실제로 3기 위암 환자가 찾아온 일이 있었는데 그는 다행히도 생식을 소화할 수 있는 능력이 있었으므로 내가 처방한 생식을 먹고 20일쯤 되어 암 증상이 감쪽같이 사라졌다. 너무나도 쉽게 병이 나아 버리자 그는 자신이 그 무서운 암에 걸린 것이 아니라는 착각을 하고 생식을 제멋대로 중단하고 다시는 나를 찾아오지 않았다.

생식을 중단하자 몇 달 뒤에 위암이 재발하자, 당황한 끝에 이번엔 생식 따위는 새까맣게 잊어버리고 큰 병원에 찾아가 수술과 항암 치료를 받았다는 소문이 들려왔는데 그 후 소식이 끊어진 실례도 있다. 암을 완전히 치료하려면 적어도 몇 년 동안은 생식을 꾸준히 하여 체질을 완전히 바꾸어야 한다고 말해 주었건만 그는 그것을 잊었던 것이다.

이남수 씨처럼 수술 후에라도 나를 다시 찾아오지 않는 것으로 보아 결국 수술과 항암 치료에도 불구하고 암을 이겨 내지 못하고 결국 사망하지 않았나 생각된다. 오행생식이 너무도 쉽게 암을 고치니까 중병에 걸렸다는 실감이 들지 않아서 이런 일이 벌어진 것이 아닌가 생각된다.

간혹 생식은 물론이고 익은 음식도 소화시킬 수 없는 암환자가 찾아오는 경우가 있는데 이런 환자에겐 생식도 속수무책이다. 현대의학은 암, 신부전증, 당뇨에는 유달리 무력하다. 이 사실을 알았더라면 이남수 씨의 친척, 친구, 지기들이 그렇게도 극성스럽게 이남수 씨에게 수술을 강요하는 우는 범하지 않았을 것이다.

사람은 누구나 자기 병을 남이 대신 앓아 줄 수 없고, 죽음 역시 아무도 대신해 줄 수 없다는 엄연한 진실을 알아야 한다. 이남수 씨가 친구들의 강권으로 수술을 택한 것은 큰 잘못이다.

수술 전에 삼공재를 찾아왔더라면 멀쩡한 배를 20센티나 가르고 멀쩡한 대장(大腸)을 4.5센티나 잘라 내는 대수술을 받은 후에도 그 끔찍한 항암 치료를 받는 고통은 겪지 않아도 되었을 것이다. 그러나 그런 일을 당하고도 우여곡절 끝에 나를 찾아온 것은 위에 말한 3기 암환자에 비하면 그나마 다행이라고 생각된다.

암 수술과 항암 치료를 받아야 한다면 차라리 자연치유력에 맡겨 두는 것이 나을 것이다. 암은 환자 자신도 모르게 자연치유되는 경우도 많으니까. 모든 사람들이 수술만이 만병통치라는 엉뚱한 미신에서 제발 하루속히 깨어났으면 한다. 수술은 비록 성공한다 해도 하늘이 준 자연치유력을 크게 훼손한다는 것을 알아야 한다.

이남수 씨는 과식이 암의 원인인 것으로 알고 있는 것 같은데 그렇지 않다. 암의 주원인은 스트레스와 걱정 근심이다. 그래서 내일 당장 지구의 종말이 온다 해도 오늘 사과나무를 심겠다는 느긋한 마음을 늘 유지할 필요가 있다. 『선도체험기』는 그러한 마음공부에 도움을 주는 책임을 밝혀 두는 바이다.

〈110권〉

치매의 원인은 척신(隻神)

우창석 씨가 말했다.

"선생님, 전에는 주로 노인에게 생기는 가벼운 정신병을 치매(癡呆)라고 했는데, 요즘은 남녀노소를 막론하고 치매 환자가 자꾸만 늘어나고 있는 것 같습니다. 제 친척 중에도 중년 부인이 치매라고 하는데 정신이 멀쩡했다가도 금방 어린애 같은 이상한 말을 합니다. 이 환자 한 사람 때문에 집안 전체가 온통 난리입니다.

이런 환자를 보고 그 전에는 정신분열증환자라고 했습니다. 정신병 전문의들도 치매의 원인에 대해서는 명백하게 알려진 자료가 없다고 말합니다. 간질 환자에 대해서도 전문의들은 그 원인을 모르고 있습니다. 왜 전문의들이 그 원인을 모를까요?"

"전문의들은 의학이라는 일종의 과학을 공부했지, 과학 이외의 영적(靈的) 분야에 대해서는 공부를 하거나 수련을 하여 본 일이 없으니 모를 수밖에 더 있겠습니까?"

"그렇군요. 그럼 선생님께서는 치매와 간질의 원인이 어디에 있다고 보십니까?"

"환자가 원령(怨靈)에 접신된 것이 그 원인입니다."

"원령이 무엇입니까?"

"예전에는 원령을 척신(隻神)이라고도 말했는데, 그 말이 우리 정서에 더 어울립니다."

"그럼 척신은 또 무엇입니까?"

"척(隻)이란 남과 등을 지게 되었다든가 원수 사이가 된 것을 말하는데 이런 때 우리는 누구와 척을 졌다고 합니다. 그래서 무척(無隻) 좋다는 표현이 생겨났습니다. 원수진 사람이 없는 것이 좋다는 뜻입니다."

"그럼 그 척신을 선생님께서는 보실 수 있습니까?"

"있습니다."

"그럼 그 척신을 쫓아내실 수도 있겠네요?"

"그렇지 않습니다. 만약에 내가 남의 척신을 내 마음대로 쫓아낼 수 있다면 이 세상을 지탱해 나가는 인과응보(因果應報)와 자업자득(自業自得)의 질서가 당장 엉망진창이 되어 아수라장으로 변하고 말 것입니다. 따라서 척신을 내보내려면 환자 자신이 전생에 척진 사람에게 큰 잘못을 저질렀다는 것을 깨닫고 스스로 뼈저리게 반성부터 해야 합니다.

그다음에는 자기에게 들어온 그 척신을 관찰하고 있는 동안 조만간 척신은 원한이 사라지면 스스로 나가게 되어 있습니다. 지금은 후천 세계를 앞둔 원시반본(原始返本), 보은(報恩), 해원(解冤), 상생(相生)의 시대이니까요."

"그러나 환자 자신이 하도 병이 위중하여 반성을 할 능력이 없을 경우엔 어떻게 됩니까?"

"반성할 능력을 회복할 때까지 기다리는 수밖에는 없습니다."

"어떻게 하면 그 기다리는 시간을 줄일 수 있을까요?"

"지금부터라도 남과 척을 짓는 대신 남의 이익을 내 이익보다 앞세우고 이웃에게 바르고 착한 일을 많이 하는 것입니다. 그리하여 이 세상이 상생, 해원, 보은의 분위기로 바뀌면 사람들의 의식도 서로 척을 짓는 대신에 서로 상대를 먼저 생각하는 상생의 문화로 변하게 될 것입니다. 이것이 바로 해원이고 상생입니다. 지상선경(地上仙境)이란 바로 이런 경지를 두고 말하는 것입니다."

"항간에는 접신된 원령과 척신을 천도재(薦度齋)나 굿 또는 신뢰도가 의심되는 사이비 종교 교주의 초능력으로 해결하려는 경향이 있는데, 이에 대해서는 어떻게 생각하십니까?"

"대단히 위험천만한 발상입니다. 왜냐하면 모두가 기복 신앙(祈福信仰), 다시 말해서 이기주의에 바탕을 둔 것이기 때문입니다. 까딱하면 감언이설에 현혹되어 전 재산을 사기당하여 단란한 가정이 풍비박산(風飛雹散)이 되거나 패가망신(敗家亡身)을 당하는 일이 부지기수(不知其數)입니다."

"그럼 어떻게 하는 것이 바른길입니까?"

"척신과 원령이 찾아온 것은 전생에 못 갚은 빚을 갚으라는 독촉장이라고 생각하고 지금부터라도 마음을 바르게 하여 그 빚을 갚는 데 총력을 기울이는 것이 옳은 길입니다. 편법과 지름길을 찾는 사람에게는 언제나 뜻밖의 함정, 덫, 올무 이외에 아무것도 기다리는 것은 없다는 것을 늘 염두에 두어야 할 것입니다.

작심하고 노력하면 안 되는 것이 없다

이처럼 바르고 착하고 지혜롭게 처신하려는 사람에게는 하늘의 도움이 늘 기다리고 있다는 것을 꼭 알아야 할 것입니다. 우리는 언제나 어떻게 마음을 먹느냐에 따라 앞날이 결정된다는 것을 잠시도 잊지 말아야 합니다. 성인(聖人)이 되려는 사람에게는 성인의 길이 열리고 학자가 되려는 사람에겐 학자 되는 길이 열립니다.

그러나 도둑이 되려는 사람에게는 도둑 되는 길이 열리고 조폭(組暴)이 되려는 사람에게는 조폭이 되는 길이 열리게 되어 있습니다. 우리가 마음을 어떻게 먹느냐에 따라 만사가 결정되도록 되어 있습니다.

이순신처럼 만고의 충신이 되려는 마음의 자세가 처음부터 확립되어 있는 사람은 끝내 만고의 충신이 되지만 이완용처럼 나라를 팔아먹을 궁리만 하는 사람은 끝내 만고의 역적인 매국노가 되도록 되어 있습니다. 어디 충신과 매국노뿐이겠습니까? 일구월심 하느님이 되고자 하는 사람은 하느님이 될 수도 있습니다."

"사람이 어떻게 하느님이 될 수 있습니까?"

"되려고 오매불망 노력하는 사람은 하느님이 될 수 있습니다. 왜 그런지 아십니까?"

"모르겠는데요."

"사람은 원래 하느님이었기 때문입니다."

"그걸 어떻게 알 수 있습니까?"

"우리 마음이 하느님에게 빌고 하느님과 하나 되기를 원하는 것은 본래 우리가 하느님이었던 때가 있었기 때문입니다. 그렇지 않으면 우리가 어떻게 감히 하느님이 되기를 바랄 수 있겠습니까? 그래서 하느님은 인간을 만들 때 하느님과 같은 마음과 모습을 본떠 만든 겁니다.

그래서 우리 인간은 하느님이 되기로 작정하고 하느님과 같이 되려고 마음을 먹고 꾸준히 노력할 때 우선 첫 단계로 하느님의 분신(分身)이 되는 겁니다. 이때부터 우리는 하느님께서 하고자 하는 일을 실천하는 선봉대가 됩니다. 이러한 하느님의 분신이 점점 성장하면 마침내 하느님과 하나가 되도록 되어 있습니다. 대학교수가 되려는 사람은 먼저 조교가 되고 그다음엔 시간 강사가 되었다가, 전임강사가 된 후에 조교수가 되었다가, 부교수가 된 후에 정교수가 되는 것과 같은 이치입니다."

"하느님은 우리 은하계를 포함한 광대무변한 대우주 안에 오직 한 분뿐이 아닌가요?"

"그건 성경에 나오는 말이고, 이 광대무변한 대우주를 어찌 한 분의 하느님이 전부 다 다스릴 수 있겠습니까? 대우주 속에는 우리가 사는 우리 은하계 우주처럼 생긴 우주가 1천억 개 이상이라고 하는데 한 분의 하느님이 그처럼 헤아릴 수 없이 광대무변한 우주를 어떻게 혼자서 전부 다스릴 수 있겠습니까?

그 실례로 『삼일신고』 천궁훈(天宮訓)에는 다음과 같이 나와 있습니다.

하늘은 하느님 나라이니 그 가운데 천궁(天宮)이 있느니라. 온갖 착한 것이 층계가 되고 온갖 덕망이 문이 되었으니, 한 분의 하느님께서 계시는 곳이니라. 뭇 신령들과 여러 철인들이 모시고 있어 지극히 상서롭고 밝은 곳이니라. 오직 성통공완한 사람이라야 그 앞에 나아가 영원한 복락을 누릴 것이니라.

여기서 '한 분의 하느님께서 계시는 곳이니라'에 주목하시기 바랍니다. 원문에는 '일신(一神)이 유거(攸居)오'라고 되어 있습니다. 풀어서 말하면 '여러 하느님들 중에서 한 분의 하느님이 살고 계시는 곳이니라'라는 뜻입니다. 따라서 여기서 하느님은 직능에 따라 그 수효는 얼마든지 늘어날 수 있다는 것을 알 수 있습니다. 하느님의 세계에도 용변부동본(用變不動本)의 이치가 적용되는 것이 확실하다는 것을 알 수 있습니다."

"그럼 도대체 그러한 하느님은 어떠한 존재입니까?"

"하느님은 신(神), 성(聖), 선(仙), 불(佛), 천주(天主), 상제(上帝), 하나님 등으로 불리기도 합니다. 하느님에 대한 정의는 『삼일신고(三一神誥)』 신훈(神訓)에 명확하게 나와 있습니다.

하느님은 그 위에 더 없는 으뜸 자리에 계시사, 큰 덕과 큰 지혜와 큰 힘을 가지시고 하늘을 낳으시고 무수한 누리를 다스리시고 삼라만상을 만드셨으나 털끝만큼도 빠진 것이 없으며 그지없이 밝고 신령하시어 이름 지어 헤아릴 수 없느니라. 목소리로 기원하면 반드시 그 모습을 친히 드러내시지만 오로지 자성(自性)으로 그 핵심을 구하면 그대의 뇌 속에 이미 내려와 계시느니라.

지금까지 지구상에 전해 오는 문서들 중에서 이것 이상으로 하느님과 인간관계를 명확하고 실감나게 정의해 놓은 것을 나는 아직 발견하지 못했습니다. 특히 마지막 구절인 '목소리로 기원하면 반드시 그 모습을 친히 드러내시지만 오로지 자성(自性)으로 그 핵심을 구하면 그대의 뇌 속에 이미 내려와 계시느니라'는 그야말로 압권(壓卷)입니다.

그중에서도 '자성으로 그 핵심을 구하면'은 우리가 우리의 양심으로 하느님의 핵심 즉 마음의 핵심을 구하면 그것은 이미 우리의 뇌 속에 내려와 자리잡고 있다는 얘기입니다. 하느님의 마음의 핵심이 우리의 뇌 속에 들어와 있다는 것은 하느님과 우리는 벌써 마음으로는 하나가 되어 있다는 뜻입니다. 이 말을 바꾸어 말하면 우리의 마음이 하느님이 되기로 작정을 하고 꾸준히 그리고 열심히 수행을 하면 하느님 자신이 되지 않을 수 없다는 것을 생생하게 밝혀 놓은 것입니다."

묻지 마 폭행

2015년 5월 30일 토요일

우창석 씨가 말했다.

"오늘 낮에 텔레비전을 보니 새벽 4시에 모 지방 소도시에서 19세 청년이 할아버지뻘인 76세 노인을 호젓한 길가에서 아무 이유도 없이 무작정 닥치는 대로 마구 구타하여 쓰러뜨리자 발로 차고 짓밟는 장면이 비쳤습니다. 그때 마침 용달차가 다가오자 청년은 잠시 구타행위를 멈추고 숨어 있었습니다.

차가 지나가자 도망치는 노인을 따라간 이 패륜아는 이번에는 걸어가는 노인을 이단옆차기로 쓰러뜨리고 또 사정없이 발로 차고 짓밟았습니다. 노인이 두 손으로 살려 달라고 싹싹 빌었는데도 청년은 사정없이 계속 때리다가 지나가는 사람의 신고를 받고 출동한 경찰에 체포되었습니다.

파출소에 연행된 범인은 처음에는 술이 취해서 정신없이 그랬다고 변명하다가 끝내 범행을 자백하고 잘못을 시인했습니다. 노인은 전치 4주의 중상을 입었습니다. 구타행위 전체 과정은 CCTV에 모조리 찍혀 있었습니다."

"그런데 무엇이 문제입니까?"

"조사 결과 두 사람 사이에는 아무런 원한이나 인과 관계도 없는 요즘 가끔 보도되는 '묻지 마 폭행'인데, 도대체 무엇 때문에 그 노인은 손자뻘밖에 안 되는 청년에게 그렇게 끔찍한 매를 맞아야 했는지 그것이 의문입니다."

"사람이 살고 있는 이 현상계에는 원인 없는 결과는 있을 수 없다는 것만 확실히 알면 대답이 나올 겁니다."

"그렇지만 그 청년은 경찰에게 노인은 처음 보는 사람이라고 분명히 말했습니다. 그렇다면 그 인과율(因果律)도 적용이 안 된다는 얘기 아닙니까?"

"그건 어디까지나 금생에 한해서 그렇다는 것이지 전생에도 그렇다는 뜻은 아닙니다."

"그럼 전생에 그 청년이 그 노인한테서 심하게 얻어맞은 원한으로 앙갚음을 했다는 얘기가 되는가요?"

"그렇습니다."

"그럼 그 청년은 어떻게 그 노인이 전생에 자기를 구타한 사람이라는 것을 알았을까요?"

"그 청년의 현재의식(顯在意識)은 그것을 몰랐겠지만 그의 잠재의식(潛在意識)은 그것을 기억하고 있다가 남들이 보지 않는 시간과 장소를 택하여 자기 자신도 모르게 용의주도하게 범행을 저지른 것입니다."

"그럼 그 청년의 잠재의식은 어떻게 전생에 그 노인에게 매맞은 것에 대한 복수 의지를 기억하고 있었을까요?"

"아마도 매맞았을 때부터 자신의 잠재의식에 그 노인한테 매맞은 일이 시공을 초월하여 또렷이 각인될 정도로 청년은 복수를 수없이 다짐했을 것입니다."

"그래도 그것은 과학적인 결론은 될 수 없는 것이 아니지 않습니까?"

"그 말은 맞습니다. 그러나 이 세상은 과학만으로 만사가 해결되는 것은 아닙니다. 과학이 해결 못 하는 사건도 얼마든지 있을 수 있습니다. '묻지 마 폭행'이 바로 그 실례입니다."

"그럼 그것이 두 사람 사이의 전생의 인과 관계로 빚어진 사건이라는 것을 어떻게 아셨습니까?"

"직감으로 알았습니다."

"그럼 그 노인은 그 청년이 전생에 자기에게 얻어맞은 복수를 하고 있다는 것을 알고 매를 맞았을까요?"

"몰랐을 것입니다. 그것을 미리 알 정도로 내공(內功)이 되었다면 처음부터 남을 구타하는 짓 따위를 전생에 저지르지도 않았을 것입니다."

"그럼 CCTV 장면에서처럼 노인이 청년에게 두 손을 싹싹 비비면서 용서를 비는 것은 무엇 때문이었을까요?"

"그것은 현실적으로 계속 맞으면 당장 죽을 것 같으니까 생존본능 때문에 살기 위해서 그랬을 겁니다."

"수련을 해 본 저는 선생님의 직감을 믿을 수 있지만 그렇지 않은 사람은 누가 그걸 믿으려 하겠습니까?"

"나는 누구에게 내 직감을 믿어 달라고 말하지 않았습니다. 만약에 우창석 씨가 수행자가 아니라면 내가 이런 말을 꺼내지도 않았을 겁니다. 나는 내 말을 알아들을 만한 사람에게만 말할 뿐입니다. 함부로 아무한테나 이런 말을 하면 정신병자라는 소리를 들었을 것입니다."

"선생님, 그건 그렇고요. 이런 끔찍한 불상사가 두 사람 사이에 다시는 재발하지 않게 하려면 어떻게 하면 될까요?"

"이유야 어찌되었든지 그 노인은 이제부터라도 누구한테 이유 없이 심한 매를 맞았다고 해도 때린 사람을 원망하거나 복수심을 일체 품지 말아야 합니다. 억울하고 분하다고 해서 아들이나 형제들에게 얘기하지도 말아야 합니다. 그 얘기를 하면 세대를 이은 복수극으로 확대될 수도 있기 때문입니다.

그 이유가 어떻든 간에 누구에게 원한을 품고 미워하는 바로 그 순간부터 그 사람의 내공은 중단되고 스스로 독을 품게 되면서 그 원한은 시공을 초월하여 그 19세 청년처럼 잠재의식 깊숙한 곳에 자기도 모르게 저장되었다가 때가 되면 그것이 그 사람에게는 이유 없는 폭력이 되어 복수를 감행하게 될 것입니다. 그러나 그 노인은 그것을 알 정도로 수행이 되어 있을 것이라고는 생각되지 않습니다."

"왜요?"

"유유상종(類類相從)이라고 비슷한 사람끼리는 서로 어울리게 되어 있습니다. 자성(自省)이나 내공이 무엇인지도 모르는 세속인에 지나지 않는 그 노인은 길을 가다가 뜻밖에도 젊은이로부터 폭력을 당하여 전치 4주의 중상을 입었으니 황당하기 짝이 없는 일이겠지만 지금부터라도 이번 일을 계기로 삼아 새로운 사람으로 환골탈태해야 할 것입니다.

그러자면 그 청년을 미워하거나 복수심을 품지 말고 매맞은 것 자체를 아예 기억에서 말끔히 지워 버리고 없었던 일로 삼아야 합니다. 그렇게 함으로써 두 사람 사이에 벌어지는 생을 초월한 복수극의 악순환의 고리를 이번 생에 완전히 끊어버려야 합니다."

상극과 상생

"그다음엔 어떻게 하면 됩니까?"

"두 사람이 상대를 무조건 용서해 주고 마음속에서 끓어오르는 원망과 복수심을 깨끗이 지워 버리면 그들 두 사람은 상극(相剋)의 관계에서 상생(相生)의 관계로 바뀌게 될 것입니다."

"그다음엔 어떻게 됩니까?"

"바로 이 일로 그 두 사람은 속물(俗物)들의 상극관계에서 도인들의 상생의 관계, 호생지덕(好生之德)의 관계로 도약하게 될 것입니다."

"그러나 선생님 말씀을 듣고도 실제로 그렇게 행동하는 사람은 별로 없을 것입니다."

"우창석 씨가 다소 무리한 질문을 했으므로 그 질문에 맞추어 대답을 했을 뿐입니다. 불가능한 일이라고 해서 손놓고 앉아만 있지 말고, 사람들의 마음이 그렇게 변할 수 있도록 계속 노력해 나가다가 보면 하늘의 도움을 얻어 이 세상이 차츰차츰 지상선경(地上仙境)으로 변하는 날이 반드시 찾아오게 될 것입니다."

"그거야말로 참으로 어려운 일이 아닙니까?"

"틀림없이 어려운 일입니다. 그러나 어렵긴 하겠지만 지금부터라도 늦지 않으니 세상 사람들 모두가 '일체의 불상사는 상대의 탓이 아니고 내 탓'이라고 생각하면 마음이 그지없이 넓어질 것입니다. 바로 이 때문에 어렵겠지만 그렇게 하려고 노력하면 누구나 그렇게 될 수 있습니다. 이 세상은 우리가 마음을 어떻게 먹고 행동하느냐에 따라 얼마든지 변하게 되어 있으니까요."

"요컨대 이유 없이 그런 불상사를 당했을 때 그 노인처럼 매를 맞고도 내 탓이라고 생각해야 된다는 말씀인가요?"

"그렇습니다. 알고 보면 전생에 그 노인이 먼저 청년을 구타했기 때문에 일어난 일이니까요. 그래서 시비가 붙었을 때 모든 것을 남의 탓으로 돌리면 그 순간부터 마음이 꽉 닫혀 버리고 원한만 싹트게 됩니다. 그렇게 되면 상대와 원수가 되고 척을 지는 길 외에는 선택의 여지가 없게 됩니다. 그래서 자기 자신을 위해서라도 일체를 내 탓으로 돌려야 살길이 열리게 되는 것입니다."

"결국은 속물(俗物)이 되지 말고 도인(道人)이 되라는 얘기군요."

"그렇습니다. 구도자는 결국은 도인이 되는 바로 그 길을 터벅터벅 걸어가는 사람입니다."

과장된 메르스 공포

2015년 6월 18일 목요일

우창석 씨가 말했다.

"요즘은 중동 호흡기 증후군 즉 중동 독감인 메르스보다는 메르스에 대한 두려움의 확산이 정상적인 경제 및 사회 활동을 마비시키는 것이 더 큰 문제라고 다수 국민들이 우려하고 있습니다. 과연 이 말이 옳은 것일까요?"

"그럼요. 지금 우리 사회에 떠돌고 있는 메르스에 대한 공포심이야말로 메르스 자체보다 훨씬 더 과장되어 있는 것이 사실입니다. 메르스 바이러스는 바로 이 공포심에 편승하여 그것을 에너지원으로 삼아, 점점 더 기승을 부려 맹렬한 기세로 거침없이 퍼져 나가고 있는 것이 지금의 우리나라의 실정이라고 생각됩니다.

신은미라는 재미교포 아줌마가 북한의 초청을 받아 다섯 번에 걸쳐 북한에 다녀오더니 북한 김정은 체제를 찬양하는 선전원이 되었습니다. 한국에서는 종북 단체들의 후원을 받아 강연회를 열었으나 청중의 항의로 중단되었는가 하면 우익 단체들로부터 고소까지 당하여 결국 한국에서 추방되어 미국에 갔다가 요즘은 일본에서 조총련의 후원으로 강연회를 열고 있다고 합니다.

그런데 보도되는 동영상을 보니 그녀는 그야말로 신들린 무당처럼 갖가지 제스처를 정신없이 구사하면서 강연에 열중하고 있었습니다. 무엇이 그녀를 그렇게 만들었을까요? 조총련과 일본 매스컴들의 호들갑스런 반응 때문이었습니다. 바로 이 반응이 그녀에게는 신바람을 불어넣어 주는 에너지원이었던 것입니다.

어쩌다가 한국 땅에 발을 딛게 된 메르스 바이러스는 정부의 사령탑 부재와 국익을 해치는 매스컴의 야단스러운 보도가 에너지원이 되어 기상천외의 창궐을 기록한 것입니다. 2015년 6월 18일 자 텔레비전을 보면 메르스가 한국에 침입한 지 29일 만에 23명의 사망자가 생겨난 것으로 되어 있습니다. 이 추세대로 나갈 경우 메르스 침입 한 달이 되는 6월 20일에는 기껏해야 사망자는 30명을 초과하지 못할 것입니다. (실제로는 27명에 그쳤다.)

올해 초에 홍콩에선 독감으로 5백 명이 사망했고 인도에선 신종 플루로 1천 명 이상이 숨을 거두었지만 한국에서처럼 국내외의 큰 소동으로 번지지는 않았습니다. 이들 나라의 정치인들과 언론이 자기 나라의 정부와 의료진을 집중적으로 질타함으로써 불안감을 조성하여 외국 관광객들의 발길을 끊어 버리게 하였다는 말은 일찍이 들어 보지 못했습니다.

우리나라의 일 년 교통사고 사망자 수는 6,000명이고 1일 평균 사망자 수는 14명입니다. 결국 메르스 사망자 수를 지금의 추세대로 1일 1명으로 친다 해도 교통사고 사망자 수의 14분의 1밖에 안 됩니다. 그리고 결핵 환자 일 년 사망자 수는 2,000명이고 1일 평균 사망자 수는 5명이므로 메르스 사망자 수의 5배나 됩니다.

이 정도의 독감 질환으로 해외 관광 예약이 연일 취소되고 각급 학교가 문을 닫고 각종 모임이 취소되는가 하면 백화점과 각종 매장의 고객들이 한꺼번에 썰물처럼 빠져나간다는 것은 결코 정상이 아닙니다. 메르스 바이러스는 정부의 우왕좌왕과 매스컴의 과장된 보도와 정부에 대한 질타로 국민들 사이에 발생한 공포심을 에너지원으로 삼아 기하급수적으로 창궐하고 있는 것이 틀림없습니다.

하루에 겨우 한 명꼴로 사망자가 발생하는 메르스 때문에 이 정도로 공포심이 팽배하여 나간다면 하루에 14명씩 교통사고 사망자를 내는 자동차는 우리 눈에 띄기만 해도 남녀노소를 막론하고 기절초풍할 정도의 공포심에 사로잡혀 벌벌 떨어야 마땅하고 마침내 우리의 눈앞에서 자동차는 모조리 그 자취를 감추어 버렸어야 합니다. 그러나 실상은 어떻습니까? 우리는 자동차를 일상생활에 없어서는 안 될 아주 편리한 교통수단으로 계속 애용하고 있지 않습니까?"

공포심을 이기려면

"그럼 바로 그 공포심 자체가 문제군요."

"그렇습니다."

"그럼 그 공포심만 없애 버리면 다시 안정을 찾을 수 있겠군요."

"그렇고말고요."

"우리의 마음속에서 공포심을 없애 버릴 수도 있습니까?"

"작심하고 꾸준히 노력만 하면 누구나 공포심을 없앨 수 있습니다. 일체유심소조(一切唯心所造)입니다. 무슨 일이든지 마음먹기에 달려 있으니까요."

"그럼 공포심을 없앨 수 있는 가장 빠른 길은 무엇입니까?"

"욕심을 비우면 됩니다."

"어떻게 하면 욕심을 비울 수 있습니까?"

"일상생활에서 나보다 남을 먼저 생각하는 습관이 붙어서 생활화되면 욕심을 비울 수 있을 뿐만 아니라 바르고 착하고 슬기로운 사람이 될 수도 있습니다. 욕심을 계속 비워 나가다가 보면 우리 주변의 이웃들이 나와는 동떨어진 존재들이 아니라 모두가 유기적으로 연결된 하나라는 실상을 자기도 모르게 깨닫게 되는 단계에 도달하게 됩니다.

그렇게 되면 삶과 죽음도 결국은 하나라는 것을 어느 순간에 문득 깨닫게 됩니다. 이것을 일컬어 우리의 선배 구도자들은 생사일여(生死一如)의 경지라고 말했습니다. 다시 말해서 삶과 죽음은 따로 떨어져 있는 것이 아니고 동전 앞뒷면처럼 하나로 붙어 있다는 것을 스스로 깨닫게 되면 그때 비로소 공포심이 서서히 사라지게 됩니다."

"요컨대 마음공부의 첫걸음은 욕심을 비우고 이웃을 사랑하는 것이군요."

"그렇습니다. 욕심의 출발은 바로 '나'입니다. 바로 이 나가 없어져야 생사도 없어지고 생사가 없어져야 삼라만상의 진상이 확실하게 보입니다. 우리가 사물의 실상을 보지 못하는 것은 바로 이 '나'라는 그림자가 장막처럼 내 눈을 가리고 있기 때문입니다."

"그럼 공포심이란 무엇입니까?"

"공포심이란 요즘 흔히들 말하는 일종의 스트레스입니다."

"그럼 스트레스란 또 무엇입니까?"

"스트레스란 걱정 근심, 불안, 번뇌입니다. 메르스 공포라고 하면 메르스로 인하여 죽을 수도 있다는 두려움을 말합니다. 그러나 생사일여를 터득한 사람은 이 죽음의 공포에서 벗어날 수 있습니다."

"어떻게 해야 생사일여를 터득하여 죽음의 공포에서 벗어날 수 있습니까?"

"사람이 죽으면 그 육체는 숨이 끊어짐과 동시에 부패가 시작되지만 그 사람의 영혼 또는 신명(神明)은 죽지 않고 살아서 다음 생으로 이어가게 된다는 것만 깨달아도 초보적인 죽음의 공포심에서는 벗어날 수 있습니다. 그러나 보통 사람들은 죽음은 끝없는 암흑의 나락 속으로 떨어지는 것으로 잘못 알고 있습니다.

그러나 실제로 육체를 떠난 신명은 그 순간부터 새로운 형태의 생활 영역 속으로 들어간다는 것을 알아야 합니다. 그러므로 죽음은 어찌 생각하면 지금과는 다른 세계로 들어가기 위하여 옛날 사람들이 왕궁에 들어가려고 겉옷을 바꿔 입는 것과도 같습니다.

이처럼 공포심에서 일단 벗어나면 메르스와 같은 역병(疫病)이나 임진왜란이나 병자호란이나 육이오 같은 난리를 만나도 허둥지둥하지 않고, 하나하나 차분하게 이들을 극복하는 방법을 어떻게 하든지 알아내어 막아낼 수 있습니다.

또 생사일여(生死一如)를 체득한 사람은 외적과 싸우거나 의료 분야에서 환자 치료를 위하여 열심히 일하다가 쓰러지는 한이 있어도 조금도 겁내거나 두려워하지 않고 일하는 보람을 스스로 느끼게 되어 있습니다.

왜적의 침입에 처음부터 충분히 대비하고 있던 충무공 이순신은 왜군과의 싸움이 임박하자 필사즉생(必死卽生)이요 필생즉사(必生卽死)라고 부하들에게 외쳤습니다. 이 말의 뜻은 죽을 각오로 힘껏 싸우면 기필코 살 것이요, 살 궁리만 하고 요리조리 싸움을 피하면 틀림없이 죽는다는 뜻입니다.

그러나 사즉생(死卽生) 생즉사(生卽死)는 글자 그대로 죽음은 곧 삶이고, 삶은 곧 죽음이라는 깊은 철학적인 의미도 함축되어 있다는 것을 알아야 합니다. 왜냐하면 생유어사(生由於死)요 사유어생(死由於生)이기 때문입니다. 풀어서 말하면 삶은 죽음에서 연유하고 죽음은 삶에서 연유하기 때문입니다.

그 이유는 낮이 있으니까 밤이 있고, 밤이 있으니까 낮이 있는 것처럼 삶이 있으니까 죽음이 있고 죽음이 있으니까 삶이 있습니다. 빛이 있으니까 어둠이 있고 어둠이 있으니까 빛이 있습니다. 다시 말해서 생과 사, 삶과 죽음, 빛과 어둠, 음과 양은 동전의 앞뒷면처럼 상대적이면서도 하나로 붙어 있다는 것을 알 수 있습니다. 이것이야말로 그 누구도 거부할 수 없는 진리입니다.

이 진리를 깨닫는 것이 바로 생사일여(生死一如)를 몸으로 터득하는 것입니다. 이 이치를 깨달은 사람은 메르스니 임진왜란이니 병자호란이니, 육이오니 북한의 핵 공격이니, 지축정립(地軸正立)이니 개벽(開闢)이니 하는 그 어떠한 어려움이 닥쳐와도 공포심에 시달리지 않게 됩니다.

우리나라의 지난 역사를 되돌이켜 보아도 전쟁에 충분히 대비하고 있었을 때는 당황하거나 허둥지둥하지 않고 침착하고 차분하고 지혜롭게 국란을 극복해 왔음을 알 수 있습니다. 서기 612년 수(隋)나라 군대가 고구려보다 10배가 넘는 200만 대군을 이끌고 대거 침략을 감행하여 왔을 때도 을지문덕 장군은 살수대첩에서 슬기롭고 여유 있게 적을 물리쳐 겨우 2,700명만이 살아 돌아가는 참패를 안겨 주었습니다.

을지문덕을 필두로 연개소문, 양만춘, 강감찬, 최영, 이순신, 곽재우, 권율 등이 지휘봉을 잡았을 때는 군민이 단합하여 두려움 따위에 시달리는 법 없이 외적을 항상 여유 있게 물리칠 수 있었습니다. 이러한 군신(軍神)들 휘하에는 언제나 고구려의 조의선인(皂衣先人), 신라의 화랑도(花郎徒), 고려의 재가화상(在家和尙), 조선의 의병 및 독립군과 같은 국란을 극복하려는 자발적인 애국자들의 조직이 있었습니다.

안중근 의사가 하얼빈 역두에서 그리고 윤봉길 의사가 상해 홍구 공원에서, 일제 침략자들에게 그렇게도 침착하게 행동할 수 있었던 것도 알고 보면 위기와 죽음 속에서 죽음을 초월하는 진정한 삶을 보았기 때문임을 알 수 있습니다.

지금 각 병원에서 환자들로부터 메르스에 감염되어 쓰러져 가면서도 자기 직무에 충실하게 수행하는 의사와 간호사들이야말로 조의선인과 의병들의 정신을 그대로 이어받은 진정한 후예들임을 알 수 있습니다."

고집부리지 말고 겸손해야

우창석 씨가 말했다.

"선생님, 제가 연속방송극을 하나 보고 있는데요. 그 줄거리를 간단하게 말씀드리겠습니다. 결혼 경험은 있지만 독신인 두 중년 남녀가 사귀다가 서로 깊이 사랑하게 되어 양가 부모의 허락까지 얻어 상견례를 치르고 결혼식 날짜까지 잡혀서 양가에서 한창 결혼 준비를 서두르고 있었습니다.

그런데 호사다마(好事多魔)라고 뜻밖에도 몇 해 전에 두 사람 사이에 있었던 뼈아픈 과거사의 비밀이 우연히 폭로되고 말았습니다. 남자에게는 중학교에 다니는 남자아이가 있었는데 공교롭게도 같은 학교의 같은 반에 여자의 아들도 다니고 있었습니다.

방과 후 길거리에서 두 아이 사이에 편싸움이 벌어졌습니다. 남자 쪽 아이가 힘이 세다는 것을 안 여자의 사내아이는 정신없이 도망을 치다가 달려가는 자동차에 치여서 숨을 거두고 말았습니다. 3년 전에 있었던 잊고 싶었던 뼈아픈 과거사를 알게 된 여자는 '자기 아들을 죽인 원수인 그 학생의 아버지와는 비록 서로 깊이 사랑하는 사이라고 해도 인륜 도리상 절대로 결혼을 할 수 없다'고 단호하게 거절했습니다.

그러나 남자와 그의 아들은 여자 앞에 무릎을 꿇고 깊이 사죄를 하면서 이 불상사로 인하여 여자가 요구하는 무슨 요구든지 성의껏 받아들이겠다면서 충심으로 용서를 구했습니다. 그러나 여자는 '안 됩니다'는 단 한마디로 거절했습니다.

남자는 자신의 아들과의 싸움이 원인이 되어 그런 사고가 난 것은 사실이지만 일종의 교통사고로써 상대를 의도적으로 살해한 사건과는 다르다고 말하면서 계속 용서를 구했습니다. 그러나 여자는 거절 일변도입니다. 만약에 이들 남녀가 자신들의 처신에 대하여 조언을 구한다면 선생님께서는 뭐라고 말씀하시겠습니까?"

"우선 여자에게 지금의 격앙된 흥분이 완전히 가라앉을 때까지 상당 기간 냉각기를 가지라고 권고할 것입니다. 냉각기가 끝나고 다시 그전의 평상심을 회복했는데도 남자에 대한 애정이 회복되지 않고 '아들을 죽인 원수의 아버지'로만 남았다면 남자에 대한 그녀의 애정은 한갓 허상이거나 그 사건으로 인하여 그 허상마저 완전히 날아가 버린 것으로 알고 이번 혼사는 처음부터 인연이 없었던 것으로 알고 끝내 버리는 것이 피차 좋을 것이라고 말할 것입니다. 남자만의 짝사랑으로는 결혼은 성립될 수 없으니까요."

"그렇다면 두 남녀의 자녀 사이의 불상사는 이들의 결혼에 처음부터 장애가 될 수 없다는 얘기가 되는가요?"

"냉정하게 성찰해 보면 그렇습니다. 그 불상사는 남녀가 서로 알지도 못하고 지냈던 과거에 있었던 일이고 이미 정리가 끝난 과거사일 뿐입니다. 두 사람의 애정이 이러한 장애를 극복할 수 없을 정도로 허약한 것이었다면 처음부터 사랑 같은 것은 시작하지 않는 것이 좋았을 것입니다. 일체의 과거사는 이미 끝나 버린 것이어서 지금 새삼스레 어떻게 할 수 있는 성질의 것이 아니기 때문입니다.

그들이 결혼을 할 경우 아무래도 그런 불상사가 꺼림칙하여 아무 일도 없었던 것 같지는 않겠지만, 두 사람 사이에 사랑만 있다면, 여수 순천 반란 사건 때 친아들을 죽인 청년을 양아들로 삼은 사람도 있는 것을 감안하면, 이런 과거의 불상사는 얼마든지 극복해 나갈 수 있는 일입니다. 사랑은 그렇게 모든 것을 녹여 버리는 위대한 것이기 때문입니다."

"과연 그럴 수 있을까요?"

"현상계에서 살아가는 사람들은 깊은 성찰을 해 보면 결국은 본래 너와 내가 따로 없는 하나임을 알 수 있기 때문입니다. 그런 걸 생각하면 이 세상에 원수라는 것은 원초적으로 존재할 수 없다는 것도 알 수 있습니다. 그런데도 불구하고 공공연하게 결혼 상대였던 남자의 아들을 보고 원수 운운하는 여자의 발언은 듣기에 심히 민망할 정도입니다."

"남자보다는 내공이 덜되었기 때문일까요?"

"그렇다고 볼 수 있습니다. 자기 앞에 무슨 난관이 닥쳐왔을 때 그것을 극복하기 위한 자기성찰을 해 볼 생각은 하지 않고 다만 학교에서 배운 대로 이 세상을 서구식 이분법적(二分法的) 흑백논리(黑白論理)로만 보려고 할 때 그런 일이 벌어집니다.

이 세상은 처음부터 나와 너 또는 흑과 백으로 나눌 수 있는 성질의 것이 아니기 때문입니다. 삼라만상은 처음부터 하나이면서 둘이고 둘이면서 하나일 뿐 아니라 검으면서도 희고 희면서도 검고 하나이면서도 전체이고 전체이면서도 하나이기 때문입니다. 따라서 이 세상에 고정불변하는 것은 아무것도 없다는 것을 알아야 합니다.

예수 믿는 사람을 보이는 족족 잡아 죽였던 일개 살인청부업자에 지나지 않았던 사울이 예수의 성령에 접하자 어느 사이에 사도 바울로 변신하여 현재의 기독교 교회의 초석을 쌓은 성인이 되었습니다.

그런가 하면 일제 강점기에 다카키 마사오라는 일본군 소위였던 박정희 전 대통령은 몇 번의 변신 끝에 대한민국에 경제 기적을 가져온, 우리 국민뿐 아니라 전 세계인들의 존경을 받는 한국의 대통령으로 거듭났습니다. 그런데도 종북 행위로 해산된 통진당 대표였던 이정희 씨는 지금도 박정희 전 대통령이 일본 천황에게 충성을 맹세한 다카키 마사오 일본군 장교였다는 것만을 염불처럼 되뇌고 있습니다. 허상만 보았지 실상은 보지 못했기 때문입니다.

문제의 그 여자도 무엇이 실상이고 무엇이 허상인가를 똑바로 깨달으면 생각이 달라질 것입니다. 왜냐하면 이 세상 모든 일과 그로 인해서 발생하는 행복과 불행은 마음을 어떻게 먹느냐에 달려 있으니까요."

"듣고 보니 그 여자에게는 2차원 세계에 사는 존재에게 4차원 세계로 도약하라는 주문과 같이 어려운 것으로 생각됩니다. 어떻게 하면 그렇게 될 수 있겠습니까?"

"고집부리지 말고 겸손하면 누구나 다 그렇게 될 수 있을 것입니다."

서민 청년과 재벌 외동딸

우창석 씨가 말했다.

"그럼 이번엔 서민층 청년과 모 재벌 외동딸과의 사랑 이야기를 해 볼까 합니다. 바로 그 문제의 재벌이 경영하는 병원에서 근무하는 유능한 청년 의사와 이 병원의 관리부장직을 맡고 있는 재벌 딸이 우연히 알게 되어 서로 사귄 결과 결혼 소문이 파다하게 직원들 사이에서 회자될 정도로 가까운 사이가 되었습니다.

그렇지 않아도 관례에 따라 비슷한 재벌 자녀들 사이에서 배필을 구하던 그녀의 부모는 이 소문에 접하자 벼락이라도 맞은 듯 화들짝 놀라 자빠질 지경이었습니다. 그들은 딸을 엄하게 단속하는가 하면 딸의 아버지인 재벌 총수는 길을 걸어가는 그 청년 의사를 무조건 자기 차에 태우고는 대뜸 하는 말이 '서민 자제인 주제에 언감생심 재벌 외동딸에게 눈독을 들이느냐면서 자기 딸과의 결혼은 적어도 자네가 지금의 부모형제와 완전히 인연을 끊고 데릴사위로 들어올 각오가 되어 있지 않는 한 꿈도 꾸지 말라'고 호통을 쳤습니다.

그런가 하면 딸의 어미는 대낮에 예고도 없이 청년의 집에 불쑥 나타났습니다. 때마침 집을 지키고 있던 청년의 할머니에게 '예전에는 개천에서 용 나는 기적도 간혹 있었지만 요즘은 세상이 온통 바뀌어 용은 큰 바다가 아니면 절대로 나올 수 없다'고 말했습니다. 그리곤 1억짜리 수표가 든 봉투를 내놓으면서 부디 이 집 청년이 자기 딸과 결혼할 생각을 단념해 달라면서 휙 사라졌습니다.

그 1억짜리 수표는 청년에 의해 곧 반환되었지만 이러한 일들로 충격을 받은 남자는 재벌 외동딸인 애인에겐 연락도 없이 장기 휴가를 얻어 농촌 봉사대로 훌쩍 떠나 버렸습니다. 그리고 또 다른 당사자인 병원 관리부장인 재벌의 외동딸은 그녀대로 그와의 연락이 끊어져 애가 타서 어쩔 줄을 모르고 전전긍긍입니다. 만약에 그 재벌 외동딸이 찾아와 조언을 구한다면 선생님께서는 뭐라고 대답해 주시겠습니까?"

"그 얘기를 듣고 보니 고구려 25대 평원왕의 외동딸 평강 공주와 바보 온달의 이야기가 문득 떠오릅니다. 누구나 다 아는 일이지만 평강 공주는 온달의 아내입니다. 평강 공주는 어릴 때 노상 징징거리고 울기를 잘하는 통에 아버지로부터 울음을 그치지 않으면 바보 온달에게 시집보내 버리겠다는 위협조의 농담을 듣고 자랐습니다.

공주가 16세였을 때였습니다. 부왕이 상부(上部) 고씨(高氏) 집안 자제에게 공주를 시집보내려 하자 그녀는 과감하게 이를 거부하고, 평소에 준비해 왔던 패물을 몸에 지닌 채 궁궐을 뛰쳐나와 그 가난하고 무식한 온달을 찾아 그들 모자를 설득하여 부부의 연을 맺었습니다. 그 후 그 패물을 팔아 집과 논밭 등을 마련하고 온달에게 학문과 무예를 가르쳐 고구려에서 가장 훌륭한 장군이 되게 하였고 마침내 남편인 온달로 하여금 국가의 간성으로 키워 내고야 말았습니다.

지금의 한국 사회에서의 재벌의 외동딸은 바로 고구려의 평강 공주와 흡사한 위치에 있지 않나 생각됩니다. 그녀가 나를 찾아와 자문을 구한다면 나는 그녀에게 물을 것입니다. 평강 공주가 상부 고씨의 아들과 결혼시키려는 왕의 의도를 정면으로 거부하고 궁궐을 뛰쳐나와 온달과 결혼하였듯이, 재벌 외동딸의 지위를 박차 버릴 자신이 있는가 하고 말입니다. 왜냐하면 여기서 그녀의 상대인 청년 의사는 재벌 딸처럼 사랑을 위하여 기존의 지위와 호사를 떨쳐 버릴 수 있는 아무런 특권도 지위도 없는 인물이기 때문입니다."

"결국 재벌 딸의 처신 여부에 혼사의 성패가 달려 있다는 말씀이시군요."

"그렇습니다. 그 재벌 외동딸에게 평강 공주와 같이 자신의 뜻을 실천할 만한 강인한 의지와 과감한 결단력이 과연 있는가 하는 것이 그들 두 남녀의 운명을 결정짓게 될 것입니다. 그러나 여기서 주목할 것은 그 재벌 외동딸은 평강 공주보다는 훨씬 더 유리한 위치에 있다는 것을 알아야 할 것입니다."

"그게 뭐죠?"

"평강 공주는 단 한 번도 만나 본 일 없는, 아는 것이란 오직 늙은 어미를 부양하는 가난하고 무식한 나무꾼에다 떠꺼머리총각이라는 것밖에 아무것도 없었건만 평강 공주는 백척간두에서 그녀의 일체를 내던지듯, 그야말로 용감무쌍하게 온달과의 결혼을 밀어붙였습니다.

그러나 그 재벌 외동딸의 상대는 비록 서민이긴 하지만 일류 대학을 나온 유망한 의사이고 게다가 둘은 서로 열렬히 사랑하는 사이라는 이점이 있음을 고려할 때 그녀가 망설일 이유는 전혀 없다고 봅니다. 만약에 여기서 계속 발만 동동 구른다면 그녀는 평강 공주의 반열에는 도저히 낄 자격이 없는 한갓 속물로 전락되고 말 것입니다."

【이메일 문답】

정상적인 수련 상태로 복귀해야

안녕하세요. 선생님? 조성용입니다. 설 명절은 잘 지내셨는지요? 오랜만에 인사드립니다. 제 근황을 궁금해하실 것 같아 몇 자 적어 봅니다.

작년 8월에 퇴원 후 이렇다 할 의욕이 없는 중에 팔까지 아파서 겨우겨우 추수를 하였지요. 그때보다 많이 나아지긴 하였지만 여전히 팔꿈치며 손가락이 아프답니다.

수련에 대한 의욕이 적다 보니 운동도 하지 않고 생식도 끊은 지 오래여서 체중은 어느덧 10kg 이상 불어났습니다. 그런 와중에도 단전에 기감이 사라지지 않는다는 게 신기할 따름입니다. 이게 현재 제 상태입니다. 심려를 끼쳐드려 늘 죄송합니다.

『선도체험기』 109권이 발간되었으면 생강차와 같이 우송 부탁드립니다. 주소와 전화번호는 동일합니다. 가격만 알려 주시면 송금하겠습니다. 그럼 이만 줄입니다. 안녕히 계십시오.

2015년 2월 26일
조성용 올림

【필자의 회답】

그동안 체중이 10킬로그램이나 늘어난 것은 빨리 이전의 수련 의욕을 되살려 정상적인 수련 상태로 되돌아가라는 선계 스승님들의 독촉장이라고 보아야 합니다.

조성용 씨에게는 수련을 다시 시작해도 늦지 않다는 분명한 표시가 있습니다. 그것이 바로 단전에 기감이 살아 있다는 엄연한 사실입니다. 그것을 신기하다고만 생각할 것이 아니라 새로운 불씨로 삼아 칠전팔기의 불요불굴 정신으로 재기해야 될 신호로 보아야 할 것입니다.

『선도체험기』 109권 원고가 설 전에 이미 출판사로 넘어갔으니 2개월쯤 뒤에는 책이 되어 나올 것입니다.

상담 요청

저는 1985년도 고등학교 3학년 때 대구은행에 입사하여 은행원으로서 18개월 근무 후, 군대에 들어가 31경비대에 지원하여 고된 훈련을 받았습니다. 그러고 나서 제대 후 다시 은행에 복직하여 일하던 중 스트레스를 너무 많이 받아 89년 2월 28일 새벽 4시경에 오장육부가 다 꼬일 때 저도 모르게 기마자세로 웅크리고 '오 주여!'를 중얼거렸습니다.

그러자 오른쪽 머리 위로 푸른 화살 빛이 지나가면서 마음이 붕 떴습니다. 은행에 가서 빛을 봤다고 얘기하니 은행에서 좀 쉬라고 해서, 대구정신병원 원무과에 근무하던 저의 사형이 저를 그 병원에 처음 입원시켰습니다.

퇴원 후 다시 은행에 복직하여 일하던 중 군대서 국선도를 하던 사람을 알게 되었습니다. 새벽에 국선도 도장에 다니고 밤에는 야간대학에 다녔습니다. 국선도를 하니까 너무 좋았는데 3개월 하니 정각도원이 침략도원으로 들리고 예수와 부처가 보였습니다. 서러움과 가슴에 통증이 생겨 정신병원에 90년 9월 5일에 다시 입원하였습니다.

퇴원 후 몇 년 은행 근무 하던 중 또 국선도에 다니면서 국선도 중기단법인 5초 호흡을 하니 정각도원이 침략도원으로 들리고 알 수 없는 아픔이 나타나서 또 정신병원에 입원하였습니다. 그러고 나서 IMF가 와서 대구은행에서 1억을 받고 명예퇴직을 하였습니다.

그 돈으로 한국통신에 근무하는 형님과 휴대폰 대리점 사업을 하였습니다. 한국통신에서 사표를 낸 형님이 일을 하고 저는 집에서 국선도 중기단법 수련을 5년이나 이상 없이 하였습니다. 저는 아침에 집에서 국선도 중기단법 수련을 하고 저녁에는 수영을 하고 오행육기 생식을 하면서 『선도체험기』를 읽었습니다.

그러던 중 2002년 월드컵 때 갑자기 쿤달리니가 일어나서 성기가 설 때 뱀이 입으로 들어가고 한여름에 눈이 내리는 것을 보고, 대구 달성공원에 가서 척추로 뜨거운 기운이 올라오고 할 때 대천문인 사하스라라 챠크라가 열렸습니다.

그때 달성공원에 가서 다니구찌 마사하루가 쓴 『생명의 실상』에 나오는 구절인 암흑의 무를 증명하는 붉은 지네 같은 것이 왼쪽 손목 동맥으로 들어가서 조개로 왼쪽 손목을 찔러서 피를 내어 대구 동산병원에 갔었습니다.

암흑의 무를 증명하는 것은 광명밖에 없다라고 나오는데 책을 읽어봐도 무슨 말인지 모르겠습니다. 그러고 나서 혼자 집에서 수행하면서 다석 류영모 선생의 책을 보니 제나를 버리고 얼나로 솟아라라고 되어 있었습니다.

제가 처음 정신병원에 들어간 89년 2월 28일 새벽에 본 것은 얼이라는 것을 몇 년이 지나서야 알게 되었고, 우연히 인터넷 검색을 하니 왼쪽 손목 동맥으로 사하스라라 챠크라와 7번이 같은 것을 우연히 알게 되었습니다. 제가 태음인인데 쿤달리니가 일어났을 때 태음신인 현무가 들어간 것도 3년 전 쯤에 알게 되었습니다.

『선도체험기』를 통하여 다석 류영모와 생명의 실상을 가르쳐 준 선생님께 감사드리지만 혼자서 수련을 하니 형님은 저를 수십 차례나 정신병원에 입원을 시켰습니다. 글재주가 없어서 선생님께서 이해하실 수 있을지 모르지만 대충 이런 사정입니다.

2015년 2월 28일
이영부 올림

【필자의 회답】

보내 주신 상담 요청 잘 읽었습니다. 이영부 씨는 『선도체험기』를 읽으면서 다석 류영모와 다니구찌 마사하루의 『생명의 실상』을 알게 된 모양인데, 『선도체험기』는 몇 권부터 몇 권까지 읽었습니까?

가능하면 1권부터 109권까지 순서대로 차분하게 읽으시기 바랍니다. 그 책을 읽는 동안에 이영부 씨가 왜 그렇게 정신병원에 자주 입원을 하게 되었는지, 그 원인이 어디에 있는지 스스로 알게 될 때가 있을 것입니다. 그리고 어떻게 하면 그 병을 이겨낼 수 있을까 하는 것도 알게 되어 병에서 벗어날 수 있다는 자신감을 가질 수 있게 될 때가 있을 것입니다.

이영부 씨가 그렇게 될 수 있기 바랍니다. 누가 이영부 씨를 도와주어서가 아니라 이영부 씨 스스로 그렇게 될 수 있을 것입니다. 왜냐하면 『선도체험기』에는 그렇게 하여 정신 질환을 이겨낸 생생한 체험담들이 실려 있으니까요. 그렇게 되었을 때 다시 메일을 보내 주시기 바랍니다.

아들이 조금씩 변하고 있습니다

삼공 선생님, 그동안 안녕하셨습니까? 도율입니다. 사모님께서도 평안하신지요?

작년에 『선도체험기』 108권 구입 이후 문안 인사가 늦었습니다. 저는 인천지방법원에서 2년째 근무하고 있고, 빠르면 내년 늦어도 후년엔 서울 지역으로 옮겨갈 것 같습니다.

그 사이 아들은 중학교 3학년, 딸은 초등학교 2학년이 되었습니다. 선생님 말씀대로 아들은 이제 조금씩 변하고 있습니다. 아직 철이 없긴 하지만 이전처럼 막무가내는 아니고 조금씩 세상을 알아가는 것 같습니다.

저도 법원 산악회장으로 또는 친구들과 함께 거의 일주일에 한 번 정도 등산을 하기 시작했습니다. 역시 등산을 하고 나니 생활의 활력도 생기고 선도에 매진할 체력이 더 보강되는 것 같습니다. 앞으로 더욱더 정진하려고 합니다.

생식이 떨어져 구입하려고 하고, 『선도체험기』 109권이 나왔으면 함께 보내 주셨으면 합니다. 택배비 포함해서 비용을 알려 주시면 바로 입금하겠습니다. 항상 건강하시고, 『선도체험기』가 계속되길 빕니다. 안녕히 계십시오.

2015년 4월 13일

도율 올림

【필자의 회답】

무엇보다도 아드님이 조금씩 변하고 있다니 참으로 다행입니다. 이처럼 시간이 흐르면 모든 것은 변하기 마련이건만 성급한 사람들은 그 한때의 어려움을 참아 내지 못하고 극단적인 행동을 서슴지 않으니 안타까운 일이 아닐 수 없습니다.

요즘 문제가 되고 있는, 자살한 성완종 경남기업 회장도 그렇습니다. 사람은 살기 위해서 이 세상에 태어났지 죽으려고 태어난 것은 아닙니다. 나 같으면 억울해서 죽고 싶은 일이 생기더라도 인과응보라고 생각하고 비록 교도소에 가게 될지언정 묵묵히 자기 운명을 감수하련만, 자살 전에 구차하게도 의문의 리스트까지 만들어 세상을 발칵 뒤집어 놓는 어설픈 일은 하지 않을 것 같은데. 사람 사는 방법은 참으로 천태만상인 것 같습니다.

도율이 산악회장이 되어 일주일에 한 번씩 등산을 하고 있다니 잘한 일입니다. 우리가 10년 전까지만 해도 일요일 어두운 새벽에 관악산을 타던 때가 좋았는데 하는 생각이 저절로 납니다. 나는 2년 전 낙상으로 골반이 골절된 후유증으로 등산을 못 하고 있지만 앞으로 몸이 회복되면 등산부터 다시 시작하려고 벼르고 있습니다. 등산을 규칙적으로 하면 수련도 반드시 향상될 것입니다. 등산은 역시 최선의 선택입니다.

『선도체험기』 109권은 4월 말 안으로 시중에 내놓을 예정으로 출판사에서 열심히 만들고 있습니다. 표준 생식 4통 값은 24만 원이고 택배비는 받지 않습니다.

기차 타고 삼공재로 가면서

스승님 안녕하셨습니까?

지금 서울행 KTX 안에서 이 글을 쓰고 있습니다. 지금은 많이 진정되고 편안해졌지만 불과 며칠 전까지만 해도 마음이 너무 어지럽고 괴로웠습니다. 제가 살고 있는 곳은 부산 중에서도 고리원전이 가까이 있는 곳입니다. 인구가 많이 밀집되어 있는 신도시다 보니 아이들 키우는 환경이 잘되어 있고 자연 경관도 아름다운 곳입니다.

그런데 일상생활을 하던 중 불현듯 원전 가까이 살고 있다는 사실이 갑자기 위기감으로 다가왔습니다. 물론 스승님께서도 자연재해로 인한 향후 우리나라 동남해 지역의 침수를 예견하는 학자들과 예언가들의 글을 소개하시기도 했지만요. 그 기간을 10년에서 30년 안으로 잡는다 하더라도 마음을 먹고 차분하게 준비하기에는 많은 시간이 남아 있지 않다고 생각했습니다. (막연한 제 생각입니다만) 아직 아이들이 어리다 보니 내심 그 애들이 좀더 큰 다음에는 환란이 닥쳐와도 덜 애가 쓰일 것 같았습니다.

그런데 문득 원전에 대한 막연한 공포심에 인터넷에 검색을 하던 중 강증산 상제님의 예언 부분과 작금의 국내외 상황들이 묘하게 맞아 들어간다는 생각을 했습니다. 증산 상제님의 천지공사 내용의 많은 예언 부분들이 증산도 쪽에서 혹세무민하는 도구로 사용하다 보니 온갖 부정부패로 지금 그쪽은 많이 시끄러운 것 같습니다. 다른 한편에서는 뜻있는 사람들이 모여 새로운 변화를 모색하기도 하구요.

방사능 원전 자연재해들을 검색하다 보니 2015년을 기점으로 뭔가 일이 있을 거라는 암시를 하는 영성 단체들이 하나둘이 아니라는 것을 알았습니다. 일부 단체에서는 북한의 핵 공격으로 수도권이 완전히 초토화될 것이며 대도시들도 사람이 살 수 없을 정도로 황폐해질 것이라고 경고하고 내륙의 안전한 곳으로 거주지를 옮길 것을 권유하는 곳도 있습니다.

그런 목소리를 내는 사람들은 소명 의식으로 그런 것을 알리고 준비를 한다 합니다. 물론 그런 일이 일어날 수도, 안 일어날 수도 있겠지요. 그런데 제 마음이 무엇에 끌리듯 지금부터 준비하고 적극적으로 대처하라고 자꾸만 등 떠밀 듯하니 불안해지기 시작했습니다.

남편과 저는 아이들이 좀더 크면 귀농할 생각을 하고 있었는데 나중에는 그런 선택권조차 주어지지 않을 것 같다는 생각을 했습니다. 수련 중에 이런 어지러운 마음을 바로잡으며 내가 지금 준비하는 것이 맞는지 제 자성에게 조용히 물어보았습니다.

그렇다라는 대답이었는데 그 대답조차 솔직히 좀 신뢰가 되지 않습니다. 남들은 아무 걱정 없이 살고 있는데 저 혼자 뭐에 홀리듯 사는 거주지를 정리하고 시골로 내려가려고 하는 것이 과연 옳은 선택인지 모르겠습니다.

아무튼 요 며칠 혼자 온갖 공상 시나리오를 쓰다가 현실에 충실하면서 차근차근 준비하자로 마음을 바꾸고 이 글을 쓰고 있네요. 조금 있다 뵙고 인사드리겠습니다.

2015년 4월 30일

박동주 드림

【필자의 회답】

우리가 살고 있는 지구라는 행성은 45억 년 전에 생겨날 때와 마찬가지로 때가 되면 반드시 소멸됨으로써 생멸을 계속할 것입니다. 긴 눈으로 보면 이 우주 안의 뭇 별들은 그러한 생성과 소멸을 한도 끝도 없이 되풀이할 것입니다. 그러나 인간의 영성은 시공을 초월하여 영원불멸한다는 진리에 도달하게 됩니다.

이러한 진리는 학문보다는 깨달음으로 체득하는 길밖에 없습니다. 바로 생사일여(生死一如)의 경지입니다. 이로써 생사는 바로 내 손아귀에 쥐어져 있다는 확신을 갖게 됩니다. 이 확신으로 우리는 마음의 안정을 찾을 수 있습니다. 마음과 진리가 하나이기 때문입니다. 그럼 진리는 무엇인가? 진리는 바로 자연 그 자체입니다.

그래서 이러한 진리를 체감한 구도자들은, 어떻게 하든지 거짓말 안 하고 착하고 지혜롭게 살아가기를 바랄지언정, 지축정립이나 개벽이니 환란이니 하는 천체의 생멸에 대하여 크게 개의치 않습니다. 그래서 스피노자 같은 사람은 "내일 지구의 종말이 온다 해도 나는 오늘 사과나무를 심겠다"고 말했습니다. 시공을 초월한 사람이 아니고서야 어찌 이런 말이 금방 입에서 튀어나올 수 있겠습니까?

지금 당장 그런 심정이 아니라면 지금부터라도 부지런히 닦아서 그렇게 되도록 노력을 기울여야 할 것입니다. 그런 경지에 드신다면 인공 또는 자연재해 따위에 전전긍긍하는 일은 없어지게 될 것입니다. 단지 아직 깨닫지 못한 부모처자 친척 이웃들이 걱정이 되겠지만 그들 역시 때가 되면 깨달을 때가 올 것입니다.

그렇다면 그저 지금까지 살아온 대로, 과일나무도 심으면서 형편 닿는 대로 최선을 다하여 그때그때 앞에 닥친 현실을 지혜롭게 타개하여 나가면 될 것입니다. 때가 되어 헌 옷을 새 옷으로 갈아입는 일이야 무슨 어려움이 있겠습니까?

요컨대 내일 일은 내일에 맡기고 오늘은 오늘 일에 충실하면 될 것입니다. 앞으로 무슨 일이 일어나든 우리 마음만은 그 누구도 그 무엇도 어쩌지 못할 터인데 무엇 때문에 그처럼 전전긍긍할 필요가 있겠습니까? 그 마음이야말로 얼마든지 새 우주를 꽃피울 수 있는 씨앗이 아닌가요?

선도체험기 6권

답장 감사합니다. 오늘 『선도체험기』 6권을 읽게 되었습니다. 그것을 읽어 보고 두 가지 의문점이 생겨 질문드립니다.

1. 민소영이란 분이 수련을 위해 선생님과 기운줄을 연결하여 수련하는 장면이 나왔습니다. 선생님이 그 때문에 손기 현상을 느낀다고 하셨는데 제가 『선도체험기』를 읽으며 선생님의 가피력을 느끼는 것은 선생님께 지장이 없는지요?

2. 어떤 분이 기적으로 도움을 받고 고마움으로 케익을 사 왔는데 상해 있어서 선생님이 섭섭함을 느끼시는 바람에 그분에게 안 좋은 일이 일어난 일이 있었습니다. 지금의 제 수준에서 타인에게 분노나 미움을 강렬히 느끼면 타인이 직접적인 피해를 입을까요?

두 번째 질문을 왜 하게 되었냐 하면 두 번째 자전거 사고 난 아이의 엄마로부터 카톡을 받게 되었기 때문입니다. 여자아이가 자전거를 들이받아 저희 아이도 넘어져 다쳤는데 관대한 척하며 갑질을 하는 그 엄마가 미워서 아침부터 오후까지 좋은 생각을 가질 수 없었습니다.

점심을 먹고 멀쩡히 눈뜨고 있는데 그 엄마의 보호령인 듯한 할머니와 할아버지가 나타나 저에게 무릎 꿇고 용서해 달라고 빌었습니다. 드라마에서 자주 나오는 파출소에서 불량 아들 대신 비는 부모님과 한 치도 다르지 않은 모습이었습니다. 솔직히 아직도 진짜인가 자기 위안용 망상인가 의심스럽습니다.

두 분이 비는 이유가 제가 강렬한 미움의 감정을 가지고 있었으므로 6권의 내용처럼 기적으로 해악을 끼칠까 염려하는 것이 아닐까 싶었습니다. 그 이유 이외에는 생각나지 않습니다. 다른 이유로 나설 필요가 있을까요?

저는 저보다 연배가 높으신 분들이 빈다고 생각하니 당황스러웠으나 마음은 좀 풀렸습니다. 그러나 그쪽에서 사과하지 않는 이상 저도 기분이 상할 수밖에 없고 두고 보겠다고 마음을 전했습니다.

솔직히 이제서야 나타나서 비굴하게 구는 두 보호령이 아니꼽기도 하였습니다. 사람 하는 짓이랑 꼭같지 않은가 회의도 들었습니다. 구도자로서 의연하지 못하다는 반성을 하기도 하고 새로운 경험을 하였다 싶습니다. 삼공 선생님은 여러 제자들이 찾아오니까 많은 지도령들의 부탁을 들으시겠구나 하는 생각도 들고 각 지도령들마다 요구도 많이 하겠네 하는 상상을 하였습니다.

새로운 변화가 있으면 메일 드리겠습니다.

2015년 5월 28일

신지현 올림

【필자의 회답】

첫 번째 질문에 대한 대답

『선도체험기』 6권을 쓸 때는 지금으로부터 무려 25년 전 일입니다.

그 후 나도 수련이 많이 향상되었으므로, 그때는 그때고, 지금은 그런 일로 손기를 느끼는 일은 없습니다. 그리고 어떤 수련생이 나를 떠올리고 도움을 청하여 가피력을 느꼈다고 해도 나에게 어떤 지장이 생기는 일은 없습니다.

모 수련생이 나에게 수련을 받고 효과가 있어서 고마움의 표시로 선물한 케익이 상해 있어서 기분이 상한 일이 있었습니다. 그 일로 그분이 금전상의 큰 손실을 본 일이 있었다는 것을 그 후에 그분의 말로 알게 되었습니다. 그 일이 있은 뒤로는 그런 일이 있어도 절대로 기분 나빠하지 말아야 한다는 것을 깨닫고 자제하고 있습니다. 내가 그런 일로 기분 나빠한다면 나에게 항상 붙어서 사는 보호신명들이 자기도 모르게 발끈하여 해꼬지를 한다는 것을 알았기 때문입니다.

따라서 수련이 일정 수준에 도달한 사람은 감정 표현을 지극히 조심해야 합니다. 대주천 수련이 된 사람은 아무리 화가 나도 상대를 함부로 가격하면 치명상을 입힐 수 있으므로 비록 상대의 주먹을 피하거나 얻어맞는 한이 있어도 상대를 때리지 말아야 합니다.

더구나 함부로 남을 미워하지도 원망하지도 말아야 합니다. 남을 원망하고 미워하면 그 순간부터 그것이 상대를 상하게 할 뿐 아니라 동시에 자신에게도 독이 되어 자신을 상하게 하기 때문입니다. 수련을 하여 능력자가 된다는 것은 권투 챔피언이 깡패에게 얻어맞을지언정 상대에게 자기 주먹을 함부로 날리지 못하는 것과 같습니다.

두 번째 질문에 대한 대답

가해 어린이 엄마의 고령의 보호령 두 분이 신지현 씨에게 찾아와 잘못을 사과하고 무릎 꿇고 빈 것은 신지현 씨 정도로 수련이 된 구도자에게는 흔히 있을 수 있는 일입니다. 지금 신지현 씨는 자신의 구도자로서의 위상을 너무도 모르고 있습니다.

상대를 아니꼽고 비굴하다고만 생각할 것이 아니라 좀더 사물을 객관적으로 그리고 긍정적으로 생각하고 그들을 관대하게 용서해 주는 넓은 아량을 베풀어야 합니다. 그것이 신지현 씨의 위상에 어울립니다. 그리고 그것을 반드시 깨달아야 합니다.

챔피언에 오른 운동선수가 아직도 자기가 초보 수련자 정도인 줄 착각하는 어리석음은 두 번 다시 범하지 말아야 합니다. 그렇다고 해서 교만하지도 말고 비굴하지도 말아야 합니다. 자기 자신을 항상 객관적으로 파악할 줄 아는 것도 수련자가 갖추어야 할 미덕 중의 하나라는 것을 잊지 말아야 합니다. 그래야만이 다음 단계를 향해 늘 상승가도를 달릴 수 있습니다.

인욕선인 이야기

답장 감사합니다. 선생님.

이번 같은 일이 처음이라 믿을 수가 없어서 어제도 수십 번 읽고 이렇게 메일을 쓰면서도 다시 한 번 읽었습니다. 갑자기 석가모니 부처의 전생이라는 인욕선인(忍辱仙人)이 생각나 인터넷에서 찾아 읽었습니다.

칼링가 왕에게 어이없는 이유로 사지가 잘렸는데도 잡념 없이 참았으며 왕을 살려 주려는 인욕선인의 굉장한 이야기도 읽고 또 읽었습니다. 행동

뿐만 아니라 생각조차 조심해야 한다니 구도자라는 건 힘든 일이네요.

메일 드리고 나서 미운 생각도 많이 없어져서 선생님 말씀대로 용서하기로 하였습니다. 이런 의사를 전달하자 가해 어린이 엄마의 두 보호령이 고개를 굽신거리며 감사하다고 하였습니다. 솔직히 아직도 이게 진짜 겪고 있는 일인지 의심스럽습니다.

거기다 현실적, 물질적으로 달라진 것은 하나도 없어서 어리둥절한 기분을 떨칠 수 없습니다. 아마 선생님의 이번 메일과 인욕선인 이야기는 오늘도 수십 번 더 재탕할 것 같습니다. 새로운 변화가 있으면 메일 드리겠습니다.

2015년 5월 29일

신지현 올림

【필자의 회답】

수행이 일정한 경지에 올라 하늘의 선택을 받은 구도자는 행동거지 하나하나가 다 자기 자신은 물론이고 관련된 사람에게 영향을 끼치게 되어 있다는 것을 이번 일로 깊이 명심해야 할 것입니다. 그렇지 않다면 가해 어린이 엄마의 보호령들이 신지현 씨가 용서를 해 주자마자 찾아와서 굽신거리면서 고마워할 이유가 없을 것입니다.

이렇게 하는 것이 지금은 생소해서 힘들고 거북하고 어렵겠지만 미구에 그러한 생활이 일상화되면 그것이 도리어 편안할 때가 찾아올 것입니다. 새로운 환경에 재빨리 적응할수록 수련은 계속 향상될 것이니 분발하기 바랍니다.

두 가지 자전거 사고

안녕하세요, 선생님. 부산의 신지현입니다. 저번 주로 자전거 사고는 두 가지 다 해결을 보았습니다.

첫 번째 사고를 당했던 여자아이는 자전거 바퀴에 입을 부딪혀 세 개의 이가 흔들려 한 달 넘게 교정기를 달고 있었습니다. 처음에는 자신의 딸이 무방비로 뛰어들어 사고를 당한 것을 모두 저희 아들 탓으로 돌리는 그 엄마가 괘씸해서 학교 보험과 학교에서 정한 책임자에게 보상받으라고 냉정하게 잘라 버리려고 하였습니다.

(교장 선생님이 운동장 트랙에서만 자전거를 타도 된다고 정했고, 저희 아들은 규칙을 지켰습니다. 학교의 과실이 있어서 이 문제로 전체 회의까지 했고 방과 후 선생님이 책임자로 정해져서 그 엄마에게 전화를 했다고 합니다.)

하지만 이상하게도 이 문제는 그 엄마와 저의 선에서 해결해야 할 것만 같은 생각이 들어서 군소리 없이 치료비 전액을 통장으로 입금하고 위로금으로 아이에게 오만 원을 쥐여 주었습니다. (처음 다쳤을 때 앞니로 씹을 수가 없다니 딱해서 맛있는 것 먹으라고 십만 원 주었습니다.)

치료비는 거의 다 학교에서 보험으로 받을 것이고 저에게서는 오십만 원 이상 받은 셈입니다. 그 엄마는 만족했는지 다음에는 악연으로 만나지 말고 좋은 인연으로 만나자고 문자를 보내왔습니다.

두 번째 여자아이는 저희 아들의 자전거에 뛰어들어서 본인은 팔이 찢어졌고 저희 아들도 다치고 자전거도 수리를 받아야 했습니다. 두 번째 엄마는 치료가 끝나자 치료비의 반을 물어 달라고 문자를 보내와서 입금하여 주었습니다. 좋게 끝난 것은 아니나 안 좋게 끝난 것도 아닌 것 같습니다.

이 두 사건으로 칠십만 원 이상을 쓰게 되었으나 돈이 아깝다는 생각은 전혀 들지 않았습니다. 그것보다 둘 다 자기 자식들이 자전거에 뛰어들어 놓고도 (심지어 두 번째 아이는 저희 아들이 피하기까지 했으나 오히려 그쪽으로 뛰어왔으면서) 저희 아들을 나무라는 태도에 대한 분노와, 실수는 그쪽이 해 놓고 왜 우리가 보상을 해야 하나에 대한 심적인 회의를 느꼈습니다.

역지사지로 다친 아이들을 생각하면 참으로 딱하고 그 엄마들은 속상해서 보상을 받고 싶을 것이라 생각합니다. 자전거를 타던 저희 아이가 존재했기에 사고도 존재했다는 사실도 인정합니다. 그 점에서 법이란 참 객관적이구나 하는 감탄도 하였습니다. 또한 풀어지지 않은 전생의 인연과 현재의 알 수 없는 힘들이 작용하여 두 사고를 일으키지 않았나 생각하기도 합니다.

문제는 이 여러 가지 각도의 생각들이 한가지로 합쳐져서 결론 내지 못하고 아직까지 불쑥 안 좋은 감정이 치밀어 오를 때가 많다는 것입니다. 예전에는 현실적 상황에서 파생되는 감정들을 억눌렀을 것이지만 지금은 그 감정을 인정하고 좋은 방향으로 전환하려고 노력하고 있습니다.

결론적으로 선생님께서는 저의 수련이 경지에 올랐다 말씀해 주시지만 제 자신이 스스로를 들여다보면 매우 한심하다는 생각을 버릴 수가 없습니다. 뛰어넘고 싶지만 쉽지 않습니다. 그래도 끝장은 보고 싶기 때문에 노력할 것입니다. 이만 줄이겠습니다.

2015년 6월 20일
신지현 올림

【필자의 회답】

사람의 인품은 이처럼 사소한 사고를 둘러싼 구체적인 인간관계에서 명확하게 드러나게 되어 있습니다. 제삼자로서 객관적으로 살펴보아도 세 엄마들의 행동거지의 우열이 두드러지게 돋보입니다.

세 엄마들 중에서도 신지현 씨가 다른 두 엄마들을 두 수쯤 앞서 있습니다. 그 때문에 일이 원만하게 수습되었습니다. 이해타산에 구애받지 않고 언제나 내가 좀 손해를 보고 있다고 느낄 때가 항상 인간관계의 적정선이라는 것을 명심하시기 바랍니다.

가던 길을 갑니다

선생님, 사모님 그동안 안녕히 계셨는지요. 강화 김영애입니다.

얼마 만에 안부 여쭙는지 참 오래만인 것 같습니다. 쌍둥이와 산모를 보살피기 시작하면서 힘에 부쳐 삼공재를 못 가게 되면서 메일을 두 번 드렸는데 못 받으셨지요?

요즘 저는 『선도체험기』를 84권째 읽고 있고 읽으시라는 책을 구해서 읽으며 왜 삼공재에 오는 수련자들에게 독서를 권하시는지 이유를 찾았습니다. 밥따로 물따로 책도 구해서 소홀히 생각했던 부분을 찾아 고치고 있고, 체중은 59킬로까지 내려갔습니다.

가다가 삐그덕거리긴 해도 바르게 남에게 덕이 될 수 있도록 노력하며 원래 가던 길을 이어 계속 가는 중이에요. 매주 한 번씩 못 가게 되어 다시 선생님의 허락을 받고 생식과 109권 『선도체험기』를 가지러 가서 잠시나마 앉아 있고 싶습니다.

미리 허락을 구하는 이유는 제가 저희 집 위로 건축하겠다는 사람과 마찰이 생겨 탁기를 많이 품고 가야 할 거 같아서입니다. 그 건축주는 저와 좋지 않은 인연이 있었던 것인지 목소리만 들어도 정신이 공중으로 흩어지고 불안하여 마음의 중심을 잃게 합니다. 어쩔 수 없이 이웃으로 살아야 하는데 걱정되는 것이 너무 많아요.

마음공부한다 되뇌면서도 번번이 심장이 떨려서 정신없이 불안해합니다. 곤란하시면 제가 안 가도 우편으로 보내 주세요. 계좌번호는 알고 있어요. 답글을 기다리고 있을게요.

2015년 6월 11일
강화에서 김영애 올림

【필자의 회답】

김영애 씨가 막 다녀간 뒤에 6월 11일 자 메일을 받았습니다. 그전에 보냈다는 두 건의 메일은 아직 못 받았습니다. 문제의 건축주를 대할 때마다 마음이 불안해지면 그때마다 그를 객관적으로 냉철하게 관찰을 하세요. 그렇게 계속 관찰을 하다가 보면 불안해지는 원인을 문득 자기도 모르게 알게 될 때가 올 겁니다. 꾸준히 관하시기 바랍니다.

전생의 악연

선생님 글을 이제야 읽었어요.

이미 맞는 것인지는 모르겠지만 벌써 왜 그럴까 하고 관을 해 보았어요. 왜 그 건축주의 목소리만 들어도 무서운지. 어렴풋이 전생에서 아주 나쁘게 나를 괴롭혔던 사람이었다는 느낌이 왔어요. 이제는 더 막지를 못하겠어요. 터를 닦고 아이들이 자란 이곳을 떠날 때가 오고 있는 것 같아요.

2015년 6월 26일
김영애 올림

【필자의 회답】

관을 더 계속하세요. 그렇게 관을 하다가 보면 앞으로 어떻게 해야 할지 분명 암시가 있을 것입니다. 그리고 구도자인 김영애 씨는 그 사람과의 전생의 악연을 금생에는 어떤 일이 있어도 상생의 관계로 전환시켜야 할 것입니다.

〈111권〉

주부 수련생의 견성

사십 대 중반의 박희영이라는 주부 수련생이 말했다.

"선생님 저는 요즘 좌정만 하면 금방 깊은 삼매경에 빠지는데 그때마다 저 자신의 몸이 허공에 퍼지는 연기처럼 분해되어 사라져 버리는 광경을 보곤 합니다."

"그때의 기분은 어땠습니까?"

"법열(法悅)이라고 할까 뭐라고 말할 수 없이 황홀합니다."

"삼공재에 나오신 지 얼마나 되었죠?"

"3년 됐습니다."

"지금의 운기 상태로 보아 견성(見性)을 하셨습니다."

"견성이라면 자성(自性)을 보았다는 말씀인가요? 제가!"

"그렇습니다. 견성이란 글자 그대로 자신이 태어난 근본인 부모미생전본래면목(父母未生前本來面目)을 보았다는 뜻입니다. 심방변에 날생 자를 쓰는 견성(見性)이란 한자의 성(性) 자는 마음이 태어남이라는 뜻입니다. 박희영 씨의 마음이 바로 하늘입니다. 그 하늘이 바로 진리(眞理)이고 도(道)이고 부모미생전본래면목입니다."

"그 하늘은 겉으로 보기에는 연기나 안개와도 같거나 아무것도 없는 공간에 지나지 않는데도요?"

"그렇습니다. 그 연기는 허공에 흡수되면 아무것도 아닌 것 즉 무일물(無一物)이 되어 버리고 맙니다. 그러나 그 아무것도 아닌 것이야말로 우주 그 자체이고 삼라만상(森羅萬象) 그 자체의 원점입니다. 전체이고 동시에 하나입니다. 시공(時空)과 물질을 극복한 존재이므로 생사와 유무를 초월해 있습니다."

"아무것도 아닌 안개와 같은 것이 어찌 그럴 수 있습니까?"

"그 아무것도 아닌 것이 바로 우주의 정체(正體)입니다. 왜 그러냐 하면 아무것도 아닌 것은 허공입니다. Nothing이지만 Everything이고 무일물(無一物)이지만 삼라만상(森羅萬象)입니다. 진공이면서도 없는 것이 없는 진공묘유(眞空妙有)입니다.

아무것도 아닌 무일물(無一物)이니까 바로 우주의 삼라만상을 모조리 포용하고 관리할 수 있는 무한한 능력을 구사하게 됩니다. 그 아무것도 아닌 것이 바로 절대적 실체이고 생사(生死), 유무(有無), 물질(物質)이 지배하는 현상계는 한낱 꿈이요 환상이요, 허상에 지나지 않습니다. 만약 그렇지 않다면 그 순간에 박희영 씨가 그처럼 법열에 휩싸여 황홀함을 느낄 수 없었을 것입니다.

내가 이렇게 비교적 자상하게 설명을 하는 것은 나 역시 수련 초기에 모 수련단체에서 수련 중에 박희영 씨와 비슷한 경험을 했지만 그때에는 내 주변에 그것을 제대로 설명해 주는 사람이 아무도 없었던 경험을 가지고 있기 때문입니다."

"선생님, 그럼 저는 이제부터 어떻게 해야 합니까?"

"지금 삼공재에 일주일에 한두 번씩 나오시는 것 외에 어떤 수련을 하

고 계십니까?"

"운기조식은 기본이고 일주일에 한 번 6시간씩 등산하고, 등산 안 하는 날에는 달리기나 걷기와 도인체조를 각기 한 시간씩 하고 수시로 정좌수련을 합니다."

"그럼 앞으로도 그 수련을 변함없이 계속해야 합니다. 지금 체중은 얼마입니까?"

"키 165에 체중 55입니다."

"그 체중에 이상이 없게 건강 관리를 지속적으로 해 나가야 합니다. 그리고 『천부경』과 『삼일신고』를 하루에 세 번 이상씩 꼭 암송하시면 됩니다."

"그 외에 보림(補任)은 따로 안 해도 됩니까?"

"체중을 지금 상태로 끝까지 유지하는 것이 바로 보림입니다. 어떤 비구니 스님처럼 대각(大覺)을 하고도 비만 때문에 75세에는 앉았다가 일어설 때 옆에서 제자들이 부축해 주어야만 일어설 수 있을 정도로 체중 관리에 실패한다면 그것이 바로 보림을 잘못한 겁니다."

"기공부와 몸공부는 그렇게 하면 되겠군요. 그럼 마음공부는 어떻게 해야 됩니까?"

마음공부와 『천부경』

"마음공부는 『천부경』을 염송하면서 『천부경』의 원리 전체를 자연히 깨닫도록 하여 자성의 실체를 체득하는 것도 좋은 방법이 될 것입니다. 가령 일시무시일(一始無始一)과 일종무종일(一終無終一) 할 때 하나의 뜻을 다음과 같이 제대로 터득해야 합니다.

즉 하나는 시작 없는 하나에서 시작되어 끝없는 하나로 끝나는 하나입니다. 바로 이 하나가 묘하게 퍼져나가 온갖 것으로 변하면서 쓰임은 변할지언정 근본은 변하지 않습니다. 그리고 그 하나는 우주의 근본이고 전체이면서도 한 부분임을 말하고 있습니다. 그리고 우리들 자신의 본성 속에 우주와 삼라만상 전체가 다 고스란히 들어 있습니다.

따라서 우리가 사는 현상계는 시간과 공간 그리고 물질에 구속되어 우리의 생사유무는 한낱 꿈, 환상, 거품, 그림자, 이슬, 번개와 같은 허깨비에 지나지 않습니다. 그리고 변하지 않는 절대계의 실체는 바로 하나이면서 본성이고 자성임을 깨달아 삶과 죽음을 초월하게 합니다.

바로 이 때문에 앞으로 지구상에 어떠한 지각변동과 변화와 환란, 지축변동(地軸變動), 천지개벽(天地開闢)이 닥쳐와서 온 인류가 전멸당한다 해도 자성(自性)과 본성(本性)을 각자의 중심에 품고 있는 우리는 추호도 흔들리는 일이 없게 됩니다. 다시 말해서 내일 비록 지구의 종말이 와도 나는 오늘 사과나무를 심을 수 있는 마음의 여유를 갖게 됩니다.

이렇게 볼 때 『천부경』, 『삼일신고』, 『참전계경』은 상고 시대에 수행자들이 견성을 한 뒤 보림용 교재로 이용되었음을 알 수 있습니다. 왜냐하면 『천부경』을 수없이 염송함으로써 수행자가 자기도 모르게 자기 존재의 실체인 자성을 볼 때 감지하는 도와 진리의 정체를 실감할 수 있게 하기 때문입니다."

"그렇지 않아도 선생님의 말씀을 듣는 동안 제 온몸이 활화산처럼 달아오르는데도 제 마음은 그지없이 편안한 법열 속에 감싸이고 있는 것 같습니다."

"그것을 일컬어 생사를 벗어난 부동심(不動心)이라고도 하고 평상심

(平常心)이라고도 합니다."

"선생님 고맙습니다."

"박희영 씨의 존재의 실상인 자성에게 고마워하세요."

우울증 해소법

2016년 2월 25일 목요일

여러 해 만에 찾아온 정지현 씨가 말했다.

"선생님께서는 요즘도 등산, 달리기, 도인체조를 하십니까?"

"등산과 달리기는 못 하지만 등산 대신 걷기와 도인체조는 그런대로 하고 있습니다."

"왜 등산은 안 하십니까?"

"3년 전에 등산 중에 외상을 당한 후로는 등산과 달리기는 못 하고 있습니다."

"그래도 큰 부상을 당하시지 않은 것이 다행입니다."

"젊었을 때 어떤 역술인(易術人)이 내 사주를 보더니 수명이 67세라고 말한 일이 있었는데 지금 84세까지 17년을 더 살아있는 것을 보면 순전히 등산, 달리기, 도인체조, 단전호흡 등으로 35년 동안 심신을 단련했기 때문이라고 봅니다."

"그럼 그때 부상당하신 지 얼마 만에 다시 걷기 시작했습니까?"

"2013년 5월 19일에 부상당하고 6월 20일 즉 31일 만에 다시 걷기 시작했습니다. 그 이후론 등산과 달리기는 상처의 후유증도 있지만 노화(老化) 때문에 아무리 해 보려고 해도 힘이 부쳐서 할 수 없었습니다. 그래도 집필에는 전혀 지장이 없으니 그나마 다행입니다."

"그걸 보면 앞으로 글만은 계속 쓰시라는 것이 하늘의 뜻인 것 같습니다. 체중이 혹 늘어나지는 않았습니까?"

"그렇지 않아도 나 역시 그 점에 신경이 쓰였는데, 키 170센티에 체중이 57킬로를 넘은 일은 없습니다. 그 대신 하루에 40분 걷기와 50분 동안의 도인체조는 거르지 않습니다."

"그럼 부상 전까지는 암벽 등반을 하셨습니까?"

"아뇨. 세월 이기는 장사 없다고 75세 전후까지는 나를 따르는 일행을 리드하여 암벽타기를 계속했었는데 그때를 고비로 암벽과는 서서히 멀어져 갔습니다. 그리고 등산 속도도 조금씩 느려져서 일행에 지장을 주지 않으려고 나 혼자 등산을 해 왔습니다."

"사모님과 같이하면 되지 않습니까?"

"집사람은 70대에 접어들면서 힘들어서 더이상 등산은 못 하겠다고 해서 부득이 나 혼자서 해 왔습니다."

"선생님 요즘 고령자들 사이에는 너나없이 우울증이 계속 퍼져 나가고 있는데 무슨 그럴듯한 해결책이 없을까요?"

"세월의 흐름과 더불어 어김없이 닥쳐오는 질병과 죽음에 대한 혐오와 공포가 그 원인일 것입니다. 해결책은 질병과 노화와 죽음에 대한 혐오와 공포를 말끔히 털어 버리면 됩니다."

"어떻게 하면 질병과 노화와 죽음에 대한 혐오와 공포를 말끔히 털어 버릴 수 있을까요?"

"나이 들어 몸은 죽어가도 마음도 함께 죽는 것은 아니라는 실상을 깨달으면 됩니다. 몸을 자가용 자동차라고 한다면 마음은 운전자라고 생각하면 됩니다. 자동차가 낡고 고장이 나면 폐차하고 새 자동차로 바꾼다고 생각하면 됩니다.

사람을 형성하는 몸은 시간과 공간 물질의 한계를 넘지 못하고 생로병사의 과정을 거쳐 시들어 가지만, 시작도 끝도 없는 마음은 영원히 죽는 일이 없다는 것을 터득하면 우울증 따위는 금방 날려 버릴 수 있습니다."

"선생님 그 마음이 도대체 무엇입니까?"

"그 마음이야말로 이 무한한 우주를 다스리는 엄청난 에너지의 집결체이기도 합니다. 우리의 마음은 바로 그 거대한 에너지 집결체의 한 부분입니다. 이 실상을 깨닫는 순간 어떠한 우울증도 단 한 방에 날려 버릴 수 있습니다."

"그게 혹시 선생님께서 『선도체험기』에서 늘 말씀하시는 우주심(宇宙心)이 아닙니까?"

"그렇습니다. 모든 우울증은 우리들 각 개인이 갖고 있는 그 무한한 우주심의 실상을 전연 깨닫지 못했기 때문에 일어난 결과입니다."

"그 우주 에너지의 정체가 무엇입니까?"

"그 우주 에너지가 바로 우리의 마음들로 뭉쳐진 큰 하느님입니다. 그래서 2천 년 전에 이미 예수 그리스도는 하늘나라가 어디에 있느냐는 제자의 물음에 '하늘나라는 바로 너희들 가운데 있다 (The Kingdom of God is in the midst of you. 누가 17:21)'고 말했습니다.

2천 5백 년 전의 석가모니도 '모든 중생들에게는 하느님의 마음이 있다'고 했습니다. 이것을 『열반경(涅槃經)』에서는 일체중생실유불성(一切衆生悉有佛性)이라고 표현하고 있습니다. 또 『천부경』에도 인중천지일(人中天地一)이라고 하여 '사람 속에 우주가 하나 되어 들어 있다'고 나와 있습니다. 또 인내천(人乃天)이라고 하여 우리 민족은 아득한 옛날부터 '사람이 곧 하늘이라'는 믿음을 갖고 있었습니다.

우리나라 속담에 '업은 아기 삼 년 찾는다'는 말이 있습니다. 우리는 바로 자기 마음속에 하느님이 있는 것도 모르고 평생을 이욕(利慾)만 찾아 헤매다가 우울증으로 신음하는 어리석음을 범하고 있으니 실로 안타까운 일이 아닐 수 없습니다."

"어떻게 하면 모든 사람들이 자기 자신 속에 하느님이 주재하고 있음을 깨닫게 할 수 있을까요?"

"어떠한 불행이 닥쳐와도 남의 탓을 하지 말고 내 탓으로 돌리면 누구나 그렇게 될 수 있습니다."

"그 까닭이 무엇입니까?"

"남의 탓으로 돌리면 반드시 남을 미워하고 원망하게 되어 온갖 불상사가 증폭되지만 모든 것을 내 탓으로 돌릴 때는 바로 하늘의 마음과 하나로 합쳐질 수 있기 때문입니다. 그리고 모든 사람들은 원래 하나이기 때문에 남을 나 자신처럼 사랑하면 곧 우주심과 하나로 합칠 수 있습니다. 우주와 하나가 된 사람이야말로 부동심(不動心)과 평상심(平常心)을 자기 것으로 만들 수 있습니다. 바로 이 부동심과 평상심이야말로 우울증을 날려 버릴 수 있는 여의봉입니다."

【이메일 문답】

마음공부

선생님께

가족들은 선생님의 염려 덕분에 다들 건강하게 지내고 있습니다.

등산을 다시 시작하신다니 선생님 건강에 대한 걱정은 한시름 놓는 것 같습니다. 밭에는 여러 작물을 심었는데 특히 호박 농사가 잘되었습니다. 감나무에도 조그만 가지에 감이 주렁주렁 열렸습니다. 다람쥐, 토끼, 두더지 외에도 각종 새들 때문에 다른 과일나무는 아직 열매를 맺기는 어려워 보입니다. 첫 수확물을 들고 선생님께 인사를 가고 싶은 마음만 꿀떡 같습니다.

김구 선생의 자서전에 관상보다 몸이요 몸보다 마음이란 글귀에 큰 깨달음이 있었다는데, 저도 새삼스럽게 마음 깊이 와닿습니다. 제가 고향을 떠나 미국까지 와서 이렇게 원치 않는 직업과 꽉 막힌 생활의 여건 속에 주어진 운명도 결국엔 마음공부를 시키기 위해서가 아닐까 생각합니다.

2015년 9월 30일

미국에서 이도원 올림

【필자의 회답】

사람에게 있어서 몸은 옷과 치장이고 육안으로는 보이지 않는 마음이야말로 진짜 알맹이입니다. 이 세상의 그 어떤 난관도 뚫고 나갈 수 있는 지름길은 오직 마음을 어떻게 먹느냐에 달려 있습니다.

우리가 평생 수련을 해도 다함이 없는 것 역시 마음을 다루는 공부입니다. 따라서 자기 마음을 마음대로 다룰 수 있는 사람을 우리는 도인이라고도 하고 신인(神人)이라고도 말합니다. 도인과 신인은 이미 하느님의 분신입니다. 이도원 씨도 그 길에 이미 들어섰습니다.

일체유심소조(一切惟心所造) 즉 모든 것은 마음먹기에 달려 있습니다. 백범 선생의 자서전도 그걸 말하고 있습니다. 계속 용맹정진하기 바랍니다.

빙의령이 보입니다

삼공 선생님께.

별고 없으시죠? 석 달 전에 몇 년 만에 선생님 목소리가 많이 그리워서 전화 드렸었는데 하필 한국 시간이 일요일인데다가 수련 시간이 아니어서 실례를 범했습니다. 그냥 육성을 듣고 안부를 전하기 위해 전화드린 것이었습니다. 해결 못 할 정도의 큰 문제가 있어서 도움 받고자 전화드린 것은 아닙니다.

원래 그날 이메일을 바로 보내 드리려 했는데 제가 계속 써 오던 한메일 계정이 해킹을 당하여 복구 방법이 없는데다가 다시 이사를 하게 되어서 책을 포장하는 바람에 이메일 주소를 알 길이 없어서 주저하다가 이리 오랜 시간이 지났습니다.

세월은 빨리 가는데 수련을 집중하다 중단하다를 반복하다 보니 결국 그 자리에 그대로입니다. 많은 반성과 성찰을 하고 있습니다. 그래도 수련의 끈은 절대 놓지 않고 있습니다. 아이 둘 키우면서 수련에 발전을 한 단계씩 더하게 되면 더 큰 만족과 기쁨과 발전이 있지 않을까 하는 생각을 항상 하고 있습니다.

첫째 애가 심한 자폐로 진단을 작년에 받으면서 근 1년 동안 미국 특수교육 기관에서의 테스트 및 교육으로 정말 바쁜 시간을 보냈습니다. 지금은 1년여 동안의 집중적인 한방 치료로 거의 정상으로 돌아왔습니다.

거의 정상으로 돌아오니 아이에게 천재적인 능력이 보인다는 평가도 나오고 그렇습니다. 인생의 명암을 보는 것 같습니다. 자폐증은 교육도 중요하지만 몸이 정상이 되지 않고서는 결코 좋아질 수 없다는 사실을 알게 되었습니다. 그리고 선생님 말씀처럼 이기주의 즉 자기중심의 세계를 깨는 전제가 있어야 한다는 것도 알게 되었습니다. 약과 침으로 최적화된 방법을 곧 만들어 낼 것 같습니다.

우연히 알게 된 자폐아동 모임에서 아이들을 보게 되면 인당 부근에 안 좋은 사기 즉 빙의령이 밀집되어 있는 것이 보입니다. 전에는 막연히 알았지만 자폐 또한 전생에 의한 업에서 비롯된다는 사실을 체험으로 알게 되었습니다. 항상 감사드립니다.

저의 호흡 수련은 전과 같이 변함없이 현묘지도 호흡과 같이 순서대로 몸이 움직입니다. 특히 하단전에 두드리면서 단련되듯 단전 부분만 불룩불룩하면서 배가 저절로 움직이면서 강하게 꾹꾹 누르며 좌우로 상하로 두드리듯 움직이는 것이 있습니다.

그리고 단전호흡과 별도로 단전에 기운을 모으려고 호흡을 조금 강하게 3분 정도 집중해서 하면 손가락과 팔 전체가 마른 나무처럼 단단해지면서 힘을 가득 주고 편 것처럼 쭉 펴지고 강한 기운이 손가락 끝에서 팔 전체로 쥐가 나듯이 타고 들어갑니다.

특히 심소장 경맥으로 굵고 강하게 흐릅니다. 그리고 명상 중 보이는 현상은 마장으로 간주하고 집중 안 하려고 노력하고 있습니다. 얼마 전까지 수많은 무서운 얼굴의 사람과 동물의 형상이 명상하는 눈앞에 컬러 티비와 같은 선명함으로 나타나곤 했는데 제 본성에 물어보니 제 마음의 형상이라고 알고 나서 사라졌습니다.

여기 LA 또한 수많은 사람들이 빙의령에 의해 심각한 영향을 받고 있는 것이 보입니다. 지금은 그런 사람들을 마주치게 되면 아직은 그럴 능력이 되지 않아 제가 마음의 기운의 방어를 하고 극락왕생하세요 속으로 말하며 조용히 지나갑니다만 어떠한 것이 옳은 것인지 아직 모르겠습니다. 그리고 가끔 빙의령이 방심한 틈을 타서 어떠한 실수를 하게 만들려는 속닥거림도 느껴지고 합니다만 관을 하면 즉시 사라집니다. 본성이 밝아집니다.

이번에는 여기까지 보내 드리고 다음에는 좀더 발전된 수련기 보내 드리겠습니다. 항상 감사드립니다. 보고 싶습니다. 선생님!

2015년 10월 17일
김종완 드림

【필자의 회답】

김종완 씨는 대주천 수행자임을 잊지 말아야 합니다. 빙의령이 보이면 피하지 말고 그 빙의령을 관하십시오. 관하는 사이에 빙의령은 천도될 것입니다. 빙의령을 천도하는 것도 하화중생(下化衆生)하는 것입니다. 그 공덕이 쌓여야 수행이 지속적으로 향상됩니다. 『선도체험기』가 110권까지 나갔으니 꼭 구해서 읽기 바랍니다. 유정희 씨의 근황도 좀 알려 주시기 바랍니다.

도봉산 등산

삼공 선생님, 그동안 안녕하셨습니까? 도율입니다.

저와 가족들은 잘 지내고 있습니다. 아들이 조용하다 다시금 문제를 일으키곤 하지만 점점 저와 아내가 아들이 자기의 길을 가는 것을 지켜보자는 심정을 가지려고 노력하니 좀 마음이 편해지는 것 같습니다.

지난주에는 오랜만에 친구들과 도봉산에 다녀왔습니다. 십여 년 전에 비해 등산로가 상당히 많이 정비되어 있었습니다. 릿지 코스는 접근 금지 구역으로 해 놓은 곳이 많아 바위를 제대로 타지는 못했습니다.

선생님께서도 이젠 도봉산에 가시는지 모르겠습니다. 틈나는 대로 다시 도봉산에 가야겠다는 생각을 했습니다. 바위에 몸을 대는 순간 찌릿찌릿 상쾌한 기분이 들었습니다. 역시 도봉산은 명산임에 틀림없는 것 같습니다.

지난번 출판물에 의한 명예훼손 사건은 제 예상대로 항소심이 유죄를 그대로 인정하고 다만 형만 선고유예로 변경하는 것으로 그쳤습니다. 참 안타깝지만 지금 사법부의 상황과 역량으로는 진실을 밝혀 무죄를 선고하기엔 무리인지도 모르겠습니다.

이 사건이 현재 대법원에 계류 중이고 조만간 결론이 나오겠지만 결과에 연연하지 마시고 앞으로도 계속 좋은 글로써 많은 후배들을 이끌어 주시기 바랍니다. 법조인으로서 억울한 피해자가 생기지 않도록 더욱 더 노력하도록 하겠습니다. 다음 『선도체험기』가 나오기를 기대하겠습니다. 안녕히 계십시오.

2015년 10월 24일
도율 올림

【필자의 회답】

도봉산에 갔었다니 가슴이 뜁니다. 30여 년 동안 일요일마다 등산을 하는 사이 관악산 다음으로 가장 많이 간 곳이 도봉산이었건만, 이제는 언감생심 대모산에도 못 가는데 어찌 도봉산을 쳐다보기나 하겠습니까? 세월의 위세를 절감할 뿐입니다.

소송에 관해서는 우리나라 법관 백 사람 중 단 한 사람이라도 정당한 판결을 내리기를 기대하는 심정일 뿐입니다. 그런 인재가 지금은 비록 가물에 콩 나듯 하지만 이들이 불씨가 되어 암울할 것만 같았던 조국의 장래를 환히 비춰주는 횃불이 되는 날이 속히 오기를 바랄 뿐입니다.

나의 선도수련 체험기

스승님 안녕하십니까? 저는 광주에 사는 김광호입니다. 사모님도 건강하시지요? 저의 선도수련 체험기를 도우들과 공유함으로써 중간 점검도 하고 다시 수행에 매진코자 합니다.

〈삼공선도 배우기 전 새벽 수련기〉

2014년 8월 15일 갑자기 지리산 천왕봉을 가 보고 싶은 충동에 밤 24시에 배낭에 찰떡 한 봉지 사서 넣고 광주를 출발, 남원을 경유하여 경남 산청군 지리산 중산리에 새벽 4시에 도착하였다.

주차장에 차를 주차시키고 약간 휴식을 취한 후 4시 30분부터 등산을 시작하였는데 새벽이라 어두워 이마에 약간 산행용 랜턴을 달고 올라갔다. 새벽 홀로 산행이라 지리산 곰 출현 우려 등 어두운 환경에 약간 무서움은 있었으나, 계속 올라갔다.

지리산 천황봉에 9시 도착하고 천황봉 정상에서 기념사진 찍고 차 한 잔하면서 주변 경치 감상한 후 맑은 기운을 담고 나서 다시 하산하기 시작하여 13시에 중산리 매표소에 도착하고 점심 후 출발하여 광주에 도착하였다.

지리산 새벽 등산 후 문득 나는 등산과 운동은 주말에만 하지 말고 "양의 기운이 가장 좋다는 인시에 해 보자"라는 생각이 들어서 2014년 9월 5일부터 4시 30분에 일어나 월봉산 새벽 운동을 50분 동안 하기 시작하였다.

2015년 5월 17일까지 150일간 새벽 수련 실시하였다. 주요 수련 내용은 산행과 산행 중 호보법(虎步法, 호랑이 걸음걸이), 상하좌우 박수 치기 하루 300회, 태극권 수련, 수목지기(소나무와 참나무에 등을 기대고 하는 호흡 수련)를 했다. 이때는 혼자서 호흡, 기공 관련 책을 보고 기공 능력 향상을 목적으로 수련하였다.

운기 능력을 향상시킴으로써 아내가 B형 간염으로 간이 안 좋은데 기공 치료로 도움이 되어 주고 싶었다. 또한 전에 허리, 어깨가 아파 한 달에 한 번씩 한의원에 가서 침 치료를 했는데, 새벽 수련을 매일 하면서 한의원은 가지 않아도 될 정도가 되었다.

호보법 운동이 허리를 개선하는 데 많은 도움을 주었다. 유튜브에 '호보법'을 검색하면 동영상 몇 편이 올라와 있으니 허리 통증 치료가 필요한 사람은 활용해 보면 효과가 있으리라 생각된다. 이 새벽 수련으로 노궁과 용천의 기감이 향상되었고 새벽 운동 후에는 집에서 아내의 배 마사지를 해 주어 도움을 주게 되었다.

〈삼공선도 수련기〉

저는 고향이 남원이라 일요일이면 농사일 도와주러 가는데 시골에서 생산되는 농산물을 부모님이 주셔서 가져와 반찬 걱정없이 잘 먹었다. 부모님 집에 갈 적에 얌체형 인간이 되지 말고 작은 과일이라도 사 가는 거래형 인간이 되고자 실천하고 있다.

시골에서 고향 친구와 막걸리 한잔하면서 김태영 작가가 쓴 『선도체험기』란 책이 있는데 구하기가 어렵긴 하지만 어떻게 하든지 구입하여 보내 주기로 약속하였다. 집에 돌아와 인터넷에서 조회해 보니 『선도체험기』는 한 권이 아니고 100권이 넘었다. 와우 『선도체험기』란 제목으로 100권 이상 글을 쓴 작가의 지구력이 정말로 대단하다고 느껴졌다. 친구에게 우선 열 권을 구입, 택배로 배달시키고 나도 2권을 사서 보았는데 내용이 술술 읽히고 아주 재미가 있었다.

『선도체험기』를 읽으면서 홀로 기공 수련을 하기보다 단학 수련원 나가서 정식으로 배워 보고 싶은 생각이 강하게 들었다. 그래서 집 근처에 있는 단학 수련원에 5월 18일 등록, 본격적인 단학 수련을 시작하였다.

1994년 삼성에서 7시 출근, 4시 퇴근제를 도입하면서 취미 활동비 지원해 줄 때 태극권 18식을 3개월 배운 적이 있는데 그때 처음으로 손에서 기를 느꼈고, 이후에 정식으로 배운 것은 이번 단학 수련원에 다닌 것이 처음이었다. 단학 수련원에서는 단학 도인체조, 103배 절 운동과 『천부경』을 배웠다.

『선도체험기』 읽으면서 궁금한 점이 있어 김태영 선생님께 2015년 6월 12일 전화드렸는데 다행히 연결이 되었다. 스승님은 "『선도체험기』에서 가르치는 대로 공부하고 궁금한 것은 이메일로 문의하라"고 했다. 수련 내용 및 궁금한 내용은 이메일 교신하며 수련하기 시작하고, 또한 최근 수련 상황을 알기 위하여 『선도체험기』 전체를 구입하여 읽고 수련을 하고 있다.

선도수련 주요 일정은 2015년 5월 18일 단학 수련을 시작하여 26일간 기본 도인체조 배우고, 6월 12일부터 삼공선도 본격 수련 시작하였고 8월 3일 하기휴가 기간을 이용하여 삼공재를 처음 방문하여 스승님께 인사드리고 오행생식 구입하고 명상 수련을 하였다.

8월 7일까지 『선도체험기』 50권 독서 완료하였고, 8월 25일 선도 본색 수련 100일 달성했다. 드디어 9월 11일까지 『선도체험기』 109권 전량 다 읽었다. 독서는 집에서 가까운 방송대학교 도서관에서 했다. 매일 저녁 6시부터 10시 30분까지 『선도체험기』 및 구도 관련 도서를 읽고 있다.

『선도체험기』 109권을 완독하는 날 목욕재계하고 김태영 스승님께 감사하는 마음으로 103배 수련을 했다. 10월 28일 현재 176일 선도수련이 진행 중이다. 『선도체험기』는 다시 읽기 시작하여 35권째 읽고 있다.

1) 선도수련 내용

하나, 마음공부 ~ 중심은 『선도체험기』 읽기, 역사서 읽기 (대발해, 고구려 등), 구도 관련 서적 읽기, 『천부경』, 『삼일신고』, 대각경을 매일 낭송하고 있다. 특히 생활 속에서 얌체형 인간이 아닌 거래형 인간이 되고, 역지사지 방하착, 애인여기, 여인방편 자기방편을 구도자로서 실천하며 노력하고 있다.

올해 1월에 회사 조직장에서 물러나 후배 조직장 밑에 있을 때 타인을 많이 원망했다. 술한잔 먹으면 나에게 피해를 주었던 사람에게 하소연을 한 적도 있다. 그러던 중 『선도체험기』 속에서 스승님의 가르침 중 인과응보의 법칙이 이해가 되었다. 또한 역지사지 방하착 즉 타인의 입장에서 생각하고 나와 타인과의 관계에서 오는 선업, 악업은 모두 내 책임이라는 의미를 알게 되었다. 대인관계에서는 항상 모든 것이 내 탓임을 먼저 깨달은 자가 솔선수범해야 한다고 보고 노력하고 있다.

등산을 하면서 문득 남한에만 명산 100개가 있는데 내가 무등산이 좋다고 무등산만 등산하길 집착한다면 다른 명산 99개의 산에는 갈 수가 없겠구나 하는 깨달음을 얻으면서 그동안 마음속에 자리잡고 있던 응어리가 사라짐을 느꼈다.

요즈음은 명상하면 삼매경에 들어가는데 내 생각에 이게 무아지경이 아닌가 생각한다. 매일 명상 수련하면서 망상이 떠오르면 내려놓고 관찰하고 대우주와 내가 합일되고 성통공완할 수 있도록 밀어부치겠다.

둘, 몸공부 ~ 매일 새벽 4시 30분 기상하여 집 앞 월봉산을 오르면서 평탄한 구간은 달리고 경사 구간은 호보법을 통한 척추 운동을 한다. 정상에 넓은 평지가 있는데 주로 왕복 달리기 운동을 하면서 『천부경』과 대각경을 주로 암송한다. 또한 유튜브에서 신무라는 운동을 배워 날마다 하고 있다. (신무는 간단한 수직 수평 운동을 통하여 몸의 균형을 잡아주는 무술임.) 주말은 남한의 명산 중에서 골라서 아내와 함께 등산하며 몸의 탁기를 빼고 몸운동, 기운동을 하고 있다.

현재 키는 168cm, 몸무게는 56kg이고 식사 세끼는 아침과 저녁은 오행생식 하고 중식은 화식으로 하고 있다. 몸은 특별히 아픈 데는 없고 건강한 편이다. 아내는 산행 및 도인체조 운동을 매일 하고 있으며, B형 간염으로 인한 간경화 초기 상태여서 오행생식으로 치료할 수 있도록 도움을 주고 있다. 빨리 건강해졌으면 좋겠다.

셋, 기공부 ~ 과거 94년에 기공 및 태극권 배우면서 어느 날 저녁 퇴근하여 걸어가다가 손바닥에 무엇인가 달라붙는 느낌 때문에 자꾸 뒤돌아보았더니 기분이 좋았던 일이 생각난다. 이후 정식으로 수련은 안 하였지만 의식을 집중하면 손바닥에 약간 기운을 느끼고 있다. 2015년 5월 18일부터 본격적으로 선도수련을 하면서 많이 향상되고 있다.

특히 스승님이 6월 18일 메일 답신에서 "먼저 단전에 축기를 완성해야 한다. 단전에 기의 방이 형성되고 축기가 완성될 때까지 밀어붙치세요" 라는 가르침을 받아 본격적인 축기를 시작하여 지금은 단전에 기운이 넘쳐나고 있다.

현재 단전 축기는 새벽 인시 월봉산 산행 달리기 후 달과 별을 보면서 입공 및 축기를 하는데 노궁으로 기운이 심장 박동 시에 뛰는 것처럼 쿵쿵 진동되면서 들어온다. 또한 매일 회사 옥상에서 아침에 뜨는 태양을 보면서 20분간 명상하고 있고, 저녁 시간에는 방송대 도서관에서 『선도체험기』 읽으며 의자에 반가부좌하고 앉아서 호흡 수련을 병행하고 있다.

특히 저녁 오행생식 후 도서관에 도착하면 단전이 달아오르고 용천, 노궁이 아리도록 달아올라 기분 좋은 명상 수련을 30분 하고 있다. 도서관 벽에 걸려 있는 무궁화 그림을 보고 있으면 신기하게도 노궁, 용천, 백회로 강하게 운기되는 것을 느낀다. 그림에 투입된 작가의 기운과 교류되는 현상이 아닌가 생각된다. 더욱더 축기에 성공하여 임맥과 독맥이 뚫려서 소주천 일주 유통이 될 수 있도록 노력하고 있다.

넷, 삼공재 방문 수련 ~ 1회 수련 (8/3) 첫 수련 체험 내용 : 15:00부터 1시간 30분 명상 수련 실시. 치질이 명현 현상으로 무척 아팠으나 의념으로 집중하여 관찰하며 극복하려고 노력하였다. 생식이 운기에 영향이 있는 것 같다. 노궁과 용천으로 기운이 강하게 운기되는 것이 느껴졌고 백회 주위에 묵직하게 기운이 몰리면서 빙의령이 빠져나가는 느낌이 들었다.

2회 수련 (8/14) : 명상 수련 시 기운의 바다에 빠지는 무아지경을 체험하였고, 백회에 기운이 몰렸다가 시원해짐을 느꼈다. 스승님은 "임맥과 독맥을 무리하게 운기하려 하지 말고 오직 축기하여 자연스럽게 소주천이 되도록 해라. 주 2~3회 방문하면 좋으나 지방에 있으면 그럴 수 없으니 월 2회를 목표로 삼공재 수련을 하도록 하라"고 말씀하셨다.

3회 수련 (8/22) : 삼공재 1층 소나무 쉼터에서 시간 있어서 명상하니 백회에 기운이 많이 들어오고 삼매경에 들었다. 허리가 아파서 백회, 아문, 대추, 아픈 부위를 지속 관찰하니 덜 아팠다.

오늘도 치질이 아파서 말씀드렸더니 대장이 안 좋으니 금 생식을 한 숟가락씩 더 먹으라고 말씀하셨다. 또한 대맥 운기되고 있다고 말씀드렸더니 단전의 기의 방에 지속 축기하고 축기가 완성되면 소주천 운기가 자연스럽게 이루어진다"고 말씀하셨다.

4회 수련 (9/5) : 지인 결혼식이 강남에서 있어서 광주에서 새벽에 출발하여 참석하고 나서 시간 여유가 되어 선정릉 가서 산책하고 몸 수련, 기 수련을 하니 기분이 좋았다. 도심 속에 왕릉과 숲이 있어 세속의 오염을 정화하고 있구나 하고 생각해 보았다. 삼공재 명상 수련 시 어깨가 아프고 머리 조임 현상이 심하다가 시원해진 것 같아 빙의령이 천도되었구나 하는 느낌이 왔다.

5회 수련 (9/12) : 수련 시에 선생님의 30년 전 모습이 바로 내 모습이었겠구나 하고 생각하였고 선도수련에 좀더 노력하고 열심히 수련하여 반드시 상구보리 하화중생을 실천하는 구도자가 되자고 다짐해 본다. (올해 나이 54세) 명상 중 망상은 단전에 넣고 없애는 의념을 하고 마음은 스승님을 따라간다.

6회 수련 (9/19) : 백회에 무거웠던 기운이 아주 상쾌하고 가벼워져 삼매 수련이 되었다. 스승님은 "수련에 매진하고 전력으로 밀어붙쳐야 소주천을 뚫을 수 있다. 중간에 멈추지도 방심도 하지 말고 밀어부쳐라"고 말씀하셨다. 고속버스 타고 내려오는데 독맥에 따뜻한 물 같은 기운이 넘치고 흐르는 것을 느꼈다.

7회 수련 (10/10) : 노궁, 용천, 백회의 운기가 강화되어 기분 좋은 수련이 되었다. 단전 축기 지속하고 저수지 물이 넘치듯 온몸으로 기운이 흐르게 수련에 매진하려고 한다. 오행생식을 표준식으로 구입하였다.

8회 수련 (10/17) : 한 도반이 갑자기 귀가 안 들린다며 혹시 빙의가 아닌지 점검해 달라고 하였다. 한 젊은 도반이 운기가 되어 몸에 진동을 일으켰는데 일취월장하길 기원해 본다. 나는 목 부근에 약한 진동이 일어나 흔들리면서 묵직한 것이 풀어지는 느낌이 들었다. 단전, 노궁, 용천, 백회의 운기가 강화되었다. 수련 마무리 시 귀가 잘 안 들린다는 도반이 스승님께 문의하니 "빙의령은 아직 안 나갔고 며칠 더 지켜보자"고 하신다.

2) 선도수련 시 문의사항

1. 임맥이 먼저 운기되고 독맥이 운기되는 것은 느끼나 소주천이 되는 경험이 없어 소주천이 되면 임맥과 독맥에 어떤 느낌으로 운기되는지 알려 주십시오.

2. 노궁, 용천, 백회로 기운 충만, 각 경혈에 기운 소통이 느껴지는데 몸에 충만한 기운은 어떻게 활용해야 하는지, 몸에 어떤 영향을 주는지 알

려 주십시오. 수련하면서 의문 사항은 다음에 또 문의하도록 하겠습니다.

스승님, 사모님 항상 건강하시고 성통공완하시길 기원합니다.

2015년 10월 29일
광주에서 제자 김광호 올림

【필자의 회답】

김광호 씨는 전생에도 기공부를 하던 사람이어서 기 수련을 시작하기도 전에 기를 느꼈던 것 같습니다. 지금 기 수련이 고속으로 진행 중입니다. 다음번 삼공재 수련 때는 운기 점검을 해 보고 가능하면 벽사문(辟邪門)을 달도록 할 터이니 마음 준비를 해 주기 바랍니다.

소주천 운기

스승님, 안녕하십니까? 광주에 사는 김광호입니다. 저의 소주천 운기 체험을 적어 봅니다.

11.7(토) 삼공재 방문 시 스승님께서 소주천이 되냐고 물으시면서 임맥과 독맥이 나와 있는 소주천 회로도를 주셨습니다. 평상시 뜨겁게 달아오르던 단전이 그날따라 약하여 처음에는 못 하였고, 나중에 시간이 지나면서 달아올라 단전에서 독맥 방향으로 주천을 하는데 명문 위 척중에서 머물고 더이상 안 되었습니다. 방향을 바꾸어 단전에서 중완, 전중, 천돌, 인중, 인당, 백회 등 임맥 방향으로 해 보니 미미하게 주천이 되었습니다.

스승님께서는 소주천은 독맥에서 임맥으로, 임맥에서 독맥으로 자유롭게 될 정도가 되어야 한다고 말씀하시고 좀더 축기를 하라고 하셨습니다. 소주천 회로도를 스마트폰으로 찍어 활용하고 단전이 데워질 때 다시 도전하기로 마음먹었습니다. 고속버스 타고 내려오는데 단전 데워지면서 대맥 운기가 계속 이루어지고 있습니다.

지난 11월 6일 목포에 출장 가면서 운전을 하는데 회음 부근에 물컹하고 따뜻한 기운이 계속 머물고 단전이 데워지는 것은 소주천 운기의 준비가 아닌가 생각됩니다. 또한 노궁혈 기운의 에너지 힘이 10kg 이상 강하게 느껴집니다.

11월 9일 월요일 오후 3시 30분경부터 단전이 데워지고 회음혈 부근에 따뜻한 물주머니 위에 앉아 있는 느낌입니다. 대맥을 한 바퀴 돌고 나서 기운이 너무 세서 의념으로 독맥 방향으로 돌려 보는데 회음, 명문, 척중, 대추까지 운기가 되고 백회, 노궁, 용천혈로 기운이 쏟아져 들어옵니다.

사무실에서 저녁으로 오행생식 3스푼 먹고 퇴근하였습니다. 오늘 느낌이 좋아 슈퍼에서 두유와 빵을 사서 먹고 방송대 도서관에 19시에 가서 『선도체험기』 110권을 의자에서 반가부좌하고 읽기 시작하였습니다. 『선도체험기』를 읽고 있는데 기운이 20시경부터 다시 세게 들어와 책을 못 볼 지경이어서 앉아서 명상과 단전호흡하였습니다. 『천부경』과 대각경을 암송하면서 몸의 기운을 관찰하였습니다.

단전에 기운이 달아올라서 독맥 방향으로 의념을 하니 단전, 회음, 대맥 부근에 따뜻한 물처럼 느껴지는 기운이 명문, 척중, 신도에 머물더니 양어깨를 짓누르면서 대추혈 부근까지 운기되었습니다. 아문, 강간, 백회까지 운기하면 되는데 아직 못 올라가고 있었습니다.

오늘은 반드시 소주천을 이룬다 생각하고 참장공처럼 의자에 앉아 양손을 동그랗게 하고 손끝을 10cm 정도 띄우고 기운을 모으고 단전에 힘을 주면서 강하게 운기하니 드디어 대추혈에 머물던 기운이 아문, 강간, 백회로 소주천 운기가 되었습니다.

백회에서 인당으로 운기하니 인당이 압박되는 느낌이 있었고 인중, 천돌, 전중, 중완, 단전으로 운기하였는데 특히 전중 부근에서 뜨거운 기운이 강하게 느껴졌습니다. 20시 50분 1회 주천하였고 2회 주천은 21시, 3회 주천은 21시 12분 드디어 소주천 운기를 해냈습니다. 4회는 임맥 방향에서 독맥 방향으로 주천해 보니 되었습니다.

소주천 운기 소감

먼저 매주 토요일 방문 시 조용하시고 따뜻한 스승님의 지도가 가장 큰 공이라 생각됩니다. 큰 감사를 드립니다. 처음 1회 소주천은 따뜻한 기운이 몸에 착 달라붙어 서서히 올라가는 느낌이었고 아문, 강간, 백회, 운기 시에는 참장공 수련할 때처럼 강한 기운을 모아서 운기가 되었습니다. 2회부터는 소주천 회로로 따뜻한 기운이 운기됨을 알 수 있었습니다.

이제는 자동으로 단전호흡이 되어 단전이 데워지는 것을 알 수 있고 축기된 기운이 몸의 경혈을 따라 운기됨을 체감할 수 있습니다. 현재에 만족하지 않고 성통공완할 수 있도록 매진하겠습니다. 스승님의 가르침을 원합니다.

이번 주 토요일 찾아뵙도록 하겠습니다. 사모님과 함께 항상 건강하시길 기원하겠습니다.

2015년 11월 12일

김광호 올림

【필자의 회답】

11월 14일 토요일에 삼공재에 올 때까지 더이상 소주천 운기를 하지 말고 단전에 축기만 하기 바랍니다.

대주천 체험기

스승님, 안녕하십니까? 사모님도 늘 건강하시길 기원합니다. 광주에 사는 김광호입니다. 저의 대주천 체험기를 적어 봅니다.

11월 13일 오전에 단전에 기운이 달아오르기 시작하여 대추혈 부근에 머물고 있어 소주천 운기가 되는지 해 보고 싶어졌습니다. 그래서 소주천 회로 독맥에서 임맥 방향으로 운기해 보았는데 아문, 강간, 백회 지나 인당, 인중, 천돌, 전중, 중완, 단전으로 따뜻한 기운이 운기되었습니다.

스승님이 보낸 메일을 보니 소주천 운기하지 말고 단전에 축기만 하고 삼공재에 오라고 하셨습니다. 그래서 오후에 소주천 의념을 하지 않고 있는데 계속 운기되어 관찰하고 적어 보았습니다.

오른쪽 귀 둘레를 압박하면서 한 바퀴 돌았고 대추혈 부근이 뜨거워진다. 왼쪽 발목에 압박감이 있고 뜨거워진다. 왼쪽 어깨가 뜨거워진다. 전중이 뜨거워지고 양쪽 가슴이 압박되면서 뜨거워지고 중완도 뜨거워진다. 백회 부근에서 기운이 조여지고 있다. 우측 무릎이 뜨거워진다. 단전이 계속 데워지고 백회에 기운이 운기된다.

왼쪽 어깨 아래 겨드랑이에 기운이 안마하고 있다. 우측 가슴이 데워지고 회음 부근 치질이 데워진다. 신도 부근을 안마하고 있고 다시 왼쪽 어깨를 안마하고 있다. 왼쪽 무릎을 조인다. 아문과 귀밑 턱밑을 누르면서 조인다. 신도와 왼쪽 어깨도 조이면서 안마한다.

오후 14시부터 17시까지 계속 운기되고 단전이 데워지고 있습니다. 자 타고 퇴근하는데 회음 부근의 치질이 애 낳는 고통보다 더 크게 아파 왔다. 이렇게 아픈 것은 처음인데 명현 현상치고는 너무 아팠습니다. 운전을 못할 지경이어서 엉덩이를 들고 어렵게 운전하여 바로 찜질방으로 가 반신욕하고 나와 찜질방에서 옆으로 누워 쉬다가 잠이 들어 3시간가량 푹 자고 나서 집으로 돌아와 바로 잠이 들었습니다.

11월 14일 토요일 아침에는 비가 와서 집 거실에서 103배 절 수련과 호보법 운동을 하였습니다. 오늘은 주말이라 서울 지역 차가 밀릴 것을 감안 30분 일찍 출발, 9시 30분에 고속버스를 탔습니다. 평소에 3시간 30분 소요되는데 1시간 더 소요되어 14:00에 강남터미널에 도착하였습니다.

삼공재 도착, 스승님께 인사드리고 몸의 운기 상태에 관하여 말씀드렸더니 소주천을 회로도 주시면서 소주천 운기를 해 보라 하셨습니다. 20분가량 지나자 단전이 달아올라 대추혈 부근에 기운이 머물러서 아문, 강간, 백회 지나 인당, 인중, 임맥 방향으로 천돌, 전중, 중완, 단전으로 운기가 이루어졌다. 말씀드렸더니 다시 소주천 운기를 해 보고 시간을 재 보라 하셨습니다. 두 번째 소주천 운기를 하였더니 10분 소요되고 한 번 더 운기해 보니 5분 소요되었습니다.

여러 가지 과정을 거쳐 제가 455번째 대주천 수련 인가가 되었다고 말씀하시었습니다. 다시 한 번 스승님께 큰 고마움을 전합니다. 한 사람의 구도인으로 변함없이 꾸준히 수련하여 성통공완의 목표 달성토록 매진하겠습니다.

수련 후 느낌 : 고속버스 타고 광주에 오는데 백회에서 시원한 기운이

들어오고 신도, 노궁, 용천으로도 기운이 운기됨을 느낍니다. 이후 단계는 『선도체험기』를 교재 삼아 지속 수련할 수 있도록 하겠습니다. 집에 가는 도중 3천배 의념이 계속 떠올라 대주천 수련 기운을 받아 3천배 수련 도전하기로 마음먹었습니다.

결국 11월 14일 토요일 밤 23시 30분부터 『천부경』 103배부터 시작하여 아침 7시 30분까지 3천배를 성공하였습니다. 1700배 하고 나서 나도 모르게 잠깐 10분 정도 잠이 들었고 이후 계속했는데 백회와 신도, 노궁, 용천혈에서 기운이 계속 들어와 맑은 정신으로 하였습니다. 시작할 때에는 무릎이 아팠는데 선계 스승님이 도와주어 끝까지 마무리를 잘했습니다.

11월 16일 월요일 밤 명상하고 있는데 명문혈에 바늘로 찌른 것처럼 아프더니 배가 등으로 붙으면서 명문호흡이 되었고 어깨에 진동이 와 풀어 주더니 목 부근 진동이 와서 풀어졌고 오장육부에 기운이 머물러 계속 흔들어 주어 탁기가 제거되는 것을 알았습니다.

지난 금요일 몹시 아팠던 회음혈 부근 치질에도 진동이 와서 계속 탁기를 제거해 주었습니다. 몸에 진동이 순서대로 오는 것을 체험하고 나서 아, 몸의 병은 기운이 진동을 일으켜 탁기를 제거하여 나을 수 있겠구나 하는 생각이 들었습니다.

대주천 수련 이후 한 단계 더 영적으로 성장할 수 있도록 몸공부, 마음공부, 기공부에 매진하여 선도의 구도자로 성통공완 하도록 일심으로 노력하겠습니다. 다시 한 번 스승님께 큰 감사를 올립니다. 사모님과 항상 건강하시길 기원하겠습니다.

이번 주 토요일은 지리산 삼성궁 방문이 회사 등산 동아리 회원과 있어, 삼공재는 11월 28일(토) 방문토록 하겠습니다.

2015년 11월 17일
광주에서 제자 김광호 올림

나의 특이한 수련 단계

김 희 선

아이들이 어느 정도 자라서 운동을 다니기 시작했다. 수영도 배우고 에어로빅도 하고 여러 가지 운동을 하고 있는데 어느 날 남동생이 단전호흡을 해 보라고 권했다. 단전호흡을 하면 쓰레기만 건져도 건강은 챙길 수 있다고 했다. 남동생 말을 듣고 집에서 가까운 ○○○에 다니기 시작했다.

○○○에 다니다 보니 마음도 편안해지고 기분도 다른 운동과 비교도 안 되게 좋았다. 평생회원으로 가입하고 특별 수련까지 챙겨 다닐 정도로 2년간 열심히 다녔다. 그런데 점차 시간이 지나자 이곳이 단순히 운동만 배우는 곳이 아니라는 것을 깨달았다. 종교 색이 드러나기 시작했고 그에 따른 마음공부를 시켰다. 그런데 아무리 생각해도 이건 아닌 것 같았다.

'내가 생각하는 마음공부는 이렇게 하는 것이 아닌데….'

계속 ○○○에 다녀야 하나 고민하던 중 이번엔 남동생이 수선재에 같이 가자고 했다. 그래서 수선재로 옮겨 정신없이 일 년 반을 수련했다. 그런데 여기도 내가 공부하고 싶은 곳이 아니다. 이런저런 생각을 하다 용기를 내서 삼공재에 가기로 했다. ○○○에 다녔을 때 『선도체험기』를 읽고 알게 된 곳이다.

우선 주변을 정리했다. 가족, 부모, 형제 등 최소한의 인연만을 남겨두고 친구나 여러 모임 등을 하나씩 정리했다. 그리고 일주일에 한 번씩 관악산 등산을 했다. 그렇게 한 달이 지난 뒤에 삼공재에 갔다. 공부를 많이 한 것도 아니고 수련에 대해 아는 것도 없었지만 이상하게 마음이 끌렸다. 일 년쯤 다니면 대주천이 되지 않을까 싶어 일주일에 한 번씩 빠지지 않고 수련을 다녔다.

그런데 아무런 기미도 보이지 않았다. 하지만 ㅇㅇㅇ나 수선재에 다녔을 때와는 다르게 시간이 갈수록 마음이 편안해졌다. 이 길을 믿고 수련에 매진하기로 마음먹었다. 『선도체험기』도 열심히 읽고, 산행도 빠지지 않고 했다. 명상을 통해 궁금한 점들도 하나둘 해결해 나가면서 수련을 했다.

삼 년쯤 지났을까? 시간이 꽤 흘러도 눈에 보이는 수련의 진척이 없자 또다시 마음이 조급해지기 시작했다. 다른 수련생들은 대주천도 되고 현묘지도 수련도 하고 다들 잘도 하는데 나는 왜 이럴까 싶다. 소주천도 안 되고 기운이 뭔지도 모르겠고 머리가 아팠다. 하지만 다시 마음을 다잡았다.

우리 아이들만 하더라도 20년이 넘도록 나에게서 자립을 못 하고 무슨 일만 있으면 나를 찾는다. 지극정성으로 보살펴도 그렇다. 그런데 눈에 보이지 않는 마음공부는 오죽하겠는가 싶었다. 겨우 삼 년을 하고 불평하는 마음을 갖는 것은 나의 욕심이라고 생각했다.

집에서는 수련이 잘 이루어지지 않는 것 같았다. 집안일을 하고 가족들을 돌보다 보면 겨우 등산을 하는 것이 전부였다. 그래서 선생님의 허락도 받지 않고 내 멋대로 일주일에 3번씩 삼공재로 수련을 다니기 시작했다. 그런데 이상하게 3번씩 다녀도 힘만 들었다. 답답한 마음에 직접 선생님께 여쭈었다. 그랬더니 누가 3번씩 다니라고 했느냐고 호통을 치신다. 선생님의 말씀을 듣고 수련을 줄일까 하다가 '에이, 다니기로 마음먹은 것 그냥 다니자'라고 생각해 일주일에 3번씩 삼공재에 갔다. 그렇게 또 몇 년이 흘렀다.

그러던 중 딸이 시집을 가고 손녀도 생기고 갱년기도 지났다. 삼공재에 다닌 지 근 10년. 세월은 흘렀지만, 수련을 함에 있어서 큰 변화는 없다. 일주일에 산 2번, 삼공재 2~3번, 틈날 때마다 집에서 수련. 눈에 보이는 변화도 아직 없다.

수련의 발전

나의 수련은 남들과는 좀 다르다. 눈에 보이는 발전이 없다. 하지만 분명히 조금씩 발전하고 있다. 나는 관을 통해 수련이 발전하고 있음을 느낀다.

나는 어릴 때부터 가위에 많이 눌렸다. 그런데 ○○○에서 단전호흡을 배우기 시작하면서는 이런 증상들이 사라졌다. 아무것도 모른 채 놀라서 깨던 예전과는 달리 꿈에 어떤 장면들이 보이면서 마음이 진정되고 편안하게 자고 일어날 수 있었다. 이를 계기로 수련에 관심을 두게 되었고 ○○○, 수선재를 거쳐 현재 삼공재에 다니고 있다.

한 달쯤 삼공재에 다녔을 때 선생님께서 "재미없을 텐데"라고 하셨다. 그 뒤로 한 달 뒤에 "10년은 다녀야 할 텐데" 하신다. "네" 하고 대답한 지 벌써 10년이 다 되었다. 삼공재에 다니기 시작하면서는 한 달에 한 번 정도 선잠을 잤다. 그럴 때마다 빙의령이 보이고 그러면 마음이 편안해지고 안 풀리던 일도 풀리고 일이 해결되곤 했다.

그 뒤로는 산에 가든 집에 있든 어느 장소에서든지 에너지가 생기면 빙의령이 들어오는 것 같다. 전생의 인연에 따라 약한 것에서부터 점점 강한 것까지 끊임없이 들락날락하며 나를 공부시키고 나간다. 내 개인적인 문제나 집안일, 부모와 형제들의 문제까지도 빙의령을 통해 해결되었다.

요즘은 기운이 센 빙의령만 보이고 약한 빙의령은 보이지 않는다. 몸의 구석구석이 조금씩 아프고 지나갈 뿐이다. 되돌아보면 나의 수련은 이렇게 발전해 왔다. 현재에도 조용히 수련하는 가운데 여러 빙의령들이 천도되면서 평탄하게 살아가고 있다.

전생의 무수한 장면들

눈이 오는 어느 날 산에 가고 있는데 비탈길에서 미끄러졌다. 지나가던 사람이 날 잡아 주고 갔다. 집에 와서 수련을 하는데 나는 전생에 대감이었고 잡아 주고 간 사람은 여종의 모습으로 보인다. 옷깃만 스쳐도 인연이란 말이 그냥 있는 말이 아닌 것 같다.

수련을 시작하고 2년 정도 지나서 몸살이 났다. 일주일 정도 일어나지도 못할 정도로 아팠다. 전생의 장면에 어느 집 아주머니가 어린아이를 학대하고 괴롭히는 장면이 보인다. 내가 전생에 어린아이를 그렇게 괴롭혔다면 일주일 정도 아픈 것은 아무것도 아니라는 생각이 들었다. 그것으로 빚을 갚을 수 있다면 도리어 감사해야 할 일이란 생각이 들었다.

삼공재에서 같이 수련하시는 어떤 분만 만나면 가슴이 답답하고 힘들었던 적이 있었다. 그분은 나보다 수련도 많이 하신 분이고 현묘지도도 끝낸 분이었다. 그런데 하루는 수련 중에 어느 대감댁에서 머슴이 대감마님 말은 안 듣고 놀러만 다니는 장면이 보인다. 내가 전생에 대감마님의 말을 안 듣고 놀러 다니면서 가슴을 답답하게 한 머슴이었던 모양이다. 이 장면을 본 후에는 수련 중 그분을 마주쳐도 더는 가슴이 답답하지 않았다.

나는 스트레스를 받으면 옷과 보석 사는 것을 무척 좋아한다. 그렇다고 옷을 사서 잘 입고 다니는 것도 아니다. 한두 번 입고 언니에게 주곤 한다. 보석도 마찬가지이다. 잘 치장하고 다니지도 않으면서 자꾸 사곤 한다. 수련 중에 루이 14세의 왕비 마리 앙투와네트가 보인다. 사치스러운 전생의 습관이 아직 많이 남아 있었나 보다.

하백의 딸, 클레오파트라, 스님, 몸종, 하녀, 마당쇠, 대감... 끝없는 전생의 장면들을 보면서 느낀 점은 한 생에 한 가지씩은 꼭 배워야 할 공부가 있다는 것이다. 나는 수련을 통해 조금씩 세상 사는 이치를 알아간다. 마음의 평화로움을 찾아 이 길을 계속 걸어가고 싶다. 남동생이 쓰레기만 건져도 건강은 챙긴다고 하더니 나는 건강뿐 아니라 마음의 평화로움까지 챙겨 행복하게 잘살아 가고 있다.

2015년 11월 20일

김희선 드림

【필자의 회답】

단전호흡해서 건강을 제일 먼저 건졌고, 이제 마음의 평안을 건져 가고 있으니 그다음으로는 기필코 운기조식의 묘를 거두기 바랍니다.

나의 수련 체험기

김 희 선

나는 월요일, 목요일 일주일에 두 번 관악산으로 운동을 다닌다. 2016년 1월 26일 새벽, 그날도 평소처럼 산에 올라가고 있었는데 갑자기 백회에 우주선 같은 모양이 있는 게 느껴졌다. 계속 집중하자 뚜껑이 열리면서 하늘로 무엇인가 오른다. 한참 나가더니 뚜껑이 닫힌다. 어떤 생각을 하든 호흡이 저절로 된다. 언젠가 책에서 생각을 머리로 하지 말고 단전으로 하라는 글을 읽었다. 생각을 단전으로 하는 게 이거구나 싶다.

지나가다 사람들을 만나면 몸이 여기저기 아프고 호흡도 잘되지 않았는데, 이젠 사람들을 만나도 호흡이 저절로 된다. 집중이 떨어지지 않는다. 집안일을 하다가도 단전에 집중을 하면 따뜻하고 호흡이 저절로 잘된다. 새벽에 자다 깨서 단전에 집중을 해 보니 역시 호흡이 저절로 된다. 이렇게 호흡이 잘되면 얼마나 재미있을까? 매일 집에서 호흡만 하겠다.

"히히히 재미가 있어서 틈만 나면 호흡을 하고 있는데 천리전음이 들린다. 천상천하 유아독존." 천상천하 유아독존. 호흡이 저절로 계속된다. 시작도 없고 끝도 없는 길. 백회가 열리고 벽사문을 달아도 정거장에 불과할 뿐 종점은 아니다. 호흡은 계속 잘되고 있다. 이 또한 무(無)이다. 내가 기다리고 있던 대주천도 종점이 아닌 정거장에 불과하다. 계속 쉼

없이 수련을 해야겠다.

다음 날 삼공재에 가서 선생님께 말씀드렸다. 수련은 잘되고 있으니 수련기를 쓰라고 하신다. 사실 얼마 전 선생님께서 나는 운기가 대주천 수련생들처럼 잘되고 있는데 별로 달라진 점이 없다고 하셨다. 나는 조금 몸이 따뜻해지고 더 부지런해졌다고 했다. 운기가 잘되고 있으니 말 조심하고 사람들한테 화내지 말라고 하셨다. 화를 내면 상대방이 다치니 조심하라고 당부하셨다. 그리고 며칠 집중을 했더니 호흡이 저절로 된 것이다.

나는 10년 동안 삼공재 수련을 하면서 별로 궁금한 점이 없다. 내가 알고 있는 것은 그냥 이 길을 가고 싶다는 것이다. 다른 사람들이 수련이 잘되면 부럽기는 하지만 별로 흔들림은 없다. 아무것도 모르니 알 때까지 다니자는 생각으로 열심히 다녔다. 궁금한 점이 있어도 덮어두고 가다 보면 어느 순간에 답이 온다. 그럼 '아, 그렇구나' 하고 또 이 길을 간다. 이번에도 선생님께서 이상하다고 하시면서 운기가 잘되고 있는데 본인만 모른다고 하시니 그 말씀을 듣고 집중을 계속하자 답이 온 것이다. 보호령이 나에게 현 수련 상태를 보여 준 것이다. 확신을 갖고 가라고...

삼공 스승님, 도반, 선계 스승님, 세상 모든 만물에 머리 숙여 감사드립니다.

2016년 1월 31일

김희선 올림

【필자의 회답】

김희선 씨는 삼공재 수련을 시작한 지 12년 만인 2016년 2월 12일부로 정식 과정을 거쳐 456번째로 대주천 수련을 할 수 있게 되었다.

20년 수행의 결산

스승님, 홍승찬 인사드립니다.

삼공재에서 호흡을 하면서, 스승님께서는 '신인'이시라는 것을 항상 확인합니다. 난치병, 말기 암환자를 살리시고(내가 말기암 환자를 살렸다는 말은 과장이다. 단지 오행생식을 암환자에게 밥 대신 먹게 했을 뿐이다. 필자 주), 범인을 성인으로 만드시고, 얼음처럼 깊은 카르마를 녹여내시고 빼내시는 기운(창조력)을 갖고 계신데도, 겸허하게 착하고 바르고 슬기로움을 실천하시는 모습에 항상 배워 나갑니다.

제가 20년간 수행하면서 작게나마 깨달은 내용을 같이 수행하시는 도반들에게 도움이 되고자 글을 써 보았습니다. 그리고 모든 내용은 스승님과 『선도체험기』에 봉헌합니다.

감사합니다. 스승님,

스승님의 가피력은 1000년 넘게 제 중심에 있을 것입니다.

주님, 스승님, 천지신명께 모든 영광이 있나이다.

2015년 12월 18일

홍승찬 올림

견성에 관하여 글을 시작하면서

『선도체험기』를 읽고 삼공 선생님을 찾아뵌 것이 1996년도(복학한 후, 대학교 2학년 시점)이니 벌써 20년째가 되었습니다.

몸공부, 기공부, 마음공부를 강조하셔서 도인체조, 조깅, 등산 등의 몸공부와 운기조식, 단전호흡, 오행생식 등을 통한 기공부 그리고 『선도체험기』를 비롯하여, 유불선을 아우르는 많은 성인들의 가르침과 역지사지 방하착 등을 통한 마음공부를 꾸준히 하였습니다. 쉽게 말하면 바르고 착하고 슬기롭게 살라는 지침을 항상 새기고, 최대한 실천한 지 벌써 20년의 시간이 지난 것입니다.

제가 비록 견성을 하지 않았었을 때일지라도 삼공 선생님의 그러한 가르침을 통하여 이미 인격의 수준이 올라가고, 에고의 욕심과 이기심이 어느 정도 희석되어 생각과 감정과 오감에 휘둘리지 않게 되는 세계가 이미 어느 정도 펼쳐지고 있었는데 어느새 언뜻, 홀연히 견성을 하는 순간을 맞이하였습니다.

조심스럽게 돌이켜 보건대, 『선도체험기』의 109권이 나오는 동안에 457명의 제자들에게 대주천과 관련하여 벽사문을 달아 주셨고, 다수의 '현묘지도 수련'을 통과한 분들이 많았지만, '견성'이라는 것이 편견이 있어서인지 『선도체험기』에는 도반님들의 견성 부분이 많이 기재되어 있지 않은 것 같습니다.

저 역시 『선도체험기』를 통하여 1996년도부터 수련한 도반으로서, 순수하게 다른 도반분들을 사랑하고 아끼는 마음과 함께, 그저 도움이 되고자 하는 바램을 가지고 글을 써 보기로 했습니다.

특히 삼공 선생님께서 이 시대에 저와 같이 존재해 주시고, 그 존재를 같이 공유해 주셔서 많이 찾아뵐 수 있었고, 그로 인해 견성의 무수한 기회가 주어졌고, 다른 어느 시대, 어느 장소보다도 많이 배울 수 있었습니다. 삼공 선생님의 존재가 아니었다면, 아마 그 가깝고도 항상 같이 하는 '참자아'를 알아차리는 데 있어서 에고의 무지에 의하여 참으로 많은 시간이 더 걸릴 뻔했습니다.

삼공 선생님, 진심으로 감사합니다. 또한 병든 이를 살릴 정도의, 평범한 사람을 '신인'으로 만들 정도의 기를 아낌없이 베풀어 주시고 이끌어 주셔서 그저 겸손하고 감사할 뿐입니다.

견성에 대하여

견성을 하게 되면, 참자아의 자명함과 명명백백함을 통하여 따로 증명할 필요를 느끼지 않습니다. 다만, 이런 일이 있다고 보고하는 바입니다. 참자아를 알게 된다면, 『선도체험기』에서 많이 다루듯이 '유불선'의 모든 지혜를 '회통'해야 할 것입니다. 따라서 '유불선'의 내용을 통하여 간단하게 정리해 보았으면 합니다.

참자아는 『선도체험기』에서 나오는 삼공 선생님의 말씀과 다르지 않습니다. 삼공 선생님의 수행법은 참으로 도움이 되며, 참자아에 대한 서술은 명료합니다.

참자아는 『삼일신고』, 『천부경』의 하느님과 같습니다.

참자아는 '신인합일'이 가능하고, 원래 그렇다는 것을 증명합니다.

참자아는 불교의 모든 진리를 관통할 수 있도록 해 줍니다.

참자아는 『금강경』의 내용을 관통하며, 『반야심경』의 '공즉시색, 색즉

시공'을 완전히 알 수 있게 해 줍니다.

참자아는 육조 혜능의 『육조단경』을 오차 없이 이해하게 해 줍니다.

참자아는 유교, 성리학을 이해할 수 있게 하며, '이(理)와 기(氣)'의 작용을 이해하게 합니다.

참자아의 특성은 이 시대에 참 많이 서술되었기에 생략하겠습니다. 오히려 도반분들을 어렵게 할 수 있기 때문입니다. 다만, 제가 좋아하는 구절을 하나 말씀드렸으면 합니다. 선종의 일대 조사를 달마 대사라고 한다면, 36대조는 백장 회해인데, 이분 시대에 위산이라는 분이 제자 양산에게 "푸른 하늘에 발자국을 남길 수 있는가?"라고 하였습니다. 이것의 의미는 우리 안에는 공, 허, 무라고 칭하는 인간의 생각, 감정, 오감(오온)에 물들지 않는 청정한 깨어 있음이 있다는 것입니다. 도반분들도 이것이 있어서 『선도체험기』를 109권까지 읽고 있는 이유인 것입니다.

참자아의 작용

참자아는 인간 개체의 업(카르마)를 비로소 제어할 수 있는 힘을 줍니다. 참자아를 확실히 느끼면서 참자아를 통한 선, 공덕을 행해야지, 에고를 통한 선, 공덕은 한계가 있습니다. 참자아를 통하여 업을 제어할 수 있기 때문에 윤회를 제어할 수 있는 힘이 있습니다. 태양 앞에서 추위가 없어지듯이, 에고의 방해 없는 참자아 속에서 악업은 더이상 강할 수 없습니다.

참자아는 본연의 모습으로 완벽하고 가장 위에 있는 진리이며, 더 배울 것이 없는 진리이므로 부족한 것이 없는 완전한 진리입니다. 참자아를 느끼고 함께해야 비로소 자유(해탈)를 느낄 수 있습니다. 왜냐면, 인간 개체는 에고와 그에 따른 생각, 감정, 오감의 노예이기 때문입니다. 에고의 탐진치(욕심, 성냄, 무지)는 기능적으로 필요하지만 사람 개체를 에고와 동일시하게 하는 착각을 일으키므로, 깨닫기 전에는 에고로부터 자유로울 수 없기 때문입니다.

우리는 여행 등을 하면서 내면의 존재를 느끼고 에고와의 '일별'을 경험하지만, 그것은 잠시 느끼는 것일 뿐 지속적으로 유지되지 않기 때문에 에고에 의한 '고(苦)'는 항상 따라다니고 따라서, 부처가 얘기한 '고집멸도'의 필요성을 느낄 수밖에 없습니다.

견성과 에고의 관계 - 효율적인 수행법, 수행법 고찰

파탄잘리의 『요가수트라』의 서문에는 요가의 목적이 '생각을 멈추는 것'이라고 나옵니다. 또한 황벽 선사의 '직하무심', '당하무심'은 매우 유명한 최상승법 수행의 하나인데 이것 역시 '지금 당장 생각을 멈추라'는 의미입니다. 즉 에고의 생각이 멈추고 생각과 맥을 같이하는 감정이 멈추면 영성을 더욱 또렷이 느낄 수밖에 없기 때문입니다. (물론 오감 또한 집중을 흐리지 않을 정도로 조용하면 좋겠지요.)

이 수행은 『삼일신고』의 지감, 조식, 금촉이라는 수행법과도 맥을 같이합니다. 생각, 감정, 오감에 신경을 쓰지 말고, 조용히 호흡을 하면 당연히 영성, 신성, 영, 참자아, 주인공이 더욱 또렷해질 수밖에 없고, 그러한 가운데 알아차리는 자리를 느끼면 『삼일신고』에 나와 있는 대로 참자아가 머리에 내려와 있다는 것을 확인할 수 있습니다.

『육조단경』에 '최상승법'이 나오는데, 육조 혜능은 하수가 아닌 고수한테는 단박에 깨달을 수 있는 '최상승법'을 선호하였고, 따라서 '돈오돈법'으로 불리웁니다. 돈오돈법과 돈오점수를 분명히 나누기가 쉽지 않지만, 현재의 불교 수행법은 간화선(화두수행법)에서 집중을 하면서도 돈오돈법에 대하여는 많이 이해 못하는 모습을 보이는 것 같습니다.

『선도체험기』에서 소개했었지만, 선종의 대가들이 제자들을 상대로 '할'이라고 호통을 친다든지 몽둥이로 머리를 때린다든지 하는 것은 결국, 순간적으로 생각을 멈추게 해서 에고, 감정, 오감을 멈추게 하고 바로 이때에 알아차리는 자리(깨어 있는 자리)를 찾도록 돕기 위해서입니다. 이때에 그토록 많이 들었던 시작도 끝도 없는 참자아가 모습을 드러냅니다. 이 절대계는 참으로 분명하며, 계속 함께하게 되고, 유지되며, 그 속에 자리를 잡게 됩니다. 참고로 이러한 깨달음 이후의 과정은 소승불교와 달리 대승불교에 잘 기술되어 있는데『화엄경』,『대승기신론』에 잘 나옵니다.

국내 불교에서 유행하는 수행법의 의미를 잠시 얘기하자면, 간화선(화두수련법)에서 "이 뭐꼬?"는 '느끼는 이것이 무엇인가?', '생각을 알아차리는 것은 무엇인가?', '화두를 수행하는 자가 무엇인가?' 등을 염하면서, 생각이 멈추는 중에 알아차리고 깨어 있는 것을 발견하는 것입니다.

16세에 돌연 깨달은 인도의 마하라쉬는 '나는 누구인가?'를 구도자들에게 늘 권했는데, 결국 '나는 누구인가?'라고 할 때, 생각이 멈춰진 중에서 알아차리는 자리, 깨어 있는 자기가 분명해질 때 견성할 수 있는 확률이 높아지기 때문입니다.

삼매와 초의식이라는 것도, 이것을 깨치는 데 가장 중요한 것이 에고의 생각과 감정을 멈추고 오감의 느낌을 멈추고, 조용한 가운데 알아차린 자리, 깨어 있는 자리를 발견하는 것입니다. 그래서 부처 역시 육바라밀을 권유할 때에 보시, 지계, 인욕, 정진과 함께 '선정'과 '지혜'를 강조했는데, 조용히 알아차리라는 것을 참으로 중요하게 생각했음을 알 수 있습니다. 이는 육조 혜능 선사가 그토록 강조했던 것입니다.

대표적인 호흡법도 들숨, 날숨에 집중을 하다 보면 생각이 가라앉고 감정이 누그러지고 오감이 편해지는데, 이때에 돌연 생각, 감정, 오감이 멈춰진, 알아차려지는 자리, 깨어 있는 자리를 찾는다면 견성이 가능할 것입니다.

동시에 돈오점수라고 할 수 있는 수행법 또한 매우 중요한데, 예를 들어 바로 깨닫지는 못하더라도 스승님과 함께 명상을 한다든지 교감을 한다든지 하는 것은 매우 중요합니다. 『의식 혁명』의 저자로도 잘 알려진 '데이비드 호킨스 박사'는 스승의 아우라, 빛, 가피력은 제자에게 전달이 되는데 이는 1000년도 유지가 되고 30생에 걸쳐서 유지된다고 합니다.

또한 스승의 에너지는 제자의 에너지를 활성화한다고 나옵니다. 저 역시 글로 이렇게 쓰지만 삼공 선생님의 가피력, 기운이 없었다면, '도대체 얼마나 많은 시간을 보내야 했을까'라는 의문이 들기도 합니다. 수행은 머리가 아닌 체험인데, 그런 면에서 『선도체험기』와 김태영 스승님에게 진심으로 감사합니다.

따라서 혼자 책을 읽고 호흡을 하고 관법을 쓰고, 명상을 하고 기도를 하고 하는 많은 방법이 있지만, 멘토(스승)의 도움이 없이는 시간만 허비하는 상황이 될 수도 있습니다. 왜냐면, 강력한 가피력은 책을 통해서 얻는 것은 어렵기 때문입니다. 만일 그러한 분이 있다면, 마하라쉬처럼 전생에 깨달은 분이 스승 없이 문득 견성하는 카르마의 작용이라고 할 것입니다.

일류의 스승들의 보편적인 수행법 - 선행, 공덕 쌓기

사람 개체가 한 번에 깨달으면 좋겠지만, 어떻게 그것이 쉽겠습니까? 그런 면에서 많은 수행법이 내려옵니다. 견성은 에고의 욕심, 이기심을 벗어나야 가능한 자리인데, 그렇기에 한 번에 견성을 하지는 못해도 견성에 지속적으로 가까워지는 방법이 무수히 많습니다. 『선도체험기』를 109권까지 본 모든 분들은 궁극적으로 깨달을 운명이므로 이러한 법칙들을 잘 이해하는 것은 매우 도움이 된다고 봅니다.

예를 들어, 한 남자(에고)가 이쁜 여자를 보고 성폭행을 시도한다면, 이는 짧게 보고 이득을 보는 행위이므로 굉장히 에고적이고 이기적인 행동인데, 반대로 이성(배우자)에게 친절하고 이해해 주고, 보살펴 주고 아낌없이 주는 것을 실천하며 배우자에게 공덕을 쌓는다면 이는 오히려 장기적인 관점에서 매우 유익함을 가져올 것입니다. 이처럼 짧게 보지 않고, 매우 긴 시간을 기준으로 유익함을 추구한다면, 에고로부터 많이 벗어날 수 있으며, 이런 원리에 의하여 (『선도체험기』에 그토록 많이 실려 있지만) 이타심, 선행은 에고의 끌어당김을 희석시키는 좋은 방법입니다.

궁극적으로 이타심과 선행, 공덕을 쌓는 것이 에고(영적 에고, 영혼)의 입장에서도 장기적으로 유익하기 때문에, 그러한 법칙을 습관화한다면 업장이 줄어들면서 매우 깨달음에 가까워질 것입니다. 이러한 방법은 에고를 굉장히 무력화시키는 매우 강력한 방법인데, 그만큼 중요하게 다뤄지지는 않았던 것 같습니다. 이러한 이유는 에고가 호흡, 에너지 등을 통해서 이기적인 관점에서 견성을 하려고만 하니 이타심, 자비 등에는 관심을 갖지 않고 기술적인 단전호흡을 이용해서 깨달으려고 도전하기 때문일 것입니다. 불교, 신선도에서 특히 마음, 심법을 강조했다는 것을 인식하여 균형 있는 수행을 해 나가는 것이 좋겠습니다.

또한 『육조단경』에 이르길, 만법은 일물로부터 나온다고 하였는데, 결국 내 안의 참나가 우주의 참나이고, (아트만이 곧 브라만이다.) 내 안의 참나, 무극의 자리는 나의 시작이면서 동시에 우주의 시작이므로, 삼천대천세계가 아무리 광대하고 크다 하더라도, 주문의 반응을 일으키는 주인공은 '나'라는 것을 아는 것도 유익할 것입니다. ('나'의 의미 해석을 주의해 주세요, 나는 참나입니다.)

참고로, 삼강오륜 같은 가르침을 편 원시 유교에서 불교와 신선도를 수용한 성리학의 가르침까지 살펴보면, 이러한 가르침은 『주역』의 이치를 매우 중요하게 다루고 있습니다. 무극, 태극(태을), 황극의 자리는 모두 참나의 다른 모습으로 참나의 절대적인 속성은 무극이며, 작용을 일으키는 속성은 태극, 태을, 하나로 칭하고, 이것을 운영하는 모습은 황극으로 표현됩니다.(즉, 나라는 사람이 결혼을 하면 아버지가 되고, 회사를 경영하면 사장이 되기도 하듯이, 같은 것이 어떤 기능을 하느냐에 따라서 불리는 이름이 달라집니다.)

잠시 설명하자면, 무극, 태극, 황극을 같은 하나로 한다면, 이 태극 안에는 음양이 있고 음양 사이에 중간체인 '인'이 있기 때문에 『천부경』의 천지인이 이를 가르키며, 음양은 다시 여름, 겨울 사이에 봄과 가을이 있듯이 4괘(건감곤이)로 나뉘고 이것이 운영이 되면서 오행이 됩니다. 이 4괘는 다시 8괘로 세분화되는데, 모두 '음양의 원리'로 나뉘게 됩니다. 즉, 태극은 시작점인데 이 점 안에는 음양이 있으며, 이 음양의 조화에 의하여 모든 것이 변하고 창조되게 됩니다. (여기서 음양은 수축과 팽창으로 이해해 보겠습니다.)

이 4괘인 건감곤이는 유교의 '인의예지'를 가르키기도 하는데, 참나의 속성에는 봄처럼 '인'(사랑, 자비, 팽창 - 건)이 있고, 가을처럼 '의'(정의, 바로잡음, 수축 - 곤)가 있으며, 여름처럼 '예'(겸손함, 겸허함 - 감)가 있으며, 겨울처럼 '지'(지혜, 알아차림, 깨어 있음 – 이)가 있음을 의미합니다. 따라서 깨닫는다고 모든 것이 완료되는 것이 아니라, 참나의 속성인 인의예지를 계속 키우는 것이 필요합니다. 왜냐면, 깨달아서 업(카르마)를 제어할 수 있는 힘이 생겼어도 아직 에고는 욕심, 이기심, 악을 선택할 수 있는 여지가 여전히 있기 때문에 더욱 정진할 필요가 있습니다.

부처도 깨달은 후에 육바라밀을 얘기했는데, 보시(베품), 지계(계를 지킴), 인욕(욕심을 절제), 정진(수행의 정진), 선정(고요함), 지혜(지력, 알아차림)를 강조했는데, 여기서 정진이 있는 이유는 이제 비로소 에고를 참나의 수준으로 본격적으로 끌어올리는 일을 할 수 있기 때문입니다. (여기서, 육조 혜능은 선정, 지혜 - 고요한 가운데 알아차림을 가장 기본으로 삼았습니다.) 이것은 공자가 가르친 '칠십이종심소욕불유구(七十而從心所慾不踰距)'와 다르지 않은데, '나이 70이 되면 마음 내키는 대로 행동해도 법도에 어긋나지 않는다'라는 의미와 맥을 같이합니다.

이를 통해서 보면 깨달음은 본격적인 인격 상승의 가능성을 의미하며, 만일 견성을 하지 않았어도 그동안 인격을 높여 왔다면, 그만큼 깨달음과 맥락을 같이해 온 것이기 때문에 조급할 이유가 없을 것입니다. 저 역시도 『선도체험기』를 109권까지 읽고 20년 가까이 수행을 했지만, 오히려 『선도체험기』를 읽을수록 조급함은 줄어들었고, 이는 그만큼 에고의 욕심과 조급함이 희석되면서 에고의 영향력에서 많이 벗어나고 있었기 때문입니다.

수행법을 정리하면서 느끼는 것은, 결국 직접적인 견성을 하기 위해서 호흡법, 단전호흡, 명상, 요가 등을 모두 실천하지만, 그런 수행법과 동시에 용서, 감사, 사랑, 자비, 헌신, 봉사, 내맡김과 같은 이기심을 무력화하는 '마음의 법'을 선택하고 실천하지 않으면 견성은 매우 힘들 것입니다. 왜냐면, '에고를 벗어나는 것'이 해탈이기 때문이며, 에고는 항상 생각, 감정, 오감의 주인이 본인이라고 주장하며, 항상 하늘을 가리기 때문입니다.

이는 우리가 『선도체험기』의 독자이고 제자이며 도반으로서, 『선도체험기』의 수행법과 함께 삼공 선생님이 늘상 강조하시는 이타심, 역지사지 방하착, 착하고 바르고 슬기롭게, 양심을 따르는 삶을 사는 것이 매우 중요한 '견성의 배경'이 된다는 것을 명심해야 할 것입니다. 마치, 결혼한 신부가 하체가 따뜻해야 애가 잘 들어서듯이, 선행, 친절, 공덕 쌓음의 따뜻한 온도를 항상 기억해야 할 것입니다.

신선도의 선택
– 에너지체의 완성(화신, 양신, 에너지체, 그리스도체, 아트만체)

앞에 설명한 '데이비드 호킨스 박사'는 의식 수준이 올라가면서 결국 에너지체를 완성하는 부분이 나온다고 묘사하였습니다. 불교 『화엄경』, 『능가경』의 의성신, 밀교의 의성신, 선도의 양신 등이 이런 내용입니다. 즉, 일정한 의식 수준, 도의 수준에서는 이 현상계(물질계)에 에너지체

(화신)를 만들었느냐가 매우 중요한 증표가 될 수 있습니다.

달마는 인도에서 깨닫고 중국으로 온 후에 9년간 면벽 수련을 하였습니다. (소림사 뒷산에 있는 '달마동굴'의 원래 이름은 '치우동굴'이었다고 합니다.) 또한, 선종의 6대조 혜능 스님은 5조 홍인 스님으로부터 '징표'를 받고 남쪽으로 내려가서 가르침을 폈는데, 이때가 에너지체를 완성하는 기간이었다고 판단됩니다. 6대조 혜능 스님은 돌아가시기 전에 깨달음은 시작이며, 성욕은 본래 청정하다고 하시며 성욕을 통한 '에너지체의 완성'의 필요성을 묘사하였습니다.

예수님은 죽은 지 사흘 만에 부활하셨는데, 생전에 에너지체를 완성해야 가능한 일이라고 도계는 판단하고 있습니다. 즉, 영혼백에서 '혼은 올라가고, 백은 흩어진다'고 하는데 도인은 혼백을 뭉쳐서 에너지화시킴으로 인해서 현상계를 자유롭게 출입한다는 것입니다. 혼백을 합쳐서 에너지화하는 방법은 『선도체험기』의 대주천, 양신 등을 통해서 잘 설명되어 있습니다.

에너지체의 완성에 대하여는 『선도체험기』에 자세히 설명되어 있기 때문에 중복 설명을 하지 않겠습니다. 다만, 『천부경』에 나와 있는 대로 선천(절대계)의 기는 원래 하나인데, 셋으로 갈라집니다. 이는 우리 몸으로 따지면, 상단전, 중단전, 하단전 (천, 인, 지)로 나뉘게 되는데, 단전호흡, 운기조식 등을 통하여 3가지 기를 다시 뭉치게 하여 단련을 하면 소주천, 대주천이 이루어지는 상황에서 아랫배에 '단'이 생기고, 다시 이러한 반복 속에서 상단전에서 다시 '금단'이 되고 다시 하단전으로 와서 '성태'를 한다고 하며, 이후에 양신이 되고 출신이 된다고 하는데, 이는 『선도체험기』의 내용과 정확히 일치합니다.

다만, 저 역시 이 단계를 정확하게 완성해야 하기 때문에 삼공 선생님께 지속적으로 가르침을 받아야 할 부분입니다. 제가 많은 종교와 수행법 중에서 신선도, 김태영 스승님을 선택한 이유라고 판단되는데, 너무나도 신비로워서 직접 삼공재에서 수련을 해 보지 않으면 도저히 경험하기 어려운 일이므로, 직접 찾아뵙고 수행해 보시길 진심으로 권유드립니다. 참고로 편히 앉아서 숨을 쉬다가, 숨을 모두 내쉰 상태에서 아랫배(단전 부위)에서 생명, 힘, 역동성, 공기압 같은 것을 느낀다면 그 자리가 단전 자리입니다.

견성 이후의 단계
- 부처의 육바라밀, 인의예지, 십우도의 가르침, 원효 스님 등의 행보

견성 이후에 어떤 행보를 하는지는 『선도체험기』를 109권까지 읽으신 분들은 너무나도 잘 알 것입니다. 삼공 선생님 또한 견성 이후에 선도의 정, 선, 혜(바르고 착하고 슬기롭게)를 실천하셨는데, 이는 석가모니가 육바라밀을 행사하고, 성리학의 성인들이 인의예지를 행했던 것과 맥을 같이 합니다.

많은 구도자 혹은 대부분의 구도자는 견성하고, 깨달아서 절대계, 열반으로 들어가기를 바랍니다. 저 또한 에고의 작용에 의하여 일어나는 윤회를 더이상 하지 않고, 고통을 받지 않기를 바라면서 수행했습니다. 물론 인간계의 윤회가 아닌 천계, 천국에 간다면 좋겠지만 선도의 '도'는 여기에서 수준을 다하지 않습니다.

석가모니 부처는 수행자가 극락으로 가는 것에 만족하지 않았는데, 이유는 영혼이 극락, 천계로 가더라도 에고의 욕심, 성욕, 이기심 같은 탐진치가 있으면 결국 긴 시간 속에서 다시 연옥 같은 인간계로 다시 와야 하기 때문입니다. 그래서 극락으로 가는 것보다 '완성'을 요구하였습니다.

힌두교의 영향이 절대적인 인도의 사상에서, 구도자는 열반, 절대계, 아트만 안에 자리잡으면 모든 것이 '완성'이라는 의미로 호도되기도 하며, 이는 개인의 깨달음을 강조한 소승불교와 맥을 같이하고 있습니다. 그러나 대승불교는 이것에도 집착하지 않고 길을 가다 보면 비로소 완성을 이루게 된다고 가르치고 있는데, 이 부분이 바로 대승불교가 『천부경』의 원리와 부합되는 증표입니다. 즉 성통에서 멈추지 않고 공완을 같이 얘기하며, 홍익인간 이화세계에서 볼 수 있듯이 공적 완성을 얘기하고 있습니다.

(여기서 잠시 절대계 / 현상계(형이상학 / 형이하학)의 관계를 살펴봤으면 합니다. 이것에 대한 이해가 있어야 깨달음 이후의 과정을 이해할 수 있기 때문입니다.)

『천부경』은 '시작도 끝도 없는 하나이다'라고 하는데, 절대계가 끝이 없으면, 절대계를 통해서 작용하고, 보게 되고, 알게 된 오온(색 · 수 · 상 · 행 · 식) - 생각, 감정, 오감 - 도 끝이 없기에 현상계도 절대계처럼 끝이 없다고 하는 것입니다. 『천부경』에서 천 · 지 · 인이 하나이듯이 절대계, 현상계, 생명(인간)은 이미 하나의 서로 다른 모습이라고 이미 알고 있기 때문입니다.

그렇다면 '둘이 아닌 절대계와 현상계에서 절대계만을 선택하는 것이 가능한가'라고 하면 이는 분명히 아니기 때문입니다. 이미 절대계를 선택할 때 현상계는 이미 같이하고 있기 때문이며, 절대계 안에 이미 현상계가 있기 때문입니다. 즉, 바다가 있으면 그 외각의 파도는 항상 같이 공존합니다.

(석가모니 부처의 '4법인' - 제행무상, 제법무아, 일체개고, 열반적정 - 현상계의 모든 것이 무상하다, 현상계의 모든 법은 내가 아니다. 일체가 고이다. 열반은 고요하고 청정하다 - 에서 공, 참자아, 절대계를 너무 강조하여 절대계만이 유일하듯이 나타냈으나, 이는 도움이 되고자 한 것이며, 일단 깨어 있게 되면 참자아 안에서 현상계가 위에 설명하듯이 계속 공존한다는 것입니다. 다만, 거기에 어떤 집착을 하지 않는다는 것입니다. 즉, 참자아를 깨달은 사람은 인간은 오직 오온(색·수·상·행·식 – 보고, 느끼고, 생각하고, 의지를 행하고, 인식하는)을 통해서 현상계를 인지하며(오온이 아닌 다른 방법으로 아는 것은 없음) 이 오온을 알면서도 집착하지 않을 때에 이름 그대로 부처 같은 위대한 조율, 조화를 갖게 된다는 것입니다.)

그 유명한 십우도는 견성, 득도를 하고 나서 다시 '입전수수 - 속세로 다시 돌아온다'라고 하는데 이는 대승불교의 '진속불이 - 진리와 속세는 둘이 아니다'라는 의미와 동일합니다. 그리고 원효 스님이 왜 요석 공주와 결혼했는지가 설명이 됩니다. 원효 스님은 파계한 것이 아니라, 속세에서 참자아를 실행한 것으로 이해됩니다.

『반야심경』에 '공즉시색, 색즉시공'이라고 했는데, 절대계는 곧 현상계이며 현상계는 곧 절대계라는 의미입니다. 즉 공이 있으면 색이 있고 색이 있다는 것은 반드시 공이 있으니, 공 안에는 이미 색이 있는 것입니다. 우리가 느끼는 모든 것은 이미 절대계를 통하여 현상계를 알아차려지게 됩니다. 즉, 우리의 생각, 감정, 오온, 오감이 모두 절대계에서 알아차려지게 되며, 이것이 바로 절대계에 현상계가 있다는 증거입니다. 따라서 깨달은 사람은 열반에 안주하면서 지금 이 현상계에서 육바라밀, 인의에서, 정, 신, 예를 펼치는 것이 진정한 인생이 순환이라는 점이 분명해집니다.

또한 유교(성리학, 주역)의 관점에서 보면 다음과 같이 묘사됩니다. 18대(재위 기간 1565년)를 이루는 환웅천황의 계보에서 5대 환웅천황이신 '태우의' 천황의 아들인 태호복희씨에 의해서 가르쳐진 태극과 음양오행(주역)의 가르침을 보면, 우리나라 태극기에도 잘 나와 있지만, 하나의 원 안에 음(수축)과 양(발산)이 있는 것이 태극기입니다.

이는 하나의 원 안에 절대계(음, 보이지 않는 것, 수축되는 것, 천)와 현상계(양, 보이는 것, 발산되는 것, 지)로 설명될 수 있는데, 이는 음양이 아닌 것이 없는 만물의 이치에서, 하나 안에 이미 음양이 있으며, 다시 이것은 현상계(형이하학)도 음양으로 절대계(형이상학)도 음양으로 나뉘어지는 이치인데, 이것이 모두 역시 '하나'라는 것이며 이는 『천부경』의 이치와 동일하게 일치합니다.

같은 맥락으로 『천부경』에서는 음양의 중간에 해당하는 '인'을 붙여서, 보이지 않는(음의) 천지인으로 나뉘고, 다시 보이는(양의) 천지인으로 나뉘는 모습을 보이고 있으나, 이 모든 것이 이미 하나라고 쓰여 있습니다. 쉽게 말하면, 양은 다시 음양으로 음도 다시 음양으로 나뉘면서 무한하게 우주가 열리게 됩니다.

여기서 절대계를 음으로 본다면, 절대계 안에서 오온(생각, 감정, 오감)을 느끼면서 확장을 하기 때문에 현상계를 확장하는 양으로 볼 수 있다고 이해됩니다. 결국, 태극기에도 있듯이, 태극 안에 있는 '음양'은 『천부경』의 '인중천지일'과 동일한 맥락이 되는데, 사람 안에(하나 안에) 음양이 있는 모습이 음양을 담고 있는 태극의 모습이기 때문입니다.

따라서 절대계에 안주하는 것이 깨달음의 완성이라는 '힌두교적인 발상'은 기타, 우파니샤드, 베다, 불교의 본 취지를 다소 벗어나는 오해라고 이해되며, 결국 성통공완이라는 수준에는 못 미치고 있다고 생각됩니다. 한민족에는 분명히 깨닫고(성통), 일을 완수하라는(공완) 의미가 내려오기 때문입니다. 홍익인간 이화세계는 그야말로 공완을 어떻게 하라는 것인지 분명히 말해 주고 있기 때문입니다.

견성을 했다 함은 오감, 생각, 감정을 벗어나 있다는 것이고 통제와 제어가 가능하다는 의미이기에 그토록 얽매여 온 고통, 악업으로부터 벗어나는 상황임은 분명하고, 실제로 이 기쁨과 황홀경의 자리에서 안주하는 것도 선택일 것입니다. 실제로 인도의 마하라쉬도 16세에 깨닫고 그 자리에 계속 머물렀습니다. 따라서 운명적인 카르마가 작동되는 깨달은 개체들만이 더욱 높은 곳으로 나가는 것을 선택하는 것이 아닌가 판단하고 있습니다.

물론 깨달음 후에 에고가 힘을 잃고 철저한 침묵과 고요함 속에서 충만한 상태로 우화등선을 하는 경우도 알려지고 있지만, 이러한 선택은 한민족의 '성통공완', '홍익인간 이화세계'에는 훨씬 못 미치는 길로 보여집니다. 결국, 견성 후에 진정한 스승들이 현상계에서 어떻게 실천해 나가셨는지를 보면 견성 이후의 일이 자명하게 보이게 됩니다.

결국, 인간의 참자아(큰 나, 본래의 자아)는 현상계에서 에고(작은 나)를 소멸하고 없애는 것이 아니라, 뭘 해도 이치에 벗어나지 않는 에고, 참자아와 철저하게 일치된 에고로 승화시키는 것이 유불선의 가르침이라고 이해되며, 궁극적으로 나중에는 개체성은 있으나 '나'라고 불렸던 에고는 사라지는 경지가 펼쳐지는 것으로 가르쳐지고 있습니다.

정리해 보면

제가 아는 참자아, 주인공은 모든 조사가 그곳에서 왔으며, 모든 가르침의 시작점이고 가장 높은 곳에서 가르치고 있습니다. 만법일여, 만법귀일입니다. 동시에, 저는 할 일이 많습니다. 저는 하나의 흐름에 있습니다. 그리고 제 에고는 양심, 착하고 바르고 슬기로움, 겸손함에 많이 못 미칩니다.

그러나 바둑의 1단은 시간이 지나면 9단이 되듯이, 현명한 흐름을 타면서 9단이 될 수 있도록 정진할 것이며, 열반을 가지고 이 현상계에서 진, 선, 혜, 예를 완성하도록 노력했으면 합니다. 이것이 환인이 환웅에게, 다시 단군에게 가르친 내용과 일치합니다. 즉, '성통공완' 그리고 '홍익인간 이화세계'입니다. 『천부경』과 홍익인간 이화세계의 완벽한 일치는 참으로 위대합니다.

이를 완성하기 위해서 삼공 선생님처럼 상단전, 중단전, 하단전을 완성하며, 대지혜, 대자비, 대력(전지, 사랑, 전능)을 참자아로부터 끌어내는 사람이 될 것입니다. 참자아를 아는 사람은 요즘에 유명한 '시크릿'을 모두 이해하고 있습니다. 모두를 위하여 그 힘과 지혜, 사랑을 폈으면 합니다.

글을 마치면서

부자가 되는 선택을 하면 시간이 지날수록 부자가 되고, 가난한 자가 되는 선택을 하면 시간이 지날수록 가난한 사람이 되듯이, 우리는 어떤 선택을 하느냐에 따라서 이화세계도 만들 수 있고 아수라장도 만들 수 있습니다. 이 순간 불행하다면 과거에 불행할 수밖에 없는 결과를 낳는 것을 선택한 대가이기 때문입니다.

만일 우리가 행복하고 이화세계로 갈 수밖에 없는 것들을 선택한다면 어떨까요? 우리는 이 우주를 대표하여 조화롭게 만들어 나갈 수 있는 선택권이 있습니다. 이것이 『천부경』과 '홍익인간 이화세계'를 회통하는 결론입니다.

천지가 영원하듯 인간(생명)의 선택은 영원하며, 매 순간 어떤 것을 선택하느냐는 이 우주에서 창조와 진화를 하는데 매우 중요한 일입니다. 바로 이 순간의 선택이 천지(절대계와 현상계)를 포함하는 매우 중요한 일이 될 것이며, 바로 지금, 인간의 선택이 천지신명, 신성, 영성의 축복과 은총을 끌어내는 '이화'가 될 것입니다

이런 이유로 환웅은 인간을 교화하기 위하여 3,000의 무리를 이끌고 지구라는 별에 문명을 전하러 오신 것입니다. 또한 이런 이해는 기독교와도 통하는데, 예수님이 십자가에서 돌아가실 때 왜 그 선택을 했는지 이해하게 됩니다. 절대계에 머무르면서 혼자 은총을 받고 복을 받는 것이 아니라, 현상계에서의 선택을 통하여 지옥 같았던 그 당시 인류를 천국으로, 혹은 천국을 향해 한 걸음이라도 갈 수 있도록 하셨던 것이며 이것이 바로 참자아의 선택입니다.

기독교에서는 성부, 성령, 성자의 삼위일체 사상이 있습니다, 그리고 창세기에 '태초에 말씀이 있었다'고 합니다. 또한 '말씀이 육신(살)이 된다' 하고 하였습니다. 우리의 '말씀'은 작용하는 역할로써 '성령'이 되는데, 만일 이런 기도를 하면 어떻게 될까요?

"주님 감사합니다. 모든 복은 주님으로부터 왔나이다. 그리고 에고(아

무개)야! 낙심하지 말고, 힘을 내 보자. 더욱 정진해 보자. 너는 할 수 있다. 주님이 함께하고, 은총이 함께해서 큰 영광이 있을 것이다. 너는 반드시 깨달을 것이고, 이미 깨달을 운명을 갖고 있단다. 에고야 언제나 힘내고 정진하자"라고 한다면, 여기서 주님은 성부, 천부가 되시고, 에고는 에고이며, 이렇게 에고에게 사랑과 보살핌으로 이끌고 있는 말씀, 에너지, 자리, 자(子, 사람)는 성령이며, 이것이 '나'의 핵심 자리입니다.

이 '나'는 무한 속에 있고, 시간과 공간이 없는 자리에 있으며, 사랑으로 가득 차 있고, 항상 보살피며, 항상 위로해 주었고, 항상 지켜봐 주었으며, 영원한 은총을 주고 있습니다. 이 사랑으로 가득 찬 무한한 힘이 결국 여러분 모두를 깨닫게 해 주고 인도해 줄 것입니다.

(참고로, 성부는 절대계로서 분리가 없고 하나인 상태이며, 어떤 생각도 없고 상도 없습니다. 불교적으로 비상비비상처(상이 없는, 상이 없는 것도 아닌)인 것이며, 여기에는 '나'라는 생각조차도 없습니다. 그래서 주님이신 것입니다. 또한 에고는 그림자, 환상이며 참나로부터 나온 생명에 의하여 힘을 받는 수동적인 상태입니다.)

『선도체험기』와 김태영 스승님을 통한, 지난 20여 년의 배움에 깊은 감사를 드리며, 온 우주에 깨달음의 연꽃이 가득하길 염원한 『화엄경』처럼, '실생활의 도'를 이루는 분들이 곧 가득해질 것임에 감사드립니다.

감사합니다.

2015년 12월 18일

홍승찬 올림

【필자의 회답】

삼공선도를 기존 유불선과 비교 대조해 가면서 참신한 해석을 시도한 무게 있는 연구 논문입니다. 도우들도 일독하시기 바랍니다.

저자 약력

경기도 개풍 출생
1963년 보병 중위로 예편
1966년 경희대학교 영어영문학과 졸업
코리아 헤럴드 및 코리아 타임즈 기자생활 23년
1974년 단편 『산놀이』로 《한국문학》 제1회 신인상 당선
1982년 장편 『훈풍』으로 삼성문학상 당선
1985년 장편 『중립지대』로 MBC 6.25문학상 수상

저서로는 단편집 『살려놓고 봐야죠』(1978년), 대일출판사, 민족미래소설 『다물』(1985년), 정신세계사, 장편 『소설 한단고기』(1987년), 도서출판 유림, 『인민군』 3부작(1989년), 도서출판 유림, 『소설 단군』 5권(1996년), 도서출판 유림, 소설선집 『산놀이』 ①(2004년), 『가면 벗기기』 ②(2006년), 『하계수련』 ③(2006년), 지상사, 『선도체험기』 (1990년~2020년), 도서출판 유림 및 글터, 한국사 진실 찾기(2012), 도서출판 명보 등이 있다.

약편 선도체험기 24권

2022년 12월 2일 초판 인쇄
2022년 12월 10일 초판 발행

지 은 이 김 태 영
펴 낸 이 한 신 규
본문디자인 안 혜 숙
표지디자인 이 은 영
펴 낸 곳 글터
주 소 05827 서울특별시 송파구 동남로 11길 19(가락동)
전 화 070 - 7613 - 9110 Fax02 - 443 - 0212
등 록 2013년 4월 12일(제25100 - 2013 - 000041호)
E-mail geul2013@naver.com

ISBN 979 - 11 - 88353 - 51 - 4 04810 정가 20,000원
ISBN 979 - 11 - 88353 - 23 - 1(세트)